MAGDALENA

ZIMNIAK

CZARCIE
LUSTRO

MAGDALENA ZIMNIAK

CZARCIE LUSTRO

SKARPA WARSZAWSKA

MAGDALENA
ZIMNIAK

CZARCIE
LUSTRO

Dla Oli i Pawła

Przyszło im [czartom] do głowy, by polecieć do nieba i zabawić się kosztem aniołów i Pana Boga. Im wyżej lecieli z lustrem, tym bardziej wszystko się wykrzywiało, zaledwie mogli je utrzymać, lecieli wyżej i wyżej, coraz bliżej aniołów i Boga; wtedy lustro zadrżało tak strasznie, że wypadło im z rąk na ziemię, gdzie rozprysło się na tysiące milionów, bilionów i jeszcze więcej okruchów. Teraz dopiero wyrządzili o wiele większą krzywdę niż przedtem, gdyż niektóre kawałki były mniejsze od ziarnka piasku i pofrunęły daleko w świat; gdy wpadły komuś do oka, tkwiły w nim, i wtedy człowiek ten widział wszystko na odwrót albo spostrzegał tylko to, co było w danym przedmiocie złe, gdyż każdy odłamek lustra miał tę właściwość co całe lustro; byli ludzie, którym taki odłamek wpadł do serca, i wtedy działo się coś okropnego: serce stawało się jak kawałek lodu.

Hans Christian Andersen, *Królowa Śniegu*
w przekładzie Stefanii Beylin

Marta

Siedzę pod drzewem i jest mi zimno. O niczym innym nie myślę. Zimno. Zimno. Zimno. Obejmuję się ramionami. Kurtka jest ciepła, ale wiatr ostry, nawet tutaj, w lesie. Nie mam rękawiczek, więc dłonie są czerwone i szorstkie. Zastanawiam się, ile czasu tu jestem, ale nie umiem wyliczyć. Zaczęłam iść, kiedy było ciemno. Bałam się wilków, więc głośno śpiewałam. Kiedyś słyszałam – nie wiem, czy w jakimś filmie, czy on mi powiedział, a może to było, zanim mnie sobie wziął – że dzikie zwierzęta same z siebie nie podchodzą do ludzi i trzeba dać im znać o swojej obecności. Wiele rzeczy, o których słyszałam, okazało się zupełnie nieprawdziwymi, ale co mi pozostało? Zdarłam sobie głos, zmęczyłam się i usiadłam. To chyba źle. Jeśli zasnę, mogę umrzeć. Podnoszę się i idę. Nie mam już pojęcia, z której strony przyszłam i dokąd powinnam się kierować. Płatki śniegu są takie ładne. Drzewa przykryte białym puchem urocze. Niedawno było Boże Narodzenie, ale pogodę mieliśmy wtedy zupełnie inną.

Dociera do mnie nagle, że chyba i tak umrę. Tyle tu drzew, tak gęsto rosną. Tak długo nie było we mnie ducha walki, skąd mam go wziąć teraz? Ciekawe określenie. Duch walki. Skąd je znam? Z filmu czy od jakiejś prawdziwej osoby? Może ze szkoły. Jeśli tak, to musiałam usłyszeć je dawno. Prawie zapomniałam, że chodziłam do szkoły. Może mogłabym wrócić. Nie wiem, czy bym chciała, bo niby do której klasy? Za mało umiem, żeby dołączyć do rówieśników. A rodzice? Czy jeszcze za mną tęsknią? Może nie. Ja już dawno przestałam tęsknić za nimi. A przecież na początku wydawało mi się, że tęsknota nigdy nie minie. Dużo mi się wydawało. Teraz nie pamiętam, jak oni wyglądali. Jakiś tam obraz jest, ale jakby za brudną szybą. Pewnie bym ich nie rozpoznała, gdyby nagle się tu zjawili. Nie znaleźli mnie tyle czasu, to jak dotarliby tutaj? W lodowaty poranek nie przyjdą w środek lasu. Nie wiem nawet, jaka to część Polski. O ile to jest Polska. A poza tym zapewne zajmują się moją siostrą. Chyba nie chcieliby, żeby stało się z nią to samo, co ze mną. I tak nie wiedzą, co się ze mną stało. Może jednak znów odpocznę. Coraz słabiej się czuję. Zamarznę jak dziewczynka z zapałkami. Zabawne, że pamiętam tę baśń. Nie mam zapałek. Nic nie mam. I tak usiądę. Jaka jest szansa, że dojdę dokądkolwiek? Że kogoś spotkam?

– Pomocy! – wołam, a później przypominam sobie angielskie słowo i krzyczę jeszcze raz: – Help!

Odpowiada mi tylko echo. Naprawdę nie mam sił. Siadam i czekam. Na śmierć, myślę, ale nie ma strachu. Dziewczynka z zapałkami poszła do nieba. Może ja też pójdę. Zaczynam głośno odmawiać modlitwy. To też może odstraszyć zwierzęta. Męczy mnie to, mówię coraz ciszej, aż przechodzę do szeptu.

Nie od razu uświadamiam sobie, że coś się zmieniło. Dźwięki. To chyba samochody. Wytężam słuch. Jakaś droga musi być niedaleko. Nie przypuszczałam, że dam radę biec, ale poruszam się tak szybko, jak chyba nigdy wcześniej. To już nie ledwie słyszalny szum, to hałas, jakiego kiedyś nie lubiłam. To już. Zaraz. Przez drzewa prześwituje szosa i naprawdę mkną nią pojazdy. Przyspieszam.

Stoję na skraju drogi i dyszę ciężko. Nic się nie dzieje. To znaczy samochody nadal jeżdżą, ale chyba nie wzbudzam zainteresowania. Nikt nawet nie zwalnia. Zaczynam machać jak szalona, ale to też nie przynosi oczekiwanych rezultatów. „Nie wychodź na jezdnię". Tak mówili. Mama. Tata. Kiedyś. Musiałam być bardzo mała. Tamte reguły nie stosowały się już do mnie dawno przed rozłąką. Chodziłam przecież sama do szkoły i musiałam tylko się rozejrzeć: najpierw w lewo, potem w prawo, potem znowu w lewo. Później można było przechodzić. Teraz nie wierzę w reguły. To nie jest akt buntu. To nie jest nawet świadoma decyzja. Wychodzę na drogę i obracam się przodem do pędzącego pojazdu. Wyciągam w górę ręce, a potem osuwam się na ziemię. Ostatnim dźwiękiem, który rejestruję, jest pisk opon.

* * *

Muszę wstać, chociaż łóżko dzisiaj wydaje się takie wygodne. Jest mi ciepło, poduszka miękka, a pościel gładka. Wymieniłam ją sobie ostatnio? Widocznie tak, ale czy wyprałam tę starą? Nie mogę sobie przypomnieć, a nie chcę zostawiać nic brudnego. W ogóle trzeba posprzątać. On nie lubi bałaganu. Może też coś zjem. Nigdy nie wiadomo. Czasem uwielbia patrzeć, jak jem cukierki, a czasem się denerwuje, gdy mówię, że jestem głodna. Przychodzi przecież bawić się ze mną, a nie patrzeć, jak mlaszczę. Coś mnie zatyka. Dziwny zapach.

Siadam i otwieram oczy. Jestem w jakimś miejscu, w którym chyba wcześniej nie byłam. Tyle bieli dawno nie widziałam. On nie przepada za białym. Czasem tylko wkłada mi białą sukienkę. Teraz mam na sobie dziwną niebieską piżamę. Może to nowa zabawa. Tak, na pewno. Mam w ciele jakieś igły, jakieś rurki, jakieś maszyny pracują wokół. Chciałabym to wszystko wyrwać z siebie, ale lepiej nie. Co będzie, jeśli on się zdenerwuje?

– Mistrzu – mówię cicho.

Tak go nazywam. Lubi to. Czasem chce, żebym wołała: „tatusiu". To gorsze, bo gdzieś w moim umyśle jest jeszcze zamglony obraz prawdziwego tatusia. Gdy kiedyś to powiedziałam – to znaczy, że nie jest moim prawdziwym tatusiem – kara była surowa. No więc mówię „tatusiu", gdy zażąda, uśmiecham się i dodaję, że go kocham. To, że kocham, mówię sama z siebie – wprowadza go to w dobry nastrój. Dobry nastrój jest lepszy niż zły.

– Mistrzu!

Tym razem krzyczę. Nie powinnam. Grzeczne dziewczynki nie krzyczą. Słyszę kroki, szybkie, nie jego. Co się dzieje? Kulę się w łóżku, w którym nigdy nie byłam, ale nie zamykam oczu. Chcę wiedzieć. To dziwne, że zawsze chcę wiedzieć, co się wydarzy. Tak, jakbym mogła przejąć kontrolę. „Przejąć kontrolę" brzmi tak dorośle. Mistrz tak mówi. Podbiega kobieta ubrana na biało. Przychodzi skojarzenie z poprzedniego życia, gdy jeszcze mieszkałam z rodzicami. Ten zapach, który wydał mi się dziwny, należy do tego miejsca. Szpital. Wraca pamięć o tym, co się stało. Opadam na poduszkę.

– Obudziłaś się! Jak się czujesz? – mówi zdyszana kobieta.

Przyglądam jej się z fascynacją. To też jego słowo. Wszystkie dorosłe słowa znam od niego, bo niby skąd? Te z filmów też są od niego. W każdym razie ta kobieta jest fascynująca. Ma krótkie ciemne włosy, szare oczy, kilka zmarszczek i parę kilogramów nadwagi. Pierwsza osoba oprócz niego, którą widzę po… Nie wiem, po ilu latach. Nie upilnowałam mijającego czasu.

– Jak się czujesz? – powtarza.

Nie odpowiadam. Chciałabym, ale to mnie przerasta. Z nikim oprócz niego nie rozmawiałam już tyle czasu. Powinnam czuć się bezpieczna, wdzięczna i co tam jeszcze, ale mam wrażenie, że straciłam grunt pod nogami.

– Pójdę po lekarza.

I wychodzi. Próbuję uspokoić oddech. Wczoraj, gdy szłam przez las – a może to było dawniej, może leżę tu już kilka dni – no więc gdy szłam, wyobrażałam sobie rozmowy z ludźmi, takimi prawdziwymi, i chciałam powiedzieć im wszystko, ale teraz już nie wiem, co znaczy „wszystko". Wraca tamta kobieta z mężczyzną i teraz to on zyskuje całą moją uwagę. Jest wysoki, tak wysoki jak on, ale z pewnością starszy. Ma siwe włosy i pomarszczoną twarz.

– Dzień dobry – odzywa się tubalnym głosem.

Znów coś mnie blokuje i tylko na niego patrzę. Lekarz nie przejmuje się tym. Zbliża się do łóżka.

– Musimy cię zbadać – mówi.

Wstrząsam się. On też tak mówił. Badanie nie było niczym przyjemnym. Wiem, że teraz jest inaczej. Ten mężczyzna musi wiedzieć, czy nie jestem chora. I tak się boję. Pozostaję sztywna, gdy przykłada mi do pleców coś zimnego.

– Otwórz buzię. – Uśmiecha się do mnie.

Robię, co każe. Jestem przyzwyczajona do posłuszeństwa.

– Jeszcze ciśnienie – zwraca się do kobiety.

Pielęgniarka, przypominam sobie. Taką osobę nazywa się pielęgniarką. Kobieta podwija mi rękaw piżamy i zakłada gumową opaskę. Po chwili ta opaska ściska mi rękę, a ja wstrzymuję oddech. Szybko jednak się rozluźnia.

– Sto czterdzieści na osiemdziesiąt – oznajmia pielęgniarka.

– Trochę wysokie, ale to może być zdenerwowanie. Trzeba ją monitorować.

Kobieta tylko kiwa głową, a potem oboje patrzą na mnie.

– Powiesz nam, jak masz na imię? – pyta lekarz.

Otwieram usta, ale nie wydobywa się z nich żaden dźwięk. Marta. Powiedz to. Marta.

– Może ona nie mówi – domyśla się pielęgniarka. – Coś krzyczała, ale to chyba nie było żadne słowo.

„Mistrz" jest chyba całkiem znanym słowem. Tyle że z daleka mogło to brzmieć jak nieartykułowany dźwięk.

– Może – zgadza się lekarz. – Myślę, że jutro, jeśli jej stan się nie pogorszy, można już wpuścić policję.

Policja. Kolejne słowo, które znam głównie z filmów. Oglądaliśmy sporo kryminałów.

– Spróbujmy podać jej obiad – dodaje lekarz.

– Tak.

– No to odpoczywaj – Mężczyzna ściska moją rękę.

Wychodzi. Pielęgniarka jeszcze stoi. Dzieje się z nią coś dziwnego. Oczy ma wilgotne, usta jej drżą.

– Biedna dziewczynka. Biedna, biedna dziewczynka. Już wszystko dobrze.

Powoli kręcę głową. Nie dlatego, że chcę zaprzeczyć. Czuję się biedną dziewczynką. I jest dobrze. Przynajmniej w porównaniu z tym, co było całkiem niedawno, gdy jechałam w bagażniku, związana, z taśmą na ustach. I nawet potem, gdy się zatrzymaliśmy, gdy mnie wyjął, zdjął więzy i knebel. Nawet po tym, gdy powiedział:

– Idź. Masz szansę. I pamiętaj.

Jest dobrze w porównaniu z tym, jak szłam zmęczona i zmarznięta, jak siedziałam, myśląc, że zaraz umrę.

Kobieta siada obok i mnie przytula. Chociaż pozostaję sztywna, chciałabym, żeby nie wypuściła mnie z ramion. Ona jednak wstaje i wyciera oczy.

– Już wszystko dobrze – powtarza.

I wychodzi.

Pamiętam. O tym, o czym kazał mi pamiętać.

– Marta – mówię na głos.

Tak cicho, że nikt nie słyszy. Przynajmniej ja przekonałam się, że nie jestem niemową. I wszystko jeszcze może się zmienić.

Po jakimś czasie wchodzi inna kobieta. Zmywa podłogę i popatruje na mnie z ciekawością, ale się nie odzywa.

Pamiętam. I nie tylko o tym, o czym kazał mi pamiętać. Wszystko jeszcze może się zmienić. Zamykam oczy. Może kiedyś przejmę kontrolę. To ostatnia myśl, która się pojawia, zanim zasnę.

– Zjesz coś?

Otwieram oczy przerażona, a potem uśmiecham się do pielęgniarki, którą wcześniej poznałam.

– Tak.

Kobieta wciąga gwałtownie powietrze.

– Ty mówisz.

– Tak – powtarzam.

To jedyne słowo, jakie wypowiedziałam w jej obecności, ale ona i tak uznaje to za cud.

– Będziesz jadła sama? – pyta, siadając na krześle przy łóżku.

– Tak.

– To musisz usiąść. Obiad jest na stoliku.

– Tak.

Pewnie uważa, że tylko to umiem powiedzieć. Na razie nie mam siły wyprowadzać jej z błędu. Siadam i zaczynam jeść. Zupa – chyba rosół – jest chłodna, a drugie danie bez wyraźnego smaku, ale i tak jestem zachwycona. Posiłek na wolności. Tak to się chyba nazywa. Wolność.

– Wyjmiemy cewnik.

Nie wiedziałam, co to jest, ale cieszę się, że to wyjmuje.

– Chcesz do toalety?

– Tak.

Prowadzi mnie korytarzem.

– To tutaj. Zaczekam pod drzwiami.

Idę do łazienki i wyciskam z siebie kilka kropel. Porządnie myję ręce, a potem przyglądam się własnemu odbiciu. Długie jasne włosy zwisają wzdłuż bladej twarzy. Są posklejane i wyglądają na brudne. On lubił, gdy były świeżo umyte i ładnie falowały. W niebieskich oczach jest zagubienie. Codziennie widziałam tę twarz w lustrze, ale teraz rozumiem, co miał na myśli. *Już nie jesteś małą dziewczynką.* To jedne z jego ostatnich słów. Ile mam lat? Ile lat miałam wtedy? Chyba osiem. Osiem świeczek na torcie. Marzenie. Trzeba zdmuchnąć, to się spełni. Jakie było to marzenie? Nie pamiętam. Raczej się nie spełniło.

Pielęgniarka uśmiecha się, gdy otwieram drzwi.

– Wracamy do łóżka?

– Tak.

Jesteśmy prawie tego samego wzrostu. Tak, jestem teraz bardziej dziewczyną niż dziewczynką.

– Marta – mówię nagle.

Kobieta zatrzymuje się w pół kroku.

– To twoje imię?

16

Głos drży jej nadmiernie.

– Tak – odpowiadam i ruszamy.

Przy łóżku staję, jakbym nie była pewna, co teraz należy zrobić.

– Chcesz się położyć?

Nie wiem, ale odpowiadam:

– Tak.

To całkiem dobrze mi wychodzi.

– To się połóż, Martuniu.

Pielęgniarka odgarnia mi włosy z czoła gestem, który wydaje się znajomy. Czy mama tak robiła? Coś ściska mnie w gardle, ale postanawiam nie płakać. Wyciągam się na łóżku i myślę, że chyba nie jestem dorosła, skoro wszyscy mówią mi na ty i traktują jak dziecko.

– A pani?

Kobieta próbuje się uśmiechnąć, ale widzę, że oczy ma wilgotne.

– Co ja?

– Jak pani ma na imię?

Pierwsze pełne zdanie, które tu wypowiedziałam.

– Krysia.

Do sali wchodzi lekarz, który wcześniej mnie badał.

– Jak się panienka czuje?

– Dobrze.

– I mówimy. – Uśmiecha się, jak kiedyś uśmiechał się tata, a może dziadek. Wszystko mi się myli. – To dobrze, to dobrze. – Będziesz mogła porozmawiać jutro z policjantami?

Wydawało mi się, że to było zdecydowane, ale doceniam, że udaje i pyta o zgodę.

– Tak.

Ciekawe, co by zrobił, gdybym odpowiedziała „nie".

– Kazali pobrać wymaz DNA – zwraca się do pani Krysi.

Pielęgniarka kiwa głową i wychodzi. Lekarz zagląda mi jeszcze w oczy i do gardła, po czym poklepuje po ręce i wychodzi.

– Co to jest wymaz DNA? – zwracam się do pani Krysi, gdy znowu staje przy moim łóżku.

Kładzie na szafce stos kolorowych papierów.

– Włożę ci na chwilę palec do ust i wezmę próbkę materiału z wewnętrznej części policzka. To nic nie boli.

– Aha. Ale po co?

– Będą analizować materiał genetyczny. – Chyba dociera do niej, że nic nie rozumiem, bo dodaje: – Będą chcieli się dowiedzieć, kim jesteś.

Siadam.

– I dowiedzą się?

– Tak. Ale na pewno najpierw zapytają ciebie. Jak się nazywasz?

Przecież już mówiłam.

– Marta.

– To twoje imię. A nazwisko?

Nazwisko. Przecież każdy ma jakieś nazwisko. Usta zaczynają mi drżeć.

– Nie… nie wiem.

– Nie martw się – mówi pani Krysia uspokajająco. – Właśnie po to robi się te wymazy.

– I znajdą moich rodziców?

Przygląda mi się długo, zanim odpowie:

– Mam nadzieję, że tak.

– To niech pani to zrobi.

Otwieram usta, ale ona kręci głową.

– Musimy trochę poczekać, bo niedawno jadłaś. Chciałabyś coś poczytać?

– Ja… Tak.

Boję się, że nie będę potrafiła, ale nie powiem jej tego.

– Przyniosłam ci kilka gazetek. – Wskazuje na szafkę. To, co położyła, to gazetki. Do czytania.

– Dziękuję.

– Muszę sprawdzić, co u innych pacjentów, ale niedługo wrócę i zrobimy ten wymaz.

Kiwam głową i odprowadzam ją wzrokiem. Sięgam po pierwszą gazetkę. Dużo kolorowych zdjęć. Kobiety ze lśniącymi włosami, mężczyźni ukazujący w uśmiechu białe zęby. Ładne domy, piękne ogrody. Przyglądam się tym fotografiom, zanim odważę się skoncentrować na literach. Pamiętam je. To znaczy w jakiś sposób pamiętam. Jeśli rzeczywiście miałam osiem lat, kiedy zniknęłam, byłam zapewne w drugiej klasie. Miałam jakieś lektury, czytałam. Teraz składanie liter w wyrazy idzie mi topornie. Pomijam już rozumienie sensu. To nic. Nauczę się. Nawet nie zauważam, gdy znów pojawia się pani Krysia.

– Ciekawe?

– Tak. – Wracam do bezpiecznego słowa.

– To dobrze. – Wciąga gumowe rękawiczki. – Otwórz usta. – Wkłada mi palec i chwilę później wyjmuje. – Już po wszystkim. Zaraz przyniosą kolację. Postaraj się coś zjeść.

– Dobrze.

Prawie nie ruszam kolacji. Jestem zajęta składaniem liter. Kiedy nauczę się czytać jak inni?

Elwira

Poranek po wczorajszej zamieci prawie zapiera dech. Wiatr się uspokoił i chociaż termometr wskazywał minus dziesięć, słońce pada na policzki i świat wydaje się mniej skomplikowany niż jeszcze kilka godzin temu. Nie muszę. Niczego. Jeśli coś robię, to tylko dlatego, że chcę. Uśmiecham się, patrząc na skrzący się śnieg. Dawno nie było takiej zimy. Gdybym nadal mieszkała w Warszawie, myślałabym o nartach. A może, pojawia się nieśmiała myśl, może i tak pojadę. W końcu niedługo ferie. Rzucam spojrzenie na majestatyczne góry. Do najbliższego ośrodka jest około czterdziestu minut samochodem. Zastanowię się później. Na razie cieszę się pięknem wokół. W dużym mieście zima nie pokazuje takiego oblicza. Wciągam głęboko mroźne powietrze i nie obchodzi mnie smog.

Te piętnaście minut spaceru poruszyło we mnie struny, z których istnienia nawet nie zdawałam sobie sprawy. Na przykład wrażliwość na surowe piękno górskiej miejscowości. Odpowiadam na powitania uczniów i po raz pierwszy od długiego czasu „dzień dobry" nie jest pustym sloganem. Dobry. Naprawdę. Uśmiecham się do kolegów w pokoju nauczycielskim, ale nie biorę udziału w rozmowach. Nadal czuję się nowa, chociaż pracuję już czwarty miesiąc. Może to się zmieni. Odwieszam płaszcz i idę do trzeciej B. Jest cała klasa, bo druga anglistka się rozchorowała, ale dziś dzieciaki mnie nie męczą. Dwadzieścia osób to jeszcze nie tłum, jak mówią inni nauczyciele.

Mała szkoła, niewielu uczniów. Dyrektor się stara. Tuż przed dzwonkiem widzę w drzwiach sekretarkę. Kiwa, żebym do niej wyszła.

– *OK, read the article and answer the questions. I'll be right back**.

Już w momencie gdy otwieram drzwi, wzmaga się szmer, ale nie zwracam uwagi. I tak lekcja zaraz się skończy. Pani Marysia, drobna zadbana kobieta około sześćdziesiątki, jest bardzo blada.

– Pani wicedyrektor prosi panią do siebie, gdy skończy się lekcja.

– Przeskrobałam coś? – pytam żartobliwie.

Sekretarka kręci głową.

– Niech pani przyjdzie. Wszyscy mają przyjść.

W tym momencie rozlega się dzwonek. Sekretarka odwraca się i odchodzi.

– Skończcie to ćwiczenie w domu – próbuję przekrzyczeć rozchichotaną młodzież.

Nawet nie jestem pewna, czy mnie słyszą.

W gabinecie wicedyrektorki panuje tłok. Staję tuż przy wejściu i czekam. Nauczyciele są poruszeni. Takie zebranie wszystkich zdarza się tylko z okazji rad pedagogicznych.

– Wiesz, o co chodzi? – Słyszę czyjś stłumiony głos. Początkowo nie reaguję. – Elwira?

Odwracam się. To Julia, młoda matematyczka, jedna z niewielu, z którą przeszłam na ty. Ona również dołączyła w tym roku szkolnym. Posyłam jej uspokajający uśmiech.

---

* Przeczytajcie artykuł i odpowiedzcie na pytania. Zaraz wracam (ang.).

– Nie mam pojęcia. Może jakieś nagrody będą rozdawać?

Parska śmiechem, ale zaraz milknie zgromiona spojrzeniem wicedyrektorki. No proszę, udało mi się być dowcipną.

– Bardzo proszę państwa o ciszę. – Słyszę władczy głos. Aneta Nowak, kobieta około czterdziestki, elegancka i wysoka brunetka. Dziś jest ubrana w czerwoną garsonkę. Słyszałam, że to kolor władzy, ale wicedyrektorka nie potrzebuje czerwieni, żeby budzić respekt. Rozkręciła tę szkołę z dyrektorem, ale jego nikt się nie boi. Uważają go raczej za kumpla, faceta, któremu można wypłakać się w ramię. To Nowak odwala za niego całą czarną robotę.

– Dyrektor Sułecki zaginął.

Rozlega się szmer.

– Jak to zaginął?

Pytanie pada z różnych stron.

– Nie przyszedł do szkoły na ósmą, chociaż miał mieć lekcję z pierwszą A. Jego żona zadzwoniła z pytaniem, czy dotarł. Na noc nie wrócił do domu. Policja jest już powiadomiona.

Opieram się o ścianę. Nauczyciele znów szemrzą, ale nie wyławiam słów. Wicedyrektorka podnosi rękę.

– Czy ktoś z państwa coś wie? Czy dyrektor miał jakieś plany na wczorajszy wieczór?

Ludzie kręcą głowami, zaprzeczają.

– Przypuszczam, że policjanci do nas przyjdą i będą przesłuchiwać każdego z osobna. Mimo to, jeśli ktokolwiek coś wie, nawet coś, co się wydaje nieistotne, proszę powiedzieć najpierw mnie. To może zaoszczędzić czas.

Rozlega się dzwonek, ale nikt się nie rusza.

– Mogą państwo iść na lekcje. Jeśli przypomni się wam coś nawet w trakcie, proszę o wiadomość.

Powoli opuszczamy gabinet dyrektorki. Julia coś do mnie mówi, ale szum w głowie nie pozwala mi rozumieć słów.

– Przepraszam, muszę do łazienki.

Biegnę, zamykam się w kabinie. Kilka nauczycielek wchodzi za mną. Siadam na desce i chowam twarz w dłoniach. Czekam, aż wszyscy wyjdą. W końcu nie słyszę już żadnych odgłosów. Uchylam drzwi. Pusto. Nie mogę wykluczyć, że ktoś jest w zamkniętej toalecie, ale nie mam odwagi sprawdzić. Odkręcam kran z zimną wodą i piję chciwie. Potem przemywam twarz. Pomalowałam rano rzęsy, więc na policzkach tworzą się czarne smugi. Usuwam je papierem i jeszcze przez chwilę patrzę na odbicie w lustrze. Krótkie ciemne włosy z długą, opadającą na brwi grzywką. Brązowe oczy. Młoda kobieta, która patrzy na mnie, wydaje się nieznajoma. Potrząsam głową i włosy wirują jej wokół twarzy.

– Elwiro – zwracam się do postaci w lustrze na wszelki wypadek szeptem. Jeśli któraś z nauczycielek została w toalecie, lepiej, żeby tego nie słyszała. – Będzie dobrze.

Nie jestem pewna. Teraz już nie jestem pewna.

Marta

Nie mogę oddychać. Nie mogę się poruszyć. Nie mogę wydać dźwięku. Uduszę się i umrę. Nie chcę. Nie chcę. Nie chcę! Samochód nadal jedzie. Kierowca nie ma pojęcia, że dostałam ataku paniki. Powinien wiedzieć. Próbowałam się szarpać i krzyczeć, gdy mnie wiązał.

Siadam na łóżku. To sen. To wszystko był sen. Jest ciemno, ale dostrzegam zarysy przedmiotów. Moje ręce i nogi nie są skrępowane. Nie czuję knebla. Oddycham. Gdzie jestem? Nie rozpoznaję tego pomieszczenia. Czyżby zawiózł mnie do innego miejsca? Nie zrezygnował ze mnie. Nie wypuścił. To nie tak. Nie tak. Coś się stało. Coś bardzo ważnego. Coś...

Pamięć przychodzi powoli. Na szafce jest lampka, którą mogę zapalić. Tam też była. Zazwyczaj, gdy budziłam się w nocy, naciskałam włącznik. Jeśli on spał ze mną, wychodziłam do innego pomieszczenia. Lubiłam światło. Lubię. Nadal przecież żyję. Może nawet bardziej, chociaż w tej chwili trudno mi w to uwierzyć. Nie wiem, kim jestem. Nikt tego nie wie. Przyjdzie policja. Ustalą, jak się nazywam. Może. Może zobaczę mamę. Siostrę. Tatę. Czy ich poznam? Czy oni poznają mnie? Nie jestem już małą dziewczynką. On tak powiedział. Moi rodzice mogą powiedzieć to samo. I co wtedy? Co wtedy? Czy oni też włożą mnie do bagażnika i wywiozą do lasu? Też powiedzą „dasz radę"? Nie. Rodzice tak nie robią. Czyżby? Moja wiedza o świecie ogranicza się do filmów, które z nim oglądałam. Wkładam ręce do ust, żeby nie krzyczeć. Nie wiem, czy miła pani Krysia nie zdenerwowałaby się, że zakłócam ciszę nocną. On się denerwował. Mówił, że ludzie potrzebują odpoczynku. Bałam się jego gniewu.

Muszę odwrócić myśli. Tak tam robiłam. Myślałam na przykład o filmach, które oglądaliśmy. Mówił, że mi je pokazuje, bo są dobre. Czasem nic nie rozumiałam, a czasem się bałam, ale niekiedy zatracałam się w innym świecie. Moją ulubioną historią była *Casablanca*. Płakałam i płakałam, a on śmiał się ze mnie i nazywał swoim głupiutkim kociątkiem. Później wymyślałam inne zakończenie. Takie, żeby wszyscy byli szczęśliwi.

Tak robię teraz. Wymyślam zakończenia smutnych filmów. Nie dotykam tylko własnej historii. Dzięki temu wyrzucam z głowy strach. A może to nieprawda, pewnie tylko go zakopuję, ale nad tym też się nie zastanawiam. Wcielam się w te wszystkie piękne, smutne kobiety i doznaję pocieszenia. Zmęczenie zwycięża. Zamykam oczy i odpływam w sen.

Dziś jest inny lekarz i inna pielęgniarka. Smutno mi, że nie widzę pani Krysi, ale nie mam odwagi o nią zapytać. Sięgam po gazetki, które mi dała, i ponownie składam słowa.

– Policjanci są tutaj i chcą z tobą porozmawiać.

Lekarz wygląda dużo młodziej niż ten wczorajszy, a jego ton jest dość oschły. Odkładam na szafkę kolorowe pismo.

– Jesteś gotowa?

– Tak.

– Dobrze. Pamiętaj, że jeśli coś cię zdenerwuje, możesz przycisnąć ten guzik.

Kiwam głową. Już wczoraj pani Krysia pokazała mi, jak wezwać pomoc.

– Dobrze.

Waha się, jakby chciał mnie jeszcze o coś zapytać, ale rezygnuje i wychodzi. W sali natomiast pojawia się dwoje innych ludzi. Kobieta o ciemnych włosach, które ładnie podwijają się na końcach, i mężczyzna, niższy od niej, trochę grubawy. Oboje wyglądają sympatycznie, ale z trudem pokonuję chęć, żeby zerwać się z łóżka i uciekać. Nawet wyskoczyć przez okno.

– Dzień dobry.

Najpierw mówi to kobieta, potem mężczyzna. Zawsze mogę nacisnąć dzwonek, przypominam sobie.

– Dzień dobry.

Siedzę na łóżku, oparta o poduszki. Ręce trzymam na kołdrze. To chyba niefajnie, bo zdaję sobie sprawę, że zaczynają się trząść. Boję się jednak zmienić pozycję, żeby nie nabrali podejrzeń. To właśnie robią policjanci, prawda? Nabierają podejrzeń. Tak było w kryminałach, które mi pokazywał.

– Ja jestem Małgorzata Kamińska – przedstawia się kobieta. – A to mój partner Marek Matysiak.

Nie podaje ich stopni. Wiem, że policjanci mają stopnie. Inspektor. Komisarz. Powinnam coś powiedzieć, na przykład, że bardzo mi miło, albo chociaż podać swoje nazwisko. No to mam problem, bo ani nie jest mi miło, ani nie znam nazwiska. Ręce drżą mi coraz bardziej. Policjantka uśmiecha się w sposób, który ma za zadanie uśpić mój lęk. Chyba.

– Lubisz czekoladki? – pyta, wyjmując z torebki pudełko Merci. Kiwam głową, a ona kładzie je na mojej szafce. – Chcielibyśmy zadać ci kilka pytań.

– Dobrze – odpowiadam, jakby czekali na zgodę.

– Masz na imię Marta, prawda?

– Tak.

– A nazwisko?

Upokorzona, spuszczam głowę.

– Nie wiem.

– To nie szkodzi – mówi uspokajająco kobieta. Podnoszę na nią wzrok i widzę, że znowu się uśmiecha. – Czy
możesz nam powiedzieć, w jaki sposób znalazłaś się w lesie pod Gdańskiem?

A więc byłam w lesie pod Gdańskiem. Wiem, że to
miasto nad morzem. Wydaje mi się to trochę dziwne.

– Szłam. Długo szłam.

– Skąd?

– Nie wiem. On mnie przywiózł i tam zostawił.

Widzę, że policjant drgnął. Uśmiech jego partnerki
pozostaje taki sam.

– Kto?

– Mistrz.

– Kim jest Mistrz? To twój tata?

– Nie! – mówię gwałtownie. – Nie – powtarzam ciszej. – Ale tak czasem kazał się nazywać.

– Mieszkałaś z nim?

– Niezupełnie. Odwiedzał mnie często, ale w zasadzie
mieszkałam sama.

– Sama? Gdzie?

– Gdzieś w górach.

Tym razem po twarzy Małgorzaty Kamińskiej przepły-
wa jakiś dziwny wyraz. Może to szok, może niedowierzanie. Po chwili jednak znika i znów pojawia się uśmiech.

– To był twój rodzinny dom?

– Nie. Nie rodzinny. To jego dom, ale normalnie w nim nie mieszkał. Przywiózł mnie tam, żeby nikt nam nie przeszkadzał.

– Kiedy cię przywiózł?

Wzruszam ramionami, chociaż kołacze mi myśl, że to niegrzeczny gest.

– Nie wiem. Dawno. Byłam wtedy małą dziewczynką. – Ponieważ dociera do mnie, że to może nic nie znaczyć, dodaję: – Byłam w drugiej klasie.

To pewnie też nic nie znaczy, ale policjantka kiwa głową, jakby wszystko zrozumiała, a pan Marek Matysiak coś notuje.

– A jak go poznałaś?

Wstrząsam się. Mężczyzna nie odrywa wzroku od notesu, kobieta wygląda jeszcze łagodniej niż przed chwilą.

– Pamiętasz?

Już się nie waham. Pamiętam. Prawie codziennie odtwarzałam tę scenę. Czasem razem z nim.

– Tak. Wracałam ze szkoły. On jechał samochodem i zatrzymał się przy mnie. Powiedział, że tata prosił, żeby zawiózł mnie do niego, bo szykuje niespodziankę dla mamy. I ja wsiadłam. Mama mówiła, żeby nie wsiadać z obcymi, ale…

Nagle brak mi tchu. To wszystko moja wina. Sama wsiadłam.

– To się zdarza – odzywa się wreszcie policjant. – Byłaś mała, a on zły.

Drżą mi usta. Ktoś wreszcie powiedział, że on był zły. Sama rzadko pozwalałam sobie na sformułowanie takiej myśli.

– On… nie wiem.

– Tak. – Policjantka kładzie dłoń na mojej drżącej ręce. – To on był zły. – Na razie nie mogę w to uwierzyć, bo to wywraca świat do góry nogami, ale cieszę się, że oni tak mówią. – Gdzie mieszkałaś, zanim on cię zabrał?

– W Warszawie – odpowiadam bez wahania. To pamiętam.

– Czyli zabrał cię z Warszawy w góry – dopowiada policjantka, a jej partner notuje jak najęty. – A pamiętasz, jak mają na imię twoi rodzice?

Patrzę na nią szeroko otwartymi oczyma. Łzy wypełniają mi oczy. Jak mogłam zapomnieć?

– Nie pamiętasz. Nie szkodzi. Na pewno się dowiemy.

Jak? Chcę zapytać, ale słowa nie przechodzą przez ściśnięte gardło. Te testy DNA pomogą. Ocieram oczy.

– A czy wiesz, jak on miał na imię?

– Nie – odpowiadam szybko.

Może zbyt szybko, bo Matysiak podrywa głowę znad notatek i przygląda mi się czujnie.

– Miałaś co jeść, kiedy mieszkałaś sama? – pyta policjantka, a mężczyzna ponownie pochyla się nad zeszytem.

– Tak. W lodówce zawsze było dużo jedzenia, a on nauczył mnie gotować.

– Byłaś cały czas w domu? Czy wychodziłaś?

– Mogłam wyjść na teren.

– Co to znaczy na teren?

– Przed dom. Tam było coś jak ogród, ale nie ogród. Rosły drzewa, a latem były jagody.

– A poza teren? – pyta pani Małgorzata. Jej partner czeka z długopisem nad zeszytem.

– Nie. Tam był bardzo gruby mur, bardzo wysoki i zamknięta brama.

29

Policjantka już się nie uśmiecha. Mam wrażenie, że jej też chce się płakać.

– Zanim on cię zabrał, czy u ciebie w domu, tym prawdziwym, mieszkałaś tylko z rodzicami?

– Nie. Miałam siostrę. – Robię przerwę, a potem dodaję triumfalnie: – Kingę.

Przynajmniej to pamiętam.

– Kingę – powtarza policjantka i znów się uśmiecha. – A ile miała wtedy lat?

– Była malutka. Zaczynała chodzić. Mówiła na mnie: „Ma".

Uśmiecham się, bo nagle słyszę dziecięcy głosik, jakby siostra tak nazywała mnie wczoraj. Policjant znów podnosi głowę. On też się uśmiecha, po raz pierwszy podczas naszego spotkania.

– Nie będziemy cię więcej męczyć – mówi kobieta. – Bardzo nam pomogłaś. Myślę, że niedługo znajdziemy twoich rodziców.

Gdy wychodzą, opadam na poduszki.

– Wszystko w porządku? – pyta lekarz.

– Tak, tak – potakuję. – Czy mógłby pan to zabrać? – Wskazuję pudełko czekoladek na szafce.

– Oczywiście.

Na szczęście nie pyta dlaczego.

Nie lubię Merci. Gdy weszłam do jego samochodu pierwszy raz, dał mi takie pudełko. Zjadłam wtedy wszystkie czekoladki.

Elwira

Policja przychodzi, kiedy jeszcze trwają lekcje. Zderzam się z Julią podczas którejś przerwy.

– Przesłuchują wszystkich pojedynczo – szepcze mi do ucha.

Nie wiem, po co ta konspiracja, bo kiedy wchodzimy do pokoju nauczycielskiego, wszyscy mówią tylko o tym. Głupie serce bije tak, jakbym zaraz miała dostać zawału. Staram się nadążyć za konwersacją, ale to mnie tylko nakręca. Uczniowie też już wiedzą. Przypominam sobie, że podczas poprzedniej lekcji byli rozkojarzeni i cały czas szeptali. Kazałam im czytać jakiś tekst, bo nie dałam rady prowadzić normalnych zajęć. Mało kto zastosował się do polecenia.

Z ciężkim sercem idę na kolejną lekcję. Jestem w trakcie sprawdzania listy obecności, gdy drzwi się otwierają i znów widzę sekretarkę.

– Policja chciałaby z panią porozmawiać. Są w sekretariacie. Proszę iść, ja z nimi posiedzę.

Kiwam głową i oddalam się bez słowa.

Dwóch mężczyzn w cywilu siedzi po stronie biurka pani Marysi. Na mój widok podnoszą się i przedstawiają.

– Elwira Konopacka.

– Proszę usiąść, pani Elwiro.

Siadam na krześle petentki i czekam.

– Słyszała pani, że dyrektor Mariusz Sułecki zaginął?

– Tak, oczywiście. Pani wicedyrektor powiedziała nam o tym dziś rano. Wszyscy się martwimy.

– Pani też? – pyta jeden z policjantów.

Przyglądam mu się zdziwiona.

– To chyba oczywiste. To dyrektor szkoły, w której pracuję.

– Uważa pani, że jest dobrym dyrektorem?

– Pracuję tu od września, ale zawsze był dla mnie życzliwy. Zawsze miał czas, gdy prosiłam go o pomoc.

– A w jakich kwestiach prosiła go pani o pomoc?

Śledczy, który mnie przepytuje, ma ostry wzrok. Robię głęboki wdech.

– Typowo szkolnych. Prosiłam na przykład o możliwość prowadzenia zajęć online z uczniami nieobecnymi. Dyrektor podłączył mi komputer do telewizora, żeby wszyscy się widzieli.

– I uczniowie dołączali?

– Tak.

– A jak dobrze znała go pani jako człowieka?

– Chyba niezbyt dobrze. Jak mówiłam, pracuję tu dopiero od września.

– Ale była pani na przyjęciu gwiazdkowym, które zorganizował w swoim domu?

– Tak. Wszyscy nauczyciele byli.

– Nie wszyscy – rzuca drugi policjant.

– Być może – mówię, uśmiechając się. – Jak powiedziałam, pracuję tu dopiero od września.

Kolejny raz to powtórzyłam. Zapewne nie robi to dobrego wrażenia.

– Więc nie zna pani jeszcze wszystkich?

Nie wiem, jaki to ma związek ze sprawą, ale zmuszam się do grzecznej odpowiedzi.

– Wszystkich kojarzę, ale nie zauważyłam, że kogoś brakowało.

– A jak było na tym przyjęciu?

– Bardzo miło. Dyrektor i jego żona podali dobre jedzenie i rozmawiali ze wszystkimi.

– I drinki – dodaje ten drugi policjant. Nie zapamiętałam ich nazwisk ani stopni. – Drinki też podali.

– To prawda – przytakuję.

– Podobno dyrektor był wstawiony – ponownie odzywa się ten pierwszy.

– Tak? Nie wydaje mi się. Był w dobrym humorze, ale on zazwyczaj jest w dobrym humorze.

– Niektóre nauczycielki twierdzą, że zachowywał się niestosownie. – Robi mi się gorąco, ale się nie odzywam. Czekam. – Wobec pani nie zachowywał się niestosownie?

– Nie – mówię stanowczo. – Absolutnie nie.

Zastanawiam się, które powiedziały, że zachowywał się niestosownie. I co to właściwie znaczy.

– Podobno rozmawiał z panią sam na sam.

Nie jestem pewna, który z policjantów to powiedział. Teraz ja patrzę na nich ostro.

– Nie tylko ze mną. I zresztą co to znaczy sam na sam? Inni byli w tym samym pomieszczeniu.

– Dotykał pani?

– Przy dzieleniu się opłatkiem oczywiście tak. Poza tym… – Próbuję się skoncentrować, przypomnieć sobie. – Nie wiem. Może położył mi rękę na ramieniu. On tak czasem robi. To nic nie znaczy. Taki przyjacielski gest.

– Tak – mówi jeden z policjantów, przeciągając samogłoskę. – To przyjęcie było przedwczoraj. A wczoraj z nim pani rozmawiała?

– Tak. Powiedzieliśmy sobie dzień dobry i zapytał, jak się czuję.

– I jak się pani czuła?

– Dobrze.

– Rozmawialiście o przyjęciu?

Nie waham się ani chwili.

– Zapytał, czy dobrze się bawiłam.

– Przed chwilą powiedziała pani, że zapytał, jak się pani czuje.

Szybko wciągam powietrze. Nie rozumiem, do czego zmierzają. Traktują mnie jak podejrzaną czy też ich taktyką jest traktowanie wszystkich jak podejrzanych?

– Tak. Zapytał mnie również – mówię z naciskiem – czy dobrze się bawiłam. – Śmieję się krótko, cicho. Głupia nerwowa reakcja, nad którą nie potrafię zapanować. Śledczy wymieniają spojrzenia. – Może zapytał, jak się bawiłam, nie sugerując, że dobrze.

– I co pani powicdziała?

– Tak jak panom. Że było miło.

Jeden z policjantów kiwa głową, drugi pochyla się nad zeszycikiem. Czy on zapisuje, że drugi raz powiedziałam to samo? Że na przyjęciu było miło?

– Uważa pani, że dyrektor jest lubiany?

– Byłam pewna, że wszyscy go lubią, dopóki panowie nie powiedzieli mi, że jakieś nauczycielki zeznały, że zachowuje się niestosownie.

Zastanawiam się, czy to nie przydługie zdanie.

– Zachowywał się. Na przyjęciu – poprawia jeden z policjantów.

Przyglądam im się uważniej. Ten ma ciemne kręcone włosy i ciemne oczy. Jest bardzo szczupły, wręcz chudy. Zapewne przekroczył czterdziestkę, ale coś w jego twarzy przypomina zagubionego licealistę. Ten, który notuje, ma płaską twarz i włosy ostrzyżone na jeża. Jest barczysty, pod koszulą rysują się imponujące muskuły. Dla mnie wygląda jak bokser. Może teraz już nie będą mi się zlewać w jedno.

– A pani go lubi? – pyta Bokser.

– Jako szefa z pewnością. Jak wspomniałam, nie znam go prywatnie.

– Nigdy nie spotykała się pani z nim poza szkołą? – odzywa się Licealista.

– Nie.

– Czy przychodzi pani do głowy ktokolwiek, kto chciałby zrobić mu krzywdę?

– Nie. Absolutnie nie.

– Dziękujemy. To na razie wszystko.

Zanim się podniosę, pytam:

– Czy uważają panowie, że stało się coś złego? Podobno w przeważającej większości przypadków zaginione osoby po prostu robią sobie krótką ucieczkę od życia.

Już żałuję wyrażenia, którego użyłam, bo policjanci patrzą na mnie ze zdziwieniem.

– Uważa pani, że miał powody zrobić sobie ucieczkę od życia? – odpowiada pytaniem Bokser.

– Nie wiem – mruczę zrezygnowana i wstaję.

– Proszę wziąć nasze wizytówki na wypadek, gdyby coś jeszcze się pani przypomniało.

Odbieram od nich kartoniki i wychodzę. Kręci mi się w głowie.

Marta

Dziś znów jest pani Krysia.

— Jak się czujesz? — pyta, poprawiając mi poduszkę.

— Dobrze.

— Czytasz trochę?

— Tak. Bardzo dziękuję za te gazetki.

Uśmiecha się promiennie.

— Nie ma za co, kochanie.

Powiem jej, chociaż bardzo się wstydzę.

— Prawie nie pamiętam, jak się czyta. — Jej uśmiech gaśnie. — Gdy tam byłam, nic nie czytałam.

— Gdzie byłaś?

— U niego.

Zaczynam się trząść, a ona kładzie rękę na mojej.

— Nie musisz nic mówić. Już dobrze. Już tam nie wrócisz.

Wiem. Nie jestem już małą dziewczynką. Można mnie zapakować do bagażnika i wyrzucić w środku lasu.

— Trzymał mnie w domu za murem. Byłam jego małym głupiątkiem. Jego laleczką. Małą Martunią. Różnie mnie nazywał.

— Porwał cię? — wyrywa się pani Krysi.

Tak łatwo zrobić z niego potwora. Teraz gdy go nie ma, nawet ja mogę w to uwierzyć.

— Tak. Porwał.

Jeśli powiem coś więcej, rozsypię się na kawałki.

— Już tam nie wrócisz — powtarza pani Krysia. — Nie myśl o tym.

Tak. Lepiej myśleć o tym, co nastąpi. Łatwiej. Chyba.

– Ale prawie nie umiem czytać. I co teraz ze mną będzie? Przecież nie mogę iść do pierwszej klasy.

– Nie pójdziesz, nie martw się. I na pewno szybko sobie przypomnisz, jak czytać. Trzeba tylko ćwiczyć.

Całą energię wkładam w kiwanie głową.

– Muszę iść – mówi pani Krysia. – Wrócę niedługo.

Znów biorę gazetki, znów próbuję składać słowa. Prawie zapominam o tamtym świecie. O nim. I o tym, co mówił.

– Masz gościa.

Lekarz prowadzi do mnie szczupłą wysoką blondynkę. Kobieta ma ogromne niebieskie oczy kontrastujące z drobną twarzą. Wychudzoną. Ta osoba źle jada i źle sypia. Stoi przy moim łóżku i tylko patrzy. Lekarz spogląda na mnie, potem na nią i to on się odzywa.

– To ja już panie zostawiam.

Nadal obie milczymy. Jej usta drżą. Wiem, że chce coś powiedzieć. Moje serce wyrywa się do niej.

– Mama?

Nie mogę tego wiedzieć. Tak, była blondynką. Albo może tak uważam, bo sama mam jasne włosy. Nie pamiętam jej oczu. Nie mogę sobie przypomnieć, jakie miała usta. Kobieta siada na skraju łóżka i bierze mnie w ramiona. I już wiem. Tak mnie przytulała tylko ona.

– Marta – szepcze. – Marta.

Powtarza moje imię i dopiero po jakimś czasie zdaję sobie sprawę, że obie płaczemy. Kiedy wypuszcza mnie z objęć, mam wrażenie, że ziemia zapada się pode mną. Mama przygląda się mojej twarzy. Boję się. Może powie, że jestem już zbyt duża?

– Przepraszam. Nie chciałam wprowadzać takiej atmosfery. Nie chciałam cię denerwować. Tylko…

– Nie – przerywam. – Nie zdenerwowałaś mnie. Ja…

– Tak bardzo za tobą tęskniłam. Każdego dnia. – Podnosi rękę i dotyka mojego policzka. – Wiem, że to ty. – Policja… – Urywa i jej dłoń opada na kołdrę.

– Co, mamo? – Milknę przerażona.

To ja boję się ją zdenerwować. Boję się nazywać ją mamą. Boję się, że powie, że jej córeczką była mała dziewczynka.

– Pozwolili mi tu przyjechać, ale powiedzieli, że dopóki nie ma wyników DNA, nic nie wiadomo. I żebym nie… – Przełyka ślinę. – Żebym się tak nie zachowywała. – Milknie i dodaje: – No, tak jak się właśnie zachowałam.

Próbuje się uśmiechnąć, ale kąciki jej ust znów drżą.

– Nie wiesz, czy jesteś moją mamą?

Chciałabym cofnąć pytanie. Jeśli przyzna, że nie wie, to znów wprowadzi mnie tam, gdzie byłam przed jej przyjściem. Nie chcę tego. Ona jednak patrzy mi w oczy i odpowiada:

– Wiem.

Później znów mnie przytula. Nigdy już nie wrócę tam, gdzie byłam przed jej przyjściem. Wczepiam się w nią jak mała małpka albo raczej mała dziewczynka, którą przecież już nie jestem.

Elwira

Wychodzę ze szkoły razem z Julią.

— Wstąpisz do mnie na kawę?

Patrzę na nią zdziwiona. Byłam wprawdzie u niej kilka razy, ale teraz idą święta i wszyscy zajmują się głównie gotowaniem czy sprzątaniem. Przynajmniej takie odniosłam wrażenie, słuchając rozmów w pokoju nauczycielskim.

— Teraz?

— No tak. Musimy obgadać to zniknięcie i całe śledztwo. To takie strasznie dziwne, nie?

Coś we mnie krzyczy. Nie! Nie chcę iść do ciebie! Muszę być sama. Muszę pomyśleć.

— Nie przygotowujesz świąt?

Wzrusza ramionami.

— Jadę do rodziców. A ty?

— Ja w tym roku będę sama — odpowiadam sucho.

Pewnie zaraz zacznie się nade mną użalać. Wtedy ją zgaszę i po prostu pójdę sobie.

— No to możesz wpaść. Chodź, mam też zupę. Sama ugotowałam.

Wbrew głosowi, który nadal krzyczy, żebym tam nie szła, odpowiadam:

— Dawno nie jadłam domowej zupy. Dzięki za zaproszenie.

Mieszkanie Julii przypomina moje. Jeden duży pokój i aneks kuchenny. Nowoczesność i minimalizm, a może raczej bezosobowość. Czy Julia jest taka jak ja? Nie, po prostu mieszkamy na podobnych, nowo powstałych osiedlach. Od niedawna, a więc żadna z nas nie zdążyła zostawić śladów swojej osobowości. I tyle.

Jemy przy stoliku na kawę. Ja w fotelu, Julia na sofie. Mówi, że zawsze tak robi, bo wydaje jej się to bardziej *cosy**. Wybucha śmiechem przy angielskim słowie, ale stwierdzam, że ma rację.

– Jest. Właśnie *cosy*.

Ja też się śmieję i nagle stres odchodzi. Przy kawie czuję się już zupełnie rozluźniona, nawet gdy Julia porusza kwestię zniknięcia dyrektora.

– Co ty o tym właściwie myślisz?

– O zniknięciu Sułeckiego? – pytam lekko.

– No.

– Sądzę, że miał przesyt. Szkoła. Dom. Wszędzie niby sukces, ale presja musiała być wielka. Stworzył to liceum prawie od zera i stało się jednym z najlepszych w Polsce. A co, jeśli spadnie w rankingu? A w domu ostatnio przybyło obowiązków, bo urodziło się małe dziecko. Mężczyźni czasem nie wytrzymują wszystkiego naraz.

– Hmm… – Julia zastanawia się nad moimi słowami. – Taki męski przesyt? Może, ale chyba nie wyglądał na przytłoczonego.

– To nie zawsze widać. Zresztą chyba go dobrze nie znałyśmy, prawda?

Nie odpowiada od razu, ale kiedy się odzywa, jej ton jest lekki.

– No nie. To był tylko nasz dyrektor i to tylko przez kilka miesięcy.

Odstawiam filiżankę i sięgam po ciastko.

– No właśnie.

– A o co cię pytali?

_____
* Przytulne (ang.).

Opowiadam jej, starając się odtworzyć szczegóły.

– Ciebie też o to samo? – pytam na zakończenie. – I czy zauważyłaś, żeby on zachowywał się niestosownie?

– Tak, o to samo. I nie, nie zauważyłam.

– Jakoś cię dotykał?

– Nie podczas przyjęcia.

Robi mi się zimno.

– Nie podczas przyjęcia? – powtarzam głupio.

– Nie, dużo wcześniej. – Nagle zaczyna płakać. – Tak się źle z tym czuję, tak strasznie źle.

Impulsywnie ściskam jej dłoń.

– Powiedziałaś o tym policji?

Pociąga nosem i oddaje uścisk.

– Nie. Nikomu nie powiedziałam. I błagam, ty też nie mów.

– Nie powiem – obiecuję.

Znów zaczyna mi się kręcić w głowie. Proszę Julię, żeby powiedziała mi, jak to było z dotykiem dyrektora.

– Nie mogę. Chcę to zostawić za sobą. – Sięga po chusteczkę i wysmarkuje nos. – Jeśli ktoś go zabił, chwała mu za to – dodaje z nieoczekiwaną twardością.

Mariusz Sułecki. Człowiek, który stworzył na prowincji jedną z najlepszych szkół w Polsce. Ciepły, wyrozumiały. Mężczyzna, który dotykał mojej koleżanki w taki sposób, że ona cieszyłaby się z jego śmierci.

– Dlaczego nie wyjeżdżasz na święta? – zmienia temat.

– Wiesz, niedawno wzięłam rozwód. Nie lubię odpowiadać na pytania rodziny.

– Twój mąż nie był fajny?

– Był – odpowiadam bez wahania. – Jest. Tylko że… – Zastanawiam się, jak ubrać to w słowa. – Tylko że nigdy nie czułam się jego żoną. Wolę być przyjaciółką.

41

– No to dobrze zrobiłaś. Mam wino. Wypijemy za to?

Kiwam głową. Pijemy jedno wino, potem drugie, chichoczemy jak głupie. Nie poruszamy już trudnych tematów.

Gdy wracam do domu i patrzę w gwiazdy, myślę, że ten alkohol to był błąd. Powinnam się zastanowić, a w mózgu jest mgła. Po pięciu minutach otwieram drzwi mieszkania i zmuszam się do wypicia szklanki wody z solą. Zwracam całe wino i chociaż jeszcze wiruje mi w głowie, odzyskuję częściowo jasność myślenia.

Wyjmuję telefon, który ściszyłam przed wyjściem do szkoły i nie sprawdzałam cały dzień. Pięć połączeń nieodebranych od mamy. Jedna wiadomość.

Wszystko w porządku? Martwię się o Ciebie. Może jednak przyjedziesz? Tęsknię. Bez Ciebie święta będą szare.

Z jednej strony mam ochotę natychmiast to wykasować, z drugiej słowa mamy mnie rozczulają. Jeśli zignoruję jej próbę kontaktu, tylko ją to nakręci.

Wszystko dobrze, mamo. Tyle razy rozmawiałyśmy już na temat świąt. W tym roku potrzebuję być sama. Zadzwonię w Wigilię.

Prawie wysyłam, gdy decyduję się dopisać:

Kocham Cię.

Siadam w swoim ulubionym fotelu i zamykam oczy. Wracam do wywiadu o pracę.

* * *

Pół roku wcześniej

Dyrektor przygląda mi się życzliwie.

– A więc nie pracowała pani wcześniej jako nauczycielka?

– Na studiach udzielałam korepetycji, głównie indywidualnych, ale miałam też zajęcia z grupami młodzieży ze szkoły średniej. Osiągałam dobre rezultaty. Dzieciaki poprawiały oceny, robiły też postępy w mówieniu. Po obronie natomiast pracowałam jako tłumaczka.

– A dlaczego teraz chce pani uczyć?

Patrzy mi prosto w oczy. Jego tęczówki są intensywnie niebieskie. Rozprasza mnie to i spuszczam wzrok. Po chwili jednak podnoszę go i przyglądam się jakiemuś punktowi ponad głową Sułeckiego.

– Nadal lubię tłumaczyć, ale to samotna praca. Wykonuję tylko tłumaczenia pisemne. Ustne są dla mnie stresujące. – Uśmiecham się, ale nie dodaję, że ze stresem radzę sobie dobrze. – Potrzebuję kontaktu z ludźmi. Mam dobre relacje z młodzieżą i to właśnie młodych ludzi chciałabym uczyć.

– Zdaje pani sobie sprawę, że nauka w szkole to trochę co innego niż lekcje prywatne? Zazwyczaj dzielimy na grupy, ale i tak wtedy jest dziesięć do piętnastu osób. Jak poradzi sobie pani z dyscypliną?

Musi zadawać takie pytania, ale wiem, że podjął decyzję w momencie, kiedy mnie zobaczył.

– Na studiach miałam praktyki w liceum. Żadnych problemów z dyscypliną.

– I jest pani gotowa opuścić Warszawę dla naszego miasteczka?

Biorę głęboki oddech i znów patrzę w jego oczy.

– W zasadzie już się przeprowadziłam. Jestem zmęczona Warszawą. Zresztą… – Zacinam się, po czym dodaję na wdechu: – Było dużo prywatnych spraw, które się zawaliły.

Jestem gotowa powiedzieć, że się rozwiodłam, jeśli spyta o szczegóły. Jednak nie pyta.

– A więc to ucieczka?

– Nie do końca. Raczej nowe życie.

Przez chwilę oboje milczymy, nie odrywając od siebie wzroku.

– Pani Elwiro – mówi dyrektor w końcu. – Jest mi bardzo miło powitać panią w zespole. Rozumiem, że może pani zacząć od nowego roku szkolnego?

Uśmiecham się szeroko.

– Oczywiście.

– Proszę zostawić papiery w sekretariacie. Spotykamy się wszyscy piętnastego sierpnia.

– Oczywiście – powtarzam.

– Jeśli pani chce, możemy porozmawiać wcześniej prywatnie. Opowiem pani więcej o szkole i naszej młodzieży.

– Bardzo chcę!

Umawiam się z nim za trzy dni w jakiejś knajpce.

Gdy podajemy sobie ręce na pożegnanie, z boku wygląda to jak nic nieznaczący gest. Wiem jednak, że dyrektor Mariusz Sułecki należy do mnie. Ja w pewnym sensie do niego też.

* * *

Otwieram oczy i rozglądam się po swoim małym mieszkaniu. Tu niewiele się zmieniło, od kiedy się wprowadziłam.

Natomiast dyrektora Mariusza Sułeckiego szuka policja.

Marta

Mama przychodzi codziennie. Czytamy razem. Na razie nie wspominam o tacie ani o Kindze. Ona o nich nie opowiada. Nie zadaje mi też żadnych pytań. Istniejemy tu i teraz. Boję się wyników DNA. Wiem, że wbrew temu, co powiedziała, ona też się ich boi.

Wreszcie jednak dostajemy potwierdzenie. Jestem jej córką. Nazywam się Marta Jędrasik i mam czternaście lat. Znów się przytulamy, jakbyśmy nigdy nie chciały się puścić.

– Każdego roku – mówi mama, śmiejąc się i płacząc jednocześnie – modliłam się, żeby święta były z tobą. – I w tym roku będą – dodaje z uniesieniem.

Mrugam kilka razy.

– Święta? – pytam zdezorientowana.

– Święta Bożego Narodzenia – wyjaśnia cierpliwie.

– Wydawało mi się – wypuszczam i wciągam powietrze kilka razy, zanim skończę – że Boże Narodzenie już było. On tak mówił. Mieliśmy choinkę.

Oszukiwał, coś śpiewa we mnie. We wszystkim mnie oszukiwał.

– Nie. – Mama głaszcze mnie po ręce. – Dopiero będą. Chcesz choinkę?

W moim prawdziwym domu to co innego niż tam, prawda?

– Tak! Chcę choinkę!

Obie wybuchamy śmiechem na tę dziecięcą deklarację.

– Nie było u nas choinki, od kiedy zaginęłaś. – Głos mamy jest bardzo cichy, smutny. – Nawet Kinga mnie nie przekonała.

– A Kinga jest teraz z tatą?

Wreszcie mogę o to zapytać. Wreszcie wiem, że to naprawdę moja siostra i mój tata.

– Kinga jest z ciocią Elą. – Patrzę pytająco, więc mama wyjaśnia: – To moja siostra.

Milknie, jakby powiedziała już wszystko.

– A tata? – naciskam.

– Tata. – Jej wzrok gdzieś błądzi. – Tata nie żyje.

Zaczynam się trząść. Chciałabym przestać, ale nie potrafię nad tym zapanować. Mama bierze mnie w ramiona, kołysze. Wyrywam się.

– Co się stało?

Nadal na mnie nie patrzy.

– Chorował.

– Na co?

– Na raka.

Tym razem pozwalam się przytulić. Nie żyje. Tata nie żyje. Nigdy z nim nie porozmawiam. Nigdy go nie zapytam. Odsuwam się i patrzę prosto w oczy mamy.

– Jak masz na imię?

– Kasia. Katarzyna.

– A tata? Jak miał na imię?

– Wojtek. Wojciech.

Podaje mi obie formy, a przecież potrafię zdrabniać imiona. Mama tego nie wie. Wiele musimy się jeszcze o sobie nauczyć.

To teraz nieistotne. Ważne, że wiem, kim jestem. Jestem Marta Jędrasik. Córka Katarzyny i Wojciecha. Siostra Kingi. Mam czternaście lat. Te święta Bożego Narodzenia spędzę w domu. Odzyskałam tożsamość.

Elwira

Śledztwo się nie posuwa. Poprawka. Nie wiem tego. Policja przecież nie będzie informowała szaraczków. Za to szkoła huczy od plotek. Wśród nauczycieli na prowadzenie wysuwa się kilka teorii. Sułecki uciekł z kochanką. Sułecki popełnił samobójstwo, ale zrobił to gdzieś daleko, żeby nie narażać rodziny na szok związany z odnalezieniem ciała. I teoria numer jeden: morderstwo. Gdy zaczynają szukać motywów, wyłączam się. Wkładam do uszu słuchawki albo idę do toalety. Uczniowie już nie szepczą. Głośno wymieniają się podejrzeniami, również podczas lekcji. Próbuję zaganiać ich do pracy, ale moje wysiłki niespecjalnie skutkują.

– Myśli pani, że ona go zabiła?

Drętwieję. Krysia, która jest tak drobna, że wygląda na dziecko z podstawówki, a nie na maturzystkę, wyraźnie czeka na odpowiedź. Zresztą nie tylko ona. Inni też patrzą na mnie z ciekawością.

– Kto? I kogo?

Mogę mieć jeszcze nadzieję, że dziewczyna mówi o jakimś serialu.

– Dyrektora oczywiście. Czy myśli pani, że żona go zabiła?

Staram się, żeby moje spojrzenie i głos wyrażały naganę.

– Krysiu. – Używam jej imienia, bo to ona zadała pytanie, jednak chcę, żeby to, co mówię, dotarło do wszystkich. – Przede wszystkim uważam, że dyrektor żyje. Po drugie, skąd w ogóle pomysł, że jego żona mogła mu zrobić cokolwiek?

Dziewczyna wzrusza ramionami i otwiera usta, ale odpowiedź pada z drugiego końca klasy.

– Zawsze gdy ktoś jest zamordowany, pierwszym podejrzanym jest współmałżonek.

Przenoszę spojrzenie na Piotrka, jednego z najbardziej popularnych chłopców w szkole.

– Dowiedziałeś się tego z seriali?

– Policja tak naprawdę mówi. – Tym razem odzywa się Lidka, którą przygotowuję do olimpiady. – Moja ciocia jest policjantką i twierdzi, że w większości przypadków tak rzeczywiście jest. Zabójcą jest żona lub mąż.

– Na razie nie stwierdzono niczyjej śmierci – mówię lodowato.

Jestem na siebie wściekła za użycie wyrażenia „na razie".

– Właśnie, na razie – podchwytuje Krysia. – Przecież dyrektor nie zrobiłby sobie wakacji tuż przed feriami świątecznymi. Zbyt zależało – chwyta mój wzrok i poprawia się – zależy mu na szkole.

Każdy to wyczuwał. Dyrektorowi zależało na szkole.

– Wyjaśnieniem sprawy zajmuje się policja.

– Ale co pani uważa? – naciska Krysia.

Nie wierzę, że dałam się wciągnąć w tę dyskusję.

– Uważam, że mamy lekcję angielskiego, przejdźmy więc może do sprawdzenia pracy domowej.

Niby otwierają książki, niby odpowiadają na pytania, ale nie udaje mi się nad nimi zapanować. Jak to dobrze, że już jutro przerwa świąteczna. Tydzień spokoju. Może spokój nie jest najlepszym słowem, ale to przynajmniej będzie czas bez innych ludzi.

Gdy otwierają się drzwi i widzę w nich panią Marysię, jestem prawie zadowolona.

– Mogę panią prosić na chwilę?

Wstaję i wychodzę z klasy, nie prosząc nawet uczniów, żeby się czymś zajęli.

– Policja chce z panią rozmawiać.

Nogi uginają się pode mną.

– Znowu? Przecież przesłuchiwali mnie dwa dni temu.

Sekretarka przygląda mi się trochę zbyt długo, zanim odpowie.

– Prosili tylko, żebym panią przyprowadziła.

– Wszystkich znów przesłuchują? – pytam, gdy idziemy korytarzem.

– Nie – odpowiada krótko pani Marysia.

Kierujemy się do sekretariatu, który policjanci przeznaczyli na pokój przesłuchań. Tuż przed drzwiami pani Krysia rzuca, że będzie u dyrektorki.

Bokser i Licealista witają mnie bez uśmiechu. Nadal nie znam ich nazwisk. Nawet nie spojrzałam na wizytówki. To i tak nie na wiele by się zdało, bo nie miałabym pojęcia, który jest który. Powinnam wiedzieć. Ja, którą wzywają na dodatkowe przesłuchanie. Zainteresuję się tym później, o ile oczywiście nie zostanę aresztowana. Co za bzdura. Głupie myśli przychodzą mi do głowy, bo miny mężczyzn naprzeciwko wydają się srogie. Prawdopodobnie policja ma tu taki styl.

– Ostatnio, gdy z panią rozmawialiśmy – zaczyna Licealista – stwierdziła pani, że słabo zna dyrektora Sułeckiego.

– Tak powiedziałam – przyznaję.

Czekam na granat i on rzeczywiście wybucha.

– Otóż jedna z nauczycielek twierdzi, że łączyło was coś więcej.

– Słucham?

Niczego nie udaję. Uwaga Boksera naprawdę wprawia mnie w osłupienie.

– Otóż ta osoba – Licealista zagląda do notatnika – mówi: „Na przyjęciu bożonarodzeniowym patrzyli na siebie jak kochankowie. Przy składaniu życzeń dyrektor dotknął jej pośladków".

– To nieprawda! – nie wytrzymuję. – Nic takiego nie miało miejsca.

– Nie? – Młodszy policjant patrzy mi prosto w oczy, a potem znów czyta ze swojego zeszyciku: – „Poszłam na górę, bo toaleta na parterze była zajęta. Wiem, że nie powinnam tego robić, ale byłam ciekawa, więc otworzyłam drzwi pokoju, który wyglądał na sypialnię małżeńską. Dyrektor Sułecki całował się tam z nową anglistką".

Kręcę głową.

– Wyglądał na sypialnię? Małżeńską? – powtarzam. – Skąd można wiedzieć z zewnątrz, że pokój jest małżeńską sypialnią?

Licealista podnosi na mnie wzrok i uśmiecha się. Pierwszy raz dzisiaj.

– Nie mam pojęcia.

– Czy całowała się pani z Mariuszem Sułeckim na przyjęciu? – pyta Bokser.

– Nie – odpowiadam zdecydowanie. – Czy mogę wiedzieć, kto to powiedział?

Obaj kręcą głowami i znowu zlewają mi się w jedno.

– Tej osobie zależało na zachowaniu anonimowości.

– Ale to nieprawda! – wybucham. – Nie całowałam się z nim! Nie dotykał mnie tak na tym przyjęciu!

– Na przyjęciu? – podchwytuje Bokser. – A kiedykolwiek?

Uspokajam oddech, opieram plecy o tył krzesła i patrzę mu w oczy.

– Nie.

To oczywiste kłamstwo, ale może nie dojdą do prawdy. To „może" jest słabe, jednak na razie postanawiam się go trzymać.

Marta

Mama uśmiecha się do mnie.

– Nie ma windy.

Kiwam głową i idę pierwsza. Gdy próbowałam sobie przypomnieć, jak wygląda nasze mieszkanie, miałam w głowie pustkę. Klatka z kręconymi schodami, po których się wspinamy, nie budzi żadnych wspomnień. Zatrzymuję się na trzecim piętrze przed drzwiami po lewej stronie.

– Pamiętasz.

Uśmiech mamy staje się szerszy. Zatrzymałam się tutaj. To coś znaczy. Serce bije mi szybko. Zmęczyłam się tymi schodami. Gdy żegnałam się z panią Krysią, przypominała, żeby na razie się nie przemęczać. Mama wkłada klucz do zamka, ale zanim zdoła go przekręcić, drzwi się otwierają.

Kobieta, trochę podobna do mamy, ale z krótszymi ciemniejszymi włosami i mniej zmęczoną twarzą trzyma za rękę dziewczynkę śliczną jak aniołek. On tak do mnie mówił. Kiedyś. *Jesteś śliczna jak aniołek.* Czy wtedy wyglądałam jak ona? A jeśli przyjdzie i weźmie sobie tę dziewczynkę?

– Marta! – Siostra mamy chwyta mnie w ramiona. – Jak dobrze, że jesteś.

Dziewczynka stoi obok i przygląda nam się wyraźnie onieśmielona. Mama kuca i przytula ją z całej siły.

– Kinguś – mówi. – Jesteśmy już razem. – Ja, ty i twoja siostra.

Ciocia Ela – przecież znam imię tej kobiety – puszcza mnie. Wyciągam rękę do dziewczynki, do Kingi – ją też powinnam nazywać po imieniu – bo tak należy zrobić. Bo wydaje mi się, że tego się po mnie spodziewają. To jej wystarcza. Onieśmielenie znika i siostra przytula się do mnie. Jest miękka i pachnąca. I znów pojawia się ta myśl: a jeśli on przyjdzie i weźmie ją sobie? Zaczynam krzyczeć. Kinga cofa się przerażona. Ciocia Ela bierze ją na ręce i znika za drzwiami jakiegoś pokoju.

– Marta. Marta. Marta.

Mama powtarza moje imię, trzymając mnie kurczowo, aż mój wrzask cichnie.

– Powiesz mi, co się stało?

Szczęki mi latają, jak wtedy gdy w tamtym domu dostałam gorączki i długo łykałam lekarstwa.

– Ona wygląda jak ja kiedyś, prawda?

– Jesteście podobne. Jak to siostry. Jak ja i ciocia Ela.

– A jeśli… – Nie chcę tego mówić, ale muszę ją ostrzec. – A jeśli on przyjdzie i ją zabierze?

Mama przygląda mi się smutnym wzrokiem. Boi się. Chyba powinna się bać.

– Nie. – Jej głos twardnieje.

Mam wrażenie, że rozprawiła się ze strachem. Dreszcze ustają.

– Skąd wiesz?

Patrzy mi w oczy.

– Wiem.

Pewność w jej głosie nieoczekiwanie mnie przeraża.

– Dziewczyny. – Ciocia Ela znów pojawia się w przedpokoju. – Ugotowałyśmy obiad. Siadajcie, a my odgrzejemy zupę.

– Najpierw niech umyją ręce! – protestuje zza jej pleców Kinga.

– Słusznie, Kingusiu. Trzeba ich pilnować.

Ciocia mruga do siostrzenicy, ale Kinga patrzy na mnie. Budzę w niej strach i nic dziwnego. Interesuję ją również i to mi się podoba. Obiecuję sobie trzymać nerwy na wodzy przynajmniej w jej towarzystwie.

– Pyszne. – Staram się być miła. – Kiedyś ugotujemy razem, dobrze?

Mama się uśmiecha, Kinga kiwa z entuzjazmem głową, tylko ciocia Ela przygląda mi się w zamyśleniu. Rozgryzła mnie. Takim tonem mówiłam do niego. Zazwyczaj zapewniało to jego dobry nastrój.

– Osadziłyśmy już choinkę. – Ciocia Ela przenosi wzrok na mamę. – Z ubieraniem czekamy na was.

– Tak! – Kinga podnosi się z krzesła i podskakuje. Ona nie musi starać się być miła. – Choinka jest taaka duża! –Wyciąga nad siebie rękę. – Chcesz zobaczyć?

– Po zupie, dobrze? – mówi mama. – Usiądź, Kingusiu.

Ciocia Ela znów na mnie patrzy. Nie chcę wiedzieć, co kryje się w jej wzroku.

– Tak. – Wstaję. – Chcę.

Biorę Kingę za rękę. Siostra już się mnie nie boi. Dorosłe kobiety podążają za nami. Zapewne chcą wiedzieć, czy nie zrobię Kindze krzywdy. Wchodzimy do pokoju, który nie budzi we mnie żadnych odczuć. Pod oknem stoi drzewko. Takie jak on przyniósł całkiem niedawno, kłamiąc, że jest Wigilia. Nie. Wszystko tam było inaczej. Tu jest moja siostra, która nigdy nie ubierała choinki, bo mama zawiesiła Boże Narodzenie do mojego powrotu.

– Piękna!

Znów mówię to, co powinnam. Znów mój głos brzmi jak u niego. Czuję się jednak inaczej.

– Piękna! Piękna! – powtarza moja siostra i znów skacze. – Zacznijmy ją już ubierać! Teraz!

– Po obiedzie – mówi mama zdecydowanym tonem.

Ubieramy choinkę i sprawia mi to przyjemność. Nadal jednak się boję.

– To co, naprawdę chcesz, żeby Wigilia była u was? – pyta ciocia. – Może jednak przyjdziecie do nas?

Zanim mama zdoła odpowiedzieć, Kinga woła:

– U nas! Proszę! U nas!

Mama patrzy na mnie pytająco. Kiwam głową, bo nie mogę nic wykrztusić.

– U nas – potwierdza mama. – Przyjdźcie równo z pierwszą gwiazdką – dodaje z uśmiechem.

– Jeśli powiesz, o której ona jest – wzdycha ciocia.

Nie chcę tego robić teraz, ale jeśli znów to odłożę, może być za późno.

– Muszę porozmawiać z policją – zwracam się do mamy.

Monika

A więc jutro Wigilia. Śnieg oczywiście stopniał, jak to zazwyczaj na święta. Chciałaby, żeby brak białego puchu był jej jedynym problemem na gwiazdkę. Wolała nie brać kolejnego środka przeciwbólowego, chociaż głowa jej pękała. Już i tak nie wiadomo, czy ten pierwszy nie przeniknął do pokarmu i nie zaszkodził dziecku. Spojrzała na śpiącą Karolinkę. Twarzyczka córeczki była spokojna. Monika przeniosła wzrok na starszą córkę, która od momentu zaginięcia ojca nie opuszczała pomieszczenia, w którym znajdowała się matka. Tylko podczas przesłuchań Monika prosiła siostrę albo nianię o przypilnowanie dzieci. Asia nie uroniła łzy od tamtego wieczoru, gdy Mariusz nie wrócił do domu. Rzadko płakała, przynajmniej w obecności matki. Ostatni raz, gdy to się zdarzyło, miała chyba pięć lat. Może sześć. Monika zdrętwiała. Powinna pamiętać takie rzeczy. To, że dziecko nie wypłakiwało się w jej ramię, świadczyło o niej jako o rodzicu. Zawiodła Asię i nie była pewna, czy to się da odrobić. Córka podniosła znad książki bladą twarz. W jasnych oczach był smutek. Nie taki, jaki bywa w oczach innych ośmioletnich dzieci. To był smutek, który czai się w oczach starych ludzi.

– Czy tata wróci? – zapytała Asia.

Pierwszy raz, a to pytanie musiało przecież w niej siedzieć od początku. Monika chciała odpowiedzieć: „Tak, wróci", ale się powstrzymała.

– Nie wiem – szepnęła. – Chodź do mnie, kochanie.

Dziewczynka się zawahała, ale po chwili odłożyła książkę i usiadła na sofie. Gdy matka ją przytuliła, Asia wybuchnęła płaczem. To było przejmujące, ale Monika poczuła ulgę. Asia potrafi płakać. Co ważniejsze, potrafi płakać w jej ramionach. Szloch siostry obudził Karolinkę. Monika wyjęła ją z łóżeczka i przystawiła do piersi. Karmiła, obejmując jedną ręką starszą córkę, która pochlipywała coraz ciszej. Jak to dziecko.

Może jeszcze będzie dobrze.

Elwira

Ten dzień jest dobry, a przynajmniej tak sobie powtarzam. Nie ma już szkoły, a nikt z policji nie kontaktuje się ze mną. Mimo to nie mogę się uspokoić. Każdy dźwięk sprawia, że podskakuję. Czy powinnam czekać na ruch ze strony śledczych? Wyciągam ich wizytówki. Marek Kochanowski – inspektor i Dariusz Brykiet – komisarz. Zakładam, że Bokser jest inspektorem. Chyba naprawdę jest starszy i dłużej pracuje, a staż zaowocował wyższym stopniem. Jeśli miałabym zadzwonić do któregoś, wybrałabym Licealistę, bo podoba mi się jego zagubione spojrzenie. To może być gra albo zwykła iluzja, ale odczuwam z nim więź. Jest do mnie podobny. Wmawiam to sobie, żeby było łatwiej. Komisarz Dariusz Brykiet. Obracam kartonik w palcach i zerkam na komórkę.

W tym momencie dzwoni. Wstrząsam się, ale to nie policja. Na szczęście mama ani nikt z rodziny też nie. Będę musiała z nimi pogadać, ale odłożę to do jutra. Wiadomo, w Wigilię trzeba pamiętać o najbliższych. Tym razem telefonuje Maciek. Mój były mąż. Dziwnie tak o nim myśleć. Odbieram.

– Cześć.

– Cześć. Co słychać?

– Wszystko dobrze. Nie ma już szkoły, więc się byczę.

– A święta…

Zawiesza głos. Już mu mówiłam, że nikogo nie zapraszam ani nigdzie się nie wybieram. Podchodzę do okna i przyglądam się błotu na podwórzu. Jeszcze niedawno był śnieg. No ale za to postawili choinkę, która błyszczy kolorowymi światełkami.

– Przecież wiesz. Spędzam sama.

– A co byś powiedziała, gdybym się wprosił?

Nie spuszczam wzroku z drzewka na zewnątrz. Kicz. Był czas, że to lubiłam.

– Że niby jesteśmy małżeństwem, któremu magia Bożego Narodzenia pomoże ponownie się połączyć?

Przesadziłam. Maciek jednak się śmieje.

– To nie o nas, nie uważasz?

– No tak. Nie o nas.

Milczymy przez chwilę, rozważając te słowa. Ja na pewno, a Maciek, jeśli nawet, to w zupełnie inny sposób.

– No więc? Przyjęłabyś mnie?

Dlaczego nie? Wigilia spędzona z kimś byłaby lepsza niż kolejny wieczór, w którym będę mielić własne myśli. No nie. Coś mogłoby sprawić, że strzępkami tych myśli podzieliłabym się z nim. Niebezpieczne.

– Maciek, doceniam propozycję, ale w tym roku potrzebuję być sama.

Wzdycha.

– Takiej odpowiedzi się spodziewałem.

Chyba chce jeszcze coś powiedzieć, ale go wyprzedzam.

– A co u ciebie?

– Ze świętami? Skoro mnie nie chcesz, pójdę do siostry. Zaprosiła całą rodzinę.

– A tak poza tym?

– Same nudy. Koncentruję się na doktoracie.

W przeciwieństwie do mnie zawsze miał sporo naukowego zacięcia.

– No to profesor Lewicki może czuć się zagrożony.

Naprawdę tak uważam. Prawdopodobnie nie w dziedzinie polityki, która nie jest wielką pasją Maćka, ale literaturoznawstwa z pewnością.

– A poza tym – dodaje Maciek – trochę chałturzę z tłumaczeniami.

– A prywatnie?

– Prywatnie? Nic specjalnego. Poznałem na imprezie u Zielińskich dziewczynę i nawet kilka razy się umówiliśmy, ale chyba już się mną znudziła.

– Nie wierzę.

Nie komentuje mojej wstawki.

– A ty?

– Ja? Prywatnie? W sensie romansowym?

Próbuję zyskać na czasie, ale i tak muszę coś w końcu powiedzieć.

– No tak. Ty. Prywatnie. W sensie romansowym – odpowiada Maciek śmiertelnie poważnym tonem.

Śmieję się. On zawsze potrafił mnie rozbawić.

– No cóż. Nic. Romanse mi nie w głowie. – Milknę, ale zanim Maciek zdąży zareagować, dodaję: – Dyrektor zniknął.

Głupie. Maciek może pomyśleć, że to ma coś wspólnego z romansami.

– Dyrektor twojej szkoły? – upewnia się.

– Właśnie. Mnóstwo teorii. Najwięcej o zabójstwie.

– Przejmujesz się jego zniknięciem?

– Nie wiem. – Zaczyna padać deszcz. Cholerne święta, nawet nie mogą być białe. – W pewnym sensie tak. Znałam człowieka. Był moim szefem.

– Był? – wtrąca.

Wzruszam ramionami, mimo że nie może mnie zobaczyć.

– No był. Teraz go nie ma.

– Lubiłaś go?

Telefon wysuwa mi się z dłoni. Może nawet specjalnie go upuszczam.

– Halo? – mówię, podnosząc aparat. – Wiesz, Maciek, muszę kończyć. Zaraz przychodzi moja koleżanka.

Okłamuję go w jednej sprawie, żeby nie kłamać w innej. Żałosne.

– A więc jednak utrzymujesz kontakty towarzyskie.

– Nie bardzo, ale ona się uparła, że złoży mi życzenia tuż przed Wigilią. No wiesz, ona też jest nowa i raczej trzymamy się razem.

– Jak ma na imię?

Wkurzam się, że mnie sprawdza, ale odpowiadam:

– Julia.

– Pozdrów Julię.

– Dobrze. Pa.

Rozłączam się. I pomyśleć, że tak mnie zmęczyła rozmowa z Maćkiem. Z mamą to dopiero będzie heca.

Wkładam kurtkę, wciskam komórkę i latarkę czołówkę do kieszeni i wychodzę. Miasteczko jest małe, więc szybko znajduję się na szlaku. Niedługo zapadnie zmierzch i wycieczka w góry byłaby nierozsądna. Nie wybieram się jednak wysoko, a trasa nie jest niebezpieczna. Patrzę na mijane domostwa. Ludzie dostają się tu codziennie o różnych porach i nikt nie robi afery. Miejsce, do którego zmierzam, jest tylko trochę wyżej, ale trzeba zboczyć z drogi. Nie żeby było tam dziko czy zagrażały lawiny. Wręcz przeciwnie. Kilka kroków przez zarośla i znów pojawia się ścieżka. Ścieżka dla wtajemniczonych, jak nazwałam ją za pierwszym razem. Muszę zwolnić. Sapię jak lokomotywa. Jest mniej stromo i posuwam się teraz w tempie około dwóch kilometrów na godzinę, więc serce i oddech się uspokajają. Po kilkunastu minutach docieram na miejsce. Tajemnica trochę problematyczna, bo samochodem można dojechać, tylko z drugiej strony. Ogrodzenie nie jest wysokie, ale ktoś wybrał żywopłot zimozielony, skutecznie chroniący przed wścibskimi spojrzeniami, gdyby jakiś wędrowiec czy kierowca się tu zapuścił. Przez chwilę tylko stoję i patrzę, jakbym mimo wszystko chciała przebić się wzrokiem przez liście.

Monika

Dziewczynki spały. Karolinka w łóżeczku, Asia w małżeńskim łożu Moniki i Mariusza. Od kiedy zniknął, starsza córka spędzała z matką również noce, chociaż się nie przytulała. Dziś jednak zasnęła w jej ramionach. Sukces. Teraz Monika sukces odmierzała uściskami dziecka. Na palcach przeszła do gabinetu męża. Otwierała szufladę po szufladzie. Wyciągała wszystkie papiery i przeglądała. Policja zajęła się na razie komputerem. Może tam znajdą jakąś wskazówkę. W środkowej szufladzie pod nudnymi dokumentami leżała rozładowana komórka. Śledczy z pewnością się zdziwią, że Mariusz trzymał tu telefon i to na dodatek, kiedy wyszedł z domu. Monika podłączyła telefon do prądu i wpisała PIN: 2018. Od dawna go znała, prawie od momentu zmiany. Swoją drogą po co on go zmieniał? Chyba tylko po to, żeby upamiętnić moment, gdy został oficjalnie dyrektorem. Najwyraźniej miało to dla niego znaczenie. Zupełnie bez znaczenia natomiast był fakt, że żona miała dostęp do wiadomości.

Otworzyła esemesy. Kilka od niej, kilka od osób, których nie kojarzyła, jednak większość korespondencji z tą nową anglistką. Niezbyt sprośnej korespondencji. Tak zazwyczaj zaczynał się każdy jego nowy romans. *Dziękuję za inspirujące spotkanie.* To był pierwszy esemes. Sporo przed rozpoczęciem roku szkolnego. Dziewczyna odpisała: *To dla mnie była inspiracja.* Ciekawe, do czego się zainspirowała. Potem wymiana wiadomości robiła się nieco bardziej osobista. Pisał, że o niej myśli, że mu się śniła, a ona, że go podziwia. Niekiedy wtrącał coś na temat jej wyglądu: *Uwielbiam patrzeć w Twoje oczy koloru miodu.* Była odpowiedź, a jakże: *Wiem, że nie powinnam, ale mogłabym całe życie zatapiać się w Twoim spojrzeniu.* Potem przeszli bardziej do rzeczy: *Twoje usta smakowały kawą i malinami, które jadłaś mi z ręki. Nie mogę przestać o nich myśleć.* Anglistka na to: *Nikt nie całuje jak Ty. Nie powinniśmy.* Po kilku dniach: *Chcę więcej. Chcę Ciebie całej.* Ona: *Mam tyle wątpliwości.* Potem znowu przerwa i wreszcie on: *Myślę o chwili, gdy pozwoliłaś mi dotknąć piersi. Są takie jędrne.* Dziewczyna milczała kilka dni. *Uraziłem Cię? Przepraszam. Spotkajmy się.* Najwidoczniej się spotkali. Było o tęsknocie i wyrzutach sumienia. Ostatni esemes napisała nauczycielka. Został wysłany w dniu, w którym Mariusz zniknął. *Nie mogę się doczekać. Zrobimy to. Będę już w stu procentach Twoja, a Ty mój.*

Monika weszła w połączenia. Parka sporo rozmawiała. Ostatnie połączenie nieodebrane było od El, jak nauczycielka figurowała w kontaktach. O dziewiętnastej czterdzieści sześć w dniu zniknięcia Mariusza. Jedno.

Monika wybrała numer inspektora. Jego głos był zachrypnięty. Najwyraźniej spał.

– Przepraszam, że o tej porze, ale mówił pan, żeby dzwonić, jeśli coś będę miała.

– Oczywiście. Dobry wieczór, pani Moniko.

– Widzi pan, znalazłam komórkę męża i…

– Zostawił komórkę w domu? – zapytał z niedowierzaniem.

– No tak. Też się zdziwiłam. Była rozładowana. Myślę, że powinien ją pan zobaczyć.

Elwira

Jest już na tyle ciemno, że muszę włożyć czołówkę. Otwieram furtkę i wchodzę do środka. Dom, domek raczej, kupiłam po okazyjnej cenie, jeszcze zanim wprowadziłam się do Zaćmienia. Jest malutki i właścicielka tłumaczyła, że chciała wynajmować go turystom. Okazało się, że mało kto chciał spędzać wakacje na takiej wysokości i w takich warunkach. Powiedziałam, że mi to nie przeszkadza i jako domek letniskowy spełnia wszelkie funkcje. Jest elektryczność i bieżąca woda. Przechodzę przez malutki zaniedbany ogródek i wkładam klucz do zamka, który na wszelki wypadek wymieniłam tuż po zakupie domu. Światło latarki pada na fotel przed kominkiem. Zastygam. Później jednak podchodzę i robię wszystko to, czego nie powinnam.

Nie. Nie chcę już tu być. Wycofuję się tyłem i zamykam drzwi na klucz. Nie zapominam o zamknięciu furki. Ściągam czołówkę i idę na pamięć. Nie chcę, żeby ktokolwiek mnie zauważył. Gdy jestem już w miasteczku, zaczynam biec.

Wpadam do mieszkania, zamykam wszystkie zamki i siadam na podłodze w przedpokoju. Co teraz? Muszę wrócić do tego domku. Nie widzę innego wyjścia.

Nie dzisiaj. Nie dam rady dzisiaj.

Gdy odzywa się dźwięk domofonu, zdaję sobie sprawę, że jeszcze nie zdjęłam kurtki. Z nikim się nie umawiałam. To na pewno pomyłka, albo ktoś chce wrzucić ulotki. Czekam aż dzwonek umilknie, ale przerwa nie jest długa. Tym razem podnoszę słuchawkę.

– Tak?

– Policja. – To chyba głos Boksera. – Musimy przesłuchać panią na komisariacie.

Nogi się pode mną uginają. Rozglądam się na boki, jakby istniała jakaś droga ucieczki.

– Mam zejść?

– Byłbym wdzięczny.

Zerkam w lustro. Malowałam dziś rzęsy i trochę się rozmazałam. Ścieram wacikiem ślady pod oczyma i schodzę.

– Proszę. – Bokser otwiera tylne drzwi samochodu.

To nie jest dżentelmeński gest. To rozkaz. Przynajmniej nikt nie skuwa mi rąk. W drodze milczymy. Na miejscu prowadzą mnie do pomieszczenia, które zapewne nazywa się pokojem przesłuchań.

– Proszę chwilę zaczekać.

Śledczy nadal jest uprzejmy. Nie mam pojęcia, czy traktować to jako dobry znak. Stoję, nie bardzo wiedząc, co się robi dalej.

– Proszę usiąść i poczekać – mówi jak do średnio rozgarniętego dzieciaka.

Wskazuje krzesło i wychodzi. Czy to zagrywka psychologiczna? Początkowo mam nadzieję, że zaraz wróci, ale gdy po godzinie go nie ma, wstaję i idę do drzwi. Kiedy je otwieram, moje spojrzenie spotyka się ze wzrokiem umundurowanego policjanta.

– Inspektor prosił, żeby pani poczekała – mówi mundurowy beznamiętnym tonem.

Tak, to zagrywka psychologiczna.

– Muszę do toalety – oznajmiam.

– Zaprowadzę panią.

Zamykam za sobą drzwi i opieram się o ścianę.
Wiem, że czeka, aż wyjdę. W takich sytuacjach w filmach bohaterowie uciekają przez okno. Tu nawet nie
ma okna. Załóżmy, że by było, załóżmy, że bym się stąd
wydostała, nie uciekłabym zapewne daleko. Zresztą
chyba przesadzam. Nikt mi nie mówił, że jestem aresztowana. Chcą tylko ze mną porozmawiać. Policjant
odprowadza mnie do pomieszczenia, gdzie siedziałam
wcześniej. Zaczyna ogarniać mnie irytacja. W co oni ze
mną grają? Po kwadransie znów wychodzę na korytarz.
Ten sam policjant siedzi pod ścianą i podnosi na mnie
obojętny wzrok.

– Czy długo mam tu czekać? Robi się późno i chciałabym wrócić do domu.

Blef. Może już dotarli do mojego tajemnego domku
i wszystko wiedzą. A może nie. Dopóki nie podzielą się
ze mną informacjami, mogę blefować.

– Nie wiem. Inspektor prosił, żeby pani zaczekała.

Marek Kochanowski. Miałam rację. Bokser jest inspektorem.

– Jestem aresztowana?

– Nie.

– A więc mogę wyjść?

– Inspektor prosił, żeby pani zaczekała – powtarza
swoją mantrę policjant.

Wracam do pomieszczenia i trzaskam drzwiami. Ciekawe, jakby zareagował, gdybym zaczęła iść do wyjścia.
Zatrzymałby mnie i zawlókł z powrotem? Coś mi mówi,
że lepiej nie sprawdzać. Po jakimś czasie irytacja mija

i ogarnia mnie zmęczenie. Gdy wreszcie Bokser się pojawia, nie mam już siły na okazanie niezadowolenia.

– Przykro mi, że musiała pani czekać tyle czasu – mówi tonem, który wskazuje, że wcale mu nie jest przykro.

– Dlaczego tu siedzę?

– Jak mówiłem, chcemy zadać pani kilka pytań.

– Dlaczego tutaj? Przecież już odpowiadałam.

Mój głos brzmi słabo. Muszą mieć asa w rękawie, skoro mnie tu przywieźli.

– Pojawiły się nowe dowody.

Udaje mi się nie spuścić wzroku. Bokser wyciąga jakieś arkusze i każe mi podpisywać, po czym informuje, że rozmowa jest nagrywana.

– Żona dyrektora Sułeckiego znalazła jego telefon.

Wypuszczam głośno powietrze. Tego się nie spodziewałam.

– Telefon? W domu?

– Właśnie. Widocznie nie wziął ze sobą. – Inspektor Marek Kochanowski wzrusza ramionami. Chyba tak powinnam go nazywać, bo najprawdopodobniej często będziemy się widywać. – Chodzi o to, że w tym telefonie znajduje się długa korespondencja z panią.

Spuszczam oczy.

– No tak.

– No tak – powtarza za mną. – Poprzednio mówiła pani, że znaliście się tylko służbowo.

– Bałam się… to znaczy… – Szukam odpowiedniego słowa. – Miałam wyrzuty sumienia. Nie byłam z tego dumna.

Plączę się, jąkam. Inspektor patrzy bez współczucia.

– Mimo to robiła to pani.

Nie odpowiadam.

– Proszę opowiedzieć, jak rozwijał się państwa romans.

No to opowiadam. O spotkaniach w kawiarniach i na szlaku. O rozmowach i dotknięciach dłoni. Wszystko ma w tych esemesach.

– A później się całowaliście?

Spuszczam głowę.

– Na potrzeby nagrania proszę odpowiedzieć.

– Tak.

– A ostatnia wiadomość wskazuje, że mieliście się spotkać i – krzywi się – skonsumować ten romans w dniu, w którym Sułecki zniknął.

– Tak – potwierdzam.

– O której więc się spotkaliście?

– Nie spotkaliśmy się.

– Jak to?

– Czekałam na niego, ale nie przyszedł.

– A gdzie pani czekała?

– Ja… – Milknę.

Prawie powiedziałam.

– Gdzie pani czekała? – powtarza.

– Na rogu ulic Warszawskiej i Turystycznej.

Po raz pierwszy wygląda na zdziwionego.

– Dlaczego tam?

Uśmiecham się, chociaż wolałabym wrzeszczeć i wierzgać.

– Chciałam pójść w góry.

Ten zdezorientowany wyraz na twarzy policjanta sprawia mi jednak pewną przyjemność.

– Dlaczego?

– Tak sobie wymyśliłam. Romantyczne okoliczności przyrody.

Przez chwilę bębni palcami w stół.

– Tego dnia było bardzo zimno.

– No tak – przyznaję.

Czekałam i wiatr przewiewał mnie na wskroś.

– Ile czasu pani czekała?

– Nie jestem pewna. Pół godziny? Zadzwoniłam, ale nie odebrał.

– Ktoś panią widział?

– Przechodzili jacyś ludzie, ale nie sądzę, żeby ktokolwiek zwrócił na mnie uwagę.

– Dziękuję, to na razie wszystko.

– Mogę wracać do domu?

– Tak. Proszę tylko nie zmieniać miejsca pobytu.

Jestem wolna. Na razie. Nie wiem, jak długo to jeszcze potrwa.

Marta

Po tym, jak powiedziałam, że chcę porozmawiać z policją, mama spojrzała porozumiewawczo na ciocię i wyszłyśmy do innego pokoju. Przytuliła mnie krótko, a potem oznajmiła:

– Zaraz zadzwonię na komisariat i się umówimy.

Tylko że ja już nie byłam pewna.

– Mamo, ja nie wiem. On powiedział, że jeśli powiem coś, co do niego doprowadzi, to będę… to…

Nie umiałam tego wykrztusić.

– To co?

– To on może coś ci zrobić.

Pokręciła głową.

– Nie. On nie będzie wiedział, że powiedziałaś. Należy go zamknąć, żeby nie skrzywdził nikogo więcej.

To brzmiało ładnie, ale jakby nie o nim.

– Nie będzie wiedział?

– Nie.

Postanowiłam, że zapytam jeszcze policjantów.

Na komisariacie poinformowali, że śledczy, którzy zajmują się naszą sprawą, są na urlopach. Może to lepiej. Przynajmniej trochę to odsuniemy.

Po tym, jak ciocia wyszła, siedziałyśmy we trzy przy choince. Kinga powiedziała, że jutro na pewno znajdziemy pod nią prezenty.

– Ja bym chciała dostać domek dla lalek. Widziałam taki śliczny w sklepie!

Uśmiechnęłam się. Potrafię się uśmiechać na zawołanie.

– A pokażesz mi, dla jakich lalek go chcesz?

– Tak!

Przyniosła całą kolekcję. Miałam podobne. U niego.

– A ty?

Nie lubię prezentów, ale nie powiedziałam tego. Znów się uśmiechnęłam.

– Jestem z wami. To najlepszy prezent.

To nie tylko tak, że powiedziałam to, co trzeba. Mama miała łzy w oczach i ja też trochę się rozczuliłam.

Niedługo potem położyłyśmy Kingę. Wykąpałam się i mama zaprowadziła mnie do łóżka.

– Pamiętasz swój pokój?

Pokręciłam głową.

– Chcesz, żebym chwilę z tobą została?

– Tak.

Leżymy więc razem i mama obejmuje mnie ramieniem. Niepotrzebne już wspomnienia. Niepotrzebna fantazja. Jest rzeczywistość. Zamykam oczy w nagłym poczuciu bezpieczeństwa.

Gdy je otwieram, lampka nocna jest już zgaszona, a mamy nie ma obok. Jest rzeczywistość. Tak pomyślałam tuż przed zaśnięciem. Jaka ona jest, ta rzeczywistość? Nazywam się Marta Jędrasik i jestem w domu. Mama czekała na mnie sześć lat. Mam młodszą siostrę, która prawie mnie kocha. Mam też ciocię i kuzynów. Mój tata nie żyje. Umarł na raka. Poproszę mamę, żebyśmy poszły na grób.

Jest też druga strona rzeczywistości. Sześć lat spędziłam z nim.

Jaki był pierwszy dzień? Lata się mieszają, wspomnienia nakładają na siebie. Obiecywałam sobie pamiętać, ale wielu rzeczy nie jestem już pewna.

Gdy zjadłam wszystkie czekoladki, zaczęłam się niepokoić.

– Dlaczego jedziemy tyle czasu?

– Ile?

Chyba się wtedy uśmiechał.

– Nie wiem. Długo.

– Tata szykuje dla twojej mamy niespodziankę w górach.

Wydaje mi się, że tak powiedział, a ja uwierzyłam. Może zasnęłam. Może się budziłam i ponownie zasypiałam. Może coś było w tych czekoladkach. Nie mam wspomnień, nawet najbledszych, z momentu, gdy przejeżdżaliśmy przez bramę.

– Jesteśmy na miejscu.

Weszliśmy do domu. Ja może nawet wbiegłam.

– Gdzie tata?

Na pewno o to spytałam.

– Teraz ja jestem twoim tatusiem. – Pogłaskał mnie po twarzy. Odsunęłam się. – Musisz być grzeczną dziewczynką.

Chyba właśnie wtedy zaczęłam się bać tak na serio.

– Gdzie tata? Gdzie mama?

– Na razie możesz mówić do mnie: Mistrzu.

Kręciłam głową.

– A teraz troszeczkę się pobawimy. Będziesz myszką, a ja kotkiem. Uciekaj!

Szedł w moim kierunku, a ja naprawdę zaczęłam uciekać. Śmiał się i miauczał, gdy chowałam się za meblami. I w końcu mnie złapał.

– Teraz obedrę myszkę ze skóry i zjem.

Nie wiem, czy krzyczałam, gdy zdejmował ze mnie ubranie. Nie pamiętam, co nastąpiło później. Nawet nie wiedziałabym, jak to nazwać. Wtedy. Teraz wiem, że to się nazywa pierwszy raz. Kiedyś, po obejrzeniu jakiegoś filmu, nazwałam to gwałtem. Tylko w swojej głowie oczywiście, a i tak czułam się winna. Wtedy, w trakcie, chyba zemdlałam.

– Trzeba się umyć, myszko – usłyszałam potem.

Strasznie krwawiłam i wszystko w środku mnie bolało. Przestraszyłam się, że umieram.

– Krew! – krzyknęłam.

– Właśnie mówię, że trzeba się umyć – powiedział ze zniecierpliwieniem.

Zaczęłam zbierać ubranie z podłogi. Uderzył mnie dosyć mocno w pośladki.

– Umyć się, nie ubierać. Chcesz wszystko zapaprać?

Zaprowadził mnie do łazienki. Dał mi jakieś nowe ubranie, dał podpaski. Nie umiałam już nic powiedzieć. Płakałam i płakałam. I myślałam, że wszystko mnie boli. I że go nienawidzę. I że umrę. I że nie zobaczę rodziców.

– Masz być grzeczna – powtarzał raz po raz.

Później posadził mnie przy stole i dał jeść. Nie przestawałam płakać i nie jadłam. Wzruszył ramionami.

– Nie jesteś zbyt grzeczna. Następnym razem będzie lepiej, prawda?

Zaniosłam się jeszcze głośniejszym szlochem.

– Nie jesteś zbyt grzeczna. Odpowiadaj, kiedy do ciebie mówię, bo inaczej będę musiał cię ukarać.

Wszystko się we mnie rwało i jeszcze bardziej go nienawidziłam, ale nie chciałam zostać ukarana.

– Następnym razem będzie lepiej, prawda? – zapytał jeszcze raz.

– Tak.

Na pewno powiedziałam „tak". Nie wiem, czy już za drugim razem.

– Powiedz: „Tak, Mistrzu".

– Tak, Mistrzu.

Nie mam pojęcia, co jeszcze się działo tamtego wieczora. Nie wiem, jak długo został. Zanim odjechał, pokazał, gdzie jest jedzenie.

Dom nie był zamknięty na klucz. Wybiegłam, ale ogrodzenie było zbyt wysokie. Mur zbyt gruby. Krzyczałam i krzyczałam, lecz nic nie miało szansy się przedostać na zewnątrz.

Wróciłam do środka i płakałam, aż całkowicie opadłam z sił.

Nie wiem, kiedy postanowiłam pamiętać. Nie tylko ten pierwszy dzień. Powtarzałam sobie, co się wydarzyło. Mijały jednak dni, tygodnie, lata. Chociaż codziennie próbowałam porządkować wydarzenia, szczegóły się zacierały. Nie wiem, czy to wszystko, o czym teraz myślałam, wydarzyło się pierwszego wieczora. Mogłam przecież poplątać kolejność. Nie miałam zresztą pewności, czy moje początkowe odczucia były uzasadnione. Mistrz bywał dobry i czasem wierzyłam, że mnie uwolnił. Że tam było lepiej. Potem zdarzało się, że nie spełniałam jego oczekiwań i byłam karana. Najczęściej pasem na gołe pośladki, ale czasami zamykał mnie w ciemnej łazience na kilka godzin. Nienawidziłam go wtedy, ale później przychodziła myśl, że przecież zasłużyłam. Próbowałam mówić sobie, że miałam rodziców i oni byli dobrzy, więc on musi być zły. Tylko że coraz bardziej mieszało mi się w głowie. Chciałabym wierzyć, że to on mieszał mi w głowie. Albo bym nie chciała.

Pewna jestem ostatniego wspomnienia.

– Nie jesteś już małą dziewczynką.

Nie wiedziałam, jak zareagować, więc tylko patrzyłam, próbując uśmiechać się tak, jak lubił.

– Poza tym – ciągnął – w moim życiu nastąpiły zmiany i dlatego powinniśmy się rozstać.

– Co to znaczy?

Już kiedy wypowiadałam te słowa, żałowałam, że padły. Zaraz powie, że jestem niewiarygodnie głupia. Rozstać się to znaczy rozstać się. Dlaczego nie znam znaczenia najprostszych słów? On jednak zareagował inaczej.

– To znaczy, że nie będziesz mogła już tu mieszkać.

Poczułam obezwładniający smutek. Jak to? Należałam tu. Należałam do niego.

– A gdzie będę mieszkać? – zapytałam, chociaż w tamtej chwili to prawie nie miało znaczenia.

– Może tam, gdzie kiedyś – odpowiedział. – Masz szansę.

Szansę? Szansę na co? Może wtedy zaczęła się budzić nadzieja.

– Z rodzicami?

Wzruszył ramionami.

– Już tyle razy o tym rozmawialiśmy.

Tak. Lepiej nie wracać do tego.

– Zawieziesz mnie tam? – spytałam. Ponieważ nie odpowiadał, dodałam: – Mistrzu?

– Kochasz mnie? – odpowiedział pytaniem.

– Tak, Mistrzu. Kocham – powiedziałam z takim zapałem jak zazwyczaj.

I to nie było kłamstwo. Ja naprawdę go kochałam. W jakiś sposób. I nawet teraz w jakiś sposób go kocham. Część mnie go kocha. I nie potrafię się tej części pozbyć, choćbym chciała.

– Nie mogę cię tam zawieźć. Ale masz szansę. Tylko pamiętaj, nikomu nie wolno ci zdradzić szczegółów. Nikomu, rozumiesz?

– Tak.

– Jeśli to zrobisz, nie tylko ty zginiesz. Rozumiesz?

Udało mi się zapanować nad drżeniem.

– Tak.

– Jeśli ktokolwiek pozna jakiś szczegół, który zaprowadzi do mnie, będziesz odpowiedzialna za śmierć twojej matki. Albo za zniknięcie siostry.

– Mistrzu…

– Rozumiesz?

– Tak.

Rozumiałam. Nadal rozumiem. Czy naprawdę będę odpowiedzialna, jeśli powiem policji? Nie dowie się. Nie ma takiej możliwości. A jeśli? Jeśli naprawdę zabije mamę? Albo weźmie sobie Kingę? Nie. Nie powiem wszystkiego. Część muszę. Chcę. Powstrzymam go.

Dlaczego chcę go powstrzymać? Bo nie chcę, żeby skrzywdził jakąś małą dziewczynkę? Czy jestem zazdrosna? Bo mnie już nie chciał? Bo chciałby na przykład moją siostrę?

Nie jestem w stanie zapanować nad krzykiem. Mama przychodzi natychmiast i bierze mnie w ramiona. Uspokajam się.

– Mamo…

– Tak, kochanie?

To on był zły. Policjanci tak twierdzili. Chciałabym w to uwierzyć.

– Pójdziemy na cmentarz?

Mama sztywnieje.

– Oczywiście – odpowiada po chwili. – Chcesz iść na grób taty?

– Tak. Jutro.

– Jutro? W Wigilię?

– Tak.

Może dzięki temu będę miała siłę uwierzyć, że to on był zły. Może dam radę być dobra. Może.

Elwira

Zasnęłam koło trzeciej, a o piątej się obudziłam. To, że dziś jest Wigilia, nie pomaga. Będę musiała rozmawiać z mamą, a nie chciałabym się rozkleić. Nie chodzi już o przesłuchanie. Myślę o miejscu, które wczoraj odwiedziłam. Jaka jest szansa, że policja tam dotrze? Jeśli zaczekam, aż to zrobią, będzie za późno. Muszę iść pierwsza. Prawie wstaję i ponownie biegnę do chatki, jak nazwałam tamten domek zaraz po tym, jak go kupiłam. Powstrzymuje mnie instynkt i to chyba jest instynkt samozachowawczy. Zapewne mnie śledzą. Jeśli tam pójdę, sama zaprowadzę policję na miejsce. Wtedy będzie po mnie.

Już ósma. Wytrzymałam w łóżku trzy godziny. Wstaję i idę do łazienki. Załatwiam się, ale jedyną czynnością higieniczną, na jaką mam siłę, jest umycie rąk. Jestem tak rozedrgana, że nie usiądę. Przemierzam mieszkanie w tę i we w tę. Prawie jak Dulski, ale ja idę na własny kopiec. Do małego domku. Mojego. Znów to widzę.

Muszę do kogoś zadzwonić. Muszę usłyszeć czyjś głos. Co mi to da? Nikomu nie powiem. Telefon wibruje na stole. To moja siostra.

– Cześć, mała.

– Cześć, stara – odwdzięcza się.

Obie się śmiejemy.

– Co tam u was? – pytam.

– Elwira, przyjedź. Wiesz, jak bardzo nam cię brakuje. Przyjedź, co?

Pojadę i zostawię to wszystko przynajmniej na święta. Może potem dam radę znieść więzienie.

– Macie choinkę? – pytam, przyglądając się migoczącemu drzewku za oknem.

– Tak. – Wyczuwam jej uśmiech. – Położymy prezenty. Dla ciebie też.

– Ja nie mam niczego dla was.

– To nieważne. Wiesz o tym, nie? Chcemy ciebie.

Użycie liczby mnogiej zaczyna mnie niepokoić.

– Mama słyszy, jak rozmawiasz?

– Nie. Wyszłam z domu. Jeszcze ostatnie zakupy. Przyjedź – powtarza.

Oddycham głęboko.

– Nie mogę.

– Nie możesz? – Rozczarowanie w jej głosie boli mnie i to nie jest żadna metafora. – Dlaczego nie możesz?

– Policja nie pozwala mi zmieniać miejsca pobytu.

– Policja?

Jest przerażona. Zapewne nie tak jak ja.

– Tak. Dyrektor mojej szkoły zaginął.

Zapada cisza. Na chwilę.

– Uważają, że miałaś z tym coś wspólnego? – pyta, oddzielając słowa.

– Uważają, że miałam z nim romans.

Tym razem reakcja jest natychmiastowa.

– A miałaś?

– No. – Waham się moment. – Półromans.

– Co to znaczy?

– Umówiłam się, że to – szukam odpowiedniego słowa – sfinalizujemy, a wtedy on zniknął. Policja o tym wie.

– Elwira… – zaczyna, ale nie daję jej skończyć.

– Posłuchaj. Mama nie może wiedzieć o niczym, rozumiesz? O niczym. Nie wolno ci jej powiedzieć. Obiecaj, że nie powiesz.

– Nie powiem – obiecuje i zaczyna płakać. – Chciałabym być teraz z tobą.

Chcę jej opowiedzieć. Wszystko. Kurczowo zaciskam palce na aparacie.

– Wszystko będzie dobrze, mała – mówię po prostu. – Wesołych świąt!

– Kocham cię.

Już szlocha. Ja nie mogę.

– Ja też… – Rozłączam się i kończę: – Cię kocham.

No i co teraz? Chciałam z kimś porozmawiać, to mam. Biedna mała zapewne zadaje sobie pytanie, czy coś zrobiłam dyrektorowi, a jeśli nie, to dlaczego wdałam się w romans z szefem. Półromans. Cały. Powiedziałam wyraźnie, że chciałam go sfinalizować.

Znów chodzę w kółko, a przed oczyma przewija mi się scena z Sułeckim, gdy już przeszliśmy na ty i nieśmiało się dotykaliśmy.

Siedzieliśmy w rogu jakiejś kawiarni, bezpieczni od wścibskich spojrzeń, a przynajmniej tak nam się wydawało. Pogłaskał moje palce.

– Jesteś piękna

Nie cofnęłam ręki.

– Tak? – zapytałam od niechcenia. Spuściłam wzrok i wolną rękę położyłam na jego nadgarstku. – A mnie podoba się twój zegarek – powiedziałam, wkładając palce pod srebrną bransoletkę.

Starałam się, żeby zabrzmiało to żartobliwie, ale on się nie roześmiał. Podniosłam oczy i usiłowałam wyczytać coś z jego twarzy.

– Naprawdę? – Delikatnie wyciągnął dłoń spod mojej. – To pamiątka.

– Powiesz mi, po czym?

Uśmiechnął się. Może smutno, czy ja wiem?

– Po dziewczynie.

– Dała ci go?

Długo nic nie mówił. Prawie powtórzyłam pytanie, ale wtedy usłyszałam odpowiedź.

– Tak.

– Jaka była?

– Niewinna.

– I co się z nią stało?

– Dużo pytań.

– To dziwne? Chcę wiedzieć o tobie wszystko. Jakie dziewczyny kochałeś i dlaczego je rzucałeś.

– Albo one mnie – dodał żartobliwie.

– Albo one ciebie. Rzuciła cię?

Znów długo nie odpowiadał.

– W pewnym sensie.

Uniosłam brwi.

– Co to znaczy?

– Umarła.

– Umarła – powtórzyłam i wstrząsnął mną dreszcz.

– Tak. Była zbyt dobra dla tego świata. Zbyt niewinna i umarła.

Na niewinność się nie umiera, chciałam powiedzieć, ale dałam spokój. Pomyślałam, że jeszcze przyjdzie czas.

Marta

Kinga chce iść z nami na cmentarz, ale mama mówi stanowcze „nie".

– Zaraz tu przyjdzie ciocia. Pomożesz jej. Trzeba jeszcze sporo zrobić, żeby nasza Wigilia była naprawdę wspaniała. Przecież tego chcesz, prawda?

Kinga tupie nogą.

– Ciocia Ela ma przyjść z pierwszą gwiazdką!

– Plany zostały zmienione – odpowiada mama.

Chłód w jej głosie mnie mrozi. Mama spogląda na mnie, po czym wyciąga ramiona do młodszej córki.

– Chodź do mnie, kochanie. – Kinga nie rusza się z miejsca, więc mama sama podchodzi i ją przytula. – Pamiętasz, jak mówiłyśmy, że zrobimy wszystko, żeby te święta były wyjątkowe? Nie kłóćmy się dzisiaj, co?

Kinga jeszcze chwilę się dąsa, a potem zarzuca mamie ramiona na szyję.

– Ale pójdziemy na pasterkę? Asia co roku chodzi z rodzicami na pasterkę!

Mama wciąż kuca przy niej, ale patrzy na mnie. Głupio się czuję, że ode mnie wszystko zależy. To ja ustawiłam ten dzień. Ich Wigilię. Wiem, że powinnam myśleć „naszą", ale to takie trudne. Nie mam pojęcia, co to pasterka, ale jest mi wszystko jedno. Kinga przygląda mi się błagalnie. Pójdę wszędzie, żeby ta dziewczynka była zadowolona.

– Pewnie, że tak!

Teraz Kinga podbiega do mnie. Chwytam ją i podnoszę, wirując po pokoju. Jakieś dziwne ciepło rozlewa się po moim ciele.

– Nie bierz jej na ręce! Jest już ciężka! Trzeba dbać o kręgosłup.

Stawiam Kingę na ziemi, ale obie chichoczemy. Czuję się, jakbym zawsze tu była. Jakbym była normalna. I to trwa, dopóki nie wyjdziemy z domu.

– Po świętach zaczniemy na poważnie się uczyć – mówi mama w samochodzie.

– Ty będziesz mnie uczyć?

– Ja też, ale postaram się zorganizować dobrych domowych nauczycieli.

– Nie pójdę do szkoły?

– A chciałabyś?

Patrzę na mijane ulice. Od sześciu lat miasta widywałam jedynie w filmach, ale widok nie robi na mnie żadnego wrażenia.

– Nie wiem. Może bym chciała, ale boję się, że będą się ze mnie śmiać. Widziałaś jak czytam.

Widziała też, jak piszę. Zupełnie inaczej niż ona. Przypuszczam, że przeciętna czternastolatka też inaczej pisze.

– No to może zrobimy tak: do końca tego roku szkolnego będziesz uczyć się w domu, a po wakacjach pójdziesz do szkoły. Zgoda?

Nie mam pojęcia, czy to dobry pomysł, ale kiwam głową. Sama nie umiem podejmować decyzji. Czasem o coś proszę, jak na przykład o pójście na cmentarz dzisiaj, ale akceptuję to, co inni wymyślą. Nawet jeśli to jest podróż w bagażniku. Nawet jeśli mam być związana i zakneblowana. Dość. Teraz jest inaczej. Teraz rozmawiamy o moim powrocie do szkoły.

– Zgoda.

– I po świętach zaczniesz terapię.

– Co to terapia? – pytam, chociaż wiem.

To takie coś, na co chodzą ludzie nieradzący sobie ze światem czy z życiem. Na filmach całkiem ładnie to wygląda.

– Miła pani pomoże ci zaakceptować to, co się stało. I ruszyć dalej.

– Aha – mruczę bez entuzjazmu.

Nie wiem, czy ta miła pani wystarczy.

– Dlaczego nie chciałaś, żeby Kinga poszła z nami na cmentarz? – zmieniam temat.

– Przecież powiedziałam. Pomoże cioci Eli.

Przyglądam się jej twarzy. Nie spuszcza wzroku z drogi. Prawie nie mruga. Kłamie. Wiem, że kłamie, chociaż ciocia Ela, gdy tylko przyszła, powiedziała do Kingi: „Zabieramy się do pracy". Nie drążę. Nie chcę rozdrażniać mamy. Opowiada o mężu cioci Eli i ich dzieciach. Kiwam głową, uśmiecham się, nawet czasem coś wtrącam. Zachowuję się tak, jak zachowywałam się u niego. Wypycham tę myśl z głowy. Teraz jest inaczej.

Kupujemy znicz i idziemy alejką cmentarną. Serce bije mi mocno. Chciałabym przypomnieć sobie tatę, gdy staniemy przy grobie. Teraz przed oczami migają mi zamazane obrazy i nie wiem, czy to prawdziwe wspomnienia, czy tylko je sobie wymyśliłam.

Na płycie nagrobnej trochę liści, które spadły zapewne jesienią. Oprócz tego nic. Pusty grób. Rzadko odwiedzany. Tu leży mój ojciec. Próbuję coś poczuć. Żal. Tęsknotę. Miłość. Cokolwiek. Mama zgarnia śmieci.

– Zapalisz świeczkę? – zwraca się do mnie.

Chyba wcześniej nie używałam zapałek, ale potrafię wykrzesać ogień. Znicz natychmiast gaśnie. Próbuję znowu i tym razem się udaje. Patrzę na płomień, jakbym mogła dostrzec w nim twarz taty. Mama się żegna i składa dłonie. Robię to samo. Mam w głowie pustkę.

– Woj-ciech Ję-Jęd-ra-sik – sylabizuję. To łatwo przeczytać. Znam przecież jego imię i nazwisko. – Ż-żył lat… trzydzieści dziewięć. – Cyfry są łatwe. – Z-mar-ł ś-śmie--śmier-cią tra-gicz-ną…

Urywam. Zmarł śmiercią tragiczną. Przecież wiem, że tak nie określa się śmierci z powodu raka. Odwracam się do mamy.

– Co to znaczy? – Mama wygląda na przerażoną. Nie odpowiada, więc powtarzam to, co przed chwilą przeczytałam: – Zmarł śmiercią tragiczną. Co to znaczy?

– Marta…

Zapominam, że nie powinnam naciskać.

– Co to znaczy? Powiedz mi. Powiedz.

I mama mówi:

– Popełnił samobójstwo.

Opadam na ławkę. Mama siada obok i mnie przytula. Nie próbuję się wyrwać.

– Dlaczego?

– Nie potrafił znieść, że nie ma cię z nami. Obarczał się winą.

Przetrawiam w głowie te słowa, a potem uwalniam się z jej objęć, aby spojrzeć jej w oczy.

– Dlaczego? Dlaczego obarczał się winą?

– Oboje się obarczaliśmy – odpowiada po chwili, jakby musiała się namyślić. – Pozwoliliśmy wracać ci samej ze szkoły. Nie dopilnowaliśmy cię. Nie wytrzymał tego.

Chcę zapytać, dlaczego mi powiedziała, że umarł na raka, ale nie jestem w stanie. Jeszcze nie.

Elwira

Wznawiam spacer po mieszkaniu. Kolejne kółka nie uspokajają. Chwytam komórkę i wybieram numer mamy. Lepiej mieć to z głowy.

– Wesołych świąt! – Mam nadzieję, że tylko ja wyczuwam sztuczność we własnym głosie. – Wszystkiego najlepszego, mamo!

– Dziękuję, kochanie. Ja ci życzę, żebyś znalazła spokój, gdziekolwiek zdecydujesz się być. Żeby praca sprawiała ci satysfakcję, ale przede wszystkim, żeby relacje z innymi ludźmi dawały ci szczęście.

Jeśli będzie mówić dalej, zacznę wrzeszczeć.

– Dziękuję, mamo! – Znów ten nienaturalny entuzjazm w głosie. – Kto do was przychodzi na święta?

– Marzena i Robert z Kamilem wpadną w Wigilię. – To sąsiedzi. Kamil niedawno zaczął chodzić z moją siostrą. Fajny chłopak. – Pierwszy dzień będziemy same, a drugiego pojedziemy do babci.

Jestem przekonana, że babcia chciała, żeby były już w Wigilię. Do mnie też dzwoniła i zapraszała na cały okres Bożego Narodzenia. Nie pojechały. Czekały na mnie. Może jeszcze czekają. Przynajmniej mama.

– Super.

– A ty? Nadal chcesz być sama?

Nie chcę.

– Tak, mamo. – Tym razem mój głos jest przesadnie łagodny. Trzeba skończyć ten teatr. – Ale kupiłam uszka.

Naprawdę kupiłam. Wprawdzie miesiąc temu i włożyłam do zamrażalnika, ale są.

– Mam nadzieję, że będą dobre.

Smutek, który słyszę, nie jest teatrem.

– Na pewno, mamusiu. Kocham cię.

– Ja też cię ko…

Rozłączam się, zanim usłyszę końcówkę.

Mam lodowate ręce. Okazuje się, że temperatura dwadzieścia stopni to trochę za mało. Wkładam dodatkowy sweter i podkręcam ogrzewanie. Później dzwonię do niego. Chyba nie ma ryzyka, że mój telefon jest na podsłuchu? Lepiej, żeby nie było. Nie wytrzymam z tym sama.

– Zmieniłaś zdanie? – pyta Maciek, odbierając.

– Nie. Posłuchaj.

Milknę. Wyduszenie tego z siebie też jest trudne.

– Słucham – mówi zarazem żartobliwie i poważnie. Jak to on.

– Mówiłam ci, że dyrektor mojej szkoły zaginął.

Wiem, że mówiłam, więc to nie jest pytanie, ale Maciek i tak odpowiada.

– Tak.

– A mówiłam ci, że kupiłam chatkę w górach rok przed przeprowadzką tutaj?

Tym razem stawiam znak zapytania, chociaż wiem, że nie mówiłam.

– Nie.

– No właśnie.

Znów milknę.

– Elwira? Jesteś tam?

– Tak, tak. Wiesz, poszłam do tego domku i tam…

Urywam w ostatniej chwili. Chyba oszalałam. Rozłączam się i wyłączam smartfon. Z przesadną delikatnością kładę aparat na stole i przypatruję mu się w zdumieniu. Naprawdę chciałam to powiedzieć? Przez telefon?

Nie uruchomię już dzisiaj komórki. Włączam komputer. Muszę napisać mail do Maćka, bo gotów tu przyjechać.

Przepraszam za ten histeryczny ton w rozmowie. Rozłączyłam się ze strachu, że się popłaczę. Po prostu w tym domku spojrzałam na góry świadomie i wprawiło mnie to w nostalgiczny nastrój. Pomyślałam, że chciałabym mieć kogoś bliskiego tuż koło siebie. Ty jesteś bliski i zawsze będziesz. Tyle że nie mogę... no wiesz.

A teraz wyłączam cały sprzęt i mierzę się z tym, co mam. Co chciałam mieć. Wiem, że będzie dobrze.

Zadzwonię po świętach. Nie próbuj się wcześniej ze mną kontaktować. Proszę.

Wysyłam. Pewnie ten mail zdenerwuje Maćka, ale nie tak, jak zdenerwowałoby go to, co chciałam mu powiedzieć. Co już ćwiczyłam w myślach.

Poszłam do tego domku, a tam w fotelu przed kominkiem, którego nie zdążyłam użyć, siedział Sułecki.

Gdyby pamiętał, że to nazwisko dyrektora mojej szkoły, zdenerwowałby się na poważnie. Na tym jednak nie zamierzałam zakończyć.

Był martwy.

Właśnie to miałam do powiedzenia, gdy wybierałam numer byłego męża. To, że mój dyrektor się rozkładał i śmierdział, planowałam zachować dla siebie. I to, że po raz kolejny dotknęłam zegarka na jego nadgarstku.

Marta

Obudziłam się godzinę i trzynaście minut temu, o czwartej dwadzieścia pięć. Wiem, bo spojrzałam na zegarek, który dostałam na gwiazdkę. Jest ze wskazówkami, ale ma też małe okienko cyfrowe. I co najważniejsze, datownik. Zawsze już będę wiedzieć, który jest rok czy miesiąc. Nie zapomnę, ile mam lat. Na zegarku się znam. W tamtym domu wisiał zegar w kuchni, a odtwarzacz wideo i radio też wskazywały godzinę. Czasem zabawiałam się sprawdzaniem, jak długo zajmuje mi gotowanie obiadu, zmywanie czy sprzątnięcie kuchni.

Leżę z otwartymi oczyma, prawą ręką dotykam prezentu na lewym nadgarstku i myślę. Wigilia była taka jak czasem pokazują w filmach. Wystrojeni ludzie, stół pełen pyszności, opłatek i przytulanie. Kinga usiadła przy keyboardzie i grała, a wszyscy śpiewali kolędy. Ja nie, bo dopiero uczę się słów. A później, przed deserem, przyszedł święty mikołaj. Nawet moja siostra już w niego nie wierzy, ale podskakiwała z radości. Dostałam chyba najwięcej prezentów. Oprócz zegarka telefon, laptop, dżinsy, dwie sukienki, trzy bluzki i srebrną bransoletkę. Nigdy nie korzystałam z komputera, ale mama mówi, że szybko się nauczę. Może. Tyle jest rzeczy, których muszę się nauczyć. Obsługę telefonu prawie opanowałam. Na pewno wiem, jak odebrać połączenie i zadzwonić. Mam już wpisane kilka kontaktów. Poszliśmy wszyscy na pasterkę. Kinga zasnęła. Ja próbowałam zrozumieć, co się dzieje. I kim jest ten Bóg, który się urodził. Wujek Artur, mąż cioci, zaniósł Kingę z powrotem na rękach. Moja siostra jest najmłodsza w rodzinie i wszyscy traktują ją trochę jak księżniczkę. Moi kuzyni Ada i Michał również. Teraz jednak bardziej interesowali się mną i zapewne nie dlatego, że jestem najstarsza. Ada ma dwanaście lat, Michał trzynaście.

Chciałabym zatrzymać się na wspomnieniu o Wigilii, napawać się atmosferą serdeczności, ale nie umiem. Boję się tego, co nastąpi. Rozmowy z policją. Tego, że Mistrz spełni groźbę i zrobi coś mamie albo Kindze. Dlaczego znowu myślę o nim Mistrz? Chcę nazywać go „on". Już zawsze.

Boję się też tego, czego dowiedziałam się dzisiaj. To by chyba głupio brzmiało, gdybym powiedziała na głos. Jak można bać się czegoś, co było? A jednak boję się samobójstwa taty. Mama się nie zabiła, prawda? W filmach czasem mówili, że kobiety są silniejsze i mogą znieść więcej. Dlatego mama żyje, a tata nie. Po prostu dlatego.

Zanim przyszli goście, poprosiłam mamę, żeby pokazała mi jakieś zdjęcia z tatą. Wyciągnęła album i poszła do kuchni. Kinga usiadła przy mnie i oglądałyśmy razem. Koncentrowałam się na fotografiach, gdzie byłam ja i tata. Kochał mnie. Musiał mnie kochać, inaczej nie patrzyłby na mnie z takim blaskiem w oczach. Nie nosiłby mnie na barana, śmiejąc się przy tym do aparatu. Nie przytulałby mnie z takim uczuciem. Gdy Kinga poszła do łazienki, wyciągnęłam jedno z tych zdjęć i włożyłam do szuflady komody w moim pokoju. Biorę je teraz i patrzę, jakbym mogła go wskrzesić. Jesteśmy w lesie. Tata w dżinsach i koszuli z krótkim rękawem trzyma mnie za ręce, a ja wiruję w powietrzu, śmiejąc się w głos. Chociaż to tylko zdjęcie, prawie to słyszę. Na mojej twarzy jest wyraz takiego zachwytu, jakiego już chyba nigdy nie doznam. Dotykam fotografii: głowy taty, jego włosów, rąk, po czym odkładam ją z powrotem. Mam ochotę zamknąć szufladę z impetem, ale się hamuję. Mama by przyszła i zapytała, co mi jest. Nie teraz.

Muszę sama wiedzieć więcej, a wtedy ona powie mi prawdę.

Ponownie sięgam po zdjęcie. Na drugiej stronie jest data. Dokonuję w głowie szybkich obliczeń. To było miesiąc przed moim zaginięciem. Miesiąc i cztery dni. Jeszcze raz patrzę na nas, takich szczęśliwych. Przecież tata nie udawał, prawda? Usiłuję odczytać godzinę na jego zegarku, ale nie daję rady.

Zmęczenie bierze górę. Zasypiam, trzymając fotografię w dłoniach. Gdy się budzę, ręce są puste, a lampka zgaszona. Przeszukuję łóżko, a potem zaglądam do szuflady. Zdjęcia nie ma. Widocznie mama schowała je z powrotem do albumu. Wchodzi do pokoju z uśmiechem na ustach.

– Już się obudziłaś? Zjedzmy coś i możemy poćwiczyć obsługę komputera, jeśli masz ochotę.

Kiwam głową. Jestem przyzwyczajona do zgadzania się na wszystko.

– Bardzo!

Zgadzania się z entuzjazmem.

Siedzimy z mamą przy otwartym laptopie od jakiejś godziny. Początkowo towarzyszyła nam Kinga, ale szybko się znudziła i poszła bawić się domkiem dla lalek. Ona zna się na komputerze i próbowała mnie uczyć. Mama chyba zauważyła, że czuję się upokorzona, i odsunęła ją delikatnie. Może moja siostra nawet się trochę obraziła.

– Zmęczyłaś się? – pyta mama teraz.

Odwracam się do niej.

– Wzięłaś zdjęcie?

Czasem pytanie prosto z mostu przynosiło rezultaty. Czasem wręcz przeciwnie. Teraz jest inaczej, prawda? Teraz rozmawiam z moją prawdziwą mamą.

– Zdjęcie taty z tobą?

– Tak.

– Wzięłam. Bałam się, że się wygniecie. Jest w albumie.

– Co tata robił?

– Słucham?

– No, co robił. Dorośli pracują.

– Miał firmę poligraficzną. Zajmował się drukiem, głównie materiałów reklamowych.

– Dobrze mu szło?

Mama wzrusza ramionami.

– Jak to z firmą. Raz lepiej, raz gorzej.

– A ty nie masz swojej firmy?

– Nie. Ja jestem księgową i pracuję w dużej korporacji.

– Tacie też prowadziłaś księgowość?

– Nie do końca. Czasem mu trochę pomagałam.

Boję się zadać pytanie, ale postanowiłam już wczoraj.

– Czy ty mnie kochasz, mamo?

Przygląda mi się prawie z przerażeniem, a potem wyciąga rękę, żeby dotknąć mojej twarzy.

– Nie powiedziałam ci tego? Przepraszam. Kocham cię ponad wszystko na świecie.

– Tak jak Kingę?

– Tak jak Kingę nieskończenie, ale inaczej. Każdego człowieka kocha się inaczej.

– A nie jesteś mną rozczarowana? Nie umiem czytać, nie umiem obsługi…

– Przestań, to przecież nie ma znaczenia. Kocham cię, jakakolwiek byś była. Zawsze cię kochałam i zawsze będę. Nieważne, co zrobisz ani co potrafisz.

Kiwam głową, żeby ją uspokoić, i naprawdę jej wierzę. Jest jeszcze jedna sprawa.

– A tata?

– Co tata?– pyta zdezorientowana.

– Kochał mnie?

– Oczywiście.

Nie naciskam. Mogłabym zadać jeszcze jedno pytanie, może dwa albo trzy, ale boję się odpowiedzi. I nawet nie wiem, czy bardziej boję się, że mama skłamie, czy też że powie prawdę. Zależy, jaka jest prawda.

W środku nocy siadam gwałtownie na łóżku. Zapalam lampkę i patrzę na pokój, w którym mieszkałam jako dziecko. Żyję, jestem z rodziną. Powtarzam to sobie kilka razy, odganiając sen, w którym umarłam. Nie raz i nie dwa myślałam, że moje życie się kończy. We śnie jednak byłam pod ziemią. Ponownie.

Piwnica u Mistrza była naprawdę fajna. Czasem schodziłam tam z nim, czasem sama. Nauczył mnie gry w bilard i spodobała mi się tak bardzo, że mogłam ćwiczyć godzinami. Było tam miłe ciepłe światło, dwa wygodne fotele i szerokie łóżko. Niekiedy Mistrz ciągnął mnie do niego po albo w trakcie gry. Stała tam też lodówka, w której Mistrz przechowywał alkohole. Zdarzało się, że się nimi raczył, ale nigdy nie pił dużo. Kieliszek, maksymalnie

94

dwa. Była tam też łazienka, mniejsza niż na górze, ale w ładnym zielonym kolorze, wyposażona w prysznic i toaletę. Mistrz tłumaczył, że piwniczne pomieszczenie może być pokojem gościnnym. Miałam nadzieję, że kiedyś odwiedzą nas goście.

Tamtego wieczoru długo graliśmy. Potem długo zabawiał się ze mną w piwnicznym łóżku. A jeszcze potem wziął mnie za rękę i podprowadził do lodówki.

– Wyjąłem wszystkie butelki i włożyłem jedzenie.

Nie zapytałam dlaczego, spojrzałam tylko na niego wzrokiem, w którym chyba zobaczył strach. Roześmiał się.

– Nie bój się. Nie zostaniesz tu długo.

– Zostanę tu? – powtórzyłam.

– Przyjedzie tu ktoś. Osoba, którą lubię. Inaczej niż ciebie, ale ona też jest dla mnie ważna. Nie może cię tu widzieć, więc piwnica będzie zamknięta.

Chciałam błagać, żeby mnie nie zamykał, przysięgać, że nie dam znaku obecności, ale nie potrafiłam wydobyć głosu. Zauważył, że panikuję, i przytulił mnie mocno.

– Nie bój się, maleńka.

Strach zaczął odpuszczać, a wtedy on zrobił ze mną na podłodze to samo, co przed chwilą na łóżku. Potem wstał i powtórzył:

– Nie bój się, maleńka.

Wyszedł i zamknął drzwi. Gdy usłyszałam brzęk klucza przekręcanego w zamku, wydawało mi się, że słyszę dźwięk grudek ziemi spadających na trumnę. Oglądaliśmy kiedyś film o dziewczynie pogrzebanej przedwcześnie i sądzę, że ona czuła się podobnie. Tylko że jej trumna była wąska i ciasna i blokowała możliwość ruchów. Ja miałam trumnę ekskluzywną, w której mogłam grać w bilard, jeść i brać prysznic. Gdy odrętwienie minęło, rzuciłam się do drzwi i zaczęłam w nie walić pięściami. Wiedziałam, że Mistrz nie słyszy. Gdyby jakikolwiek dźwięk dochodził na górę, nie zamknąłby mnie tutaj. Wbrew rozsądkowi zaczęłam jeszcze krzyczeć, tak głośno jak nigdy dotąd. Gdyby słyszał, nie poprawiłabym swojej sytuacji. Zdenerwowałby się i ukarałby mnie dodatkowo. Tylko że nie bałam się już kar. Nie teraz, gdy zostałam pogrzebana.

Nie wiem, jak długo krzyczałam, gdy zabrakło mi głosu. Wstałam jak automat, wzięłam prysznic i zjadłam kolację. Pomyślałam, że to idiotyzm. Dlaczego bałam się śmierci tu, pod ziemią, a nie obawiałam się, że umrę na powierzchni? Przecież on mógł nie wrócić. Mógł mieć wypadek albo pójść do więzienia. Tak czy inaczej, byłam odizolowana od świata. Teraz wiem dlaczego, chociaż wtedy nie sformułowałam tej myśli. W piwnicy byłam odizolowana również od niego. Nie słyszał mnie i nie widział. Krzyczałam, a jego nic nie rozpraszało. Gdybym umarła, on nie wiedziałby nawet, w którym momencie. Jeśli moje ciało zaczęłoby gnić, żaden zapach nie przedostałby się na górę. On i nowa dziewczynka nic by nie poczuli. Nowa dziewczynka. Znów wraca do określenie.

Nie mam pojęcia, ile czasu spędziłam w zamkniętej luksusowej trumnie. Gdy otworzyły się drzwi, pomyślałam, że to moja przepustka do nieba.

Nigdy już nie zeszłam do piwnicy. Nie wiem, czy kiedykolwiek dam radę zejść poniżej poziomu ziemi.

Elwira

Sułecki zabrał mnie na wycieczkę, której się nie spodziewałam. Mówiliśmy już sobie po imieniu. Oczywiście gdy nikt nie słyszał. To był wrzesień, tuż po wyjazdach integracyjnych.

— Chciałbym cię jutro zaprosić w Tatry.

Spojrzałam zdziwiona.

— W Tatry?

— No tak. Zobaczyłabyś mój dom, o którym nikt nie wie.

— Nikt?

Roześmiał się.

— No, to nie do końca prawda. Kilka razy byłem tam z żoną tuż po ślubie. I z córką, kiedy się urodziła. Ostatnio tylko sam. Ten dom był własnością mojego wuja i formalnie nadal jest. Wuj jednak wyjechał na Florydę wiele lat temu i przekazał mi klucze.

Tatry. Dom, o którym nikt nie wie. Czy byłam już gotowa?

— I chcesz mnie tam zabrać?

— Tak. Właśnie z tobą chciałbym się tym podzielić. Ten dom ma dla mnie szczególne znaczenie.

Nikomu nie powie, że zabiera mnie w Tatry. Żona nawet nie będzie się zastanawiać, z kim pojechał. Kogo zabrał do domu na odludziu. O ile to jest dom na odludziu. Nawet jeśli nie, będzie mógł ze mną zrobić, na co przyjdzie mu ochota.

— Ja...

97

– Proszę, pojedź. To tylko wycieczka.

– Obiecujesz?

Zachowywałam się jak głupia nastolatka. W pewnym sensie to była gra, której nie mogłam przestać prowadzić.

– Obiecuję – powiedział uroczyście. – Masz jakiekolwiek wątpliwości?

Miałam mnóstwo wątpliwości, ale wtedy oboje mówiliśmy, że to, co nas łączy, to przyjaźń. Dotarło do mnie, co mówił przed chwilą.

– Dlaczego ten dom ma dla ciebie takie znaczenie?

– Wuj zabierał mnie tam, gdy byłem mały. Samego, bez rodziców. To była nasza baza do wycieczek. Takich naprawdę męskich.

– Męskich – powtórzyłam automatycznie. – Ale przecież tu też są góry.

– Beskidy – powiedział to takim tonem, jakby Beskidy były gorsze.

– Chcę jechać – oznajmiłam.

Czy naprawdę chciałam? Z jednej strony ten wyjazd mnie przerażał i wcale nie dlatego, że podejrzewałam Sułeckiego o zamiar zabicia mnie, uwięzienia, zgwałcenia czy chociażby uwiedzenia. Nie. Czułam się na tyle silna, że nikt nie zrobiłby niczego wbrew mojej woli. Gdyby okazało się, że siła psychiczna to za mało, miałam gaz pieprzowy. Nie bałam się, że Sułecki mnie skrzywdzi. Bałam się tego, co ja zrobię. Z drugiej strony ta wycieczka była czymś, o czym myślałam całą noc z fascynacją. Chorą, wiem. Wtedy też to wiedziałam. Mimo to pragnęłam już znaleźć się w domu, do którego dyrektor wyjeżdżał na męskie wypady z wujem. W tamtym momencie pragnęłam tego bardziej niż czegokolwiek innego.

Nie pamiętam drogi, chociaż jechaliśmy około dwóch godzin. Po nieprzespanej nocy drzemałam i jeśli nawet się budziłam, momentalnie na powrót zamykałam oczy. Oprzytomniałam dopiero przed ogrodzeniem. Ten gruby wysoki mur wpasowywałby się w horrory i mógł budować napięcie. Z pewnością chronił przed wścibskimi spojrzeniami, o ile naturalnie ktokolwiek by się tu zapuścił. Rozejrzałam się na boki. W pobliżu nie było domów ani ludzi. Droga dojazdowa w nie najgorszym stanie, ale po co ktokolwiek miałby ją wypróbowywać?

– Nie ma żadnych szlaków w pobliżu? – zapytałam, gdy brama się otwierała.

– Nie – odpowiedział Mariusz zupełnie normalnym tonem i uśmiechnął się ciepło, jak dobry kumpel.

Mimo to sięgnęłam do kieszeni bluzy i wymacałam gaz pieprzowy.

– Łał! – powiedziałam, wysiadając z samochodu. – Nie przypuszczałam, że to taki wielki dom.

– No – mruknął. – Mój wuj nie lubił półśrodków. – Ale wielki nie jest. Mój dom w Zaćmieniu większy.

Starałam się uśmiechać jak on.

– Tak, ale w Zaćmieniu to dom, w którym mieszkasz z rodziną. Tu spodziewałam się raczej domu działkowego.

Rozłożył ręce.

– Mój wuj taki jest. I zawsze szastał kasą. Chodź, zobaczysz wnętrze.

Patrzyłam, jak otwiera drzwi. Zwyczajny zamek i to jeden.

– Nie ma alarmu?

Roześmiał się.

– A po co? Raczej nikt nie sforsuje ogrodzenia. – Proszę. – Przytrzymał drzwi i wskazał, żebym weszła do środka.

Dom rzeczywiście nie był wielki. Jeden pokój na dole połączony z kuchnią, dwa niewielkie na górze, jedna łazienka. W pewnym sensie byłam zawiedziona. Spodziewałam się ogromnych wnętrz, niepokojących odgłosów, mrocznej atmosfery. Roześmiałam się i powiedziałam mu o tym.

– Mrocznej atmosfery? – zdziwił się. – Dlaczego?

Spojrzałam mu w oczy.

– Po prostu. Wydawało mi się, że ty jesteś mroczną postacią.

Pokręcił głową i zaprowadził mnie na kanapę.

– Nastawię wodę na herbatę – powiedział, idąc do kuchni.

Wrócił i usiadł tuż obok.

– Jeśli pociąga cię mrok – szepnął i jego oddech owiał mi twarz – mogę spróbować odgrywać rolę mrocznej postaci.

Odsunęłam się nieznacznie.

– Nie. Tak jak jest, jest dobrze.

Pierwszy raz wsunął palce w moje krótkie czarne włosy. Nie zaprotestowałam. Gdy woda się zagotowała, odzyskałam równowagę. Powtórzyłam sobie kilka razy, żeby w tym domu nie dopuścić już do poufałych gestów.

– Pomóc ci? – zawołałam.

– Nie, wszystko gotowe.

Przyniósł tacę z herbatą i ciastkami. Wyglądały na domowe.

– Obiad zjemy w schronisku po wycieczce, dobrze?

Pokiwałam głową.

– Są śliczne – powiedziałam, wskazując na ciastka. – Twoja żona robi takie wypieki?

– Nie. Córka.

Sięgnęłam po ciastko i odgryzłam kawałek.

– Pyszne – powiedziałam szczerze. – Masz świetną córkę.

– Najlepszą – odpowiedział i pokazał mi zdjęcie.

Dziewczynka z długimi rudawymi lokami spojrzała mi prosto w oczy z ekranu. Zagryzłam wargi i oddałam telefon.

– Urocza. Jak ma na imię?

– Asia.

Uczucie niepokoju zaatakowało z nową siłą.

– Opowiedz mi, jak przyjeżdżałeś tu z wujkiem.

On wprawdzie mówił „wuj", ale nie umiałam tego powtórzyć. U nas w rodzinie zawsze mówiło się bardziej nowocześnie: wujek. Zdumiewające, robiłam tyle rzeczy, które nie mieściłyby się w głowie normalnym ludziom, a stawało mi w gardle słowo, które uznałam za staromodne.

Pociągnął mnie za rękę.

– Chodź, pokażę ci wuja.

Przez moment miałam wrażenie, że sekretnym zejściem sprowadzi mnie do lochu i zaprezentuje rozpadające się kości zamordowanego człowieka. Albo, co gorsza, przykutego łańcuchami do ściany wychudzonego mężczyznę. I mój dyrektor skuje mnie razem z nim, a potem zostawi trochę spleśniałego jedzenia i wspólne wiadro. Sięgnęłam do kieszeni, ściskając gaz, a drugą rękę wysunęłam z jego uścisku. Poprowadził mnie schodami na górę. Weszliśmy do pokoju po lewej stronie. Wyciągnął z półki album. Spojrzał na mnie i wybuchnął śmiechem.

– Wyglądasz na bardzo zdziwioną.

– No bo... – zaczęłam się plątać – no bo myślałam, że sprowadzisz mnie do lochu i pokażesz mi wuja.

Tym razem słowo „wuj" bez trudu przeszło mi przez usta. Jego śmiech stał się głośniejszy.

– Ej, ty chyba naprawdę masz ochotę na mrok?

Pokręciłam głową i usiadłam przy stole. Krzesło było czerwone, wygodne.

– No to pokaż mi tego wuja.

Mariusz zajął miejsce obok i rozłożył album. Krzesło, na którym siedział, było czarne.

– Popatrz. To on.

Mężczyzna na zdjęciu patrzył wprost w obiektyw. Miał krótko obcięte jasne włosy, rozrośnięte mięśnie i kwadratową szczękę. I zaskakująco ciepły uśmiech.

– Uśmiechasz się podobnie jak on – powiedziałam, odwracając się do Mariusza.

– To dobrze?

Skąd mogłam wiedzieć?

– Chyba tak.

Przewracaliśmy kartki. Mariusz z wujem na szczycie Giewontu. W drodze na Rysy. W tym domu przy stole, jedzą śniadanie lub obiad. Nudy. I nagle pojawia się nowa osoba. Dziewczynka o nieśmiałym spojrzeniu i długich blond włosach. Siedzi na sofie, na której przed chwilą siedzieliśmy z Mariuszem, i patrzy w obiektyw bez uśmiechu. Wyschło mi w ustach.

– Kto to jest? – zapytałam, odwracając się do dyrektora.

– Moja kuzynka. Dużo młodsza ode mnie. Czasem wuj brał ją na nasze wyprawy.

– Nie macie wspólnego zdjęcia z gór?

Przerzucałam kolejne strony, ale dziewczynka była tylko sama pomiędzy zdjęciami wuja z Mariuszem. W domu lub w ogrodzie. Czasem się uśmiechała, czasem miała poważną twarz.

– No nie ma – przyznał Sułecki. – Szkoda.

– Utrzymujecie kontakt?

– Nadal jest mi bardzo bliska.

Skinęłam głową, chociaż to nie była odpowiedź na moje pytanie.

– To chyba musimy iść, jeśli chcemy dojść chociażby do Morskiego Oka.

Udało nam się dojść do Doliny Pięciu Stawów. Byłam tak zmęczona, że nie potrafiłam skoncentrować się na widokach. Zanim weszliśmy do schroniska, Mariusz powiedział:

– Elwira.

– Słucham? – Uśmiechnęłam się do niego.

– Ona tak ma na imię.

Oddech nadal mi się rwał po ostatnim podejściu.

– Kto?

– Moja kuzynka – odpowiedział, patrząc mi prosto w oczy. Dziwne, zupełnie nie dostrzegałam u niego objawów zmęczenia. – Od razu spodobało mi się twoje imię.

Krzesła w tamtym pokoju były czerwone i czarne. Czerwone jak krew i czarne jak zło. Chciałabym parsknąć śmiechem na tę naiwną symbolikę, ale nie umiem. Teraz jest pierwszy dzień świąt. Wieczór wigilijny przetrwałam skulona pod kocem, słuchając starych piosenek. Głównie The Beatles i Elvisa. I jeszcze trochę Skaldów i Czerwonych Gitar. Gdybym żyła w tamtych czasach, gdybym była młoda w tamtych czasach, nie miałabym szans na poznanie Sułeckiego.

Dzisiaj muzyka mi nie pomaga. Wyłączam dźwięk, ale cisza jest jeszcze gorsza. Znajduję jakąś komedię romantyczną, też starą, i próbuję skupić się na fabule, lecz nie daję rady. Wkładam płaszcz, szalik i buty, po czym wybiegam z mieszkania, nawet nie myśląc o nadal odtwarzanym filmie.

Znów jadę w Tatry. Spałam, gdy Mariusz wiózł mnie do tamtego domu, ale w drodze powrotnej próbowałam zapamiętać trasę do głównej drogi. Powinno się udać.

Udaje się. Parkuję przed bramą i wysiadam. I co teraz? Niczego nie jestem w stanie zrobić. Patrzę na ten mur, który chroni dostępu na posesję. Wysoki, gruby. Nie można się wspiąć, nie można przeskoczyć. Nie da rady przebić głową. Mam ochotę usiąść i po prostu płakać. Albo wykrzyczeć frustrację. Słyszę jednak, że nadjeżdża inny samochód. Nie mam wiele czasu. Wskakuję do swojego auta i wjeżdżam w las. Z pewnością zarysowuję karoserię, ale to teraz najmniej ważne. Wysiadam i przyglądam się przez drzewa niespodziewanym gościom. To samochód policyjny. Nie jestem w stanie dostrzec, czy w środku są śledczy, którzy ze mną rozmawiali. Brama się otwiera. Auto wjeżdża i ponownie widać tylko grube, wysokie ogrodzenie.

Nawet nie pamiętam, w jaki sposób ponownie znajduję się na drodze do Zaćmienia. Mój poobijany, porysowany samochód rozwija taką szybkość, jakiej nie miał nigdy wcześniej.

Policja dotarła już do tamtego domu. Kiedy kolej na mój? Mój domek, również położony na uboczu, ale o ileż skromniejszy i słabiej zabezpieczony. Mimo to o ileż ciekawszy dla policji. Znów przed oczyma staje mi fotel, a na nim rozkładające się ciało dyrektora. Rozkład musiał się posunąć.

Elwira. Ona ma tak na imię.

Całe szczęście, że droga jest pusta, bo straciłam panowanie nad kierownicą i samochodem ostro zarzuca. Nie mogę tak prowadzić. Zwalniam do pięćdziesięciu kilometrów na godzinę i mam gdzieś, że ludzie w wyprzedzających mnie autach nazwą mnie zawalidrogą. Koncentruję wzrok i słuch na tym, co dzieje się tu i teraz. Żadne obrazy czy dźwięki w mojej głowie nie sprawią, że zginę lub zabiję kogoś w wypadku.

Monika

W Wigilię przyjechała siostra i oznajmiła, że na święta zostaje z Moniką i jej dziećmi.

– Miałaś pojechać do rodziców – zaprotestowała słabo Monika.

– Ty też.

Monika nie dyskutowała. Tak było łatwiej przetrwać ten czas, tym bardziej że między Asią a jej ciotką od zawsze istniała szczególna więź, może dlatego, że różnica wieku nie była wielka. Teraz też dziewczynka się ożywiła i z zaciekawieniem otwierała prezenty. Tego wieczoru zapomniała o ojcu, a przynajmniej jego wspomnienie jej nie truło. Gdy Karolinka zasnęła po wieczornym karmieniu, grały we trzy w planszówkę, która leżała pod choinką. Asia nawet się roześmiała. W Wigilię naprawdę wydarzają się cuda.

Pierwszy dzień świąt nie był tak spektakularny, ale spokojny. Śniadanie zjadły późno, wyszły na spacer, a potem obejrzały *Kevin sam w domu*. Gdy film się skończył, Asia oznajmiła, że pójdzie poczytać. Matka chciała ją poprosić, żeby została, ale się opanowała. Dziecko potrzebuje chwili w samotności i może to dobry znak, że nie trzyma się już kurczowo jej towarzystwa. Monika siedziała w milczeniu, zastanawiając się nad tym, jednocześnie bujając kołyską. Z kuchni dochodziły zapachy gotowania. Siostra zawzięła się, żeby te święta były normalne.

– Mówiłaś już policji o domu w Tatrach?

Jednak nie do końca normalne. Takie pytanie nie padłoby w zwykłej rodzinie. Monika wstrząsnęła się i spojrzała na dziewczynę, za którą kiedyś czuła się odpowiedzialna. Tak ją nauczyła mama. Chyba niewiele z tego wyszło.

– Nie. Nie pomyślałam o tym.

– Chyba powinnaś.

– Tak myślisz?

– Tak.

Zapewne i tak dowiedzieliby się o tym domu, ale ułatwi im pracę. Może znajdą dowody. Wstrząsnęła się. To słowo od jakiegoś czasu było nieprzyjemne.

– Zadzwonię teraz. Popatrz na Karolinkę, dobrze?

Poszła z komórką na górę. Zatrzymała się przed pokojem starszej córki. Wahała się moment, zanim zapukała.

– Proszę.

Asia siedziała w fotelu z książką w ręku.

– Wszystko w porządku, kochanie?

Dziewczynka się uśmiechnęła.

– Świetna ta książka.

– To super. Czytaj sobie.

Monika się wycofała. Będą musiały wrócić do rozmowy o Mariuszu i jego zniknięciu, ale jeszcze nie teraz. Zamknęła drzwi sypialni i weszła w kontakty telefonu. Ostatnio dzwoniła do starszego policjanta, bo miał wyższy stopień. Teraz jednak postanowiła skontaktować się z Brykietem. Jego wzrok zawsze wydawał jej się łagodny. Wybrała numer.

– Dzień dobry, pani Moniko – odezwał się prawie natychmiast.

– Dzień dobry. Przepraszam, że dzwonię w święta.

– Pani Moniko, ta sprawa jest dla nas priorytetowa. Przecież pani wie.

Przyjemne ciepło rozeszło się po ciele.

– Bo wie pan… Rozmawiałam z siostrą i przyszło nam do głowy, że mąż mógł pojechać do takiego domu.

Ponieważ zamilkła na chwilę, komisarz zapytał delikatnie:

– Do jakiego domu?

– Koło Zakopanego. To w zasadzie dom jego wuja, ale ten wuj dawno temu wyjechał za granicę.

– Za moment będę u pani. Ma pani tam klucz?

– Tak, tak. Klucz do domu i pilot do bramy. Ale on chyba miał zapasowy.

– Dobrze. Sprawdzimy to.

Zeszła na dół.

– Zaraz będzie tu policja.

Wszystko się układało. Skąd więc wziął się w niej ten strach?

Policjanci przyszli, gdy karmiła. Obaj. Spojrzenie Brykieta mówiło wyraźnie, że jej sprawa naprawdę jest dla niego priorytetowa. Może nawet sama Monika jest dla niego priorytetowa. Czuła to od pierwszej chwili, gdy go zobaczyła, ale teraz pozwoliła sobie na sformułowanie tej myśli. Odłożyła dziecko, podała mu pilot i klucz.

Strach nie mijał. To, że komisarz ją lubił, mogło nie wystarczyć.

Marta

No i już. Po świętach. Siedzimy teraz we trzy w samochodzie. Ja koło mamy, Kinga na tylnym siedzeniu.

– Nie mogę iść z wami? – marudzi po raz kolejny moja siostra.

– Nie. – Głos mamy znów jest twardy. – Ty pojedziesz do Ady i Michała i na pewno świetnie będziecie się bawić.

– Ale ja chcę iść z wami! – oznajmia buntowniczo Kinga.

Dla mnie jest niepojęte, że dostała jasny przekaz „nie" i nadal się upiera. Zastanawiam się, czy i ja kiedyś będę to potrafiła.

Mama wzdycha. To o to chodzi. Ona wcale nie jest twarda. Nie trzeba wykonywać jej poleceń, bo i tak żadne konsekwencje nikogo nie dotkną. Wystarczyło, że Mistrz coś powiedział, i już było wiadomo, co robić. Czasem nawet nie mówił. Rozumiałam go bez słów. Strząsam z siebie niespodziewaną tęsknotę. Nie chcę za nim tęsknić. Chcę być normalna. Koncentruję się na słowach mamy.

– Posłuchaj, kochanie. Jedziemy na policję – wyjaśnia po raz kolejny – bo Marta chce złożyć dodatkowe zeznania, a póź…

– No i co? – przerywa moja siostra. – Ja chcę być z nią!

Robi mi się ciepło. Może jest we mnie jeszcze coś normalnego. Odwracam się i wyciągam do Kingi rękę. Dziewczynka, która wygląda jak aniołek, jak ja kiedyś wyglądałam, nadal jest zła, ale chwyta moją dłoń i zaciska na niej palce. Jest zła tylko na mamę.

– Nie możesz słuchać jej zeznań! – krzyczy mama.

Mistrz rzadko podnosił głos. Nie chcę. Przypominam sobie Boga z pasterki. Nie chcę, zwracam się prosto do niego. Modliłam się czasem, ale to były słowa w próżnię. Nie moje zresztą. Nie chcę. Pomóż mi. Proszę.

– Dlaczego?! A ty będziesz słuchać?

– Ja – zaczyna mama, ale tym razem ja przerywam.

– Nie. Sama będę z nimi rozmawiała.

Żadna przez chwilę nie odpowiada. Mama na sekundę odwraca głowę w moją stronę, a później znów koncentruje wzrok na drodze.

– Na pewno? – pyta Kinga.

– Tak – obiecuję.

Mama milczy. Zapewne zastanawia się, dlaczego tak powiedziałam. Parkujemy przed jakimś blokiem.

– Chodźmy.

Wysiadamy wszystkie. Mama trzyma nas obie za ręce. Próbuję zgadnąć, co myśli. *Żadna z moich córek już nie zaginie, choćbym do końca życia miała tak z nimi chodzić.* No chyba nie. To by oznaczało nową niewolę. Wcześniej byłam w niewoli, myślę z zaciętością. On mnie trzymał. Udaje mi się nie nazwać go Mistrzem. Teraz nie chcę. Nie wiem tego. Nie wiem, czy potrafię żyć na wolności. Zostawiamy Kingę w mieszkaniu cioci Eli i zbiegamy po schodach. Mama puszcza moją dłoń dopiero w samochodzie.

Jesteśmy na komendzie. Po drugiej stronie kobieta i mężczyzna. Jak wtedy, w szpitalu. Tutejsza policjantka ma krótko ścięte włosy, jej partner, w odróżnieniu od tamtego, jest wysoki i szczupły, ale ich twarze przypominają mi gdańskich śledczych. Może nawet nie twarze, raczej wyraz w oczach. Życzliwość. Nie, to nie to. Raczej łagodność. Tak policja traktuje dzieci. To miłe, że uważają mnie za dziecko. W jakimś kryminale jasno było powiedziane, że kiedy w grę wchodzi dziecko, przesłuchującym powinna być kobieta.

– Jak się czujesz, Marto? – pyta policjantka.

Przedstawiła mi się. Nazywa się Ewelina Sznajder i jest podkomisarzem.

– Dobrze, dziękuję. A pani?

Chcę być grzeczna, ale to pewnie brzmi głupio. Tak się nie zachowuje przy policjantach.

– Ja również dobrze. – Pani podkomisarz się uśmiecha. – Mama powiedziała, że chciałaś nam o czymś opowiedzieć.

Mama kładzie rękę na mojej, zapewne, żeby dodać mi odwagi. Nie wyciągam dłoni, ale mówię:

– Tak. Chciałam opowiedzieć, ale wolałabym być sama.

Wiem, że ranię mamę, i mam wyrzuty sumienia, ale naprawdę nie chcę, żeby słuchała moich zeznań.

– Oczywiście – mówi policjantka. – Jeśli tak wolisz, mama zaczeka na zewnątrz.

– Na pewno?

Mama nie puszcza mojej ręki. Jest zmartwiona, niespokojna. Uśmiecham się do niej.

– Na pewno. Przepraszam, mamo.

– No coś ty? – Usiłuje też się uśmiechnąć, ale widzę, że przełyka łzy. Wstaje. – Jeśli będziesz mnie potrzebować, jestem tuż za drzwiami.

– Co chciałaś nam powiedzieć, Marto? – pyta policjantka, gdy mamy już nie ma.

Pamiętaj, słyszę Mistrza.

– Ja… – Głos mi się łamie.

– Marto?

Pani podkomisarz wygląda, jakby chciała wziąć mnie za rękę, więc chowam dłonie pod stół.

– Ja… ja nie wiem. Mistrz… – Nie, nie mogę tak go nazywać, szczególnie kiedy rozmawiam z policją. – On powiedział, że jeśli podam szczegóły, skrzywdzi moją mamę. Czy on się dowie?

Nie patrzę na kobietę. Utkwiłam wzrok w policjancie. Mężczyźni są bardziej prostolinijni. Rzadziej oszukują. To wiem od Mistrza. Sam kłamał w wielu kwestiach, chociaż był mężczyzną. Przenoszę wzrok na panią podkomisarz, ale to jej partner odzywa się pierwszy.

– Nie dowie się. Obowiązuje tajemnica śledztwa. Chcemy go zamknąć, żeby już nigdy nie skrzywdził nikogo. I bardzo byśmy chcieli, żebyś nam w tym pomogła.

Mówi pewnym, spokojnym głosem. Chcę mu wierzyć. Chcę też wierzyć w policję. Proszę, znów zwracam się do Boga z pasterki.

– On mnie trzymał w górach w takim domu otoczonym murem. Strasznie wysokim i grubym.

Kiwają głowami, bo przecież to już wiedzą.

– Tak, gdańska policja nam to przekazała.

W głosie pani podkomisarz nie ma zniecierpliwienia i uznaję to za dobry znak.

– I on też mieszkał w górach, ale gdzie indziej. – Przecież to nic nie znaczy. Nie wiadomo, gdzie był dom za murem, więc skąd może być wiadomo, gdzie on mieszkał? – Dojeżdżał samochodem – kontynuuję mimo to. – Półtorej godziny, może dwie, czasem trzy. To zależało od korków.

Tak przynajmniej mówił.

– Jakim samochodem? – wtrąca pani podkomisarz.

Przecież wiem, że są różne marki samochodów. Powinnam znać odpowiedź, jednak nie mam pojęcia. Do tej pory nawet o tym nie myślałam.

– Srebrnym.

Muszą myśleć, że jestem idiotką. Pewnie jestem.

– Pokażemy ci później różne samochody, a ty powiesz, czy to może któryś z tych, zgoda? – Policjant uśmiecha się do mnie. – A może pamiętasz numer rejestracyjny?

Znam cyfry. Litery też znam. Nie pamiętam, ale to akurat nie moja wina.

– Widziałam te tablice tylko za pierwszym razem. Tak mi się przynajmniej wydaje. Potem zawsze były zasłonięte. On – pilnuję się, żeby nie powiedzieć „Mistrz" – mówił, że nie wolno mi podglądać.

Zawsze byłam posłuszna. Rozumiem już, że czasem dobrze być niepokorną. Przecież kiedy on spał, mogłam wykraść się z domu i poznać te cyfry i litery. I zapamiętać. Teraz to wydaje się łatwe. Wtedy sama myśl byłaby bluźniercza.

Policjanci patrzą łagodnie. Zaczyna mnie to irytować. Nie chcę być traktowana jak idiotka. Tam byłam i godziłam się na to. Tu powinno być inaczej.

– Sporo rozmawialiśmy. Zwierzał mi się. Twierdził, że mówi mi więcej niż komukolwiek innemu. – Widzieliśmy kiedyś film, którego tytułu nie pamiętam, ale bohater był policjantem rozwiązującym krwawe zbrodnie i chociaż miał żonę, zwierzał się psu. Mimo wszystko nie jestem twoim pieskiem, Mistrzu. – Wiem, że prowadził liceum.

Po raz pierwszy przyglądają mi się z zainteresowaniem.

– Wiesz, które liceum? – pyta pani podkomisarz.

– Tego nie powiedział, ale przypuszczam, że gdzieś blisko domu. Tam, gdzie mieszkał, jeśli nie był ze mną.

– Co to znaczy prowadził? – wtrąca komisarz.

– Mówił po prostu, że prowadzi.

– Pewnie był dyrektorem? – podsuwa policjantka.

Wiem przecież, że w szkole najważniejszy jest dyrektor.

– Tak. Pewnie tak. Mówił, że zawsze wybiera jedną nauczycielkę. – Coś zaczyna mnie dusić, ale kontynuuję: – Miałam nie być zazdrosna, bo one są zwykłe, a ja wyjątkowa.

Teraz na twarzach policjantów jest przerażenie. Sama jestem przerażona, chociaż jeszcze nie dociera do mnie czym.

– I co jeszcze mówił?

– Że jest bogaty, a szkoła to jego hobby.

Ręce mi się trzęsą. Splatam je na kolanach i jest lepiej.

– Mówił, skąd ma pieniądze?

Kiwam głową z energią, której nie odczuwam.

– Inwestował na giełdzie. Opowiadał mi o tym, ale nie pamiętam jego transakcji.

Moje malutkie głupiątko. I tak nic z tego nie rozumiesz, co? Jedyne, czego się nauczyłam podczas tych tyrad, to słowo „transakcje".

– Nie szkodzi – zapewnia pani podkomisarz.

Szkodzi. Nie słuchałam, a przecież na samym początku obiecywałam sobie, że będę pamiętać. Zapominałam nawet o swoich postanowieniach. Mieszało mi się w głowie. Byłam jego głupiątkiem.

– Ale... myślałam o tym... może policja ma dostęp do tych danych. Może... – Co chwila robię przerwy, ale mamy przecież dużo czasu, prawda? – Jeśli zobaczę zdjęcia dyrektorów, to przecież go rozpoznam.

Ewelina Sznajder kiwa głową.

– Nie wszystkie zdjęcia będziemy ci mogli pokazać od razu, ale zgromadzimy te dane.

Ogarnia mnie panika.

– Jeżeli policja będzie wysyłać zapytania do szkół, to on się dowie. To nie. Ja już nie chcę!

– Nie martw się – uspokaja mnie policjantka. – To nie działa w ten sposób. Zdobędziemy nazwiska i zdjęcia. Teraz – daje znak koledze – spróbujemy odnaleźć to, co jest.

Komisarz wychodzi.

– Dostałaś fajne prezenty na gwiazdkę?

Wolałabym nie rozmawiać teraz o prezentach, ale przyzwyczaiłam się, że trzeba odpowiadać na pytania, więc mówię, że tak, fajne i że mam pierwszy telefon i pierwszy komputer.

– A pani? – pytam na koniec.

– O, ja też. Mój narzeczony dał mi śliczny wisiorek, a rodzice kieliszki do nowego domu. Siostra położyła mi pod choinką sukienkę. Lubię się czasem ładnie ubrać.

Milknie. Trudno jej znaleźć tematy do niezobowiązującej rozmowy. Tak to się chyba nazywa. Zerka na mnie i zaczyna opowiadać, gdzie była w święta i co robiła. Jej partner wraca, zanim musiałabym się zrewanżować. Siada obok mnie i pokazuje mi zdjęcia na otwartym laptopie.

– Nie – mówię za każdym razem. – To nie on.

Nie wiem, co przeważa. Strach, że Mistrz spojrzy z ekranu, czy nadzieja, że go zobaczę. Albo odwrotnie. Nie wiem.

– Nie.

– Jest jeszcze jeden. Zaginął przed świętami, dokładnie tego dnia, gdy zostałaś znaleziona.

Z całej siły ściskam dłonie i czekam, aż komisarz pokaże mi zdjęcie.

Elwira

Co powinnam zrobić? Ucieczka jest nęcąca. Tylko dokąd miałabym się udać? Najbliższa rodzina odpada. Człowiek, za którego wyszłam kiedyś za mąż, też. Pomijając inne względy, policja rozpoczęłaby poszukiwanie od tych osób. Jak doszło do tego, że jestem podejrzaną numer jeden? Oczywiście po znalezieniu telefonu Sułeckiego to całkowicie naturalne. Nienaturalne, że palant zostawił telefon w domu, chociaż to chyba każdemu się zdarza. Nawet mojej siostrze, która wydaje się uzależniona od nowoczesnych technologii. No dobrze, ale wcześniej?

„Niektóre nauczycielki twierdzą, że zachowywał się niestosownie".

To nie było bezpośrednio o mnie.

„Wiem, że nie powinnam tego robić, ale byłam ciekawa, więc otworzyłam drzwi pokoju, który wyglądał na sypialnię małżeńską. Dyrektor Sułecki całował się tam z nową anglistką".

Nie całowałam się z nim w sypialni małżeńskiej, ale byliśmy tam. Pokazywał mi łóżko i mówił, jak bardzo jest wygodne. Był podtekst, a jakże. Pilnowałam się, żeby dyrektor nie stał zbyt blisko. Jednak głupio, że tam z nim poszłam. Pomyślałam tak już w tamtym pomieszczeniu, bo jedna osoba faktycznie tam zajrzała. Alina, zgrabna wuefistka ze lśniącymi włosami w kolorze miodowego blondu. Śliczna dziewczyna. Tak zawsze o niej myślałam. Mało rozmawiałyśmy, ale zawsze uśmiechałyśmy się na powitanie. Gdy wtedy uchyliła drzwi, nasze spojrzenia spotkały się na moment. Mariusz nawet jej nie zauważył. Tak, fajne łóżko, przyznałam i zeszliśmy na dół. Wuefistki nie było.

Otwieram Librus. Wpisuję krótką wiadomość do Aliny. *Ty byłaś przede mną, prawda?*

Wysyłam, zanim zdążę się zastanowić. Gdy nie ma już odwrotu, wpadam w jeszcze większą panikę. Działam w emocjach i z każdą chwilą coraz bardziej się pogrążam. O ile w ogóle mogę pogrążyć się jeszcze bardziej. Wstaję i sięgam po telefon, który wyciszyłam już pierwszego dnia świąt. Nie wyłączyłam go zupełnie, bo nie chciałam przegapić połączeń z policji. Nadal nic od nich nie ma. Maciek dzwonił trzy razy, mama pięć. Napisali też esemesy, ale nawet ich nie otwieram. Odkładam aparat, ale widzę jedynkę przy Librusie. Nie spodziewałam się odpowiedzi tak szybko. Biorę głęboki wdech i wracam do komputera. Nie wiem, dlaczego przeraża mnie mniej niż smartfon.

Przepraszam.

Tyle napisała. Za co? Kładę rękę na klawiaturze, ale przychodzi kolejna wiadomość.

Spotkasz się ze mną? Chciałabym pogadać.

Spotkam się, czemu nie?

Kiedy? Gdzie?

Alina podaje nazwę kawiarni, w której umówiłam się pierwszy raz z Sułeckim.

Jestem gotowa w każdej chwili.

W każdej chwili? Czy ona też nie może sobie znaleźć miejsca? Pewnie się boi, ale nie tkwi po uszy w gównie. Ja tkwię. Tak czy inaczej, spotkanie z tą dziewczyną będzie przynajmniej jakimś przerywnikiem.

Za pół godziny.

Wyłączam komputer. Mam ochotę założyć płaszcz i wybiec na dwór, ale spojrzenie w lustro mówi, że to nie najlepszy pomysł. Brudne włosy, podkrążone oczy, szara twarz. Umycie głowy nie wchodzi w grę, ale używam trochę suchego szamponu i tuszuję korektorem cienie pod oczyma.

Gdy docieram na miejsce, Alina już siedzi przy stoliku w rogu i patrzy w okno, obejmując palcami filiżankę z jakimś napojem. Wydaje się krucha i bezbronna, a przecież wcześniej nigdy bym tak o niej nie pomyślała. Pomimo szczupłości w każdym jej ruchu czuć było siłę. Grała z dzieciakami w gry zespołowe, a do szkoły przyjeżdżała rowerem, nawet gdy spadł śnieg. Dostrzega mnie dopiero, gdy odsuwam krzesło naprzeciwko.

– Cześć – mówię, siadając, i nawet się trochę uśmiecham.

Twarz Aliny pozostaje poważna.

– Cześć.

– Co pijesz?

– Kawę. – Kąciki jej ust unoszą się odrobinę. – Stale piję teraz kawę, inaczej bym padła.

– Nie śpisz w nocy – domyślam się.

Nie odpowiada, bo podchodzi kelner. Ten sam obsługiwał nas, gdy byłam tu z Mariuszem. Być może obsługiwał też Mariusza z wuefistką. Ciekawe, czy wie, kim jesteśmy, i czy słyszał o zaginięciu dyrektora liceum. Jeśli tak, będzie miał temat do niekończących się rozmów na zapleczu.

– Zdecydowała już pani?

Czy wtedy też w jego głosie brzmiała przesadna uprzejmość?

– Czarną kawę poproszę.

– Jakieś ciastko? Polecam gorącą szarlotkę z lodami waniliowymi.

Właśnie to jadłam, gdy tu byłam.

– Nie, dziękuję – odpowiadam lodowato i odprowadzam go wzrokiem.

–Tak, prawie nie śpię – przyznaje Alina. – A ty?

– Ja też niewiele. – Przyglądam się jej zmęczonej twarzy. – To zaginięcie tak cię rozstroiło?

– Rozstroiło wszystkich, co nie?

Uwaga wygłoszona nonszalanckim tonem stoi w sprzeczności z jej niespokojnymi oczyma. No i oczywiście z krótkimi wiadomościami, które przysłała mi na Librusie.

– Za co mnie przepraszałaś?

Spuszcza wzrok.

– Słyszałam, że wzięli cię na posterunek.

– Wszyscy już o tym wiedzą? – pytam z rezygnacją.

– Nie. Chyba nie. Dzwoniłam do dyrektorki złożyć życzenia i ona mi powiedziała.

Aha. Policja dzieli się z Nowak informacjami, a jeśli nie policja, to żona dyrektora, albo ktoś widział, jak wsiadałam do służbowego samochodu Boksera i doniósł.

– A więc…

Urywam, bo kelner podchodzi z kawą. Nadal jest uprzejmy, ale tym razem mam wrażenie, że przygląda się nam uważniej, jakby chciał zapamiętać każdy szczegół. Detale przydadzą się, gdy będzie dzielił się sensacyjnymi plotkami z dziewczyną.

– Dziękuję – mówię i odwracam wzrok.

Zimna i niegrzeczna. Wpisuję się w stereotyp morderczyni? W miasteczku, zapewne tak jak i w szkole, wygrywa hipoteza o morderstwie. No cóż, ja wiem, że prawdziwa. Kelner odchodzi.

– A więc dlaczego mnie przepraszałaś?

W jej oczach prawie dostrzegam sympatię.

– Powiedziałam policji, że byliście razem w sypialni na tym przyjęciu.

To nie sympatia, raczej litość lub najpewniej wyrzuty sumienia.

– Aha – mówię bez zdziwienia. – Powiedziałaś też, że się całowaliśmy.

Marszczy brwi, jakby zdziwiła ją moja uwaga. Później mówi, starannie ważąc słowa:

– Widziałam, że się całowaliście.

– Naprawdę? To chyba niemożliwe.

– Naprawdę, ale nie tam.

Dziwne, że nie zaprzątałam sobie głowy poprzednimi kochankami. Nawet nie starałam się dowiedzieć, kto był moją poprzedniczką.

– Aha – mówię jeszcze raz. Odczuwam potrzebę uspokojenia jej. – To nie twoja wina, że przesłuchiwali mnie na komisariacie. Znalazł się telefon dyrektora, a w nim korespondencja ze mną.

Alina zagryza wargi.

– Telefon? – mówi po chwili. – A więc mogli znaleźć…

Milknie. Wiem, czego się boi. Śladów romansu z nią. Pewnie i tak już zostały znalezione.

– Dużo z nim pisałaś?

Nie odpowiada. Nadal waży ryzyko. Jeśli się nad tym zastanowić, miała motyw. Wzgardzona kochanka, zazdrosna o nową zdobycz swojego mężczyzny. No i co z tego, że ten mężczyzna miał żonę i dzieci?

– Dużo – odpowiada jednak. – Pewnie tak jak i ty.

– Alina – zaczynam z wahaniem. – Jesteś atrakcyjną młodą dziewczyną. Dlaczego ładowałaś się z romans z takim facetem?

Śmieje się. Faktycznie, to co powiedziałam, brzmi jak żart, biorąc pod uwagę pytanie, które zaraz padnie.

– A ty? Przecież to samo można powiedzieć o tobie.

Tego się spodziewałam. Mam wytłumaczenie.

– Niedawno się rozwiodłam i kiedy tu przyjechałam, byłam w nie najlepszym stanie. Wystarczyło, że Sułecki okazał mi zainteresowanie. Przy nim czułam się najpiękniejsza i najbardziej interesująca na świecie. No i przepadłam.

Wzdycha.

– No i sama sobie odpowiedziałaś. Ja wprawdzie nie miałam nigdy męża, ale byłam poobijana przez życie. Moja mama umarła, zaraz jak skończyłam studia. Tata zginął w wypadku, kiedy miałam pięć lat. Mój chłopak nie wytrzymał, gdy bez przerwy wpadałam w histerię. Spakowałam manatki i przyjechałam tutaj. Totalny reset. Jak idiotka łaknęłam prawdziwej miłości od kogoś takiego jak on. Wiem, że jest żonaty, ale... Po prostu się zakochałam.

– A później przyjechałam ja – mówię smutno.

– No właśnie. Od razu wiedziałam, że to przez ciebie nie chce już się ze mną spotykać tak często jak kiedyś. Właściwie przestał zupełnie. Powiedział, że musi być przy rodzinie. Że teraz go potrzebują.

– Urodziło mu się dziecko.

Kręci głową.

– Boję się.

– Boisz się, że przyjdą po ciebie? – precyzuję.

– No.

– A masz alibi?

– Jakie, kurna, alibi?! – Podnosi głos na tyle, że kelner, który stoi teraz przy innym stoliku, zwraca głowę w naszą stronę. Goście zresztą też popatrują z ciekawością. – Jakie, kurna, alibi? – powtarza tak cicho, że tym razem ledwie ją słyszę. – Od kiedy mnie rzucił, dom, szkoła i eskaes.

– Ale nikt do ciebie nie przyszedł? W sensie policja? – upewniam się.

– Nie.

Rozważam to przez chwilę. Dlaczego sprawdzali tylko mnie? Tylko ostatnią kochankę?

– Może w jego telefonie nie ma korespondencji z tobą.

– Dlaczego miałoby nie być?

Wzruszam ramionami.

– Może ją usunął?

Usta jej drżą, jakby to ją zabolało.

– Może – mówi po prostu.

– On był złym człowiekiem.

Marszczy brwi.

– Był?

Znów się nie kontroluję.

– No, nie wiem. Wielu ludzi twierdzi, że to morderstwo.

– I mówisz o tym tak spokojnie?

– Był złym człowiekiem – powtarzam.

Chowa twarz w dłoniach i siedzi tak chwilę.

– Może. – Podnosi głowę i przeszywa mnie ostrym spojrzeniem. – Zabiłaś go?

Prawie wybucham śmiechem. A więc po to było to spotkanie? Żebym przyznała się bratniej duszy? Może nawet to rozmowa nagrywana.

– Nie – odpowiadam spokojnie. – A ty?

Wzdycha.

– Oczywiście, że nie.

– Skoro więc wygląda na to, że nie mają na ciebie haków, dlaczego – pytam ostrożnie – opowiedziałaś mi o tym romansie?

– Bo chciałam poczuć się mniej samotna – odpowiada po dłuższej chwili.

Rozumiem to. Uśmiecham się do niej zupełnie szczerze.

– Mam nadzieję, że tak się stało, bo ja poczułam się mniej samotna.

I to jest prawda. Dopóki tu jestem, z nią.

Marta

Komisarz pokazuje mi zdjęcie zaginionego dyrektora. Patrzę na nie i patrzę, jakbym chciała zmienić rzeczywistość.

– Czy to on? – słyszę głos policjanta.

Jeszcze raz przyglądam się mężczyźnie na ekranie komputera.

– Nie.

Napięcie opada i czuję się potwornie zmęczona.

– Nie martw się – odzywa się policjantka. – Dotrzemy do niego. Na razie obejrzałaś tylko kilka fotografii.

Kiwam głową, chociaż było ich raczej kilkanaście niż kilka. Albo i ponad dwadzieścia. Chce mi się płakać, ale nie jestem pewna, czy ze zmartwienia, czy z ulgi.

– No to jeszcze obejrzymy samochody, dobrze?

Ewelina Sznajder znów się uśmiecha. Jej partner również.

– Tak.

To już bardziej grzeczność niż chęć współpracy. Mimo to patrzę na auta, które mi pokazują. Kilka wydaje się podobnych.

– Może to? – mówię, wskazując na monitor.

Policjanci wymieniają spojrzenia.

– Jesteś pewna?

Kręcę głową. Widziałam ten samochód tyle razy i nie jestem pewna. Malutkie głupiątko. Miał rację. Tylko że ja sama nie nazywałabym się z taką czułością. I nie jestem już malutka. Sam to powiedział. Hamuję łzy napływające do oczu.

– Nie wiem – mówię przy kolejnym zdjęciu. – Może jest podobny.

Ewelina Sznajder zamyka klapę laptopa.

– Skończymy na dzisiaj, dobrze? Jesteś bardzo dzielna i silna. Znajdziemy go.

Ponieważ nie jestem ani dzielna, ani silna, nie wierzę, że go znajdą. Jeśli się kłamie w jednej kwestii, w innych zapewne też się oszukuje. Jak on. W głowie mi huczy w rytm tych dwóch słów. Jak on. Jak on.

Siedzę naprzeciwko pani komisarz, a jej partner wyszedł porozmawiać z mamą.

– Opowie jej wszystko, co tu się działo?

– Najważniejsze rzeczy – odpowiada uspokajająco policjantka.

– To dobrze.

To naprawdę dobrze, bo nie będę musiała tego powtarzać.

Mama nie pyta, ale sama zaczynam mówić:

– Myślałam, że go zobaczę.

Zatrzymujemy się na czerwonym świetle i mama sięga po moją rękę.

– Słyszałam, że pokazywali ci zdjęcia.

– No właśnie. I go nie było.

– To nic. Dotrą do niego. Na razie obejrzałaś tylko kilka fotografii.

Mówi to samo co policja. Chciałabym komuś wierzyć. Najbardziej chciałabym wierzyć jej, ale przecież ona też kłamała.

Światło się zmienia i ruszamy.

Zapytałam mamy, czy mnie kocha, i otrzymałam odpowiedź satysfakcjonującą. A czy ja kocham ją? Ten świat jest obcy. Były fajne święta, fajne prezenty, ale przecież ja tu nie należę. Co za bzdurne myśli. To tam nie należałam. On wyrwał mnie z naturalnego środowiska. To przez niego nic nie wiem. Gdzieś słyszałam, że rośliny zbyt często przesadzane umierają. Nie jestem rośliną.

Mama wjeżdża na chodnik i przyciąga mnie do siebie.

– Drżysz.

Rzeczywiście się trzęsę. Jej uścisk łagodzi drżenie. Jak mogłam pomyśleć, że jej nie kocham? Zaciskam ręce wokół jej talii.

– Przepraszam.

Odsuwa mnie na tyle, żeby spojrzeć mi w oczy.

– Co ty mówisz?

– Przepraszam – powtarzam.

Ktoś puka w okno. Mama uchyla drzwi.

– Tu się nie parkuje! – słyszę zirytowany męski głos.

– Zaraz ruszamy – odpowiada mama spokojnie. – Możemy? – zwraca się do mnie.

– Tak, mamo.

Chciałabym powiedzieć, że ją kocham, ale jeszcze poczekam. Muszę wyrzucić z siebie Mistrza. Jego. Zobaczymy, czy miła pani z terapii mi w tym pomoże.

Elwira

Od razu wymieniłam zamek w domku letniskowym. Tylko idiota by tego nie zrobił. Dom kupiony od nieznajomej bez spisania umowy. Owszem, była właścicielka poprosiła mnie o dowód, ale po spojrzeniu na dane spytała, czy zależy mi na formalnościach. Wzruszyłam ramionami. Wcale mi nie zależało. Biorąc pod uwagę okoliczności, wręcz przeciwnie. Dała mi jakiś papier potwierdzający, że mam prawo użytkować ten dom do końca jej życia, i zobowiązała się do zapisania mi go w testamencie. Nie wiem, czy jej podpis na tym świstku ma jakąkolwiek moc prawną. Przekazała mi klucze i życzyła, żeby pobyty były miłe. Jak ona się nazywała? Wygrzebuję z dna szuflady jej deklarację, ale nie mogę rozszyfrować podpisu. Otwieram kontakty w telefonie i szukam. Jest pod „właścicielka". Mam też nazwisko. Paulina Ciesielska. Mieszka we Wrocławiu. Miła pani w średnim wieku. Powiedziała, że jest lekarką. Odpowiadało mi, że ani tutaj nie mieszka, ani nie pracuje. Powinnam była skontaktować się z nią już dawno, ale nie miałam pojęcia, jak poprowadzić rozmowę. Teraz też nie mam, mimo to wybieram numer. Od razu włącza się poczta głosowa: „Dzień dobry, tu Paulina Ciesielska. Nie mogę teraz rozmawiać. Proszę o pozostawienie wiadomości".

Rozłączam się. Nikt, kogo znam, nie sprawdza poczty głosowej. Przynajmniej wiem, że to dobry numer. W jakiś sposób się obawiałam, że Paulina Ciesielska nie jest prawdziwym nazwiskiem, a telefonu już się pozbyła.

I że albo powita mnie automat słowami „Nie ma takiego numeru", albo odbierze ktoś zupełnie inny. Sprawdzam jeszcze w internecie, co również powinnam zrobić przynajmniej kilka dni temu, ale bałam się, że niczego nie znajdę. Jest Paulina Ciesielska, pediatra z Wrocławia. I zdjęcie. To ona. Większość opinii bardzo dobrych. Może byłoby lepiej, gdyby jej nie było. Znam przecież kogoś, kto potrafiłby ją znaleźć. A tak wszystko oprócz braku umowy wydaje się czyste. Wystukuję esemes.

Poproszę o kontakt. Mam pytanie w sprawie domu.

Może to niezbyt grzeczne, ale nie będę bawić się w wersal, kiedy policja depcze mi po piętach. Podpisuję się na wypadek, gdyby nie miała mnie w kontaktach, i wysyłam, po czym włączam dźwięk w telefonie.

Spotkałam ją raz w miasteczku na początku września. Przywitałyśmy się jak dobre znajome.

– Czy w domku wszystko w porządku? – spytała.

– Tak, oczywiście – odpowiedziałam. – Okolica jest tak piękna, że kupiłam też mieszkanie tutaj.

– O, naprawdę? – zdziwiła się. – Mnie też się tu podoba, ale nie chciałabym tu mieszkać na stałe. Pochodzę stąd, ale od początku chciałam się wyrwać z tego miejsca i zrobiłam to, kiedy tylko nadarzyła się okazja.

– Może dlatego, że pani stąd pochodzi. Ja jestem z wielkiego miasta i cenię spokój. Widzę jednak, że pani też tu wraca.

Uśmiechnęła się.

– Jak powiedziałam, pochodzę stąd i część mojej rodziny nadal tu mieszka. Czasem ich odwiedzam. Miło pobyć tu przez chwilę.

Roześmiałam się.

– Ja z kolei mogę na chwilę wracać do Warszawy. Tu jest mój dom.

Ona też się roześmiała.

– Każdy chce czego innego. Wielu ludzi stąd odchodzi, bo z pracą kiepsko. Dobrze, że pani, jako tłumaczka, może pracować z każdego miejsca w Polsce.

Powinnam przytaknąć. Powiedziałam jednak:

– Mało już tłumaczę. Zatrudniłam się w tutejszym liceum jako nauczycielka angielskiego.

Niedługo potem się pożegnałyśmy. Czy to naprawdę był błąd, że ona dowiedziała się o mnie więcej, niż powinna? Że tu mieszkam i pracuję? I jakie to może mieć znaczenie?

Dzwoni telefon. To mama. Chciałabym odebrać. Chciałabym uwierzyć, że mogę jej powiedzieć wszystko, a ona znajdzie rozwiązanie. Wiele lat temu zdałam sobie sprawę, że to tak nie działa. Patrzę na wyświetlacz, czekając, aż ją rozłączy. Gdy aparat milknie, ocieram policzki. Może to tak nie działa, ale jestem już dorosła, odpowiedzialna za siebie i to, co robię. Wiem, jak ona się czuje. Wiem, że szaleje z niepokoju. Porozmawianie z nią jest teraz ponad moje siły, ale nie chcę, żeby tak strasznie się martwiła.

U mnie wszystko w porządku, mamo. W przerwie świątecznej wzięłam kilka tłumaczeń i zasuwam jak dziki osioł. Zadzwonię za kilka dni. Kocham Cię.

Odpowiedź przychodzi natychmiast.

Ja też Cię kocham. Przepraszam, że tak wydzwaniałam, ale wiesz, jaka jestem. Dobrej pracy i czekam na telefon od Ciebie.

Tak, wiem, jaka jest. Neurotyczna. Zawsze obawiająca się najgorszego. Może i ma do tego powody, ale to mi nie pomagało w życiu. To nie, ale sama jej obecność mi pomagała. Zazwyczaj. Brak mi jej teraz tak bardzo, że mam ochotę krzyczeć. Gdyby nie to, że telefon znów zaczyna dzwonić, pewnie bym to zrobiła. Tym razem to Paulina Ciesielska. Biorę głęboki oddech i odbieram.

– Dzień dobry. Dziękuję, że pani oddzwania.

– Dzień dobry. – W jej głosie słychać zaniepokojenie. – Czy coś się stało w domku?

O, tak. Zaginiony dyrektor mojej szkoły siedzi tam w fotelu i się rozkłada.

– W zasadzie wszystko w porządku. Chciałam tylko zapytać, czy nie była pani tam w ostatnim czasie.

– W okolicy?

– Nie, nie. W domu.

– Oczywiście, że nie. – Jej głos jest spokojny, ale wyczuwam oburzenie. – To nie jest już mój dom.

– Przepraszam, że tak to sformułowałam, ale miałam wrażenie, że ktoś tam był.

– Nie zmieniła pani zamków?

– Zmieniłam.

– No więc – w jej ton wkrada się zniecierpliwienie – jak mogłabym się tam dostać?

– Nie wiem. Przepraszam. Wydawało mi się po prostu, że są tam ślady czyjejś obecności.

– Może dała pani klucze jakiemuś znajomemu i to on tam poszedł? – sugeruje Ciesielska.

– Nie, nikt nie miał kluczy oprócz mnie.

– Przykro mi, ale nie potrafię pani pomóc.

Pani Paulina najwyraźniej chce już zakończyć rozmowę.

– Jaką rodzinę ma pani w Zaćmieniu?

– Słucham?

Wcześniej uważała mnie za wariatkę. Teraz uważa mnie za bezczelną wariatkę.

– Pochodzi pani stąd, prawda? I kiedy się spotkałyśmy, powiedziała mi pani, że odwiedza rodzinę.

Nie zdziwiłabym się, gdyby mi powiedziała, że to nie moja sprawa. Jest jednak zbyt grzeczna, żeby to zrobić.

– Siostrzenicę.

– A kto to jest? Może ją znam?

– Nie sądzę – mówi zimno.

Nie zmuszę jej do podania nazwiska. Odpuszczam temat.

– Czy do domu można dostać się w jakiś inny sposób?

– W inny sposób niż przez drzwi?

Wyraźnie słyszę drwinę.

– Właśnie – mówię mimo to.

– Nic mi na ten temat nie wiadomo. – Wydaje mi się, że wyczuwam wahanie i chcę ją przycisnąć, ale ona dodaje: – Przepraszam, ale muszę już kończyć. Mam pacjenta.

Rozłącza się bez pożegnania.

Nie dam sobie rady sama. Muszę skontaktować się z profesjonalistą. Nie jest idealny, ale to on pomógł mi kilka lat temu. Wszystko, co poszło potem nie tak, spieprzyłam sama. Wybieram numer Piotra Słonecznego.

– Elwira! – wita mnie z entuzjazmem. – Jak miło, że dzwonisz.

Niezmiennie ciepły ton głosu.

– Dzień dobry, panie Piotrze.

– Dawno nie rozmawialiśmy. Próbowałem się do ciebie dodzwonić.

– Wiem. Przepraszam, że nie oddzwaniałam.

– Nie ma sprawy, nie ma sprawy. Co u ciebie?

– Jestem nauczycielką angielskiego w Zaćmieniu.

– Co takiego?

Wyobrażam sobie, jak opiera się o siedzenie, jak pracują mu trybiki w głowie. Pamięta nazwę miejscowości. Co byłby z niego za detektyw, jeśli nie pamiętałby informacji, które przekazywał klientce? Bo tym przecież jestem. Klientką.

– Tak. I potrzebuję pana pomocy.

– W co ty się władowałaś?

– Dyrektor zniknął.

– Dyrektor Mariusz Sułecki?

Nawet nazwisko pamięta.

– Tak. I obawiam się, że jestem podejrzana. Może pan przyjechać? Mnie nie wolno opuszczać miejsca pobytu.

– Cholera, Elwira. Co ty zrobiłaś?

Martwi się. Mogę sobie wmawiać, że to dlatego, że coś poszło nie tak w jego pracy detektywistycznej, ale to nie jest cała prawda. To dla niego dużo bardziej osobiste.

– Przyjedzie pan?

– Możesz coś mi teraz powiedzieć?

– Nie chcę przez telefon. Boję się...

– Boisz się, że jest na podsłuchu? – pyta z niedowierzaniem.

– Właśnie. Kiedy pan będzie mógł? Oczywiście zapłacę.

– Elwira, to nieważne. – Zawsze mu płaciłam, chociaż może niepełną stawkę. Tym razem też zapłacę. – Jutro cały dzień mam zajęty, ale pojutrze z samego rana wybiorę się do ciebie. Prześlij mi adres esemesem.

– Dobrze. I proszę, niech pan nie mówi mamie.

133

– Z twoją mamą też od dawna nie mam kontaktu – oznajmia smutno.

– To do widzenia, panie Piotrze.

– Uważaj na siebie.

Wysyłam esemes i zaczynam robić notatki.

Marta

Mama mówi, że zaczeka w korytarzu, i drzwi się za nią zamykają. Pani terapeutka ma brązowe włosy do ramion i zielone oczy, które się uśmiechają, nawet gdy reszta twarzy pozostaje poważna.

– Mam na imię Anna – przedstawia się.

– A ja Marta – odpowiadam.

Teraz uśmiechają się również jej usta.

– Cieszę się, że mogę cię poznać.

Milczę. Wiem, że miło byłoby powiedzieć, że ja też się cieszę, ale chyba podczas terapii nie robi się tego, co miłe, prawda?

– Usiądź.

Siadam w wygodnym beżowym fotelu i patrzę na nią, czekając na pytanie.

– Jak się czujesz?

To naprawdę pytanie, które ma mi pomóc?

– Dobrze – odpowiadam sztywno.

– Dużo się w twoim życiu zmieniło.

– Tak.

– A gdybyś miała opowiedzieć, co się zmieniło, jak byś to wyraziła?

– Przez sześć lat mieszkałam u Mistrza. – Milknę, zdając sobie sprawę, że użyłam niewłaściwego słowa.

Pani Anna jednak nie uważa, że to niewłaściwe ani nawet dziwne.

– Teraz jednak już u niego nie mieszkasz. Teraz jesteś…

Zawiesza głos. Chce, żebym to ja dokończyła.

– W domu. – To brzmi jakoś pusto i fałszywie. – Teraz jestem w domu – mówię trochę pewniej.

– I jak się w związku z tym czujesz?

Przyglądam się jej twarzy. Jej oczy już przestały się uśmiechać, ale promieniuje z nich ciepło. Mam wrażenie, że ta kobieta chce mnie wysłuchać, cokolwiek mam do powiedzenia. Zeszłej nocy przypominałam sobie wszystko, co słyszałam o psychoterapii, i chociaż słyszałam to tylko w filmach, wydaje mi się, że terapeuci nie oceniają. A jeśli nawet oceniają, nie ujawniają tego.

– Czy pani powtórzy wszystko mamie?

– Nie – odpowiada pani Anna, a jej oczy robią się jeszcze bardziej poważne. – Obowiązuje mnie tajemnica zawodowa. Musiałabym powiedzieć twojej mamie tylko w wypadku, gdyby istniało zagrożenie dla twojego lub czyjegoś innego zdrowia lub życia. Jeżeli nie, wszystko, co powiesz, zostanie między nami. Z mamą oczywiście muszę współpracować, ale to znaczy tylko tyle, że będę rozmawiać również z nią i razem będziemy się starały, żebyś czuła się dobrze.

– To dobrze. Ja – coś chwyta mnie za gardło, ale radzę sobie z tym – nie jestem pewna.

– Nie jesteś pewna, jak się czujesz w związku z tym, że jesteś już w domu – doprecyzowuje terapeutka.

– Tak. – Nie umiem wyrazić tych sprzecznych myśli bez słów, które szaleją we mnie, od kiedy przestąpiłam próg mieszkania. Nawet w szpitalu było inaczej. Nawet gdy mama powiedziała, że tata nie żyje. Poznałam swoją tożsamość i uznałam, że wracam tam, gdzie należę. Raczej chciałam to uznać. Pragnęłam w to uwierzyć. – Czasem myślę, że to nie mój dom. – To szokujące wyznanie przechodzi mi przez usta i zaczynam płakać. – Wszyscy są dla mnie tacy dobrzy. I to moja rodzina, a ja… ja… – Zachłystuję się własnymi słowami. – Ja czasem chciałabym tam wrócić.

Sformułowanie tego na głos mnie przeraża. Jeśli on był zły, a ja chcę wrócić do zła, co to mówi o mnie?

– Nie ma w tym nic dziwnego. – Głos pani Ani jest miękki, ale słyszę w nim pewność i odrobinę się uspokajam. – Spędziłaś tam sześć lat. To prawie połowa twojego życia, a jeśli chodzi o okres, z którego zazwyczaj ludzie mają wspomnienia, to na pewno ponad połowa. Co więcej, okres sprzed porwania – wymawia to słowo tak lekkim tonem, że wierzę: tak, to było porwanie – zapewne zamazał ci się w pamięci. Pamiętasz to, co było u niego. To właśnie tamten dom i on sam są dla ciebie punktem odniesienia.

– Ja w tamtym domu – już się nie dławię, ale mój głos jest płaski jak u robota – starałam się pamiętać. Kiedy robił mi różne rzeczy, których nie lubiłam, starałam się pamiętać tym bardziej. Ale kiedy był dobry – słowo „dobry" chciało stanąć mi w gardle, ale je przepchnęłam – myślałam, że go kocham. I nawet teraz czasami…

Mimo wszystko nie umiem tego powiedzieć.

– Nawet teraz myślisz, że go kochasz – kończy pani Anna. Jestem wdzięczna, że nie wymawia tego jak pytania. – Tyle lat widziałaś tylko jego. Każde dziecko potrzebuje kogoś kochać. Ty nie miałaś nikogo innego. Nie dasz rady wyrwać go z serca od razu, nawet jeśli wszyscy powiedzą, że był potworem. Wręcz przeciwnie, gdybyś momentalnie przestała go kochać, to byłoby dziwne.

Chciałabym zrzucić z siebie przynajmniej to, ale jeszcze nie potrafię.

– Naprawdę tak pani myśli? – pytam nieśmiało.

– Nie tylko ja tak myślę. To są prawdy psychologiczne formułowane w różnych opracowaniach naukowych. Ciężar wewnątrz wydaje się lżejszy.

– Ale wie pani, tam myślałam o domu. Myślałam, jak będzie, gdy wrócę do rodziców. To były takie marzenia, których się czepiałam, gdy było mi bardzo źle. Bo – patrzę na psychoterapeutkę, szukając w jej oczach potwierdzenia, że to, co mówię, nadal jest normalne – bywało mi bardzo źle. Nie zawsze, nie wiem nawet, czy często, ale bywało. Nie wierzyłam, że kiedykolwiek to naprawdę się stanie, ale i tak myślałam o tym. I te marzenia się spełniły.

Milknę. Skończyły mi się słowa. Muszę je wyciągnąć, uważając, żeby nie naruszyć przy tym najbardziej bolesnych punktów.

– I nie jest tak, jak myślałaś, że będzie? – pomaga mi pani Anna.

– Na pewno nie ma taty – odpowiadam od razu.

Pani Anna kiwa głową.

– Marzyłaś o powrocie do takiej rodziny, jaką opuściłaś. Wiadomość o śmierci taty musiała wprowadzić chaos.

– Tak. Chaos. – Podoba mi się to słowo, tym bardziej że trochę oddaje to, co się we mnie dzieje. – I jeszcze… – Przyglądam się terapeutce niepewnie. – Wie pani, jak tata umarł?

– Tak. Twoja mama mi powiedziała, że popełnił samobójstwo.

– Tak. I to chyba rozbiło mnie najbardziej.

– Rozumiem – mówi wolno pani Anna.

Wiem, że nie rozumie, ale nie pomogę jej. Zresztą to nie ja mam jej pomagać, przypominam sobie, tylko ona mnie. Na stoliku przede mną stoi paczka chusteczek higienicznych. Biorę jedną i wydmuchuję nos. Nie wiem, dlaczego nagle dostałam kataru. Zaczynam też kaszleć.

– Ale poza tym – mówię, gdy niespodziewany atak mija – wszystko jest tak, jak sobie wymarzyłam. – Mogłabym opowiedzieć, że mama mnie okłamała, ale nie robię tego, bo boję się, że wprowadziłoby mnie na obszary, na które nie chcę wchodzić nawet podczas terapii. Tam mogę się zapuścić tylko w rozmowie z mamą. Kiedy będę gotowa. – I czuję się taka winna.

– A tam się nie czułaś? – podchwytuje terapeutka.

Głowa mnie boli, jakby ktoś stukał od środka młotkiem. Czy to początek choroby? Takiej jak wtedy u niego?

– Czułam się wiele razy. Zawsze gdy zrobiłam coś źle.

– Na przykład co?

Mam też dreszcze, ale jednocześnie jest mi strasznie gorąco.

– Na przykład – próbuję zebrać myśli, ale one się rozpierzchają – na przykład, gdy źle zaściełiłam łóżko albo gdy go niedokładnie słuchałam.

– To on tobą manipulował.

Mówi coś jeszcze, ale jej słowa się zlewają. Chcę słuchać, chcę rozumieć, bo uważam, że to mnie pocieszy i wprowadzi porządek. Tylko ten ból głowy staje się coraz gorszy, dreszcze tak silne, że nie mogę powstrzymać latania szczęk i znów nadchodzi atak kaszlu. Obraz psychoterapeutki się zamazuje. Ściany gabinetu napierają na mnie. Jeden z misiów na półce rusza w moją stronę. Wiem, że to nie dzieje się naprawdę.

Elwira

Ponownie przebiegam wzrokiem notatki. Balansowałam na krawędzi z Sułeckim. Każdy normalny człowiek postukałby się w czoło, gdyby dowiedział się, po co tu przyjechałam, ale ja nie umieściłabym tego w skali głupoty. Na pewno znalazłoby się za to tam poinformowanie Ciesielskiej, że jestem nauczycielką angielskiego w Zaćmieniu. Największą głupotą jednak było niewtajemniczenie Słonecznego w moje plany. Oczywiście, że próbowałby mnie powstrzymać. Może nawet by zagroził, że powie mamie, jeśli nie zgodzę się rozwiązać tego inaczej. Ostatecznie jednak bym go przekonała, że to ja jestem jego klientką. Czuwałby nad wszystkim.

Nie wszystko stracone. Pojutrze tu będzie. Po to przecież zrobiłam te zapiski, żeby o niczym nie zapomnieć. Wygrzebuję spod innych papierów zdjęcie blondwłosej dziewczynki, które wyciągnęłam z albumu w tatrzańskim domu, i dołączam je do dokumentacji. Tak to już nazywam. Oczywiście nie jest tym w ścisłym znaczeniu tego słowa, ale dla Słonecznego będzie cenna. Wpisuję tam też numer do byłej właścicielki mojego domku. Dodaję też nazwisko Aliny. Czy Mariusz naprawdę usunął korespondencję z nią? Czy ona nadal jest w jego telefonie, ale policja uznaje ją za mało istotną? Gdybym ja była policjantką, sprawdzałabym byłą kochankę, a nie tylko aktualną. Nie zapominajmy też o żonie. Przecież, jak nie omieszkali poinformować mnie uczniowie z czwartej B, uznając chyba, że nie oglądam seriali kryminalnych, to żona zawsze jest najbardziej podejrzana. I, jak stwierdziła Lidka, która uzyskała tę wiadomość z pierwszej ręki, tak zazwyczaj jest. Żony zabijają mężów. Mężowie żony, żeby została zachowana równowaga.

Pamiętam żonę. W realu widziałam ją tylko na tej imprezie gwiazdkowej, ale wcześniej wyszukałam jej konto na kilku portalach społecznościowych. Jeśli oceniałabym ją na podstawie zdjęć, które tam wrzucała, doszłabym do wniosku, że jest zachwyconą swoim życiem idealną żoną i matką. Fotki z rodzinnych wakacji w Grecji i Hiszpanii. We trójkę, bo młodsze dziecko jeszcze się nie narodziło. Czasem tylko ze starszą córką, która chyba nie przepada za aparatem, bo zawsze ma dość ponurą minę. Czasem jakiś romantyczny obrazek z mężem. Najbardziej chyba romantyczne z czasów ciąży z młodszym dzieckiem, gdy mój dyrektor z czułością trzyma rękę na brzuchu żony i patrzy jej w oczy. I inne, które pokazują, że to kobieta kulturalna. Z książkami Olgi Tokarczuk, Alice Munro i Annie Ernaux. Dawno nie odwiedzałam jej profilu na Instagramie. Ciekawa jestem, czy wrzuciła coś nowego. Może jakiś apel w stylu „pomóżcie mi znaleźć męża". Nic nie ma. Ostatni post jeszcze z dużym brzuchem. Cóż, zapewne mało miała czasu i energii po urodzeniu drugiej córki, ale mimo wszystko spodziewałam się czegoś po zaginięciu ojca jej dzieci. Może Facebook nadaje się do tego bardziej. Tam jednak są jeszcze starsze posty.

Gdy tamtego wieczoru pojawiłam się w progu ich domu, Sułecki stał obok żony i Nowakowej, która jak zwykle wygłaszała jakąś tyradę. Żona, która należy do szczęściar szybko wracających do figury po porodzie, miała na sobie krótką granatową sukienkę, ładnie kontrastującą z płomiennymi włosami opadającymi luźnymi falami na ramiona. Fotografie w internecie nie oddawały intensywności ich koloru. Sułecki coś jej szepnął i podszedł do mnie.

– Cieszę się, że panią widzę – powiedział swoim najbardziej oficjalnym tonem.

Uścisnął mi rękę i podprowadził do żony.

– Kochanie, poznaj naszą nową wspaniałą nauczycielkę angielskiego. Pani Elwiro, to moja żona, Monika.

Wyciągnęłyśmy dłonie i spojrzałyśmy sobie w oczy. To spojrzenie było zupełnie neutralne. Nie przypuszczam, żeby zauważyła, że podziwiam jej delikatną cerę i niebieskie oczy. Nie mam pojęcia, co ona myślała o mnie. Sułecki odszedł z wicedyrektorką i rozmawiałyśmy przez chwilę same. Zapytała, jak mi się pracuje i czy młodzież tutaj jest inna niż w Warszawie. Pracuje mi się świetnie, odpowiedziałam, a młodzież wszędzie jest podobna. Internet zbliża, dodałam ze śmiechem. Chyba wtrąciłam jeszcze coś o wspaniałych widokach, a później grzecznie spytałam o dzieci i dowiedziałam się, że babysitterka – tak, użyła angielskiego wyrażenia – wybrała się z nimi na spacer, a poza tym obie córki są najwspanialsze na świecie. Niedługo potem dołączył do nas matematyk, a później dostrzegłam Julię stojącą samotnie w rogu pokoju, więc przeprosiłam i podeszłam do niej. Monika rozmawiała chyba ze wszystkimi nauczycielami, z każdym jednakowo życzliwie. Gdy dzieci wróciły, pocałowała szybko starszą córkę, młodszą nakarmiła na kanapie i oddała niani. Później młoda opiekunka i dziewczynki znowu gdzieś znikły.

Próbuję znaleźć w tym wspomnieniu choćby cień nie-chęci ze strony Moniki, ale nie ma go, podobnie jak nie było go w tamten wieczór. Nie wiedziała o mnie. Albo wiedziała i nie miało to dla niej znaczenia. Albo jest dobrą aktorką. Czy rozmawiała wtedy też z Aliną? Zapewne, a już z całą pewnością dzieliła się z nią opłatkiem, ale nie mam teraz żadnych obrazów z nimi dwiema.

Smutna twarz Aliny staje mi przed oczyma. To prawda, że napisałam o niej w notatkach dla Słonecznego, ale i tak z nią współodczuwam. Dzięki niej poczułam się odrobinę mniej samotna i to przecież działało w obie strony.

W kawiarni wpisałam do telefonu kontakt do niej i teraz go wybieram.

– Hej – odzywa się i czuję, że się uśmiecha.

– No hej – odpowiadam. – Jak sobie radzisz?

– Pewnie tak samo jak wcześniej, ale czuję się lepiej. – A ty?

– Ja też. – Chcę powiedzieć coś więcej. – Stalkowałam Monikę – dodaję. Kiedy Alina nic nie odpowiada, uświadamiam sobie, jak to zabrzmiało. Śmieję się nerwowo i uściślam: – W social mediach.

Teraz ona się śmieje.

– Nic nie wstawiła od ciąży. Też sprawdzałam.

Rozmowa staje się lekka. Tak dobrze rozluźnić się chociaż na chwilę. Uśmiecham się, gdy odkładam telefon, i dopiero po kilku minutach jeszcze raz przebiegam oczyma notatki. Odsuwam je zdecydowanym ruchem. Zastanawiam się, jakie wnioski wyciągnie z nich Słoneczny. I najważniejsze, co zrobi z trupem w moim domku.

Poznałam go w trzeciej klasie liceum. Mama początkowo nie chciała się zgodzić, ale później zarezerwowała stolik w restauracji dla naszej trójki. Ubrałam się w dżinsy z dziurami na kolanach i zwykły T-shirt. Mama obrzuciła mnie szybkim spojrzeniem i zacisnęła usta. Sama miała na sobie jedną z najlepszych sukienek.

– Idziemy? – spytałam.

Nawet nie odpowiedziała, tylko otworzyła drzwi. Widziałam, że z trudem panuje nad sobą. W jakiś sposób nawet było mi jej żal, ale w tamtej chwili myślałam głównie o sobie.

Gdy weszłyśmy do restauracji, Słoneczny już tam był. Mama pozwoliła mu się pocałować w policzek, a później chciała dokonać prezentacji. Uprzedziłam ją.

– Elwira – powiedziałam, wyciągając rękę.

– Piotr.

Uśmiechnął się i od razu go polubiłam.

– Wiele o panu słyszałam.

Pochylił głowę.

– Ja o tobie oczywiście też.

Wybraliśmy dania. Mama była tak zdenerwowana, że tylko dziobała swoją porcję. Rozmowa przy stole toczyła się głównie między panem Piotrem a mną. Rozłożyliśmy na czynniki pierwsze pewną starą sprawę. Gdy mama poszła do toalety, poprosiłam go o wizytówkę. Zawahał się, ale mi dał. Później odprowadził nas do domu. Mama zapraszała go na herbatę, ale powiedział, że umówił się z klientem.

Na moim koncie było tysiąc złotych. Głównie z prezentów, ale postanowiłam uczyć angielskiego i zarejestrowałam się na portalu dla korepetytorów. Szybko miałam odzew.

Po niecałym tygodniu zadzwoniłam. Na stacjonarny, bo miałam nadzieję, że Słoneczny zatrudnia kogoś do odbierania telefonów. Nie zawiodłam się. Miła pani umówiła mnie na spotkanie z detektywem za kilka dni.

Gdy zobaczył mnie w drzwiach biura, zakrztusił się herbatą.

– Dzień dobry, panie Piotrze – powiedziałam spokojnie i usiadłam naprzeciwko. – Chciałabym, żeby teraz pracował pan dla mnie.

Ćwiczyłam to kilka razy przed wyjściem. Nie chciałam, żeby Słoneczny się ze mnie śmiał. I nie roześmiał się. Krztusił się jeszcze długo, ale później uzgodniliśmy co i jak.

Nigdy się ze mnie nie śmiał.

Marta

Czuję, jakbym była w ukropie, ale może to ja jestem ukropem. Marzę o lodowatej wodzie. O tym, żeby Mistrz polał mi nią ciało albo żeby dał mi znów pić. Jestem taka sucha w środku. Chyba powiedział, że musi jechać po lekarstwa. Nie mam pojęcia, czy było to godzinę temu, czy minęły już dni. Wszystkie laleczki, które dostałam od niego, tańczą. Wiem, że lalki nie powinny same się poruszać. One nie mają dobrych zamiarów. Na razie nie zwracają na mnie uwagi. Kulę się w kącie łóżka. Co ze mną zrobią? Pić, szepczę. Może się zlitują i przyniosą. Przecież je kochałam. Odwracają się i wpatrują się we mnie złym wzrokiem. To nie są moje śliczne dziewczynki, którym czesałam włosy i do których przemawiałam najczulszymi słowami. To nigdy nie były dziewczynki, ale teraz to już nie są lalki. Może są, ale dlaczego tak urosły? Czemu sięgają sufitu i zamiast uroczych rączek mają łapska jakiegoś zwierza? Suną w moim kierunku i oblizują się zachłannie. Próbuję się skurczyć, ale to nie pomaga. Wszystkie rzucają się na mnie. Czuję ich ciężar na piersiach, głowie, nogach i rękach. To co najmniej trzysta kilo. Nie mogę zaczerpnąć oddechu. Któraś wgryza się w mój brzuch. Inna się tym zainteresowała i uwalnia mi twarz. Zaczynam krzyczeć tak świdrująco, że dźwięk wwierca mi się w uszy, ale może Mistrz usłyszy, gdziekolwiek jest. Może przybiegnie mi na pomoc.

– Już dobrze – słyszę jego głos. – Już dobrze, kochanie. Pij.

Lalki potwory poszły sobie. Jestem bezpieczna, przynajmniej na razie. Piję chciwie z zamkniętymi oczyma, tak nieuważnie, że woda cieknie po brodzie i skapuje na klatkę piersiową.

– Nie idź – mówię między jednym łykiem a drugim. Nie mogę teraz zostać sama. Strach wypełnia mnie tak samo jak gorąco.

– Nigdzie się nie wybieram – odpowiada Mistrz. Otwieram oczy. Obraz rozmazuje się, kołysze.

– Zaraz będzie lepiej. Moja mała kochana dziewczynka. Czy to nadal jest on? Czy to jego głos? Teraz brzmi jak kobieta. Próbuję skoncentrować wzrok na twarzy, ale szczegóły mi umykają. Włosy wydają się długie, blond. Nie jego. To naprawdę kobieta. Znam ją. Wstrzymała Boże Narodzenie.

– Mamo – szepczę.

– Kocham cię, słonko – słyszę w odpowiedzi. – Wypij jeszcze. – Opróżniam kolejną szklankę. – Zaraz poczujesz się lepiej. Lekarz powiedział, że to kwestia godzin.

Rozumiem każde słowo, ale sens mi umyka. Głowa opada mi na poduszkę i już nie staram się wyłapać, o co w tym chodzi.

Jestem spocona, więc zrzucam kołdrę, ale nie ma uczucia żaru spalającego ciało. To znak, że gorączka spadła. Wtedy też tak było. Co to znaczy wtedy? Co jest teraz? Podnoszę powieki. Lampka nocna się pali. Mama śpi w fotelu. Na stoliku stoi szklanka z wodą. Ujmuję ją i próbuję pić cicho, ale mama i tak się budzi.

– Jak się czujesz, kochanie?

– Lepiej. Dużo lepiej.

– To dobrze. – Delikatnie odgarnia mi sklejone włosy z czoła. – Napij się jeszcze.

Napełnia szklankę. Opróżniam zawartość i odstawiam naczynie.

– Przykryję cię chociaż prześcieradłem – mówi mama.

– Połóż się koło mnie – proszę.

– Nie będzie ci zbyt gorąco?

– Nie.

Kładzie się na skraju łóżka. Dotykam jej włosów i łagodnie odpływam w sen.

Tej nocy budzę się jeszcze kilkakrotnie. Czasem widzę oczy mamy wpatrujące się we mnie i od razu zasypiam. Czasem piję. A czasem wsłuchuję się w regularny oddech kobiety obok i myślę, że mam jeszcze szansę w życiu.

Teraz to czas, gdy noc styka się z dniem, ciemność zostaje zastąpiona przez szarość. Tu wygląda to inaczej niż w górach, bo w wielkim mieście światła latarni za oknem nigdy nie gasną. Mama porusza się niespokojnie przez sen. Kładę rękę na jej ramieniu i mówię bezgłośnie, że ją kocham. Nie może słyszeć, ale uspokojona przez dotyk mruczy coś i zapada w głębszy, lepszy sen. Taką przynajmniej mam nadzieję.

Gdy chorowałam u niego, nie było lekarza, ale Mistrz był łagodny i czuły. Wyszedł tylko po lekarstwa, ale poza tym został ze mną przez cały tydzień. Gotował dla mnie i opowiadał ciekawe historie. Wysoką temperaturę miałam trochę dłużej niż tutaj, a później byłam słaba i bezbronna. Tak właśnie mówił. Myślę, że to oddawało sedno. Ktoś mógłby powiedzieć, że zawsze taka byłam: krucha dziewczynka w szponach bestii. Tylko że w środku pozostawała jakaś część mnie, której on nie dosięgnął. Gdy zachorowałam, została wymazana przez jego dobroć. Nie. Ona nadal była, ale niewidoczna. Ujawniła się, gdy wyzdrowiałam. Pomyślę jeszcze dlaczego, ale nie teraz.

Teraz rozważam to, co powiedziała pani Anna tuż przed tym, jak zemdlałam. On mną manipulował. Przez niego uważam się za nienormalną. A przecież kocham, chociaż to trudne, bo muszę uczyć się na nowo. Zostałam odcięta od miłości dawno temu i dlatego wymyśliłam sobie miłość zastępczą.

Wymyśliłam sobie, że go kocham, a przede wszystkim, że on kocha mnie. Gdyby mnie kochał, przyprowadziłby do mnie lekarza bez względu na konsekwencje. Gdyby mnie kochał, nie włożyłby mnie związanej do bagażnika i nie wyrzucił w środku lasu. Gdyby mnie kochał, nie robiłby ze mną rzeczy, które powinny być zarezerwowane dla dorosłych.

Same złote myśli. Kiedy powtórzę je terapeutce, uzna, że robię postępy. Nie wszystko, co kłębi się we mnie, dam radę wydusić w jej obecności. To sprawy rodzinne i powinny być załatwione w rodzinie.

Mama otwiera oczy. Uśmiecham się do niej.

– Jak się czujesz?

– Dobrze.

Wyciągam rękę, żeby jej dotknąć i wślizguję się w sen.

Sprawy rodzinne zostaną załatwione, gdy będę na to gotowa.

Elwira

Jestem w sekretnej willi wuja Sułeckiego. Zdezorientowana chodzę po domu. Dyrektor zostawił mnie samą, ale obiecał, że wróci za kilka dni. Wiem, że nie wróci, bo przecież gnije już gdzie indziej. Dezorientacja zamienia się w przerażenie. Po co pałętam się po tych pokojach? Muszę stąd uciekać. Drzwi wyjściowe są otwarte, więc wydostaję się na teren i biegnę w kierunku bramy. Zamknięta. Gruby wysoki mur otacza posesję. Walę w niego pięściami, jakbym miała nadzieję, że się przebiję.

Nic. Zaczynam krzyczeć i chociaż wiem, że mój głos nie wydostaje się na zewnątrz, nie potrafię przestać. Przez mój wrzask przebija się dźwięk domofonu. To szansa. Rzucam się do domu i szukam. Nie znajduję niczego, co choćby przypominałoby słuchawkę. Dzwonek na chwilę milknie, ale później znów się odzywa.

Siadam na łóżku, z trudem łapiąc oddech, i zdaję sobie sprawę, że domofon naprawdę dzwoni. To on wyrwał mnie z koszmaru, więc ktokolwiek chce do mnie wejść, należą mu się słowa podziękowania. Biegnę do przedpokoju i podnoszę słuchawkę.

– Halo?

Mój głos jest schrypnięty. Na zegarku widzę, że już po jedenastej, ale zasnęłam nad ranem, więc jestem usprawiedliwiona.

– Proszę otworzyć. Policja.

To Licealista, ale brzmi bardzo mrocznie.

Mam chwilę, zanim tu dotrą. Idę do lustra i najszybciej jak to możliwe doprowadzam się do stanu, w którym przypominam siebie sprzed kilku dni. Kilkanaście sekund, więc rzeczywiście szybko. Łapię porzucony w fotelu sweter i naciągam go na piżamę. Po namyśle wkładam też dżinsy.

Jestem gotowa, gdy rozlega się dzwonek do drzwi. Komisarz Dariusz Brykiet jest tym razem w towarzystwie wysokiej szczupłej blondynki w średnim wieku. Za nimi stoi dwóch umundurowanych mężczyzn.

– Pani Elwira Konopacka? – odzywa się Brykiet.

Ksywka, którą mu nadałam, zupełnie nie pasuje do człowieka, który się do mnie zwraca.

– Tak – odpowiadam, bo chyba tego ode mnie oczekują.

– Jest pani aresztowana.

Spodziewałam się tego od dawna, a gdy ujrzałam tę zgraję, miałam właściwie pewność, ale nogi i tak się pode mną uginają. Cofam się o krok, a oni wchodzą do mieszkania.

– O co jestem oskarżona?

– O uprowadzenie Mariusza Sułeckiego.

Czepiam się słowa „uprowadzenie". Nikt nie mówi, że zabiłam.

– Może pani zabrać kilka ubrań, obuwie i bieliznę – dodaje blondynka. – Poczekamy.

W tym duecie to ona pełni rolę dobrego gliny.

– Dopiero się obudziłam. Mam pod spodem piżamę. Pójdę do toalety się przebrać.

– Komisarz Załęska pójdzie z panią.

Zaciskam zęby i wyjmuję z szafy bieliznę, jakąś bluzkę i skarpetki. Zatrzymuję się przed drzwiami łazienki.

– Pani pierwsza. – Z ostentacyjną drwiną wskazuję wejście.

Policjantka udaje, że nie dostrzega sarkazmu, i wchodzi.

– Proszę się przebrać.

Odwraca się do ściany, a ja robię, co mi powiedziała, po czym przepłukuję twarz i myję zęby.

– Chciałabym jeszcze się załatwić.

– Nie patrzę.

– Żartuje pani, prawda?

– Nie. Jestem odpowiedzialna za to, co może tu pani zrobić.

Zatyka mnie. Rzeczywiście odbierają mi wolność, skoro nie mogę nawet samotnie wysikać się we własnej toalecie.

– A więc nie mam już żadnej prywatności? – odzywam się po kilku sekundach.

– Przykro mi – mówi policjantka. – W areszcie będzie lepiej.

Mam ochotę trzasnąć ją na odlew, ale to pogorszyłoby jeszcze moją sytuację. Przełamuję opór i siadam na sedesie.

– W samochodzie poinformujemy panią o prawach i obowiązkach aresztowanej – mówi policjantka, gdy spuszczam wodę.

Myję ręce i nie patrząc już na nią, wychodzę.

Rzeczywiście odczytują mi prawa i obowiązki. Prawie nie słucham, czując się jak w filmie. Świadomość, że mogę zostać skazana na wiele lat więzienia, jest, ale zmywa ją poczucie nierealności, zupełnie zresztą nieadekwatne do sytuacji.

Dopiero na miejscu orientuję się, że mogę do kogoś zadzwonić. Nie waham się.

– Dzień dobry, panie Piotrze.

Biorąc pod uwagę okoliczności, powitanie nie jest na miejscu. Wolę jednak, żeby przynajmniej on miał dobry dzień.

– Hej, Elwira. Mam nadzieję, że wszystko w porządku.

Nic nie jest w porządku. Słowa stają mi w gardle.

– Elwira? – mówi zaniepokojonym głosem.

Troszczy się. Wiem, że nie chodzi o pieniądze. Przynajmniej nie tylko o pieniądze.

– Zostałam aresztowana.

– Cholera! – No wiem, zaburzyłam rytm jego pracy. Jutro miałam się z nim spotkać i przekazać więcej informacji. To niesprawiedliwe myśli, ale sarkazm pomaga mi odzyskać panowanie nad sobą. – Nie zgadzaj się na przesłuchanie bez adwokata. Zaraz kogoś znajdę.

– Dziękuję.

– I oczywiście jutro przyjeżdżam, jak się umówiliśmy.

– Wpuszczą pana?

– Wpuszczą – mówi krótko.

Wiem, że ma znajomości z czasów, kiedy sam był policjantem. Mam nadzieję, że sięgają tutaj.

– I niech pan nie mówi mamie – proszę jak dziecko, które nabroiło i boi się konsekwencji.

– Oczywiście, oczywiście. – Nie wiem, czy dotrzyma obietnicy, czy mówi tak tylko, żeby mnie uspokoić.

– Czekam na pana.

Brzmię jak dziecko i na dodatek czuję się jak dziecko. Tak jak nie powinnam się czuć w tej sytuacji.

– Wszystko będzie dobrze. Wytrzymaj.

Gdy kończę rozmowę, cały ten świat wokół, moje aresztowanie i wizja więzienia stają się bardziej realne. Nie wiem, czy naprawdę wszystko będzie dobrze. Nie mam pojęcia, czy zdołam wytrzymać.

Monika

Gdy zadzwonił, karmiła Karolinkę, a Asia czytała w fotelu.

– Dzień dobry, panie komisarzu.

– Dzień dobry, pani Moniko. – Jego głos był miękki. Wiedziała, że Brykiet ją lubi i wystarczyłaby mała zachęta z jej strony, żeby nadać ich relacji bardziej osobisty charakter. – Mam wieści. – Serce podskoczyło jej do gardła, ale nie odezwała się, chociaż komisarz zrobił przerwę. – Aresztowaliśmy Elwirę Konopacką.

Spojrzała na starszą córkę, która przestała czytać i przyglądała się matce z niepokojem. Musiała się opanować, chociażby ze względu na nią.

– Dlaczego?

Uśmiechnęła się do córki, zadając pytanie. Uspokojona Asia ponownie utkwiła wzrok w książce.

Gdy komisarz zaczął mówić, Monika zdała sobie sprawę, że nie da rady zachować pozorów. Zafunduje dzieciom kolejną traumę, nawet Karolince, która wyczuwała już atmosferę.

– Pani komisarzu, za chwilę oddzwonię. Muszę położyć Karolinkę.

Rozłączyła się, bo jeszcze jedno słowo, a zaczęłaby krzyczeć i się trząść. Ostrożnie odłożyła maleńką do kołyski i bujała delikatnie jeszcze kilka minut, chociaż miała ochotę zaszyć się w najdalszym kącie domu i uzyskać informacje. Nie, nie ochotę. Po prostu musiała wiedzieć.

– Idę do toalety – zwróciła się do Asi. – Gdyby Karola zaczęła płakać, bujnij trochę kołyską.

Bardzo się starała, żeby córka nie wyczuła strachu.

– Tak, mamusiu – odpowiedziała Asia.

Monika pocałowała ją w czoło i zdecydowała się iść do toalety na piętrze. Nie mogła ryzykować, że jakiś strzęp konwersacji dojdzie do uszu córki.

Wysłuchała komisarza w milczeniu.

– Dziękuję, że mi pan to powiedział – wykrztusiła na koniec.

– Źle się pani z tym czuje?

A jak mam się czuć, człowieku?! To chciała odpowiedzieć, ale wolała zachować umiar, również w rozmowie z policjantem.

– To szok – przyznała i rozpłakała się.

Nici z umiaru.

– Tak. Doskonale panią rozumiem.

Nie rozumiał, ale naturalnie nie zamierzała tłumaczyć. W jego tonie była urocza bezradność. Może kiedyś pozwoli mu się pocieszyć.

– Żal mi jej – dodała.

– Mnie też – powiedział. – Mam wrażenie, że to nie ona powinna być w areszcie.

– Właśnie – przyznała. Chciałaby pociągnąć tę rozmowę, bo w jakiś sposób przynosiła ukojenie, ale były inne sprawy do załatwienia. – Przepraszam, ale muszę wracać do dzieci.

– Oczywiście. Mam prośbę.

– Tak?

– Proszę nie przekazywać dalej tego, co pani powiedziałem. Dla dobra śledztwa na razie nie mówimy nikomu o szczegółach. Chciałem, żeby pani wiedziała, bo to pani mąż.

To chyba nieprofesjonalne. Z drugiej strony, biorąc pod uwagę kwestie moralne, rzeczywiście mógł uznać, że powinna wiedzieć.

– Tak. Dziękuję.

Rozłączyła się i spróbowała zebrać myśli. Babysitterka przychodziła za godzinę. Trzeba będzie zostawić z nią również Asię, ale może był już czas, żeby córka zaczęła funkcjonować w miarę normalnie. Monika przygryzła wargi i odnalazła kontakt do siostry.

– Hej, siostrzyczko – powitał ją energiczny głos.

Monika od razu przeszła do rzeczy.

– Aresztowali anglistkę.

– Co? Ale… dlaczego?

– Nie przez telefon.

– Przyjadę.

– Nie! – zaprotestowała. – Ja przyjadę do ciebie. Nie chcę, żeby Asia słuchała.

Uprzedzając pytanie, co zrobi z dziećmi, poinformowała, że zaraz przychodzi opiekunka.

Kiedy zeszła do salonu, Asia już nie czytała. Siedziała przy kołysce i uśmiechała się do siostry. Monika podeszła bliżej. Karolina skupiała wzrok na twarzy starszej dziewczynki. Między tymi dwiema budowała się siostrzana więź. Monika przełknęła ślinę.

– Kochanie – zwróciła się do Asi. – Będę musiała wyjść, więc zostaniesz trochę z Edytą i z Karolinką.

– Dobrze. – Asia zazwyczaj godziła się na wszystko. – Ale dlaczego musisz wyjść?

Na ogół nie zadawała pytań. W innym przypadku Monika uznałaby zmianę przyzwyczajeń za dobry znak, teraz jednak myślała tylko, że musi skłamać.

– Trzeba załatwić kilka spraw służbowych taty.

Jeśli Asia wyczuła fałsz, nie skomentowała. Pochyliła się nad kołyską i zaczęła mówić jakieś dziecięce słowa, która widocznie spodobały się Karolince, bo z kołyski dobiegł śmiech. Monika dotknęła brzucha, jakby ją ktoś uderzył. Powinna się cieszyć tą wymianą między córkami, ale myślała tylko, że ona też tak kiedyś przemawiała do młodszej siostry. Ona też kiedyś słuchała jej śmiechu. Cofnęła się do kanapy. Czy to, co dzieje się w głowie jej starszej córki, przypomina to, co kiedyś sama przeżywała? Czy Asia też myśli, że będzie chronić to kruche maleństwo?

Zgięła się wpół, jakby znowu dostała pięścią w brzuch.

Marta

Jestem słaba, ale czuję się dobrze, chociaż słowo „dobrze"
nie do końca oddaje mój stan. Znów przyszedł lekarz
i potwierdził, że jestem prawie zdrowa. Mama odesłała
Kingę na kilka dni do cioci, żeby mała się nie zaraziła.
Rozumiem to, ale chciałabym ją widzieć, bo chyba tylko
ona ze wszystkich ludzi na świecie nigdy mnie nie oszukała. Nie, żebym znała wielu ludzi. I znowu formułuję
myśli nieprecyzyjnie. Nie podejrzewam przecież lekarzy
czy miłej pani Krysi o kłamstwa. Policji też nie posta-
wiłabym zarzutu mówienia nieprawdy. Co do psychoterapeutki, nie mam pewności, ale nie o to chodzi. Nie
chodzi o ludzi, z którymi spotykam się tylko dlatego, że
wykonują konkretny zawód. Chodzi o ludzi, którzy są
blisko. Najbliżej.

Mama wchodzi do pokoju.

– Nie śpisz, kochanie?

– Już nie.

– Chcesz zjeść w łóżku czy wstaniesz?

– Wstanę.

Nie nawykłam do wylegiwania się. Zresztą nie lubię leżeć, bo wtedy przychodzą złe myśli. Czasem przychodzą
też, kiedy siedzę. Nawet gdy siedzę przy stole z mamą.
Nawet gdy jem to, co dla mnie ugotowała. Nawet gdy
staram się słuchać, jak opowiada o rodzinie, o wyciecz-
kach za miasto, o morzu. Góry omija, jakby myślała, że
słuchanie o nich mnie zrani. Nie mam pretensji do gór,
chciałabym jej powiedzieć. To nie góry robiły ze mną te

wszystkie złe rzeczy. Nie mówię tego, tylko się uśmiecham i kiwam głową, jednocześnie zastanawiając się, dlaczego ta piękna kobieta mnie oszukała. Odpowiedź nasuwa się od razu. Chce mnie chronić.

– Mamo – mówię, gdy zbiera naczynia. Dziwnie się czuję, gdy ktoś mnie obsługuje. Chciałabym wstać, ale zrobiło mi się słabo i obawiam się upadku. To przejdzie, trzeba tylko trochę odczekać. – Możemy poczytać?

Mama przygląda mi się z niepokojem.

– Jesteś bardzo blada. Może trochę odpoczniesz?

Nie chcę odpoczywać. Boję się myśli, które atakują ze zdwojoną mocą, gdy leżę.

– Nie. Zaraz nabiorę kolorów – obiecuję.

Mama się śmieje i po raz pierwszy myślę, że jej śmiech brzmi dziewczęco. Nadal ma zmęczoną twarz, ale w oczach dostrzegam błysk młodości.

– No dobrze. Położymy poduszki na sofie i usiądziemy tam sobie wygodnie.

Tak robimy. Słabość przeszła i chyba naprawdę nabrałam kolorów.

– Może ja ci dziś poczytam? – proponuje mama.

– Ja chcę, mamo. Proszę.

Czytanie wydaje mi się najważniejszą umiejętnością w życiu. Poza tym nie chcę zostawiać w mózgu miejsca na strach.

Mama przynosi książkę. Pamiętam ją. Ta okładka z szalejącą śnieżycą, panem stojącym z tyłu dyliżansu, elegancką parą na spacerze i małą dziewczynką, która jeszcze wierzy, że wszystko będzie dobrze, tkwiła we mnie przez te wszystkie lata.

– Baśnie Andersena – mówię i uśmiecham się od ucha do ucha.

Mama otwiera na spisie treści.

– Od czego zaczniemy?

Nie chcę *Dziewczynki z zapałkami*. Jeszcze nie jestem gotowa, żeby zmierzyć się z tą opowieścią. Moją ulubioną? Nie wiem, czy to dobre określenie. Sylabizuję tytuły.

– Może *Dzikie łabędzie*?

Nie pamiętam tej baśni, ale chcę wiedzieć, o czym jest. Łabędzie to piękne ptaki, a dzikość kojarzy się z wolnością.

Mama tylko się uśmiecha.

Trudno jest czytać i podążać zarazem za fabułą, ale koncentruję się maksymalnie i udaje mi się przyswoić treść. Cierpię razem z Elizą, kocham razem z Elizą, umieram ze strachu razem z nią. Razem z nią rzucam koszule z pokrzyw na braci i wyzwalam ich ze złego czaru. Nie płonę na stosie, ale nawet gdybym spłonęła, byłoby warto. Gdy baśń się kończy, mama dotyka mojej twarzy.

– Płaczesz – mówi drżącym głosem. – Ja też.

Śmieje się przez łzy, a ja robię to samo. Chciałabym jeszcze poczytać, ale oczy same mi się zamykają. Nie ma złych myśli.

Śnią mi się *Dzikie łabędzie*. Nie jestem już Elizą, ale bardzo chciałabym nią być. Próbuję się do niej zbliżyć, gdy zbiera pokrzywy na cmentarzu, ale nie widzi mnie. A może uważa, że jestem jedną z czarownic? Patrzę na te złe kobiety, które nie atakują Elizy, bo powstrzymują je jej modlitwy. Ja nie nauczyłam się porządnie modlić, więc jestem dobrym celem. I rzeczywiście, wyciągają po mnie ręce, ale w tym momencie Eliza mnie dostrzega i osłania własnym ciałem. Jestem bezpieczna.

Otwieram oczy. Leżę na sofie, gdzie nie dopadnie mnie żadna czarownica, ani żaden arcybiskup czy też Mistrz. Z kuchni dochodzą odgłosy krzątania się mamy. Jestem bezpieczna, powtarzam sobie, ale złe myśli wracają.

Oszukiwał mnie. Zawsze mnie oszukiwał. Gdybym w to uwierzyła, byłoby łatwiej. W głowie jednak znów rozlegają się jego słowa. Tyle razy padały. Tak bardzo bym chciała, żeby one też były kłamstwem.

Elwira

Zgodziłam się jednak na przesłuchanie bez adwokata. Tyle już błędów popełniłam, że jeden więcej nie ma znaczenia. Wiem, że to nie tak. Właśnie ten może kosztować mnie utratę wolności. Tylko jeśli powiem coś, co mnie obciąży. Będę kontrolować swoje zeznania, a chcę wiedzieć, co zdecydowało o aresztowaniu.

Tym razem nie ma Brykieta. Zapewne obserwuje mnie przez lustro weneckie. Naprzeciwko siedzi policjantka, która była przy moim aresztowaniu, i Bokser. Komisarz Załęska i inspektor Kochanowski. Jeśli będę posługiwać się nazwiskami i stopniami, może spojrzę na sytuację z policyjnego punktu widzenia. Może dzięki temu będę miała więcej do powiedzenia panu Piotrowi. Nie wiem, skąd we mnie wiara w jego nadludzkie siły. To, do czego dokopywał się do tej pory, było wynikiem porządnej pracy profesjonalisty. Nigdy nie dokonał cudu.

Podpisuję jakieś papiery i zgadzam się na wszystko, na co każą mi się zgodzić. Na samym początku mówią, w jaki sposób powiązali mnie ze zniknięciem dyrektora. W oczach Załęskiej dostrzegam współczucie. Twarz inspektora pozostaje nieprzenikniona. Znów pytają mnie o ten ostatni wieczór. Ponownie mówię to, co wtedy. Byłam. Czekałam. Nie przyszedł.

– Czy ktoś panią widział? – pyta Załęska.

Jeśli przestudiowała poprzednie przesłuchanie, powinna wiedzieć, że widzieli mnie przechodzący ludzie, ale nikt, kogo bym znała.

– Nie zauważyłam nikogo znajomego.

– A później? Może spotkała pani kogoś w drodze powrotnej? Albo w budynku? Jakiegoś sąsiada, który mógłby potwierdzić pani wersję?

– Nie przypominam sobie. Może będą zapisy z kamer? – sugeruję.

– Sprawdzaliśmy – odzywa się sucho inspektor. – Monitoring na pani osiedlu przestał działać miesiąc temu i do tej pory nie został naprawiony.

Wiem o tym. Słyszałam, jak starsza elegancka pani rozmawiała o tym z kobietą w średnim wieku. Może to była jej córka, a może po prostu sąsiadka. Ze mną nikt tam nie rozmawiał. Sama odcięłam się od wszystkich.

– Gdzie jest dyrektor Mariusz Sułecki?

Patrzę w oczy inspektora i ogarnia mnie strach. Czy on myśli, że ja zepsułam kamery? A może uważa, że wykorzystałam awarię do własnych celów? Ksywka, którą mu nadałam, pasuje. Bokser jednym ciosem pięści mógłby wydobyć ze mnie prawdę. Gdzieś czytałam, że stosowanie tortur przez policję w krajach Unii Europejskiej nadal jest na porządku dziennym. Nie jestem pewna, jak wypada na tym tle Polska.

– Nie wiem.

– Co pani z nim zrobiła? – nie ustępuje.

Jeśli wierzyć mediom społecznościowym, Polska wypada źle. Napotykałam wpisy o przemocy policji wobec najsłabszych. Ja chyba do nich nie należę. Baliby się mnie uderzyć, bo umiałabym dotrzeć do prasy i wskazać winnych.

– Niczego nie zrobiłam. Czekałam, ale nie przyszedł.

– Co pani miała zamiar z nim zrobić? – odzywa się miękko komisarz Załęska.

Przeszywam ja wzrokiem.

– O ile wiem, zamiary nie liczą się w prawie karnym.

Policjantka wytrzymuje moje spojrzenie.

– Rozumiem panią bardzo dobrze. Dyrektor Sułecki był łajdakiem.

Zaczyna buzować we mnie gniew. Czy grając w dobrego i złego glinę, mają zamiar wydobyć ze mnie przyznanie się do winy?

– Miałam zamiar z nim porozmawiać.

– O czym? – wtrąca inspektor.

To zaszło za daleko. Wszystko, co powiem, może zostać użyte przeciwko mnie. Jak w filmie.

– Nie powiem już nic bez adwokata – oznajmiam.

– Nie może pani nam powiedzieć, jaki miał być temat pani rozmowy z Mariuszem Sułeckim?

– Nie.

– Jak dawno miała pani kontakt z… – Bokser pochyla się i sprawdza w notatkach – z siostrą Gabrielą?

To zagranie. Imię nie jest trudne do zapamiętania.

– Na wypadek, jeśli nie sprawdziliście – mówię jadowicie – żeby ułatwić śledztwo, powiem, że jest na misji w Burundi i rzadko przyjeżdża do Polski.

Bokser się uśmiecha. Coś jednak powiedziałam, chociaż wcześniej odmówiłam składania zeznań bez adwokata.

– Sprawdziliśmy. Ostatnio była tu dwa lata temu. Pytałem tylko, jak często ma pani z nią kontakt.

Jestem zmęczona. Nie chcę już na niego patrzeć. Nie chcę nawet mówić, że siostra Gabriela z Zakonu Sióstr

Karmelitanek Dzieciątka Jezus przysyła mi okazjonalne maile, a ja odpowiadam jeszcze rzadziej. Ostatnio podziękowałam za życzenia świąteczne.

– Nie powiem już nic bez adwokata – powtarzam.

Coś jeszcze mówią, ale udaje mi się odciąć. Nie, powtarzam lodowato. Następna rozmowa z moim adwokatem.

Strażnik odprowadza mnie do celi. Jasnowłosa dziewczyna o mętnych oczach narkomanki przygląda mi się z ciekawością.

– Co zrobiłaś?

Wzruszam ramionami.

– Nic. A ty?

Wybucha śmiechem.

– Ja też nic. To znaczy znaleźli przy mnie prochy. Mówią, że je sprzedawałam.

Jej śmiech jest zaraźliwy. Nie przypuszczałam, że to możliwe, ale zaczynam chichotać.

– Ale to nieprawda, co?

– No jasne. – Prostuje się i wyciąga rękę. – Jestem Kaśka, a ty?

– Elwira.

– Ej. – Kaśka wciąga szybko powietrze. – Czy to nie ty jesteś tą nauczycielką, która zrobiła coś z dyrektorem liceum?

Sztywnieję.

– Nie rozumiem, o czym mówisz.

– Wiesz. – Kaśka zniża głos. – Wcześniej była tu ze mną prawdziwa dilerka.

Jeszcze i to.

– No i?

166

Staram się brzmieć nonszalancko, ale mam wrażenie, że za chwilę runie na mnie strop.

– No i opowiadała o całej tej sprawie. Mówiła, że kupiłaś od niej dragi, chociaż nie wyglądałaś na ćpunkę.

Zapewniała o dyskrecji. Skąd, do jasnej cholery, wiedziała, kim jestem?!

– Sprawa zaginięcia dyrektora ją zainteresowała. Jej siostrzenica chodzi do tej szkoły – odpowiada na niewypowiedziane pytanie Kaśka. – Obejrzała zdjęcia nauczycielek i poznała cię, chociaż wyglądałaś inaczej.

Znów chichocze. Tym razem nie mam ochoty się przyłączyć. Wyglądałam wtedy inaczej, ale jak widać moje środki ostrożności okazały się niewystarczające.

– I na tej podstawie doszła do wniosku, że coś zrobiłam z dyrektorem?

– No, pewnie nie tylko. Były plotki.

– Aha – mruczę.

– Ale ona nie powie – zapewnia Kaśka. – Nauczycielki w ogóle u niej kupują.

Wpatruję się w dziewczynę osłupiała.

– Jakie nauczycielki?

Kaśka drapie się po głowie.

– Nie mam pojęcia. Nie powiedziała mi.

Marta

Nie umarłam tam, chociaż nie było lekarza. Przeżyłam pierwszy raz, gdy byłam jego myszką obdzieraną ze skóry, chociaż krwawiłam i bolało mnie bardzo długo. Przyjechał następnego dnia, obejrzał ranę między moimi nogami, a ja nawet nie pamiętam, czy się broniłam. Dał mi lekarstwa i powiedział, jak je brać. Nie próbował bawić się ze mną w kotka i myszkę. Ubrałam się, usiadł naprzeciwko i rozmawialiśmy lub raczej on do mnie mówił. Chciałam krzyczeć, rzucić się na niego, wydrapać mu oczy albo chociaż zatkać sobie uszy, ale nic z tych rzeczy nie zrobiłam. I chociaż mnie nie dotykał, zadawał mi rany. Wtedy nie umiałam sformułować myśli. Wtedy po prostu bolało. Nie pamiętam dokładnych słów, tylko to wrażenie, że każde wierci wewnątrz mnie dziurę. I teraz wiem, że słowa były gorsze niż to, że brał mnie sobie, kiedy chciał, niż wszystkie rzeczy, które kazał mi robić ze sobą, niż wszystkie kary, którym byłam poddawana, gdy okazałam najmniejsze nieposłuszeństwo. Niż razy pasem na gołe ciało. Niż zamknięcia w ciemnej komórce na kilka godzin. Kar zresztą było coraz mniej, bo nauczyłam się być słodka. Nauczyłam się być jego małą dziewczynką, ale nawet to okazało się fałszem.

Dziury zostały. Dziury wywiercone przez słowa. Przepędzam te wyrazy i zdania, które trują mnie nawet teraz, w domu rodzinnym. Na ich miejsce wślizguje się wspomnienie i pozbawia mnie tchu, ale pozwalam mu sobą zawładnąć.

Gdy choroba, podobna do tej, którą przeszłam teraz, zaczęła mnie opuszczać, czułam się słaba, lecz szczęśliwa. Będę musiała powiedzieć pani psychoterapeutce, że bywałam tam szczęśliwa. Mam nadzieję, że wyjaśni mi to i zdejmie ze mnie poczucie winy. Bo teraz uważam, że nie powinnam tam być szczęśliwa: oderwana od rodziny i więziona przez porywacza. Wtedy byłam. Czułam się kochana i kochałam. I byłam na swoim miejscu. Napawałam się czułością i troską Mistrza. I odcinałam od zła, prawie zapominałam o tym, o czym obiecywałam sobie pamiętać.

Obudziłam się, gdy świtało. Spojrzałam na jego twarz i pomyślałam, że go kocham. I że nikt inny nigdy nie będzie mi potrzebny. I że chcę zrobić sałatkę, zanim się obudzi. Kolorową, jego ulubioną. Gdy wstałam, trochę kręciło mi się w głowie, ale i tak się uśmiechałam. Kroiłam warzywa i nuciłam *Kocham cię, kochanie moje*. Ta piosenka Kory była o mnie. Rozumiałam nawet, co znaczy, że „ciało mi płonie", bo niedawna gorączka mi to uświadomiła.

– Naprawdę mnie kochasz? – zapytał, wchodząc do kuchni. Był kompletnie ubrany, w dżinsach ze skórzanym paskiem i koszuli w drobną kratkę. Zabawne, że pamiętam takie szczegóły.

Uśmiechnęłam się, tak jak dzieci uśmiechały się na filmach, gdy były zadowolone.

– Naprawdę.

Podszedł i położył mi rękę na szyi.

– Wstań.

W jego głosie był mrok, którego dawno nie słyszałam. Zapowiedź bólu. Zawsze robiłam, co kazał, więc wstałam. Rozerwał moją koszulkę, pod którą nic nie miałam.

Zrobiło mi się zimno i gorąco jednocześnie i pomyślałam, że znów mam wysoką temperaturę.

– Połóż się na brzuchu na stole – powiedział.

Wykonałam polecenie. Słyszałam, że się rozbiera. Lubił czasem, jak to nazywał, „robić to od tyłu". Sama ta czynność stała w sprzeczności z tym, co czułam przed chwilą, ale wiedziałam, że przejdę przez to, tak jak udawało mi się tyle razy wcześniej. Zacisnęłam zęby i czekałam na jego wejście. Wiedziałam, że będzie bolało. I wtedy nadeszło pierwsze uderzenie pasem. Krzyknęłam.

– Jeszcze dziesięć – usłyszałam spokojny głos. – Za każdy krzyk dodaję jedno.

Nie krzyczałam więcej. Skuliłam się w środku i skupiłam na liczeniu razów. Nigdy wcześniej nie bił mnie, jeśli nie okazałam nieposłuszeństwa. Nie rozumiałam, co działo się teraz.

– Odwróć się – powiedział, gdy skończył.

Przewróciłam się na plecy, a on rzucił się na mnie jak drapieżnik na zwierzynę. Bolało jak za pierwszym razem i jak za pierwszym razem straciłam przytomność. Gdy ją odzyskałam, krwawiłam jak wtedy i jak wtedy pomyślałam, że umieram. Tylko że teraz śmierć mnie nie przerażała.

– Martuniu.

Skupiłam wzrok na jego twarzy. Płakał. Nie umiałam zareagować.

– Muszę już jechać. Byłem z tobą długo. Pamiętaj o lekarstwach.

– Dobrze.

Takiej chyba odpowiedzi oczekiwał, bo pocałował mnie w czoło tak czule jak podczas choroby i poszedł do wyjścia. Przy drzwiach się zatrzymał.

– Kocham cię.

To było pierwsze wyznanie miłości z jego ust.

Czy po tym wszystkim mogę kiedykolwiek być normalna?

Pakuję ręce do ust, żeby zagłuszyć szloch, który nie chce zatrzymać się wewnątrz. Mama wbiega do pokoju i zamyka mnie w ramionach.

Mogę, myślę. Mogę.

Elwira

Objęłam nogi ramionami i siedzę na pryczy, patrząc na Kaśkę. Dziewczyna nie jest prawdziwą narkomanką, bo ma w sobie zbyt wiele energii i radości życia, które rozsadzają ją nawet w naszej głupiej celi. Opowiada o chłopaku, który zabiera ją na wycieczki i namawia do zrobienia matury. O mamie, która twierdzi, że najważniejszy jest porządny fach, więc Kasia powinna nadal uczyć się na krawcową. O młodszym bracie, który często jest wkurwiający, ale zawsze staje za siostrą murem, jeśli mama jest o coś na nią zła.

– A ty? – pyta nagle, wytrącając mnie ze sztucznego spokoju, w który wprowadziła mnie jej gadanina.

– Co ja?

– No, masz chłopaka na przykład?

Kasia wygląda jak nastolatka, zachowuje się jak nastolatka i zapewne jest nastolatką.

– Ile masz lat? – odpowiadam pytaniem.

– W kwietniu skończę dwadzieścia. No, to jak, masz chłopaka?

Zastanawiam się, czy kiedykolwiek miałam. Raczej nie.

– Mam przyjaciela, który kiedyś był moim mężem.

– Jesteś rozwódką?

– Tak – odpowiadam wolno. – Jestem rozwódką – mówię, smakując ostatnie słowo.

– A dlaczego się rozwiedliście?

– Nigdy nie czułam się jego żoną – odpowiadam tak samo jak Julii. – Wolę być przyjaciółką.

Kaśka wybucha śmiechem.

– Dla mnie to za trudne.

Muszę się uśmiechnąć.

– Tak, dla mnie też.

– A co mówi na to twoja mama?

– Ona... – Nie jestem pewna, jak skończyć. – Zawsze jest po mojej stronie.

– Jak to mama. – Kaśka kiwa głową. – A wie, że tu jesteś?

Ogarnia rękami naszą celę.

– Nie. Wolę, żeby nie wiedziała.

Kaśka przygląda mi się z zainteresowaniem.

– Czyli właściwie nie wie o tobie zbyt wiele.

To prawda. Nie mam zamiaru się nad tym rozwodzić, więc mówię co innego.

– Nie chcę, żeby się denerwowała. Ona i tak bardzo się o mnie martwi.

Kaśka wygląda, jakby zastanawiała się nad moimi słowami.

– Moja też się martwi, ale mówi, że woli wiedzieć wszystko. Twierdzi, że niewiedza jest gorsza.

– Mhm. One zawsze tak mówią.

– No, ale powiedz, zrobiłaś coś dyrektorowi? Nikomu nie wygadam.

Kładzie rękę na sercu. Jest tak zabawna, że znowu się uśmiecham.

– Byłabyś idealną osobą na wyciąganie zeznań z aresztowanych.

– W sensie, że podejrzewasz mnie o bycie kapusiem?

Śmieję się już na głos.

– Gdybym cię podejrzewała, nie powiedziałabym, że jesteś idealna.

173

– A jaki on właściwie jest? – zmienia temat Kaśka. – Mój brat chodzi do liceum, ale nic na jego temat nie mówi.

Mój śmiech zamiera.

– Był złym człowiekiem.

Powtarzam się. To samo powiedziałam Alinie. Na dodatek znów użyłam czasu przeszłego. Kaśka reaguje identycznie jak wuefistka.

– Był?

Wzruszam ramionami.

– No był. Teraz zaginął.

– A dlaczego był zły? – pyta konspiracyjnym szeptem.

Chciałabym jej powiedzieć. Chciałabym ogłosić całemu światu. Mój adwokat, ktokolwiek nim będzie, zapewne by tego nie pochwalił. Może trzeba będzie zachować te informacje do procesu. O ile oczywiście prasa nie rozdmucha ich wcześniej. Zanim zdążę wymyślić jakiś banał, drzwi celi się uchylają.

– Jest pani wolna.

Strażnik zwraca się do mnie. Patrzę na niego oszołomiona.

– Ja?

– Pani Elwira Konopacka?

– To ja.

– No więc to pani jest wolna – tłumaczy jak mało pojętnemu dziecku.

Kaśka przenosi wzrok ze mnie na strażnika. Podchodzę do niej.

– Nie chcę powiedzieć, że cieszę się, że tu jesteś, ale dzięki tobie nie zwariowałam.

Uśmiecha się, ukazując ładne zęby.

– Spoko.

Gdy idziemy przez korytarz, zwracam się do strażnika:

– Dlaczego mnie zwalniają?

– Podobno widziała panią siostra żony dyrektora, a więc ma pani alibi.

– Co? Gdzie mnie widziała?

– Słyszałem, że tam, gdzie pani czekała na dyrektora.

To niemożliwe. Powiedziałam, że czekałam na rogu Warszawskiej i Turystycznej, a przecież mnie tam wtedy nie było.

– Jak nazywa się siostra żony dyrektora?

Strażnik wzrusza ramionami.

– A skąd ja mam to wiedzieć?

Coś się nie zgadza. Co się bardzo nie zgadza.

Marta

Lekarz był godzinę temu i powiedział, że jeśli będziemy uważać, nie powinno być nawrotów. To podobno jakaś paskudna grypa i wielu ludzi choruje.

– Marta może mieć obniżoną odporność po wszystkim, co przeszła.

To pediatra, który podobno leczył mnie przed moim zniknięciem, a później przychodził do Kingi, więc wie, co mi się przydarzyło. Tak mu się przynajmniej wydaje. Nikt nie wie. Sama nie rozumiem. Mogę mieć nadzieję, że psychoterapia pomoże mi to umieścić na odpowiednich półkach, ale na razie w moim mózgu panuje chaos. Upycham niewygodne wspomnienia za drzwiami, które chcę zamknąć, ale one się tam nie mieszczą i co chwila wypadają, zaburzając prowizoryczny porządek, jaki staram się zaprowadzić ze względu na mamę i Kingę. I siebie. Na nas wszystkie razem. Tutaj.

Mam obniżoną odporność po wszystkim, co przeszłam. W każdym razie tak pan doktor Tomek, jak mama go nazywa, powiedział. Zniżył wtedy głos i spojrzał na mamę porozumiewawczo. Udałam, że tego nie dostrzegam.

– A kiedy Kinga będzie mogła wrócić? – zapytałam.

– Może już wracać, pod warunkiem że nie będziecie się przytulać. – Uśmiechnął się do mnie jak do małego dziecka. Niektórzy nadal mnie tak traktują. – A nawet jeśli się zdarzy – mrugnął, zapewne, żeby pokazać, że mnie rozumie – nie powinno zaszkodzić. Z pewnością minął już czas, kiedy najbardziej zarażałaś.

Ciocia ma przywieźć Kingę dziś wieczorem. Pan doktor Tomek powiedział też, że nie widzi przeciwwskazań, żebym chodziła po mieszkaniu, a jutro mogę nawet wyjść na krótki spacer. Krzątam się więc z mamą po kuchni i szykujemy kolację powitalną. Wreszcie nie ja będę gościem honorowym. Wolę tak. Zaproponowałam, żeby zrobić zapiekankę makaronowo-warzywną, a mama przyklasnęła pomysłowi. Myśl, że nauczyłam się przepisu u niego, na chwilę mnie zmroziła, ale potem przypomniałam sobie, że wielokrotnie ten przepis zmieniałam. Udaje mi się dopchnąć drzwi w głowie, z entuzjazmem kroję warzywa i rozmawiam z mamą o udekorowaniu stołu. Czuję się dobrze, a przynajmniej prawie dobrze.

Gdy Kinga wchodzi do mieszkania, znów nadchodzi fala ciepła. Chcę bronić mojej siostry przed całym złem tego świata. Pamiętam, co powiedział pan doktor Tomek, więc gdy siostra rzuca się na mnie z dzikim okrzykiem, przytulam ją bardzo delikatnie.

– Lepiej, żebyś była daleko – mówię ponad jej głową. – Nie chcę cię zarazić.

Bardzo nie chcę, a z drugiej strony mogłabym ją przytulać jeszcze długo. Kiedyś byłam jak ona. Zrobię wiele, żeby ona nie stała się taka jak ja.

– Pójdziemy jeszcze do piwnicy po konfiturę wiśniową. Mam nadzieję, że Marcie będzie smakowała.

Nogi robią mi się miękkie. Muszę przytrzymać się stołu, żeby nie upaść.

– Tak! Tak! – krzyczy Kinga. – To jest najlepsza konfitura na świecie.

Mama przygląda mi się zaniepokojona.

– Dobrze się czujesz? – pyta. – Tak bardzo zbladłaś.

– Tak. – Uśmiecham się z trudem. – Mam ochotę na konfiturę.

Mama nie wygląda na przekonaną.

– Zaopiekuj się siostrą – zwraca się do Kingi. – Ja zaraz będę z powrotem.

Kinga z powagą prowadzi mnie na sofę. Siada na podłodze przede mną i patrzy takim wzrokiem, jakby rozumiała. Może rozumie. Jest taka, jak kiedyś byłam ja.

– Co się stało? – pyta, gdy za mamą zamykają się drzwi.

Mogłabym powiedzieć, że zrobiło mi się słabo, bo niedawno byłam chora. Zapewne nawet bym nie skłamała. Przebyta choroba z pewnością ma znaczenie. Nie chcę jednak karmić jej półprawdami. Nie mojej siostry. Nie dziewczynki, jaką sama kiedyś byłam.

– Tam była piwnica? – domyśla się Kinga.

– Tak. Bardzo ładna. Ze stołem bilardowym i wygodnym łóżkiem. On mnie tam kiedyś zamknął.

Przychodzi opamiętanie. Nie powinnam tak mówić. Nie do dziewczynki, która niedawno skończyła siedem lat. Nie powinnam wprowadzać jej w świat koszmarów.

– Chciałabym być tam z tobą – oświadcza Kinga nieoczekiwanie.

Kręcę głową i próbuję żartu, żeby rozładować atmosferę.

– Zagrałybyśmy w bilard?

– Nie umiem, ale byś mnie nauczyła – zgadza się moja siostra. – Opowiedz mi o tym zamknięciu.

– Zaraz przyjdzie mama – protestuję słabo.

– Nie teraz. Później. Chcę wiedzieć. Chcę być twoją siostrą.

– Dobrze.

Opowiem jej. Mam nadzieję, że dla niej to bajka z happy endem.

Jemy kolację, potem deser, a konfitura naprawdę rozpływa się w ustach.

– Miałaś rację – zwracam się do Kingi. – Jest najlepsza na świecie.

Mama jest zadowolona. Kinga też. Ja chyba najbardziej.

– Zagrajmy w planszówki – proponuje Kinga.

– Chcesz? – pyta mama.

Mam nadzieję, że kiedyś przestaną pytać mnie o zgodę na wszystko.

– Bardzo!

Uczą mnie cierpliwie zasad, ale i tak zazwyczaj wygrywa Kinga. Jestem na miejscu. Wśród swoich.

Gdy jednak znajduję się w łóżku i zamykam oczy, spokój znika. Wspomnienie wypada zza niedomkniętych drzwi. Wspomnienie mojej śmierci w piwnicy. I na nic zda się powtarzanie, że nie umarłam.

Czuję ciepło drugiego ciała obok. Żyję. Odwracam się, oczekując dotyku Mistrza, ale to moja siostra obejmuje mnie w pasie.

– Opowiedz mi. Proszę – szepcze.

Opowiadam o mojej luksusowej trumnie. Kinga wtula się we mnie coraz mocniej.

– Chciałabym być wtedy z tobą – powtarza.

– Ale byśmy rozegrały partię bilarda, co nie?

Śmieje się, ale równocześnie czuję, że koszula, którą mam na sobie, robi się mokra od jej łez. Zostaje w moim łóżku do rana.

Elwira

Od razu po wyjściu z aresztu zadzwoniłam do pana Piotra. Ucieszył się, ale powiedział, że adwokata i tak nie będzie odwoływał, i przyznałam mu rację. Biorąc pod uwagę, że siostra Moniki Sułeckiej, kimkolwiek jest, dała mi fałszywe alibi, lepiej mieć dobrego obrońcę w odwodzie. Obrońca przyda się też, gdy policja znajdzie w moim domku trupa, chociaż mam nadzieję, że detektyw rozprawi się z tym gnijącym ciałem, zanim śledczy trafią na trop chałupki. Niby jak mieliby tam trafić? Potrzebny byłby dowód sprzedaży, a on nie istnieje. Była właścicielka mieszka i pracuje we Wrocławiu, a nie wyobrażam sobie, żeby będąc w Zaćmieniu, zdecydowała się odwiedzić posterunek policji. Ale nawet jeśli z trupem damy sobie radę, pozostaje kobieta, która sprzedawała mi narkotyki. Już ich nie mam, jednak ona, mimo zapewnień o dyskrecji, trąbi o naszej transakcji. Jeśli powiedziała Kaśce, równie dobrze może powiedzieć wszystkim wokół. Były inne nauczycielki. Jakie inne? Skąd miały pieniądze? Może odwalają chałtury na boku jak ja. Albo są bogate z domu. Po co im prochy? Wprawdzie nie znam ich zbyt dobrze, ale żadna nie wygląda na uzależnioną.

Znów nie mogę spać. W głowie kołaczą pytania, próbuję wymyślać odpowiedzi, ale jedna jest bardziej nieprawdopodobna od drugiej. Ponownie przeżywam wszystkie wydarzenia od przeprowadzki tutaj, po czym koncentruję się na przesłuchaniu i rozmowie z Kaśką. Wszystko dołączyłam do notatek i Słoneczny się tym zajmie. Moje zamartwianie się niczego nie zmieni. Spokój nie przychodzi. Chyba teraz się nie boję. Wewnątrz mnie jest straszliwa pustka. To złe określenie. To tęsknota.

Wyskakuję z łóżka i chwytam telefon. Odnajduję kontakt do mamy. Nie. Oszczędzę jej tego. Siostra? Ona ma życie w Warszawie. Na pewno idzie gdzieś z Kamilem na sylwestra. Wystraszyłam ją wystarczająco ostatnią rozmową. Czytam esemesy od niej.

Wszystko w porządku?

Coś słychać w sprawie śledztwa?

Proszę, odezwij się.

Wystukuję odpowiedź.

W porządku. Śledztwo na razie kręci się w miejscu, ale chyba nie jestem już podejrzana. Przepraszam, ale wyciszyłam telefon i nie czytałam wiadomości. Kocham Cię. Nie ma się czym martwić.

Kasuję ostatnie zdanie, a później znów je wpisuję. Patrzę na cyfry zegara kuchenki elektrycznej. Czwarta dwadzieścia dziewięć. Nie mogę wysłać wiadomości o tej porze, bo to dopiero byłby powód do zmartwienia. Planuję esemes na dziewiątą. Dobrze, że mam taką aplikację.

Przeglądam listę kontaktów. Kogo oszukuję? Dobrze wiem, kto oprócz mamy czy siostry mógłby wypełnić pustkę.

Śpisz?

Nawet nie przychodzi mi do głowy opóźnić wysyłanie. Idiotko, pewnie, że śpi, a co mógłby robić o tej porze? Kiedyś miał ustawiony sygnał esemesa bardzo cicho, więc jest nadzieja, że go nie obudzę. Telefon wibruje mi w ręce. Odbieram.

– Maciek, przepraszam, że…

– Odpowiadając na twoje pytanie – przerywa – spałem, ale kiedy przeczytałem wiadomość, pomyślałem, że wstyd wylegiwać się o tej porze.

Parskam krótkim śmiechem.

– Przepraszam – powtarzam.

– Co u ciebie? – pyta miękko.

– Czuję się samotna.

– Cieszę się, że pomyślałaś o mnie. Wiesz, że mogę przyjechać i spróbować ulżyć tej samotności.

– Dobrze.

– Słucham?

Śmieszy mnie zdumienie w jego głosie.

– Jakie masz plany na sylwestra?

– W sumie to żadnych.

Wiem, że kłamie, ale to mi na rękę.

– Przyjedź do mnie. Upijemy się razem.

– Mogę wyjechać nawet teraz.

Pewnie, że bym chciała, ale cały jutrzejszy dzień chcę mieć wolny ze względu na Słonecznego.

– Przyjedź w sylwestra.

– Przewieźć coś oprócz wina?

– Wystarczy mi twój sarkazm.

– Ej! – oburza się. – Nie jestem sarkastyczny.

– Nie jesteś, nie jesteś – przytakuję. – Wiesz, może być z nami taki detektyw.

Przypuszczam, że to najbardziej prawdopodobne. Wynajęłabym Słonecznemu hotel, ale w takim tempie wszystkie pieniądze, które oszczędzałam przez lata tłumaczeń stopnieją za chwilę. Poza tym sylwester to sylwester, prawda? Organizuje się imprezy, a nie randki.

– Detektyw?

W głosie Maćka jest nuta niepokoju.

– Tak – mówię z westchnieniem. – To stary znajomy rodziny. Spodoba ci się.

– Hmm, wolę młode kobiety.

– Maciek!

– No dobrze, może mi się spodoba. Wyjadę w sylwestra przed południem, żeby go zobaczyć jak najwcześniej. Znów się śmieję. Pomyślałam „randka"? To też zabawne.

– Idź spać. Jeszcze raz przepraszam, że napisałam o tej porze.

– Sama przyjemność pogadać z tobą o tej porze. Ty też idź spać.

Kładę się. Doceniam, że nie zapytał o śledztwo, jednak słysząc o detektywie, z pewnością dodał dwa do dwóch. Wie, że jestem po uszy w gównie, ale nie rozumie dlaczego. Opowiem mu o areszcie. Opowiem mu wszystko. Ma prawo wiedzieć. Właśnie on. Gdy zamykam oczy, pod powiekami mam jego twarz, słyszę głos, ciepło pomieszane ze złośliwością, mieszanka, która od początku mnie ujmowała. Przyjedzie. Dziura we mnie, którą nazwałam tęsknotą, powoli przestaje boleć. Przyjedzie.

Znów budzi mnie dźwięk domofonu. Zrywam się z łóżka. Przyszli po mnie jeszcze raz? Słoneczny nie zdążył. Nazwisko detektywa prowadzi do kolejnej myśli. Przecież miał przyjechać dzisiaj. Stoi na dole i czeka, aż go wpuszczę. Mimo wszystko, gdy podnoszę słuchawkę, żołądek mam skurczony ze strachu.

– Halo?

– Cześć, Elwira. To ja.

To on. Wypełnia mnie ulga. Czekam pod drzwiami, nawet nie narzucam szlafroka. Słoneczny zamyka mnie w niedźwiedzim uścisku. Jest dobrze. Potrzebowałam, żeby ktoś mnie przytulił.

– Obudziłem cię? – pyta, gdy w końcu wypuszcza mnie z ramion.

Zerkam na zegar kuchenki. Po jedenastej.

– Wyleguję się, bo jeszcze ferie. – Wzdycham. – Przepraszam, ogarnę się szybko i wracam do pana.

Przemywam twarz, szoruję zęby i przeczesuję włosy, próbując równocześnie uporządkować myśli. Wciągam na siebie wczorajsze ubranie i wracam.

– Woli pan kawę czy herbatę?

– Kawa dobrze mi zrobi.

– Jajecznica?

– Byłoby miło.

Zdaję sobie sprawę, że opóźniam wyduszenie z siebie szokujących informacji, ale przecież facet przejechał kilkaset kilometrów i ma prawo zjeść śniadanie, no nie?

Rozkładam jajecznicę na talerze i stawiam na stole dzbanek z kawą. Przez chwilę patrzę z przyjemnością, jak Słoneczny pochłania swoją porcję, potem zaczynam dziobać zawartość talerza przede mną.

– No więc – mówi detektyw między jednym kęsem a drugim – opowiadaj, w co się władowałaś.

Jajecznica staje mi w gardle, ale udaje mi się przełknąć. Popijam obficie kawą i zaczynam mówić.

– Mam notatki, dołączyłam dowody, ale najważniejszy jest trup w moim domu.

Słoneczny się krztusi.

– Co takiego?!

– Kupiłam chatkę w górach. Byłam w niej kilka dni po jego zaginięciu. Był tam. Siedział w fotelu i był martwy. W jego wzroku jest niedowierzanie.

– Kto? – pyta łagodnie.

– Dyrektor. Sułecki.

– Siedział w fotelu w twoim domu i był martwy – powtarza.

Słyszę, jak absurdalnie to brzmi.

– Właśnie tak.

Słoneczny kończy w milczeniu jajecznicę, a potem podnosi na mnie wzrok.

– Jesteś pewna?

– Że był martwy? Jestem całkowicie pewna.

Popija łyk kawy, zanim zada następne pytanie.

– Zabiłaś go?

– Nie – odpowiadam szybko.

Świdruje mnie spojrzeniem. Nic dziwnego, sama nie usłyszałam pewności we własnym głosie.

– Wobec tego jak się tam znalazł?

– Nie wiem.

– Czy komukolwiek dawałaś klucze?

– Nie.

– A może zapraszałaś kogoś? Był tam ktoś z tobą?

– Nigdy.

– Wymieniłaś zamki?

– Oczywiście.

Unosi brwi.

– Pojadę tam – mówi, wstając.

– Pojadę z panem.

Nie chcę patrzeć na Sułeckiego. Nie chcę przekonać się na własne oczy, jak daleko posunął się rozkład.

– Zostaniesz tutaj. Dasz mi klucze i wytłumaczysz, jak się tam dostać.

Kiwam głową i idę po klucze. Podaję wskazówki dojazdu i odprowadzam Słonecznego do drzwi. Nie mam odwagi zapytać, czy pozbędzie się jakoś ciała.

Zostaję sama. *Zabiłaś go?* Nie, odpowiedziałam. Nie, mówię sobie teraz. Nie zabiłam. Jednak nie wiem. Co chciałam z nim zrobić? Po co zaopatrzyłam się w narkotyki? Tak, chciałam go odurzyć. Tak, chciałam go związać. Miałam zamiar z nim porozmawiać. Tak powiedziałam policji i to prawda. *O czym?* Pytanie Boksera dudni w głowie. W snach widywałam siebie z nożem w ręku. Zagłębiałam nóż w jego ciele. Czy w rzeczywistości to zrobiłam? Nie mam noża. Nie mam takiego noża. Nie widziałam ran na jego ciele. Musiał umrzeć inaczej. To nie ja.

A jeśli?

Chciałam go zabić, tylko nie przyznawałam się do tego, nawet przed sobą. Zrobiłam to, ziściłam pragnienie, a potem zapomniałam. Niemożliwe. Nie mam zaników pamięci. Czy mam uwierzyć, że jestem wariatką? Tak, łykam psychotropy. Zmieszałam je z alkoholem i nic nie pamiętam. To bzdura. Po pierwsze, nie przypominam sobie, żebym zmieszała psychotropy z alkoholem. No może, gdy upiłam się z Julią. Nie wcześniej. A przecież on umarł wcześniej, prawda? Po drugie, nigdy nie przekroczyłam dawki.

Znów rozlega się dźwięk domofonu. Tak szybko? Słoneczny nic nie zrobił z trupem. W tym czasie nie zdążyłby nawet go obejrzeć ani zabezpieczyć dowodów. Może po prostu wrzucił go do bagażnika. Tak, jasne, teraz podróżuje z cuchnącym ciałem. Wstrząsam się i idę otworzyć.

Detektyw zamyka za sobą drzwi. Patrzy na mnie inaczej niż przed wyjazdem.

– I co pan myśli? – pytam.

– Usiądźmy.

Idzie do stołu. Zajmuję miejsce naprzeciwko.

– I co? – powtarzam.

– Nie ma żadnego trupa.

Chwilę trwa, zanim te słowa znajdą drogę do mojej świadomości.

– Co pan mówi?

– Nie ma trupa.

– To niemożliwe.

– Możemy przejechać się razem. Sama zobaczysz.

Jedziemy. W drodze nie pada żadne słowo. Sama otwieram bramę i biegnę do domku. Drżącymi palcami wsuwam klucz, przekręcam. Sułecki nie siedzi już w fotelu przed kominkiem. Przemieszczam się do kuchni i łazienki, a potem wracam przed kominek. Macam fotel, usiłując znaleźć wgłębienie po ciele dyrektora. Otwieram szafę, dotykam każdej półki, a następnie zajmuję się szafkami kuchennymi, jakbym brała pod uwagę, że ciało zostało rozczłonkowane. Wychodzę przed dom, przemierzam działkę wzdłuż i wszerz. Otwieram przybudówkę. Byłam w niej raz, gdy właścicielka pokazywała mi dom. Później nie miałam chęci tu zajrzeć. Ciesielska trzymała tu narzędzia. Została po niej łopata i grabie. Przenoszę wzrok na półki, gdzie nadal stoi kilka pudełek. Sprawdzam zawartość. W jednym są gwoździe, w drugim spinacze do wieszania bielizny, a jeszcze inne, ozdobne po czekoladkach, jest puste. Nie znajduję żadnej pozostałości Sułeckiego. Wzdrygam się i kieruję do wyjścia.

Słoneczny stoi w progu. Nie wiem, jakie myśli kłębią się pod jego czaszką, nie jestem nawet w stanie skoncentrować się na swoich. Mijam go, a później się odwracam.

– Może pan otworzyć bagażnik?

– Elwira – zaczyna, ale nie daję mu skończyć.

– Niech pan otworzy bagażnik!

Słoneczny nie oponuje, pstryka pilotem i razem podchodzimy do samochodu. W bagażniku znajduje się torba podróżna. Nie pytam Słonecznego o pozwolenie, rozsuwam zamek i wyjmuję, sweter, dżinsy, bieliznę i laptop.

– Co pan z nim zrobił?

– Elwira – powtarza. – Mówiłem ci, że go tutaj nie było.

– Co pan z nim zrobił?! – mówię głośniej, żeby przekrzyczeć jego wyjaśnienia, które przecież nie są wyjaśnieniami.

Siadam na ziemi i mówię te same słowa tak długo, że przestają być słowami, zamieniają się w szloch. Słoneczny siada obok i przyciąga mnie do siebie.

– Nie było go tu.

Trzęsę się coraz bardziej.

– To gdzie jest?

Podnoszę głowę i patrzę w oczy detektywa. Jeśli nigdy nie było tu Sułeckiego, wyjaśnienie jest tylko jedno. Zwariowałam.

– Chcesz rozmawiać tutaj czy wracamy do mieszkania?

Ta moja chatka miesza mi w głowie. Działka miesza mi w głowie. Widok gór miesza mi w głowie.

– Wracajmy.

Słoneczny wstaje i podaje mi rękę.

– Wyjaśnimy to. Nie martw się.

Może nie są to słowa wytrawnego psychoterapeuty, może nawet trącą banałem, ale pomagają. Zamykam drzwi i wsiadam do auta.

– Dasz mi klucz? – pyta pan Piotr za bramą.

Nie podejrzewam go o przekręty, ale wolę mieć pewność.

– Sama zamknę.

Pewność? Naprawdę? Ironiczny głos w głowie śmieje się do rozpuku. Próbuję go zignorować i sprawdzam trzy razy, czy zamknęłam. Tu nie wymieniłam kłódki. Idiotka. Wymienię. Za późno, odzywa się ten sam krytykant wewnątrz.

– W porządku?

Detektyw przygląda mi się z troską, gdy siadam obok. Nie odzywam się. Nic nie jest w porządku. Nie ma dowodów, które by mnie obciążały, ale ulga się nie pojawia. Jeszcze wczoraj myśl, że może być gorzej, wydawałaby mi się niewiarygodna. Teraz zniknęło zaufanie do własnego osądu rzeczywistości i to jest straszniejsze niż lęk przed więzieniem czy nawet wyniszczająca tęsknota.

– Nie martw się – powtarza Słoneczny.

Znów pomaga. Jego ton jest łagodny i życzliwy, ale nie sugeruje, że zwraca się do wariatki. Jakiego tonu używa się, rozmawiając z wariatką?

– Uważa pan, że zwariowałam? – pytam, gdy rusza.

– No co ty? Skąd ten wniosek?

Najchętniej zostawiłabym ten temat, ale on nie zniknie, jeśli będę go omijać. Pokonuję wewnętrzny opór i wyjaśniam:

– Widziałam ciało. Dotykałam ciała. Jeśli się mylę, nie mogę ufać własnym zmysłom. To chyba świadczy o chorobie psychicznej, prawda?

– Nie. To może być obsesja. Od dawna twoim celem było spotkanie Sułeckiego. Jak się czułaś, gdy zaginął?

– Bałam się – przyznaję. – Nie rozumiałam, co się dzieje.

– No widzisz. Zostałaś poddana dodatkowemu stresowi. Bo i tak cały czas, odkąd zaczęłaś tu pracować, byłaś w stresie, prawda?

Może nie jest profesjonalnym psychoterapeutą, ale trafił w punkt.

– Owszem.

– No widzisz. To wszystko może w pewnym momencie być za dużo.

– Uważa pan, że mogłam doświadczyć pomroczności jasnej?

Oboje wybuchamy śmiechem i atmosfera się rozluźnia. Ludzie robią sobie jaja, ale kiedyś sprawdziłam, że istnieje taka jednostka chorobowa i nie da się ukryć, że jest wygodna dla przestępców. W moim przypadku to byłoby zamroczenie wytwórcze, co brzmi jeszcze śmieszniej, czyli podporządkowanie urojeniom. Znów coś ściska mnie w żołądku. Jeśli zdarzyło się raz, mogło wystąpić częściej. Może wrócić.

– Ej. – Głos Słonecznego przebija się do świadomości. – Miałaś się nie martwić. Wyjaśnimy wszystko.

Uśmiecham się z trudem.

– Dobrze. – Przypomina mi się, że nie mam nic na obiad. Chyba rzeczywiście lepiej ze mną, skoro troszczę się o takie rzeczy. – Pojedziemy do Biedronki zrobić małe zakupy?

– Prowadź.

W sklepie się rozdzielamy. Słoneczny powiedział, że wybierze wino do obiadu, a ja szukam składników do szybkiego gulaszu wegańskiego.

– Dzień dobry, pani Elwiro.

Podnoszę głowę. Przede mną stoi Aneta Nowak.

– Dzień dobry, pani dyrektor.

Witam się jak spłoszona uczennica i trochę tak się czuję. Zastanawiam się, czy ta afera nie będzie kosztowała mnie pracy.

– Cieszę się, że panią wypuścili.

Sposób, w jaki to mówi i w jaki na mnie patrzy, sugeruje, że naprawdę się cieszy. Uśmiecham się z wdzięcznością.

– Wie pani – Nowak zniża głos – że wzięli teraz na przesłuchanie Anię Kędzierską?

Ania Kędzierska uczy geografii i wygląda prawie jak dziecko. Drobniutka, z bardzo długimi jasnymi włosami i wielkimi na pół twarzy szaroniebieskimi oczami. Nie wiem, czy zamieniłam z nią łącznie pięć zdań.

– Dlaczego?

Nowak wzrusza ramionami.

– W telefonie dyrektora znaleźli korespondencję z nią. Zdaje się, że miał rozliczne romanse.

Przyglądam się wicedyrektorce z otwartymi ustami.

– Miał z nią romans? – pytam po chwili. – Kiedy?

Nowak odwraca wzrok.

– Zanim pani zaczęła u nas pracować.

Jeśli dyrektorka wie o korespondencji z geograficzką, z pewnością zna też treść esemesów, które wymieniałam z Sułeckim. Jest mi prawie wszystko jedno.

– Ale… przecież….

Milknę. Chciałam powiedzieć, że zanim zaczęłam pracować w Zaćmieniu, dyrektor miał romans z Aliną, i w ten sposób zdradzić dziewczynę, która przez moment zapełniła moją samotność.

– Wybrałaś już?

Słoneczny pojawia się ze swoim koszykiem. Nowak patrzy na niego, potem przenosi wzrok na mnie. Zapewne myśli, że nie tylko dyrektor Sułecki jest amatorem rozlicznych romansów.

– Pani dyrektor, to mój przyjaciel z Warszawy. Panie Piotrze, to moja pani wicedyrektor – dokonuję pospiesznej prezentacji.

Oboje kiwają głowami, ale żadne nie wyciąga ręki.

– To ja już uciekam. Szczęśliwego Nowego Roku!

Wicedyrektorka prawie nie słucha naszych odpowiedzi i pospiesznie odchodzi. W głowie kręci mi się od pytań. Dlaczego w telefonie Sułeckiego była korespondencja z geograficzką, a nie było z Aliną? Dlaczego Nowak zdaje się przyjmować rewelacje o kolejnym romansie dyrektora osobiście? Czy kryje się za tym tylko troska o dobre imię szkoły, czy też coś więcej? Może powiedziała mi, bo uważała, że mnie zrani? Chciała mnie zranić? Była zazdrosna? Czy to możliwe, że sama była w przeszłości jego kochanką? I skąd, do diabła, wie tyle o przesłuchaniu Ani Kędzierskiej i o tym, co znaleziono w telefonie dyrektora? Może ma jakąś wtykę w policji albo po prostu informują ją jako szefową szkoły, ale dlaczego dzieli się informacjami z szeregową nauczycielką? Muszę to też zrelacjonować Słonecznemu. Wszystko może być ważne.

Marta

Ubieramy się na spacer.

– Dwadzieścia minut. Tak powiedział lekarz – przypomina mama.

Na zewnątrz znów zrobiło się biało. Na skarpie dzieci zjeżdżają na saneczkach.

– Mamo! – krzyczy Kinga. – Ja chcę jabłuszko!

Mama patrzy na nią, potem na mnie. Waha się. Boi się zostawić nas same i powinnam ją zapewnić, że nic nam nie będzie, ale wolę, żebyśmy były we trzy. Niejasny niepokój wkrada się do głowy. Może to strach mamy mi się udziela.

– Zobacz! – krzyczy znowu moja siostra. – Kasia!

Macha do dziewczynki w swoim wieku, którą jakaś kobieta, zapewne mama, ciągnie na sankach.

– Dzień dobry – mówi mama. – Czy mogłaby pani na moment spojrzeć na moje córki? Skoczyłabym tylko po jabłuszko dla Kingi.

– Oczywiście, oczywiście. – Kobieta uśmiecha się uspokajająco. – To żaden problem.

– Zaraz wrócę.

Mama biegnie do domu.

– Marta, puścisz nas z góry, a mama Kasi nas złapie, co?

– Pewnie.

Dziewczynki już biegną, nie dbając o sanki, więc wciągam je na szczyt małej górki. Idę powoli, pamiętając o przestrogach lekarza, żeby się nie męczyć. Kinga i Kasia śmieją się do rozpuku. Jakiś zakapturzony facet coś do nich mówi, a one wybuchają jeszcze głośniejszym śmiechem. Mężczyzna nachyla się nad Kingą i kładzie jej rękę na ramieniu. Moja siostra nie odpowiada. Ręka mężczyzny przesuwa się na szyję dziewczynki, pod jej szalik. Zaczynam biec, lecz mężczyzna się oddala. Serce bije mi jak szalone. Nic się przecież nie stało. Jakiś człowiek zagadał do dzieci. Tak się czasem robi, prawda? Kasia siada na sankach. Kinga wydaje się zgaszona, ale sadowi się za nią.

– Pchnij mocno! – instruuje Kasia.

– Dobrze. – Zmuszam się do działania. – Do biegu, gotowe, start!

Pcham sanki, a dziewczynki zjeżdżają z głośnym piskiem. Wydaje mi się, że piszczy tylko Kasia.

– Dobrze się bawisz?

Odwracam się przerażona. Mężczyzna zbliża usta do mojego ucha.

– Masz śliczną siostrę. Naprawdę.

Przez moment nie jestem w stanie się poruszyć. Patrzę, jak zbiega z góry, mija dziewczynki, które rozmawiają z mamą Kasi, przechodzi jakby nigdy nic przez ulicę i znika między domami. Dopiero wtedy krzyk wydobywa się z moich ust. Gwar śmiechów i rozmów zamiera. Wszyscy patrzą na mnie, a ja nie potrafię przestać krzyczeć. Mama biegnie w moim kierunku. Po chwili chwyta mnie w ramiona. Wtulam się w rękaw jej kurtki i to tłumi niecywilizowany odgłos.

– Już dobrze, już dobrze – szepcze w moją czapkę. – Już dobrze.

Nie jest dobrze. Trzęsę się długo w jej objęciach. W końcu wydaje mi się, że jestem w stanie sformułować logiczne zdanie, więc uwalniam się i mówię:

– On tu był.

Jej twarz, zaczerwieniona od biegu i mrozu, robi się blada jak papier.

– Kto?

– Mistrz. Mistrz tu był.

Dopiero teraz zdaję sobie sprawę, że Kinga też stoi przy mnie. W jej oczach widzę lęk, jakiego dziecko nigdy nie powinno doświadczyć.

– Chodźmy do domu.

Mama bierze mnie i Kingę za ręce i oddalamy się, odprowadzane spojrzeniami amatorów sportów zimowych.

Na blacie stoi dzbanek z herbatą zimową. Mama rozlewa ją do trzech szklanek. Napój ma ostry, a zarazem słodki smak. Rozgrzewa. Nie wiem, czy wystarczy, żeby rozpuścić bryłę lodu w środku.

– Jesteś pewna, że to był on? – pyta mama.

Jak mogłabym nie rozpoznać tego głosu? Jak mogłabym pomylić jego oczy z oczami jakiegokolwiek innego człowieka? Jak mogłabym mieć wątpliwości po tym, jak mnie dotknął?

– Jestem pewna – odpowiadam, szczękając zębami.

– Dzwonię na policję.

Zrywam się z krzesła i dopadam do mamy.

– Nie. – Klękam. Przychodzi wspomnienie, jak klękałam przed nim i robiłam rzeczy, których nienawidziłam, ale udaje mi się wyrzucić je z głowy. – Błagam, nie dzwoń. Błagam.

To moja wina. Za dużo już powiedziałam i on wie. Przyjechał, żeby mi przypomnieć. Zdaję sobie sprawę, że

Kinga jest przerażona, i ze względu na nią wolałabym się tak nie zachowywać, ale stawka jest zbyt wysoka.

– Błagam, nie dzwoń – powtarzam.

Mama podnosi mnie z podłogi i sadza na własnych kolanach.

– Czego się boisz? – Nie odpowiadam, więc zadaje kolejne pytanie: – Boisz się, że on skądś się dowiaduje, kiedy rozmawiasz z policją? – Kiwam tylko głową. – Że skrzywdzi cię ponownie?

Prawda jest taka, że w tej chwili nie boję się o siebie. Boję się o rodzinę, której częścią zaczynam się czuć, ale najbardziej boję się o Kingę. Ona nie może być taka jak ja. Nie potrafię tego sformułować.

– Tak. Przyszedł tutaj.

Mama przytula mnie mocniej. Dławiący lęk przemieszcza się do gardła, ale dreszcze się uspokajają.

– Nie zadzwonisz? – pytam, wpatrując się w jej zmęczoną twarz.

– Nie. Dopóki sama nie będziesz chciała.

Elwira

Przekazałam Słonecznemu wszystko, co jest związane z tematem, nawet dzisiejszą rozmowę w supermarkecie i moje podejrzenia, że Aneta Nowak była kiedyś kochanką dyrektora. Zjedliśmy obiad i pan Piotr siedzi przy stole, porządkując myśli. Taki zawsze miał styl pracy, więc nie zamierzam się wtrącać. Dzięki niemu nie uważam się już za wariatkę, nawet jeśli trup w moim domu był halucynacją.

Wyszorowałam zęby, ale w ustach nadal czuję nieprzyjemny smak. Chyba chodzi o Alinę. W jakiś sposób się o nią niepokoję od rozmowy z wicedyrektorką. Może zaproszę ją na sylwestra? Jak impreza to impreza. Na całego. To już wprawdzie za dwa dni, ale może nie ma innych planów? Sama mówiła, że odcięła się od świata, gdy dyrektor ją rzucił. Odnajduję kontakt i dzwonię. Nie odbiera. Złe przeczucie przybiera na sile.

Odkładam telefon i szoruję blaty w kuchni. Skoro sylwester jest u mnie, należy doprowadzić mieszkanie do porządku. Nie, żeby był bałagan. Zawsze, również w momentach stresu, sprzątam. Może nawet szczególnie w momentach stresu. Podskakuję na dźwięk telefonu. Jestem pewna, że to Alina oddzwania, jednak na wyświetlaczu widzę imię Julii. To miłe, że do mnie telefonuje po wszystkim, co się stało. A może nie wie, że zostałam aresztowana? Przechodzę do łazienki, żeby nie przeszkadzać Słonecznemu.

– Hej, Julia! – witam ją z całą energią, na jaką mnie stać.

– Cześć. – Jej głos z kolei jest podejrzanie łagodny. – Jak się trzymasz?

– Średnio – odpowiadam z westchnieniem.

– Słyszałam o aresztowaniu.

– No tak. – Zapewne nie ma osoby w miasteczku, która nie żyłaby tym śledztwem. – Już mnie wypuścili.

– Masz ochotę pogadać? Może byś do mnie przyszła? Zerkam na drzwi, za którymi pracuje Słoneczny.

– Teraz?

– Tak. Mnie też przydałaby się rozmowa.

– Dobrze, zaraz będę.

Rozłączam się i idę do pokoju. Detektyw przenosi na mnie spojrzenie.

– Panie Piotrze, wychodzę.

– Jasne. Też pewnie wyjdę. Muszę popracować w terenie. Przebiega mnie dreszcz podniecenia.

– Nie mam zapasowych kluczy.

– Nie przejmuj się tym. Pewnie wrócę późno, a w razie czego wstąpię do jakiejś kawiarni.

– Na pewno?

Śmieje się.

– Na pewno. Możesz być spokojna.

Nie pyta, dokąd wychodzę, ale i tak mówię.

– Idę do koleżanki. Pracuje w mojej szkole. Napiszę do pana, kiedy wrócę.

– Świetnie. Dasz mi klucze na działkę?

Drętwieję.

– Po co? – pytam głupio.

– Chciałbym się tam jeszcze rozejrzeć.

Nie zadaję więcej pytań. Gdybym nie ufała Słonecznemu w stu procentach, nabrałabym podejrzeń, że upchnął gdzieś ciało dyrektora, a teraz zajmie się nim na poważnie.

Gdy wychodzę przed blok, mrok wewnątrz mnie zostaje rozproszony przez słońce, które nagle przebiło się przez gęste chmury. Świat stał się łatwiejszy. Uśmiecham się zupełnie szczerze, na chwilę zrzucając z siebie ciężar. Prawie docieram do osiedla Julii, gdy naprzeciwko widzę drobną sylwetkę geograficzki. Nigdy nie spotkałam jej wcześniej poza szkołą, a teraz, gdy wolałabym tego uniknąć bardziej niż kiedyś, wpadamy na siebie. Za późno, żeby przejść na drugą stronę ulicy.

– Dzień dobry.

Geograficzka pozdrawia mnie pierwsza. Jej jasne włosy błyszczą w słońcu, ale w oczach jest mrok. Wcale nie uważa tego dnia za dobry.

– Dzień dobry – odpowiadam.

Chcę iść dalej, jednak ona się zatrzymuje i mówi:

– Jedziemy na tym samym wózku.

Chciałabym coś odpowiedzieć, ale ta dziewczyna wydaje mi się niewystarczająco dorosła na poważne rozmowy, chociaż zapewne jest ode mnie starsza.

– Pani Aniu – zaczynam.

– Mówmy sobie po imieniu, dobrze?

– Oczywiście. – Wyciągam rękę, którą ona ściska. – Jestem Elwira.

– Ciebie też podejrzewali. Skurwysyn skrzywdził nas obie, a potem się ulotnił.

– Skurwysyn – zgadzam się i w oczach geograficzki wreszcie pojawia się coś na kształt uśmiechu.

– Dobrze, że przynajmniej mamy alibi.

Kiwam głową, równocześnie myśląc, jak słabe jest moje alibi, oparte na fałszywych zeznaniach nie wiadomo kogo.

– Masz plany na sylwestra? – pytam, chociaż raczej nie planuję jej zapraszać.

– Moja siostra robi popijawę, ale w nowym roku musimy się umówić i obgadać wszystkie skurwysyństwa Sułeckiego.

– Świetny pomysł! – mówię z entuzjazmem, którego nie czuję. – Umówimy się w szkole.

Życzymy sobie lepszego roku. Geograficzka jednak nadal stoi.

– Przepraszam.

– Słucham?

– Powiedziałam policji, że byliście z dyrektorem w sypialni i że się całowaliście na tym przyjęciu.

– Co takiego?

– Na przyjęciu gwiazdkowym. Byłam wściekła. Przepraszam.

– Weszłaś tam?

– Tak, ale mnie nie zauważyliście.

Próbuję się uśmiechnąć.

– Nie ma sprawy.

Kiwa głową i odchodzi. Nie rozumiem. To która z nich doniosła na mnie policji? Alina czy Ania? Może obie. To i tak nie ma już znaczenia.

Z jakiegoś powodu nie lubię geograficzki, tak jakby otaczała ją zła aura. Przyznała się do doniesienia na mnie policji, ale to mogła być zasłona dymna, skrawek prawdy. Nie wierzę jej. Oszukuje mnie nadal. Wygląda jak dziecko, przez co człowiek daje się zwieść, ale w środku jest w niej coś twardego. Niebezpiecznego. Jestem niesprawiedliwa. Dziewczyna została skrzywdzona. W żaden sposób nie potrafię jednak poczuć z nią siostrzeństwa dusz.

Nadal za to czuję je z Aliną. Wyciągam telefon. Nie oddzwoniła.

Zadzwoń.

Wysyłam wiadomość i naciskam guzik domofonu.

Julia obejmuje mnie na powitanie. Pachnie truskawkowym płynem pod prysznic. Kiedyś taki miałam.

– Siadaj – mówi i prowadzi mnie do kanapy. – Mam to samo wino co wtedy.

Napełnia stojące już na stole kieliszki.

– Dzięki – mówię i podnoszę swój do ust. Biorę długi łyk i dodaję: – Tego mi było trzeba.

Julia się uśmiecha i zadaje to samo pytanie co przez telefon.

– Średnio. – Moja odpowiedź też jest identyczna. – Ale wiesz co? Zatrudniłam detektywa.

Julia na moment zastyga, po czym odstawia swoje wino.

– Dlaczego? Nie ufasz policji?

– Sama nie wiem. Wydaje mi się, że policja bywa powolna. Ten detektyw jest moim starym znajomym i jemu ufam na pewno. On mi też ufa…

Urywam. Nie mam takiej pewności. Na pewno nie do końca ufa mojemu oglądowi rzeczywistości, chociaż pod tym względem sama przestałam ufać sobie.

– Tak – przytakuje Julia. – Lepiej mieć kogoś po swojej stronie.

Coś uderza mnie w jej słowach i spoglądam uważniej na jej twarz. Wydaje się bardziej zmęczona, niż kiedy rozmawiałyśmy ostatnio. Przypominam sobie, co mówiła. Dyrektor jej dotykał. Dawno temu.

– Źle sypiasz?

– Tak. Pamiętasz, co ci mówiłam o Sułeckim?

– Pamiętam.

– On był złym człowiekiem.

Mówi to samo co ja i też używa czasu przeszłego. Hamuję odruch, żeby zareagować tak samo jak Alina i Kaśka.

– Tak – zgadzam się. – Był zły. – Patrzę na nią z wahaniem. – Chcesz mi opowiedzieć swoją historię?

Ostatnio nie chciała. Mówiła, że chce zostawić to za sobą. Coś się zmieniło. Długo milczy. Opróżnia kieliszek, odstawia go na stół.

– Chcę – mówi w końcu. – Ale musisz przysiąc, że nie powiesz nigdy nikomu.

Chce to wyrzucić, ale zarazem mieć pewność, że zwierzenie nie zniszczy jej życia.

– Nie powiem – zgadzam się.

Nie może mieć pewności. Nie zna mnie na tyle dobrze.

– Przysięgnij. Na… – waha się – życie swojej matki.

Sama przysięga wydaje mi się dziwna, a przysięga na życie matki? Czy ktoś jeszcze wyraża się w ten sposób?

– Przysięgam na życie mojej matki – mówię mimo to.

– Dobrze. Detektywowi też nie możesz powiedzieć.

– Dobrze.

– Przysięgnij.

– Przysięgam – mówię. – Na życie mojej matki – dodaję, widząc jej spojrzenie.

– Dobrze. Potrzebuję więcej alkoholu.

Wypija dwa kieliszki, jeden za drugim.

– Jestem stąd – zaczyna. – Nie z Zaćmienia. Urodziłam się i mieszkałam z rodzicami w Jankowicach. To malutka wioska niedaleko miasteczka.

– Tak – wtrącam. – Mijam ją zawsze, gdy tu wracam i gdy stąd wyjeżdżam.

– Właśnie. – Jej oczy ciemnieją. – On też miał.

– Sułecki?

Patrzy wprost na mnie albo raczej przeze mnie, jakbym była przezroczysta.

– Tak. Sułecki. Myślę, że specjalnie zwalniał we wsi, żeby popatrzeć na bawiące się dzieci.

Zapiera mi dech. Boję się historii Julii. Boję się, że gdy ją usłyszę, zmieni to coś we mnie. Na gorsze. Jeszcze gorsze.

– Na dzieci czy na dziewczynki? – pytam ochrypłym głosem.

Znów mnie dostrzega. Patrzy mi w oczy tak długo, że spuszczam wzrok.

– Na dziewczynki. – Bierze głęboki oddech i mówi dalej: – Kiedyś zatrzymał się przed naszym domem. Bawiłam się z siostrą i bratem. Oni są dużo starsi, więc byłam dumna, gdy podszedł do mnie. Zazwyczaj kierowcy samochodów rozmawiali z moim rodzeństwem. Pytali, jak dokądś dojechać, takie rzeczy. Mnie nikt nie dostrzegał. A ten zdawał się dostrzegać tylko mnie. Zapytał, jak mam na imię i ile mam lat. I czy lubię słodycze. I dał mi batonika. I odjechał.

Milknie. Opróżniam swój kieliszek i nalewam wina nam obu. Ja też potrzebuję więcej alkoholu.

– Ale wrócił?

– Wrócił. Któregoś dnia nie było mamy, bo pojechała do siostry pomóc jej przy dziecku. Tata powiedział, że jakiś pan chce ze mną porozmawiać u nich w sypialni. – Wcześniej mówiła wolno, teraz przyspiesza, zupełnie jak pociąg w *Lokomotywie* Tuwima. – Tata zostawił mnie tam i wziął brata i siostrę do traktora. Zawsze chcieli nauczyć się prowadzić. I tamtego dnia ich nauczył. – Robi przerwę na oddech, a potem słowa wypadają z niej, jakby straciła nad nimi kontrolę. – I on, Sułecki, powiedział, że jestem śliczna i że się fajnie zabawimy. Wcisnął mi coś do ust i powiedział, że to część zabawy. A potem zrobił to, czego nie rozumiałam, a co tak bardzo bolało. A potem dał mi batoniki, jakieś pigułki i podpaski i nie pamiętam co jeszcze. A jeszcze potem sobie poszedł, a tata wrócił i zagadał do mnie jakby nigdy nic. Nie odpowiadałam, więc stwierdził, że pewnie jestem trochę chora i wysłał mnie do łóżka. Później zdarzyło się to jeszcze trzy razy. Nigdy nie było mamy.

Milknie i podchodzi do okna. Wpatruję się w jej plecy. Chciałabym ją objąć, ale się boję. Nie chodzi o to, że się rozsypię. Chyba chodzi o coś zupełnie innego, ale nie potrafię tego zdefiniować.

– Powiedziałaś mamie.

Odwraca się i wbija we mnie suche oczy.

– Nie wtedy. Wtedy się wstydziłam. Uważałam, że to ze mną coś jest nie tak. Nikomu nie powiedziałam. Zamiast tego uczyłam się jak szalona. Głównie matematyki, bo jej zasady były piękne i jasne, zupełnie inne niż moje życie. A potem dowiedziałam się, że w Warszawie jest gimnazjum, gdzie uczą się tacy wariaci jak ja. I błagałam rodziców, żeby mnie tam zapisali. I w końcu mi ulegli. Mieszkałam w bursie i przyjeżdżałam do domu tylko w święta.

Wraca do stołu.

– Jeszcze wina?

Jej ton się zmienia. Mówi jak dobra gospodyni i dobra koleżanka podczas babskiej nasiadówki. Nasze spotkanie tym właśnie jest.

– Tak, poproszę.

Mój głos drży. Tyle lat próbowałam nauczyć się aktorstwa i nic z tego. Pozostałam miotającą się dziewczynką, której emocje ludzie dostrzegają na pierwszy rzut oka.

Julia napełnia kieliszki i obie wychylamy je na raz.

– Otworzę jeszcze jedno.

Przynosi z lodówki nowe wino.

– Nie lubiłam przyjeżdżać. Za każdym razem marzyłam, żeby ponownie znaleźć się w Warszawie. Gdy byłam w liceum, tata zmarł na raka wątroby. Nawet nie wiem, czy się ucieszyłam, czy raczej zmartwiłam. Pamiętam tylko, że w Wielkanoc po jego śmierci opowiedziałam mamie o moich spotkaniach z panem Sułeckim. Wtedy znałam już jego nazwisko. – Wybucha śmiechem, a ja zaczynam się trząść. – Zabawne, co nie? Pan Sułecki wypożyczał mnie od tatusia. Myślałam, że tata dostawał za to dużo pieniędzy.

– Co... – szczęki latają mi tak bardzo, że sama ledwie rozpoznaję wyrazy – co powiedziała twoja mama?

– Że kłamię. Że mówię, kiedy tata nie może się bronić. Wezwałam rodzeństwo na świadków i wiesz co?

Chyba wiem.

– Co?

– Powiedzieli, że nie przypominają sobie, żeby tata zabierał ich na wycieczki traktorem, a mnie zostawiał z kimś samą. I że zupełnie mi odwala. – Znów się śmieje. – Chyba tatuś nie brał dużo pieniędzy za te wypożyczenia, bo rodzinny majątek się nie powiększył. Przypuszczam, że może starczyło na pół litra z kolegami.

W tym momencie dzwoni mój telefon. Drżącymi palcami wyciągam go z torebki. Alina. Martwiłam się o nią, ale nie pamiętam już dlaczego. Zerkam na Julię.

– Odbierz – mówi. – Nie ma problemu.

– To Alina – wyjaśniam i odbieram.

– Hej. – W głosie Aliny jest dużo więcej energii niż ostatnio. – Dzwoniłaś.

– Tak. – Julia siedzi ze wzrokiem utkwionym w ścianie. Próbuję poukładać myśli, ale opowieść koleżanki nie chce mnie wypuścić. – Wszystko u ciebie w porządku?

– Tak, a u ciebie?

– Byłam aresztowana, ale pewnie to wiesz?

– Słyszałam – odpowiada z pewnym zażenowaniem. – Przykro mi.

Powinnam zapytać, czy mówiła policji, że całowałam się z Sułeckim, ale nie chcę wchodzić w te dyskusje przy Julii.

– Najważniejsze, że już mnie wypuścili.

– Jasne.

– Tak się zastanawiałam. Jeśli nie masz planów na sylwestra, może wpadniesz do mnie?

– Niestety, nie mogę – odpowiada z żalem. – Ale umówimy się po Nowym Roku, co?

– No pewnie! – próbuję wpasować się w ten entuzjastyczny ton.

– Wszystko w porządku?

Teraz dla odmiany słyszę zaniepokojenie.

– Tak, tak. – Nadal silę się na wesołość, ale wychodzi żałośnie. Żadna ze mnie aktorka. W pewnym momencie uwierzyłam, że potrafię odegrać jakąś rolę, ale nici z tego. – Jestem u Julii i zaczęłyśmy drugą butelkę wina.

Julia unosi kciuk, a na jej twarzy znów pojawia się cierpki uśmiech.

– O! – Alina wydaje się zdziwiona. – To super. Pozdrów ją ode mnie.

– Masz pozdrowienia – przekazuję od razu.

– Dzięki i nawzajem – odpowiada Julia, patrząc w ścianę.

– Ona też cię pozdrawia.

– Dzięki. – Alina waha się, ale ciągnie: – Naprawdę mi przykro z powodu twojego aresztowania.

– Było, minęło. Najważniejsze, że już jestem wolna.

Składa mi jeszcze życzenia, a ja się rewanżuję i się żegnamy.

– Nie wiedziałam, że jesteś blisko z Aliną. – Julia podnosi kieliszek do ust.

– Nie byłam z nią blisko. Dopiero teraz…

Urywam, nie mam pojęcia, jak to pociągnąć.

– Aha – mruczy Julia i nie dopytuje.

Przyglądam się jej twarzy.

– Dlaczego tu wróciłaś?

To cholernie niedelikatne, ale jeśli mi nie powie, cała jej historia nie ma sensu.

– Dlaczego chciałam stawić czoło przeszłości?

Julia wybucha śmiechem, rozśmieszona własnymi słowami. Tym razem ja też się śmieję, chociaż włoski na rękach stają mi dęba.

– Właśnie. Nie tylko tu wróciłaś, ale nawet zaczęłaś pracować w tej szkole. W jego szkole. Dlaczego nie poszłaś na policję?

– Nie poszłam? – Już się nie śmieje. Wygląda, jakby czuła się urażona pytaniem. – Poszłam jeszcze na studiach. Zachowali się jak moja matka.

– Nie uwierzyli ci.

Wzrusza ramionami.

– Przyjęli zgłoszenie i powiedzieli, że przyjrzą się Sułeckiemu. Może nawet go przesłuchiwali, nie wiem. W każdym razie nadal miał się dobrze. Może to kwestia kasy.

Tak, kasy miał jak lodu. To wiele tłumaczy. Bokser i Licealista przekupieni przez milionera pedofila, którego hobby jest szkoła. A może nie oni. Ktoś inny, wyżej postawiony. Poza tym co znaczy zeznanie jakiejś dziewczyny na temat jej przeżyć sprzed lat? Albo kłamie z sobie tylko znanych powodów, albo coś jej się pomyliło.

– A więc… – Urywam, ale przepycham słowa przez gardło: – Zaczęłaś tu pracować, żeby sama wymierzyć sprawiedliwość?

– Sprawiedliwość? – powtarza w zamyśleniu. – Nie. Nie wiem. Chciałam kiedyś z nim porozmawiać. Nagrać go. Mieć dowód.

– I porozmawiałaś?

– Jeszcze nie. Obserwowałam go. Chciałam wiedzieć, czy nie krzywdzi innych dzieci.

Zasycha mi w ustach, więc wychylam kolejny kieliszek.

– I co zaobserwowałaś?

– Nic. To znaczy nic z tych rzeczy. Zawsze albo szedł do domu, albo spotykał się z tobą.

– Wiedziałaś o mnie?

– No jasne. Ale ty jesteś dorosła.

Przełykam ślinę i wypalam:

– Nie wymierzyłaś sprawiedliwości?

Równie dobrze mogłabym zapytać: „Zabiłaś go?". Nawet jeśli Julia coś odpowie, jak mogę jej uwierzyć?

– Nie. Gdy zaginął, byłam z pewnym facetem.

– Masz faceta? – pytam zdziwiona.

– Spotykam się z kimś. To początek znajomości i nawet nie wiem, czy przerodzi się w relację. W każdym razie mam alibi, jeśli to cię interesuje.

Kręcę głową. Coś mi w tym wszystkim nie gra. Chciałabym podzielić się tym, co usłyszałam, ze Słonecznym, ale chyba nie umiem łamać przysiąg.

– Może wpadniesz do mnie w sylwestra z tym tajemniczym kimś? – proponuję.

– Dzięki. Mamy już plany. Po Nowym Roku, co?

– Pewnie.

Mam wrażenie, że napięcie z niej opadło. Przygląda mi się w zamyśleniu.

– A ty? Masz alibi?

– Tak – odpowiadam bez namysłu. – Wtedy widziała mnie siostra żony Sułeckiego.

– O! To dobrze się złożyło.

– Tak. Dobrze. Znasz jej siostrę?

– Nie – odpowiada natychmiast.

– Może była na tej bożonarodzeniowej imprezie?

– Może, ale nikt mi jej nie przedstawił.

Zerkam na zegarek.

– Muszę już wracać.

Julia kiwa głową. Wygląda na zmęczoną i pijaną. Zapewne tak jak ja. Odprowadza mnie do drzwi.

– Żeby nowy rok był lepszy – mówi i bierze mnie w objęcia.

Czuję kłamstwo. Już od pewnego czasu.

Co sprawiło, że pomyślałam o kłamstwie? Co mi na początku nie zagrało? „Jadę do rodziców". Tak powiedziała, gdy byłam u niej poprzednio. Teraz z kolei dowiedziałam się, że jej ojciec sprzedał ją za butelkę wódki, a potem zmarł na raka wątroby. Nie mogła pojechać na święta do rodziców. Nawet jeśli zdecydowała się spędzić je z matką, o której teraz również opowiadała z zaciętością. Jeśli ktoś kłamie w jednej sprawie, może kłamać w innych. To nie zawsze tak działa. Czasem kłamstwo i prawda są wymieszane. Sama jestem najlepszym przykładem. Kto jest siostrą Moniki Sułeckiej? Julia powiedziała, że jej nie zna, ale w to nie wierzę. Słoneczny z pewnością szybko się dowie. Wyciągam telefon i wpisuję wiadomość.

Panie Piotrze, będę za dziesięć minut.

Pomimo późnej pory i sporej ilości alkoholu w głowie decyduję się zadzwonić do Aliny. Gdy teraz przypominam sobie rozmowę z nią, jej wesołość wydaje mi się nienaturalna.

„Wybrany abonent ma wyłączony telefon lub znajduje się poza zasięgiem".

Marta

Powiedziałam mamie, że chcę poczytać. Skinęła głową. Obie potrzebujemy zająć umysł czymś innym niż wspomnieniem mężczyzny, który dotknął Kingi. Siedzimy więc na moim łóżku oparte o poduszki i sylabizuję kolejną baśń Andersena. Tym razem wybrałam *Królową Śniegu*. Pasuje do scenerii za oknem i chłodu, który nadal przenika mnie od wewnątrz. Czy kawałek diabelskiego lustra wpadł mi do serca? Pytanie znika, a ja, mimo nadal małej wprawy w czytaniu, zatapiam się w opowieści.

Kinga siedzi przy moim biurku i rysuje. Jest bardzo zdolna. Drugiego dnia świąt naszkicowała mój portret. Zdumiało mnie podobieństwo i zaniepokoiły oczy. Gdy przeglądam się w lustrze, nie widzę w nich tego dziwnego wyrazu, jaki jest na rysunku Kingi. Nie potrafię określić, na czym polega dziwność.

– Ja też bym cię tak szukała, jak Gerda Kaja – mówi Kinga, gdy kończę.

Przestała rysować i patrzy na mnie. Czy właśnie dokonuje się cud? Czy lód wewnątrz, te kawałki czarciego lustra topnieją i znikają? Może to właśnie się dzieje, a może tylko mi się wydaje, ale napawam się ciepłem, które rozchodzi się falami po ciele.

– Już mnie znalazłaś.

Kinga podbiega i całuje mnie jak Gerda Kaja i, jak tamten chłopiec, staję się zdrowa, silna i dobra. Nie wiem tylko, czy kiedyś taka byłam. Kaj był. Biorę Kingę na ręce i kręcę się z nią po pokoju.

– Hej! – upomina mama. – Mówiłam, żebyś jej nie podnosiła, bo to niebezpieczne dla kręgosłupa, a poza tym pan doktor Tomek prosił, żebyś się nie przemęczała.

Posłusznie stawiam siostrę na ziemi, a ona śmieje się do rozpuku.

– Co narysowałaś? – pyta mama.

Kinga podbiega do biurka i chowa zeszyt za siebie.

– Tajemnice, tajemnice. – Mama uśmiecha się do niej. – Zrobimy przerwę, dobrze? Pójdę ugotować zupę.

– Poczytasz mi jeszcze? – prosi Kinga, gdy mama wychodzi.

Sama pewnie czyta przynajmniej tak dobrze jak ja, ale jej prośba mnie wzrusza.

– Pewnie. Usiądź koło mnie i wybierzemy coś.

Rozkładam na spisie treści. Kinga jeździ palcem po tytułach.

– Chcę *Brzydkie kaczątko* – decyduje.

Czytam, obejmując ją jedną ręką. Jest mi tak dobrze, jakbym nie widziała kilka godzin temu Mistrza. Jakby nie pogłaskał szyi mojej siostry. Jakby nie spojrzał mi w oczy i nie powiedział słów, które skuły mnie lodem.

– Chcesz wiedzieć, co narysowałam? – pyta Kinga, gdy kończę.

Zerkam na zeszyt, który zabrała z biurka. Leży zamknięty obok niej.

– Oczywiście – odpowiadam wesoło.

Otwiera zeszyt i patrzą na mnie jego oczy. Złe, a jednocześnie pełne dziwnej tęsknoty. Chcę coś powiedzieć, ale tylko poruszam ustami.

– Podobny, prawda?

Głos siostry dociera jak zza ściany. Zwracam twarz w jej stronę.

– Tak.

– Pomyślałam, że może będziesz chciała pokazać policji. – Przerzuca strony. Na każdej jest on. – Jak myślisz: który mi się najbardziej udał?

Nie mogę już patrzeć. Nie chcę.

– Kinga – proszę. – Zamknij to na razie, dobrze?

Mama woła nas na obiad.

Budzę się w nocy i wysuwam z łóżka. Jak najciszej potrafię, przemieszczam się do pokoju Kingi. Śpi z rozpostartymi na cały tapczan ramionami, a jej długie włosy rozsypały się po poduszce. Jest spokojna. Bezpieczna, mimo że niedawno dotknął jej Mistrz. Bezpieczeństwo jest złudne, dopóki on chodzi wolny. Nawet jeśli nie wróci po moją siostrę, może zabrać inną dziewczynkę. Nie chcę tego. I chociaż pamiętam o tym, o czym kazał mi pamiętać, nie mogę tego tak zostawić. „Jeśli ktokolwiek pozna jakiś szczegół, który zaprowadzi do mnie, będziesz odpowiedzialna za śmierć twojej matki. Albo za zniknięcie siostry". Kinga otworzyła oczy i patrzy na mnie z uśmiechem. Jej oczy są niewinne. Czy sama kiedyś takie miałam?

– Połóż się przy mnie – mówi i odsuwa się do ściany.

Wchodzę pod jej kołdrę i przytulam drobne ciałko.

– Będę potrzebowała twoich rysunków. Chcę pokazać je policji.

Jest jeszcze jeden szczegół, ale zachowam go dla siebie. To sprawa osobista.

Monika

Zabawne, że kiedyś czuła podniecenie na samą myśl o imprezie sylwestrowej. Stroiła się, malowała, a gdy nastał wieczór, bawiła się, jakby świat miał zaraz się skończyć. Nie potrzebowała alkoholu, żeby tańczyć nawet na stole, śpiewać i śmiać się do rozpuku. Euforia krążyła w żyłach do rana. Monika zarażała wszystkich wokół energią i radością życia. Nie tylko w sylwestra. Nie tylko na imprezach. Taka była, gdy poznała Mariusza na przyjęciu z okazji obrony przyjaciółki. Powiedział, że oczarowała go pierwszego wieczoru. On zafascynował ją jak nikt wcześniej. Gdy zaczęła się z nim spotykać, świat stał się jeszcze piękniejszy, kolory jeszcze intensywniejsze. Straciła głowę dużo przedtem, zanim dowiedziała się, że Mariusz ma kasy jak lodu. Dlaczego miałoby ją to powstrzymać? Pieniądze zawsze kojarzyły jej się z męską siłą. Pasowały do Mariusza. Trochę ją zabolało, gdy dowiedziała się, że był kiedyś żonaty. Kochał żonę, ale im się nie ułożyło. Pragnął dzieci, a ona wolała realizować się inaczej. Zbyt późno mu o tym powiedziała. Rozstali się w przyjaźni. Monika chciała mieć dzieci, nawet trójkę. Mariusz przyznał, że sam zawsze marzył o trójce. Gdy się oświadczył, a ona powiedziała „tak", oboje oszaleli ze szczęścia. I to trwało. Podczas podróży poślubnej w Australii. Podczas pierwszych małżeńskich miesięcy w Zaćmieniu. Gdy dowiedzieli się, że Monika jest w ciąży. Gdy urodziła. Bywała wykończona, ale jeden uścisk, jeden uśmiech czy słowo wynagradzało wszystko. Byli w tym razem. Kiedy właściwie poczuła się odsunięta na drugi plan? Gdy Asia miała dwa miesiące? Trzy? A kiedy Monika zaczęła się zastanawiać? Boże. Kiedykolwiek się to stało i tak było za późno. Gdyby chociaż z jej zastanawiania się coś wynikało. Nie. Odsuwała od siebie wszystko, co nie pasowało. Nadal grała swoją rolę. Nie tylko w mediach społecznościowych. Nie tylko na przyjęciach. Grywała ją nawet gdy byli sami. On też grywał, ale rzadziej. Tak czy inaczej, nie odsłaniał się do końca. Albo raczej ona zamykała oczy. Już przed ślubem zamykała oczy.

Wstrząsnęła się. Wysłała dziewczynki z nianią na spacer, żeby zająć się przygotowaniem kolacji sylwestrowej, a bezproduktywnie analizowała przeszłość. Było, minęło. Miała szansę i nie chciała jej spartolić. Wróciła do krojenia warzyw, odrzucając złe myśli, wsłuchując się jedynie w dźwięki koncertów brandenburskich Bacha dobiegające z jej telefonu. Po kilku minutach rozległ się dzwonek. Już wróciły? Gdy jednak spojrzała w okno, zobaczyła przy furtce Brykieta. Przycisnęła dłonie do klatki piersiowej, jakby to mogło uspokoić serce. Nie spodziewała się policji w sylwestrowy poranek. Przepłukała ręce, wyłączyła muzykę, zdjęła fartuch i otworzyła drzwi.

Uśmiechał się w sposób, który rezerwował tylko dla niej. Rozluźniła się.

– Dzień dobry, panie komisarzu. Ma pan jakieś wieści? Jej głos brzmiał lekko. Zbyt lekko?

– Mogę wejść?

Ostatecznie był sylwester i wszyscy powinni się cieszyć z nadejścia nowego roku, który może będzie lepszy.

– Oczywiście, zapraszam. Właśnie robię sałatkę. Chce pan spróbować?

– Bardzo chętnie.

Posadziła go w kuchni i nałożyła mu porcję na talerzyk.

– Pani zje ze mną? – zapytał nieśmiało.

Rzuciła mu uśmiech, którym podobno oczarowała męża dawno temu. Nie uśmiechała się w ten sposób już co najmniej kilka miesięcy. Oczy policjanta pojaśniały.

– Nie planowałam, ale z panem zjem.

Usiadła naprzeciwko.

– Przepyszna – powiedział po pierwszym kęsie.

– Cieszę się.

Czekała.

– Wie pani – zaczął z wahaniem. – Pani mąż ma u nas teczkę.

Odłożyła sztućce.

– Co to znaczy?

– Były skargi.

– Skargi na mojego męża? – upewniła się.

– Właśnie. Tylko że te kobiety oskarżały go po latach.

– O co go oskarżały?

– O molestowanie – odpowiedział szybko.

Miała wrażenie, że jej żołądek zamienił się w bryłę lodu.

– Ile tych skarg było?

– Dwie. Obie kobiety twierdziły, że te wydarzenia miały miejsce, gdy były dziećmi.

Odsunęła talerzyk z sałatką. Zapach zaczął jej przeszkadzać.

– I co?

– Zgłoszenia przyjęto, pani męża przesłuchano. Byliśmy też w szkole, rozmawialiśmy z nauczycielami i uczniami.

– I co? – powtórzyła.

– Nie znaleziono żadnych dowodów.

– Aha. – Nie chciała już nic mówić, jednak słowa i tak wypłynęły: – A poza tym lepiej nie ruszać człowieka, który wspiera wszystkie organizacje charytatywne, prawda? Który stworzył liceum znane daleko poza granicami Zaćmienia? A może on wam płacił, co?

Umilkła. Jakie prawo miała formułować takie oskarżenia? Właśnie ona. Brykiet pokręcił głową.

– Nic mi o tym nie wiadomo, ale rzeczywiście komendant mówił, że pani mąż jest wartościowym członkiem społeczności, a te oskarżenia po latach są wyssane z palca.

No bo dlaczego nie mówiły wcześniej? Nie dała rady tego powiedzieć. Nie była lepsza od policji.

– I co teraz? – zapytała zamiast tego.

– Badamy alibi tamtych kobiet.

– Alibi ofiar?

Brykiet spuścił oczy.

– Teraz toczy się śledztwo w sprawie zniknięcia pani męża – powiedział, nie patrząc na nią.

– Tak. Ma pan ochotę na herbatę?

– Z panią?

Wstała i wstawiła wodę.

– Ze mną. – Wróciła do stołu. – Jak pan spędza sylwestra?

– Kumpel mnie zaprosił, ale nie jestem pewny, czy pójdę.

– Gdyby miał pan ochotę, proszę wpaść. Będę tu tylko z dziećmi i siostrą.

Spojrzał jej prosto w oczy. Tak, miała nad nim władzę.

– To poważne zaproszenie?

217

Monika pomyślała, że siostra się wścieknie, ale ostatecznie to jej dom, nie siostry. I jej sylwester.

– Jak najbardziej.

– Przyjdę.

Siostra przyszła przed powrotem niani z dziećmi.

– Zaprosiłaś go? – zapytała z niedowierzaniem. – I przyjdzie tutaj?! – Mówiła coraz głośniej, nakręcając się z każdym słowem. – Właduje się z buciorami między nas?!

Monika przeczekała wybuch.

– Przyda nam się ktoś z zewnątrz – powiedziała, gdy siostra wreszcie zamilkła.

– Po co nam ktoś z zewnątrz?! Święta nie były wystarczająco dobre, gdy byłyśmy same?!

– Były. Ale to sylwester, a nie rodzinna impreza.

– Miała być rodzinna – powiedziała z goryczą siostra. – Nie rozumiem cię. A może rozumiem. Zawsze potrzebowałaś adoratorów. W sylwestra może najbardziej. Niezbędny ci facet, żeby coś w tobie zaspokoić? Z tamtym nie wyszło, może z tym się uda?

– To, co mówisz, jest niesprawiedliwe.

– Przepraszam. – Dziewczyna spuściła wzrok, ale zaraz go podniosła. – Więc dlaczego go zaprosiłaś?

Monika wzruszyła ramionami. Siostra powinna rozumieć ją bez słów.

– Nie wiem.

– Nie wiesz? Może dlatego że jest policjantem, a ty chcesz być blisko śledztwa.

– Może – odpowiedziała Monika wolno. – Wiesz, co mi powiedział? Na policji mają teczkę Mariusza.

– Jaką teczkę?

– No… – Spojrzała z troską w oczy siostry. – Były na niego skargi.

– Jakie skargi?

Była zbyt zmęczona, żeby owijać w bawełnę.

– Dwie kobiety twierdziły, że molestował je, gdy były dziećmi.

Siostra, która do tej pory stała nad Moniką, rozejrzała się za krzesłem.

– Naprawdę? – powiedziała, siadając. Jej głos zrobił się słaby. – I nic z tym nie zrobili?

– Przesłuchali go, byli w szkole i rozmawiali, również z uczennicami.

– On nie molestował nastolatek, prawda? Jego ofiarą padały dzieci. I te kobiety o tym mówiły.

Starsza siostra spuściła oczy.

– Nie uwierzyli im.

– Dlaczego mnie to nie dziwi?

Monika czuła dławienie w gardle.

– Sprawdzają ich alibi.

Dziewczyna zakryła twarz.

– Czy to się nigdy nie skończy? – szepnęła.

Monika delikatnie ujęła jej dłonie, odsłaniając łzy na policzkach. Serce jej krwawiło, ale pomyślała, że teraz jej czas na okazanie siły.

– Skończy się – powiedziała. – Będzie dobrze.

Brzmiało jak banał.

Elwira

Słoneczny nie mówi o śledztwie. Gdy zapytałam, czy się posuwa, odpowiedział krótko „tak" i zmienił temat, zaczął mówić o przygotowaniach do imprezy – tak to nazwał – sylwestrowej. Powiedział, że bierze na siebie ugotowanie gorącego dania. Może mu odpowiadałam, ale już nie pamiętam co. To nie było ważne. Spojrzał na mnie w taki sposób, że zrozumiałam to, co zawsze było zagadką. Później pomyślałam, że to tylko wrażenie, ale przyglądam mu się, gdy pracuje, obserwuję ruchy jego palców na klawiaturze, zmarszczenie brwi czy też gest, gdy dotyka górnej wargi, myśląc o czymś intensywnie. Może sobie wmawiam tylko dlatego że chciałabym, żeby to była prawda.

Rozkładam własny laptop. Przyszedł kolejny mail z Burundi. Długi jak zwykle. Siostra Gabriela dokładnie opisuje otwarcie szkoły i dzieci, które po raz pierwszy uczą się pisać i czytać, zakonnice opowiadają im o Jezusie, a te małe istoty chłoną opowieści jak gąbka. Zaciskam usta. Tym razem mam zamiar odpowiedzieć bardziej szczegółowo. Nie będzie standardowych życzeń z okazji nadchodzącego Nowego Roku. Tym razem dowiesz się, co się dzieje tutaj, siostrzyczko Gabrielo. Palce same latają po klawiaturze. Nie zastanawiam się, dlaczego to robię ani co chcę osiągnąć. Wysyłam bez przeczytania. Wstaję.

– Chce pan herbaty?

– Tak, poproszę – mruczy Słoneczny, nie odrywając wzroku od klawiatury.

Dopiero wtedy dociera do mnie, co zrobiłam. No i dobrze. Wcale nie żałuję, chociaż nie jestem pewna, czy chcę wytrącić siostrę Gabrielę z równowagi, czy też potrzebuję od niej pocieszenia. Wstawiam wodę i zerkam na komórkę. Do tej pory nie udało mi się skontaktować z Aliną. Ponownie wybieram jej numer i komunikat jest ten sam. Ma wyłączony telefon lub znajduje się poza zasięgiem. Przecież możliwe, że chciała się odciąć od wszystkiego, prawda? Może nawet kogoś poznała. Jak Julia.

— Dowiedział się pan, kto jest siostrą Moniki Sułeckiej?

Obiecałam sobie nie zadawać pytań, dopóki pan Piotr nie będzie gotów do rozmowy, ale chcę wiedzieć przynajmniej to.

— Jeszcze nie.

— Powie mi pan, kto to, kiedy będzie pan wiedział?

— Oczywiście. Po Nowym Roku. Niektóre wątki się już wyjaśniły. Moi informatorzy działają.

Nie pytam, jakie wątki. Zawsze akceptowałam jego sposób pracy, więc dlaczego teraz miałoby się coś zmienić? Stawiam herbaty na stole. Pan Piotr zamyka komputer i siada naprzeciwko mnie.

— O jednej rzeczy mogę powiedzieć ci już teraz. Pogrzebałem w kwestii relacji Sułeckiego i twojej wicedyrektorki.

Przyglądam mu się zaciekawiona.

— I?

— Wszystko wskazuje na to, że nigdy nie mieli romansu w tradycyjnym rozumieniu. Chyba się w nim kochała i uznawała, że on w niej też. Taką platoniczną prawdziwą miłością.

Krzywię się.

– Tak panu powiedziała?

– Tak jej się wymsknęło. To ona przekonała go, że powinien oficjalnie zająć się szkołą, kiedy poprzedni dyrektor poszedł na emeryturę. I tak przecież zajmował się od lat. Konsultował z Nowak wszystko, zarówno zanim formalnie został jej szefem, jak i później.

Biedna kobieta. Kolejna, która padła ofiarą jego manipulacji.

– Powiedział jej pan, że jest pan detektywem?

– Powiedziałem jej tylko, że jestem przyjacielem twojej matki. Nowak odczuwała potrzebę wygadania się.

– A skąd wie tyle o śledztwie?

– Z oczywistych względów jest zainteresowana, a informacji udziela jej komendant. Są przyjaciółmi.

– Z nim też łączy ją idealna platoniczna miłość? – wyrywa mi się i natychmiast tego żałuję.

Słoneczny patrzy na mnie z lekką przyganą.

– Nie sądzę. Komendant nie wygląda jak Sułecki. Jest dużo niższy i nie tak dobrze zbudowany. Niedawno się ożenił i podobno oszalał na punkcie tamtej kobiety. Tak powiedziała Nowak i nie wyczułem zazdrości.

Uśmiecham się przepraszająco.

– Jest jeszcze jedna kwestia – mówię wolno. – Martwię się o Alinę.

Unosi brwi.

– Alinę Chojecką? Nauczycielkę wuefu? – upewnia się.

– Tak. Nie mogę się z nią skontaktować. Cały czas ma wyłączony telefon.

– A sprawdzałaś u niej w domu?

Wiem, że to wygląda na obsesję, ale jestem w szczególnej sytuacji. Alina też.

– Nie mam jej adresu. Poszłam wczoraj do szkoły. Była tylko sekretarka. Zapytałam, gdzie Alina mieszka, ale zasłoniła się ochroną danych osobowych. Powiedziała, że widziała Alinę na mieście, z pewnością całą i zdrową.

– No więc czym się martwisz?

– Może sekretarka coś pomyliła. Nie jest już najmłodsza.

– Bardzo stara?

– No... – Obrzucam Słonecznego spojrzeniem. – Nie bardzo.

– W moim wieku? – domyśla się i wybucha śmiechem. Próbuję mu zawtórować, jednak mi nie wychodzi.

– Hej. – Detektyw lekko dotyka mojej brody. – Spójrz na mnie

Patrzę w jego dobre brązowe oczy i znów przenika mnie tamto uczucie. Wiem. Przynajmniej jedną zagadkę rozwiązałam. Uśmiecham się zupełnie szczerze.

– Dziękuję.

– Za co? Przecież biorę od ciebie pieniądze, co nie? Tym razem nie potrzebuję się zmuszać do śmiechu.

– Za zniżkę, jaką dostaję za każdym razem.

– Nie ma sprawy. – Puszcza do mnie oko. – Dopóki nie powiesz, że jestem bardzo stary, zniżka aktualna.

– Będę się pilnować – obiecuję.

Odstawia pustą filiżankę po herbacie.

– My tu gadu-gadu, a mój gulasz nadal niegotowy. – Wstaje i wiąże na sobie mój fartuch. – Zabieram się do gotowania.

Monika

Asia wybrała sukienkę, którą Monika kupiła dla niej kilka miesięcy temu. Do tej pory dziewczynka nie chciała jej wkładać. Wolała spodnie.

– Ślicznie wyglądasz, kochanie – powiedziała Monika i pocałowała córkę w głowę.

Dziewczynka obróciła się i jej błękitna sukienka zawirowała. Asia była kwintesencją wdzięku ośmioletniej dziewczynki. Rudawe falujące włosy do ramion ładnie kontrastowały z niebieskimi oczyma. Niewinne dziecko, które nie powinno taplać się w brudach dorosłych.

– Ubiorę się w podobną sukienkę, co? Każdy od razu pozna, że jestem twoją mamą.

Dziewczynka pokiwała głową. Oczy jej lśniły. Monika się skoncentrowała. Chciała zapamiętać ten moment, gdy celebrowały więź matki z córką. Może pierwszy raz.

– Ta jest podobna – powiedziała wesoło Asia.

– Tak. Kupiłam ją w tym samym czasie co twoją. Pomyślałam, że kiedyś tak się wystroimy.

Asia się roześmiała i Monika zawtórowała. Z dołu rozległ się płacz Karolinki.

– Nakarmię ją tylko i już wkładam sukienkę.

Chwyciła córkę za rękę i zbiegły razem po schodach. Karolinka już nie płakała. Ciotka trzymała ją na rękach.

– A kto to jest? Czy moja śliczna siostrzenica jest teraz księżniczką?

Asia ponownie się roześmiała i obróciła jak na górze. Jak modelka albo baletnica. Monika przejęła Karolinkę i usiadła z nią na sofie. Obserwowała córkę i siostrę nakrywające stół i słuchała ich paplaniny. Nie może już zawieść. Wspomnienie, kiedy pierwszy raz zawiodła, wróciło.

Przyprowadziła narzeczonego do domu. Oczarował matkę, z ojcem znalazł wspólny język, a siostra pokazała mu swój pokój i kolekcję pokemonów. Wyciągnął z kieszeni kilka figurek. Powiedział, że też zbiera, ale te ma podwójne. Tym ją kupił. Tak przynajmniej wydawało się Monice.

Kiedy zauważyła lęk w oczach dziewczynki? Gdy odwiedzili ich za trzecim czy za czwartym razem? Czy w ogóle zwróciła na to uwagę? Czy po prostu pomyślała, że siostra stroi fochy? A jak było w noc przed ślubem, którą zgodnie z tradycją Monika spędzała w domu?

Przy kolacji, podczas której młodsza siostra w ogóle się nie odzywała, Monika opowiadała o planowanej podróży poślubnej. Matka ekscytowała się zupełnie jak córka, a ojciec od czasu do czasu rzucał kąśliwe uwagi. Obie wiedziały, że to jego sposób okazywania życzliwości. Gdy kolejny raz w trójkę wybuchnęli śmiechem, młodsza siostra pobiegła do swojego pokoju.

– Co jej jest? – spytała Monika.

– Przeżywa twój ślub – odpowiedziała z troską matka. – Wydaje jej się, że w jakiś sposób cię traci. – Tłumaczymy – zerknęła na ojca, który pokiwał głową – ale nie pomaga.

Monika się podniosła.

– Pójdę do niej.

– Tak będzie najlepiej, kochanie. Ona potrzebuje teraz ciebie.

Siostra zacisnęła rączki wokół jej szyi, gdy Monika usiadła obok niej na łóżku.

– Co się stało? – szepnęła, przytulając ją mocno.

– Nie wychodź za niego – mówiła dziewczynka gorączkowo.

Monika gładziła jej włosy, starając się odpowiednio dobierać słowa.

– Dlaczego? Przecież później tak samo będziesz moją siostrą. Tak samo będę cię kochać. To nie zmieni niczego między nami.

Dziewczynka się trzęsła.

– On… powiedział… że mam nie mówić… że to nasz sekret… on… daje mi różne rzeczy… pokemony i…

– Wiem – przerwała Monika, gładząc plecy siostry. – Lubi cię.

– Nie! – dziewczynka prawie krzyknęła. – On…

Zakrztusiła się płaczem. Monika odsunęła siostrę na odległość ramienia i spojrzała na nią surowo.

– Co on? – spytała chłodno.

– On ze mną… on się ze mną bawi…

Znów łkania nie pozwoliły jej mówić dalej.

– To chyba dobrze, że się bawi – powiedziała Monika łagodniej.

– Bawi się… na golasa – wykrztusiła siostra. – Później mnie boli.

– Co ty w ogóle mówisz? Jak możesz tak kłamać? Powiedz, że kłamiesz!

Powtarzała to tak długo, aż siostra przyznała. Tak, kłamie. Kłamie, żeby Monika nie wyszła za mąż. Już nie będzie.

Gdy Monika kładła się do łóżka, rozmowa nadal szumiała jej w głowie. Czuła złość. Do czego ta smarkula się posuwała, żeby nie dopuścić do ślubu? Co za bezpodstawne oskarżenia! Wobec Mariusza, człowieka, którego Monika kochała i za którego gotowa była ręczyć życiem.

Nigdy potem nie dopuściła, żeby Mariusz został sam na sam z jej siostrą. Tylko dlatego, żeby gówniara nie spróbowała znowu czegoś wymyślić. Okazało się, że Mariusz i tak wpadał. Sam, bez wiedzy żony.

Elwira

Maciek dzwoni z drogi i informuje, że będzie za pół godziny. Słoneczny doprawia gulasz, a ja otwieram szafę. Chcę wyglądać ładnie na powitanie Nowego Roku. Może nie stroiłabym się, gdybym spędzała sylwestra tylko z panem Piotrem, ale w jakiś sposób zależy mi, żeby podobać się Maćkowi. Moje uczucia w stosunku do niego zawsze były skomplikowane.

Wyprowadziłam się z domu, jeszcze zanim zaczęłam studiować. Ponieważ byłam z Warszawy, na akademik nie miałam szans, ale znalazłam ogłoszenie, gdzie trzy studentki poszukiwały czwartej do wspólnego mieszkania. Jedna z nich studiowała nawet anglistykę na wyższym roku. Ucieszyłam się, gdy przyjęły mnie do siebie. Mama co miesiąc przysyłała mi określoną sumę na konto i chociaż wolałam niczego od niej nie brać, nie dałabym rady utrzymać się sama. Wpadałam do niej mniej więcej raz na dwa tygodnie, ale tamtego mieszkania nie nazywałam już domem. Mama nadal była mamą, siostra siostrą, kochałam je i nie chciałam sprawiać im bólu, ale ja byłam już kimś innym. Mimo to potrzebowałam kontaktów z nimi. Udawały, że rozumieją.

W moim nowym domu często pojawiali się goście, chociaż rzadko urządzałyśmy duże imprezy. Anita z anglistyki niekiedy uczyła się ze znajomymi, a wśród nich był Maciek. Zagadywał do mnie, gdy przewijałam się przez kuchnię, a on parzył kawę. Zawsze rozmawialiśmy, gdy spotkałam go na uczelni. Kiedyś zaprosił mnie na ciastko. Dyskutowaliśmy o literaturze, a ja czułam się jak intelektualistka. Potem gładko obgadaliśmy wykładowców, a jeszcze później opowiedzieliśmy sobie o naszych rodzinach. Maciek pochodził z Kielc, jego rodzice prowadzili małą restaurację i mieli trójkę dzieci. Był najstarszy, po nim urodziły się dwie dziewczynki. Ja już wtedy powiedziałam mu dużo więcej niż innym. Nigdy nie podzieliłam się wszystkim, ale Maciek miał wgląd w wiele tajemnic. Może nawet dzięki niemu zaczęłam bardziej rozumieć siebie.

Po pewnym czasie staliśmy się prawie nierozłączni. Długo to była tylko przyjaźń. Kiedy zdałam sobie sprawę, że wkradło się do niej coś innego? Powinnam była zgnieść to w zarodku.

Otrząsam się i patrzę w szafę. Sukienki nie włożę, ale wyjmuję czarne markowe dżinsy prawie nienoszone i jedwabną niebieską koszulę. Idę do łazienki się przebrać i przy okazji poprawiam makijaż. To nic nie znaczy. Zawsze chciałam, żeby uważał, że jestem ładna. Nawet kiedy naszej przyjaźni jeszcze nie zepsuło tamto.

– Ślicznie wyglądasz – mówi Słoneczny, gdy wracam do pokoju.

– Dziękuję – odpowiadam. – Pan też jest bardzo przystojny.

– Nie bardzo stary, co? – Mruga do mnie.

– Nie bardzo – mówię złośliwie i oboje się śmiejemy.

Czuję przyjemny stan napięcia przed nocą sylwestrową. Zupełnie jakby znikły moje problemy. Chcę tylko dobrze się bawić. Gdy rozlega się dźwięk domofonu, biegnę jak na skrzydłach. Maciek wygląda jak zawsze. Potargana ciemnoblond czupryna i ciepłe szare oczy.

Wysoki, chudy. Przystojny w nieoczywisty sposób. Śmiejemy się na swój widok i rzucamy sobie w objęcia. Dopiero teraz rozumiem, jak bardzo za nim tęskniłam. Dopiero teraz, gdy dziura się zapełnia. Po długiej chwili uwalniam się z jego ramiom.

– To jest pan Piotr, o którym ci wspominałam. Stary przyjaciel. Panie Piotrze, to Maciek.

Nie dodaję „były mąż". Słoneczny i tak wie. Ściskają sobie dłonie.

Marta

Byłyśmy na policji i pokazałam rysunki Kingi. Opowiedziałam o spotkaniu na górce i słowach Mistrza. Mama cały czas trzymała mnie za rękę. Wszyscy zapewniają, że nic nam nie grozi, a mimo to robi mi się niedobrze ze strachu. Mama obiecała, że wymieni zamki. Czuję, że to może być za mało. Modliłam się dzisiaj do tego Jezusa, który narodził się w stajence i podobno dał się przybić do krzyża. Jeśli naprawdę zrobił to dla nas, uratuje Kingę i mamę. Może nawet uratuje mnie.

Cieszę się, że w noc sylwestrową są z nami ciocia, wujek i ich dzieci. Jesteśmy bezpieczniejsze. Ciocia zauważyła moją panikę i zaproponowała, że zostaną, dopóki zamki nie zostaną wymienione. Dobre i to.

Powoli się rozluźniam. Śmiech kuzynów działa jak środek przeciwbólowy. Bawimy się w gry, których dotąd nie poznałam. Żywiołowość dzieciaków mi się udziela i sama staję się głośniejsza, bardziej beztroska.

Idziemy spać grubo po północy. Jeszcze przeżywam nasze zabawy, jeszcze nurzam się w atmosferze sylwestrowej beztroski. Wspomnienie wraca nagle. Wspomnienie sylwestra z Mistrzem. Nie jestem pewna, czy pierwszego sylwestra. Teraz nie wiem nawet, czy to naprawdę był sylwester, czy tylko Mistrz tak powiedział.

Tańczyliśmy. On wypił butelkę szampana, a dla mnie był szampan dla dzieci. Bardzo mi się podobały toasty, muzyka i dekoracje. Po północy byłam już zmęczona, a on zaczął mnie głaskać. Lubiłam to. Często później następowało to, czego nie lubiłam, ale byłam zdecydowana akceptować. Zazwyczaj.

– Jesteś moją kochaną dziewczynką, wiesz?

– Tak – odpowiedziałam i zamknęłam oczy.

– Pamiętaj, że cię uwolniłem.

Wyprostowałam się. Nie lubiłam tych słów, chociaż nie padały często. Nie chciałam dalszego ciągu. Mistrz przyciągnął mnie do siebie delikatnie, lecz stanowczo.

– Twój ojciec cię sprzedał. Miał kłopoty w firmie, a pieniądze, które mu dałem, załatwiły wszystko.

Nie odzywałam się. Chciałam krzyczeć, że to nieprawda, jak robiłam to wcześniej, ale wiedziałam, że wtedy się roześmieje i nazwie mnie swoim małym głupiątkiem.

– Nie targował się, a dałbym mu dwa razy więcej. – Jego oddech przesiąknięty alkoholem sprawił, że prawie zwymiotowałam. Czy wcześniej mi nie przeszkadzał? – Sprzedał cię zbyt tanio.

– Nie – powiedziałam mimo wszystko. – Tata nie...

Pocałował mnie w usta. Zakrztusiłam się.

– Uważasz, że kłamię? – powiedział, odrywając się ode mnie. Dotknął moich policzków i starł łzy. – Biedna mała sprzedana dziewczynka. Wiesz, nad czym się teraz zastanawiam? – Pokręciłam głową. Nic gorszego nie mogłam już usłyszeć. – Zastanawiam się, czy twoja matka wiedziała. Jak myślisz?

Wracam do teraźniejszości. Do pokoju, w którym mieszkałam, zanim mnie sobie wziął. Nie mogę zapalić lampki, bo na karimatach śpią kuzyni i bym ich obudziła. Potrzebuję światła, więc idę do łazienki. Przez chwilę stoję tylko i patrzę prosto w lampę, a potem przemywam twarz zimną wodą. Z lustra wpatrują się we mnie przerażone oczy dziwnej nastolatki, która dopiero uczy się czytać. On kłamał. Tyle razy kłamał. Manipulował mną. Nadal mną manipuluje, chociaż jest daleko. Postarał się, żebym wiedziała, że zawsze może być bliżej.

Gdy wychodzę z łazienki, mama stoi za drzwiami. Pozwalam jej zaprowadzić się do łóżka i przykryć kołdrą. Całuje mnie w czoło, szepcze: „Śpij dobrze. Kocham cię" i odchodzi.

„Zastanawiam się, czy twoja matka wiedziała. Jak myślisz?"

Monika

Nie podejrzewała, że Brykiet jest bawidamkiem, ale doskonale sprawdzał się jako jedyny mężczyzna na imprezie. Żartował z Asią, uśpił Karolinkę, zajmował się muzyką. Przez chwilę Monika bała się, że zaproponuje tańce, jednak nic takiego nie nastąpiło. Rozmawiali na tematy neutralne i nawet siostra patrzyła na niego życzliwszym okiem.

– Chyba trzeba iść spać – powiedziała Monika do Asi, gdy złożyli już sobie życzenia noworoczne.

– Ja nie chcę – odpowiedziała dziewczynka sennym głosem.

Policjant zerknął na Monikę.

– Wiesz co? Jeśli mama się zgodzi, pójdę z tobą na górę i opowiem ci bajkę przed snem.

Asia wpatrywała się w matkę z błaganiem w oczach. Komisarz w jakiś sposób naprawdę ją oczarował.

– Zgódź się, mamuś. Proszę. Proszę!

Brykiet też patrzył na Monikę w sposób, od którego kręciło jej się w głowie. Przełknęła ślinę i prawie powiedziała „tak", gdy napotkała lodowate spojrzenie siostry. Pozwolisz dziecku być w pokoju z mężczyzną, którego prawie nie znasz? Niemal to usłyszała. Odwróciła wzrok.

– Ja… pójdę z wami – zaczęła słabo, ale zaraz dodała z większą energią, zwracając się do córki: – Mogę?

– Tak! Ty też posłuchasz bajki.

Asia zachowywała się po prostu jak ośmioletnia dziewczynka. Może jej życie wróci na właściwe tory.

– Zostaniesz na chwilę sama? – Monika zwróciła się do siostry, nadal unikając spojrzenia na nią.

I tak była pewna, że w oczach tamtej jest drwina.

– Pewnie. Bawcie się dobrze!

Drwina była również w wypowiedzi, jeśli nie w tonie, to w słowach. Na szczęście Asia jej nie rozumiała.

– Ty też chodź z nami!

Monika wreszcie spojrzała na siostrę.

– Nie, księżniczko. Ja wstawię brudne talerze do zmywarki. Szybciej będzie porządek. Dobranoc, kochanie.

Uściskały się i Asia tanecznym krokiem ruszyła po schodach. Brykiet podążył za nią. Monika chciała coś powiedzieć, ale siostra już stała tyłem do niej. No i dobrze. Nie czas na wyjaśnienia.

Siedzieli oboje przy łóżku Asi. Monika trzymała córkę za rękę, a Brykiet opowiadał swoją bajkę. Dziewczynka słuchała z otwartymi ustami, całą sobą, a Monika rozkoszowała się tą chwilą. Co właściwie stało na przeszkodzie, żeby tak było zawsze?

– Ja… – Asia na moment zamknęła oczy, a potem zaraz je otworzyła. – Już bardzo chce mi się spać. – Dokończysz jutro, dobrze?

– Oczywiście – szepnął komisarz.

– Dobranoc.

Monika pocałowała córkę w czoło i Asia rzeczywiście zasnęła momentalnie. Siedzieli, bojąc się spłoszyć jej sen. Monika wreszcie wstała.

– Chodźmy.

Wysunęli się z pokoju. Za drzwiami odwróciła się do policjanta.

– Naprawdę będziesz musiał wrócić i dokończyć jej tę bajkę – powiedziała cicho, niespodziewanie przechodząc na „ty".

– Z rozkoszą.

Przysunęła się do niego tak, że prawie go dotykała.

– Ja też chcę posłuchać.

– Tobie chciałbym szeptać do ucha – odpowiedział, a jego gorący oddech owiał jej twarz.

Położyła palec na jego ustach, a potem dotknęła ich wargami. Objął ją w talii i całował delikatnie, przesuwając dłonie po plecach. Chciała zatracić się w tych pieszczotach. „Niezbędny ci facet, żeby coś w tobie zaspokoić? Z tamtym nie wyszło, może z tym się uda?" Odsunęła się.

– Chodź na dół.

Elwira

– Chodźmy na zewnątrz – mówię po północy. – Popatrzymy na fajerwerki.

– Idźcie sami – mówi Słoneczny. – Nie tak stary człowiek – tradycyjnie już puszcza do mnie oko – położy się spać.

– Proszę iść z nami, panie Piotrze – proszę dla zasady, ale on kręci głową.

Może to i lepiej. Kiedyś muszę porozmawiać z Maćkiem.

Gdy znajdujemy się przed budynkiem, próbuję zainteresować byłego męża sztucznymi ogniami, ale on uparcie patrzy na mnie.

– Dlaczego go sprowadziłaś?

Uśmiecham się z trudem.

– Nie zapytałeś go?

– Oczywiście, że zapytałem. Za pierwszym razem, kiedy poszłaś do łazienki. Powiedział, żebym gadał z tobą.

Słoneczny jest lojalny. Zawsze był. Nawet mamie nie szepnął słówka.

– Chciałam, żeby wyjaśnił kwestię zaginięcia dyrektora.

– Dlaczego tak bardzo ci na tym zależy? Zakochałaś się w nim?

Możliwość, że mogłabym zakochać się w Sułeckim wydaje mi się tak zabawna, że wybucham śmiechem, aż łzy spływają mi po policzkach. Maciek patrzy zdezorientowany.

– Nie – mówię w końcu. – Nie zakochałam się. Skoro nie chcesz patrzeć na sztuczne ognie, przejdźmy się. Wyjaśnię ci po drodze.

Biorę go pod rękę. Idziemy w sposób, jakbyśmy naprawdę byli małżeństwem.

– No więc – pyta po chwili – dlaczego aż tak bardzo zależy ci na wyjaśnieniu tej sprawy, że sprowadziłaś detektywa?

– Z dwóch powodów – odpowiadam lekko. – Po pierwsze, jestem podejrzana, a po drugie, jego ciało było u mnie w domu.

Maciek zatrzymuje się i odwraca twarzą do mnie. Robię to samo. Wyraz w jego oczach też wydaje mi się zabawny, ale panuję nad sobą. Tym razem z pewnością uznałby wybuch śmiechu za objaw histerii.

– Zacznijmy od drugiego powodu. Jak to się stało, że jego ciało było u ciebie w domu?

Ponownie biorę go pod rękę.

– Lepiej mi się mówi, gdy idziemy. To jest domek letniskowy na zboczu góry. – Robię przerwę na głęboki oddech. – Nie zabiłam go, jeśli o to pytasz. I teraz już nie jestem pewna, czy nie wymyśliłam sobie trupa.

Maciek znów się zatrzymuje, ale pociągam go za sobą.

– Zwolnij – mówi, więc idziemy jeszcze wolniej, chociaż wiem, że nie ma na myśli marszu. – Nie nadążam.

Opowiadam, jak poszłam do mojej chatki i jak bardzo się tym zamartwiałam, dopóki Słoneczny nie odkrył, że dyrektora już tam nie ma albo nigdy nie było. Mój głos robi się zbyt niespokojny.

– W porządku. – Maciek gładzi mnie wolną ręką po ramieniu. – Rozumiem.

– Naprawdę?

– Nie. Nie naprawdę. Rozumiem, że się przejmujesz swoją poczytalnością albo tym, że w jakiś sposób ciało dyrektora znalazło się u ciebie, ale nie rozumiem nic poza tym.

– Może w takim razie powiem, dlaczego jestem podejrzana.

To trudna część. Trudniejsza od tego, co powiedziałam do tej pory, bo w jakimś stopniu dotyczy naszego małżeństwa.

– Powiedz.

– Spotykałam się z dyrektorem poza szkołą. W jego komórce policja znalazła korespondencję ze mną.

– A więc jednak miałaś z nim romans.

– Nie – mówię twardo. – Zależało mi, żeby uwierzył, że chcę mieć z nim romans.

– Dlaczego?

– Bo chciałam sprowadzić go do chatki, odurzyć narkotykami i przywiązać do fotela. Chciałam, żeby jego życie zależało ode mnie. Chciałam, żeby się bał. Może nawet chciałam go zabić.

Przerażają mnie własne słowa, do tej pory upychane po zakamarkach mózgu.

– Dlaczego? – powtarza Maciek.

– Żebyś to zrozumiał, muszę ci powiedzieć, kim jestem.

Zatrzymuje się, ale ponownie pociągam go za sobą. Nie chcę stać. Nie mogę stać. Nie teraz.

– Kim jesteś?

Tyle razy chciałam mu powiedzieć. Tyle razy układałam zdania w głowie i otwierałam usta, a wychodziło coś zupełnie innego. Teraz nie muszę szukać słów, które wypływają ze mnie potężną falą.

Świta, gdy wracamy do mojego małego mieszkanka. Słoneczny śpi na rozkładanym fotelu. Maciek kładzie na podłodze karimatę, a ja podaję mu pościel, którą wcześniej dla niego przygotowałam. Nie rozkładam sofy i wślizguję się pod kołdrę. Leżę z otwartymi oczyma, wsłuchując się w pochrapywanie detektywa.

Marta

– Muszę wam coś powiedzieć – mówi mama.

Patrzę na nią z niepokojem. Jemy kolację we trzy. Ciocia Ela załatwiła ślusarza w Nowy Rok i zamki są wymienione. Wujek proponował, że zostaną na jeszcze jedną noc i dzieciaki bardzo chciały, ale mama wolała, żeby spali już u siebie. Teraz wiem, że zależało jej, żeby ogłosić coś tylko mnie i Kindze.

– A co? – pyta Kinga, biorąc kolejny kawałek noworocznego ciasta.

– Będziecie miały brata albo siostrę.

To jest tak niespodziewane, że widelec wypada mi z rąk i z cichym brzękiem ląduje na podłodze.

– Jak to? – dziwi się Kinga. – Przecież tata nie żyje.

Mama uśmiecha się do niej, a potem przenosi na mnie wzrok.

– To dziecko – kładzie obie ręce na swoim brzuchu – ma innego tatę.

Kinga nie wygląda na zadowoloną, a ja nie potrafię określić własnych uczuć. Wiem, w jaki sposób można mieć dziecko. Robiąc to, co ja robiłam z Mistrzem. Tylko że ja nie miałam wewnątrz jajeczek gotowych do zapłodnienia. Tak mi tłumaczył.

– To kto jest jego tatą? – pyta Kinga obrażonym tonem.

– Pewien pan, który pracował w mojej firmie, ale przeniósł się za granicę.

– Powiedziałaś mu? – pytam.

– Nie mam z nim kontaktu – odpowiada mama szybko.

Nie wiem, jak na to zareagować, ale Kinga nie ma wątpliwości.

– Musisz mu powiedzieć! Musisz go odnale…

– Nie! – przerywa mama.

Jej ton jest tak ostry, że się wzdrygam. Kinga patrzy zdziwiona.

– Dlaczego?

– Nie – powtarza mama spokojniej. – Po prostu nie.

– To niesprawiedliwe! – Kinga teraz krzyczy. – Każde dziecko ma tatę! A tata dziecka musi wiedzieć! Może…

– Nie. – Mama znów wchodzi jej w słowo. – On jest żonaty.

– Jak mogłaś?! Jak…

– Przestań – prosi mama, a jej twarz robi się nagle biała. ale Kinga jej nie słucha. Obrzuca ją wyzwiskami, których zapewne sama nie rozumie. – Przes…

Mama osuwa się na podłogę.

– Mamusiu. – Kinga rzuca się do niej. – Przepraszam. Mamusiu.

Mama patrzy na nią i porusza ustami. Chwytam komórkę. Wiem, jak zadzwonić po pomoc.

Czekając na pogotowie, siedzimy przy niej, trzymając ją za ręce.

– Wszystko będzie dobrze. – Mama próbuje się podnieść, ale nie daje rady. – Zadzwońcie do… cioci… Eli.

Kinga się nie rusza.

– Mamusiu… Mamusiu.

Mama patrzy na nią, uśmiecha się i zamyka oczy. Podchodzę do telefonu stacjonarnego.

– Jaki jest numer?

Żadna nie reaguje.

– Jaki jest numer do cioci Eli? – powtarzam.

Mama chyba straciła przytomność. Po chwili jednak otwiera oczy i unosi się na łokciu. Kinga nadal trzyma się jej kurczowo i podaje cyfry. Na szczęście ciocia zgłasza się momentalne.

– Mama jest chora. Zawiadomiłyśmy pogotowie.

Siostra mamy nie zadaje pytań.

– Zaraz u was będę – mówi.

Udaje nam się pomóc mamie przemieścić się na kanapę. Na podłodze, gdzie leżała, jest nieduży ślad krwi. Kinga się trzęsie.

– Już się lepiej czuję – mówi mama i ściska nasze ręce. – Dobrze, że zadzwoniłyście na pogotowie, bo lepiej sprawdzić, czy wszystko w porządku.

W jej głosie na powrót jest energia, ale nie daję się oszukać.

Ciocia i pogotowie przyjeżdżają prawie równo. Ciocia każe nam przejść do drugiego pokoju, ale i tak wyławiam ich słowa. Omdlenia we wczesnej ciąży są powszechne… Krwawienie nie było duże… Lepiej przewieźć ją na obserwację… Ryzyko poronienia… Nie jest już najmłodsza…

– Nie chcę, żeby ona jechała do szpitala – słyszę drżący głos Kingi. – To moja wina.

– Nie – odpowiadam stanowczo, chociaż nie potrafię tego uzasadnić.

Ciocia wchodzi do nas.

– Mama jedzie do szpitala na obserwację i chce was pocałować.

Wychodzimy do przedpokoju, gdzie mama leży już na noszach.

– Hej! Co takie smutne miny? W szpitalu tylko sprawdzą, czy wszystko w porządku. A ja i tak jestem pewna, że dobrze. Szybko dawajcie buziaczki!

Całujemy ją, a ona dodaje żartobliwie:

– Proszę słuchać cioci Eli.

– Zadzwoń – prosi ciocia.

Mama uśmiecha się do niej, gdy ratownicy podnoszą nosze.

– Jasne.

Dotyka jeszcze palcami ust i przesyła nam w powietrzu buziaki. Patrzymy w milczeniu, jak ratownicy wnoszą ją do karetki. Samochód rusza i znika z naszego pola widzenia. Kinga cały czas macha.

– Wracajmy do domu – mówi ciocia.

– Czy możemy na chwilę pójść do kościoła? – proszę.

Obie patrzą na mnie, jakbym zwariowała. Nie potrafię wytłumaczyć.

– Chciałabym się pomodlić.

– Dobrze – zgadza się ciocia.

Wchodzimy do świątyni w trakcie mszy. Szum w głowie się uspokaja. Nie potrafię skoncentrować się na słowach, ale coś się we mnie zmienia. Jakby ktoś przyłożył balsam. Nadal boli, ale inaczej, spokojniej. Nie rwie i nie pali. Gdy nabożeństwo się kończy, ciocia i Kinga wstają, gotowe do wyjścia.

– Jeszcze chwilę – proszę.

Siadają, ale Kinga wierci się niespokojnie.

– Poczekamy na zewnątrz – szepcze ciocia.

Nie wiem, jak długo klęczę. Nie rozumiem, jak to możliwe, ale rozmawiam z Jezusem prawie bez słów. On zna moje zgubienie, strach i moje prośby. Nie wiem, czy je spełni, ale i tak Mu ufam. To takie dziwne.

Gdy otwieram drzwi kościoła, Kinga wbiega po schodach i rzuca mi się na szyję. Ściskam ją mocno.

– Mama dzwoniła! – oznajmia.

Ciocia stoi już przy nas. Patrzę na nią pytająco.

– Lekarze mówią, że powinno być dobrze – mówi. – Jutro odwiedzimy ją po twojej terapii.

Ciocia spędza noc z nami. Gdy Kinga leży już w łóżku, przeglądam bibliotekę. Początkowo chcę wyciągnąć Andersena, ale później widzę Biblię. Wiem, że powinnam szukać Nowego Testamentu, jeśli chcę dowiedzieć się więcej o Jezusie.

Monika

– Całowałaś się z nim.

Oskarżycielski ton siostry nią wstrząsnął. Oderwała wzrok od okna. Asia spacerowała z wózkiem po ogrodzie, usypiając Karolinkę.

– Tak.

Nie chciała tracić panowania nad sobą. Będzie spokojna, przeczeka grad oskarżeń.

– To nie było pytanie.

– A więc co to było? Podglądałaś?

Powinna ugryźć się w język. Nie prowokować.

– Nie musiałam. Wystarczyło, że spojrzałam w górę.

Samo spoglądanie w górę można uznać za podglądanie, nie mówiąc już o tym, że aby widzieć, co się dzieje, trzeba stać pod odpowiednim kątem. Monika powiedziała to sobie w duchu, a później znów spojrzała na siostrę.

– W porządku. Obie wiemy, że się całowałam. Co z tego wynika? Czy uważasz, że nie powinnam, bo mój mąż zaginął?

Siostra uderzyła dłonią w blat stołu.

– Cholera jasna! Ty naprawdę nie możesz wytrzymać bez faceta!

– A gdyby tak nawet było, to co z tego? Składałam jakąś przysięgę, że mam żyć jak zakonnica czy co?

Z twarzy siostry znikła złość.

– Nie – odpowiedziała zmęczonym tonem. – Oczywiście, że nie. Myślałam tylko… myślałam… że może skoncentrujesz się teraz bardziej na rodzinie.

Monika popatrzyła w okno, a po chwili wstała i podeszła do siostry.

– Posłuchaj – powiedziała, ujmując jej dłonie. – Rodzina jest dla mnie najważniejsza. Wiem, że kiedyś cię zawiodłam. Przebacz mi.

– Nie o to chodzi. Tylko…

Usłyszały, że drzwi się otwierają. Asia weszła do kuchni.

– Śpi – powiedziała szeptem, wskazując na wózek. – Pójdę poczytać.

Monika uśmiechnęła się do córki.

– Oczywiście, kochanie.

Gdy usłyszała, że za Asią zamknęły się drzwi, znów zwróciła się do siostry.

– Może rzeczywiście chcę mieć faceta. Może potrzebuję uczucia bezpieczeństwa i ojca dla moich dzieci.

Siostra pokręciła głową.

– Przy Mariuszu też czułaś się bezpieczna, prawda? On był ojcem twoich dzieci.

Słowa zabolały, jakby siostra wymierzyła policzek.

– A może to nie jest najważniejsze. Może naprawdę chcę wiedzieć, co się dzieje w śledztwie.

– I co ci z tego przyjdzie?

– Nie wiem. Dowiedziałam się już o tamtych kobietach, które krzywdził, gdy były dziećmi.

– No i co?

– Pierwsza się dowiedziałam, że anglistkę aresztowali.

– Chciałaś tego, co?

Oczy siostry się zwęziły.

– Co takiego?

– Podobało ci się, że ją aresztowali. Chciałaś tego od początku. Dlatego zaniosłaś telefon na policję, żeby dać im dowód.

– Nie – powiedziała Monika słabo.

– Nie? – W głosie siostry była drwina. – Naprawdę nie? Byłaś zazdrosna, do cholery!

– Nie… Ja tylko chciałam…

– Co chciałaś?! Od początku chciałaś, żeby to na nią padło podejrzenie.

– Nic nie rozumiesz!

– No to wytłumacz mi, proszę! Kogo następnego oskarżysz, gdy znajdą jego ciało? Może którąś z tych kobiet? A może mnie? To byłoby najłatwiejsze, prawda? A motyw mam jak cholera! Ale przysięgam, jeśli to się stanie, pociągnę cię za sobą! A wtedy…

Przez pokój przebiegła Asia i wypadła do ogrodu, nie zmieniając butów ani nie nakładając kurtki. Siostry zerwały się, chcąc dogonić dziewczynkę, ale w tej chwili rozległ się płacz Karolinki.

– Zostań z nią, błagam – powiedziała Monika. – Muszę porozmawiać z Asią.

Nie czekając na odpowiedź, wybiegła z domu. W ogrodzie nie było córki. Furtka była otwarta. Monika się rozejrzała. W którą stronę powinna iść? Boże, jak mogła być tak nieostrożna? Dlaczego nie wyprowadziła siostry do ogrodu, gdy ta zaczęła ją oskarżać? Dlaczego dała się sprowokować, zapominając, że dziecko może je słyszeć?

– Asia! – krzyknęła.

Nic. Zaczęła biec w lewo, powtarzając co chwila imię córki.

Siostra Gabriela

To był dobry dzień. Po mszy świętej, w której uczestniczyła przynajmniej połowa wioski, siostry zjadły z kilkoma rodzinami noworoczny obiad. Wśród tych ludzi, którzy często nie byli w stanie zaspokoić podstawowych potrzeb, czuło się ducha Ewangelii. Przynajmniej w taki dzień jak dziś. Trudno opowiada się o łasce Chrystusa komuś, kto mdleje z głodu, jednak po siedmiu latach istnienia placówki zakonnice dotarły z Dobrą Nowiną do większości mieszkańców. Przełożona była dobrą organizatorką i dzięki wsparciu kilku parafii w Polsce, udało się zebrać wystarczająco dużo pieniędzy, żeby otworzyć szkołę i nakarmić najbardziej potrzebujących. Potrzebowali wszyscy.

Siostra Gabriela podniosła się z kolan i wyszła z kaplicy. Skierowała się do biblioteki, gdzie stał jedyny komputer zgromadzenia. Dostała pozwolenie, żeby dziś z niego skorzystać przez piętnaście minut. Ostatnio wysyłała maile z życzeniami noworocznymi i miała nadzieję, że kilka osób odpowiedziało. Wprawdzie wyrzekła się wszystkiego i poszła za Jezusem, ale ludzie, którzy kiedyś byli jej najbliżsi, w pewnym sensie takimi pozostali. Jak mogłoby być inaczej? Uśmiechała się, odczytując wiadomości. Mail od Elwiry Konopackiej zostawiła na koniec. Zawsze miała nadzieję, że znajdzie tam coś więcej, ale zazwyczaj było krótkie „dziękuję" czy „Tobie też". Może teraz Elwira wysiliła się na całe zdanie typu „Wszystkiego dobrego w Nowym Roku, siostro".

Mail okazał się jednak długi. Najdłuższy ze wszystkich, jaki siostra Gabriela dostała z tego adresu. Może nawet najdłuższy ze wszystkich, jakie dostała kiedykolwiek w życiu. Od kogokolwiek. Przeczytała go raz i zaczęła od nowa.

– Siostro.

Odwróciła się, czując dotyk ręki na ramieniu. Za nią stała ciemnoskóra siostra Nicole. Czekała na swoją kolej.

– Przepraszam. – Siostra Gabriela szybko zamknęła list i wylogowała się z konta. – Czas minął, prawda?

– Nie szkodzi. – Druga zakonnica się uśmiechała, ale jej twarz nagle spoważniała. – Płaczesz, siostro? – zapytała z przerażeniem. – Złe wieści?

– Nie, nie. Wszystko dobrze.

Siostra Gabriela szybkim krokiem opuściła bibliotekę. Ponownie weszła do kaplicy. „Panie Jezu, powiedz, co robić. Proszę. Panie Jezu, pomóż mi podjąć decyzję. Proszę". Powtarzała w kółko te same słowa, ale Jezus milczał. Może milczenie było wymowne. Sama wiedziała, co robić. Przeżegnała się i wstała. Nadal się trzęsła. Weszła do swojej celi i znowu uklękła. Zmówiła dwie dziesiątki różańca i opanowała dreszcze. Szła prosto do celu. Przełożona zapewne była u siebie. Wpadając tam, zakłóci się jej spokój, może modlitwę. Nie było jednak innego wyjścia. Siostra Gabriela zacisnęła zęby i zapukała.

Monika

– Asia! – wołała Monika.

Już nie biegła. Wszystkich spotkanych po drodze, znajomych i nieznajomych, pytała, czy nie widzieli jej córki. Każdy obrzucał ją dziwnym spojrzeniem. Nie, nie, odpowiadali. Po drugiej stronie ulicy szła młoda ładna kobieta.

– Proszę pani!

Kobieta się zatrzymała i wbiła w Monikę zdziwiony wzrok.

– Proszę pani – powtórzyła Monika. Znała tę dziewczynę, chociaż nie potrafiła sobie przypomnieć jej nazwiska. Mariusz miał z nią romans. Uczyła geografii. – Nie widziała pani mojej córki?

– Nie. Pani córka zaginęła? – Monika szła dalej. – Pani Moniko! Trzeba pójść na policję!

Zaczęła biec. Może policja była dobrym pomysłem. Asia nie mogła odejść daleko.

– Chciałabym rozmawiać z komisarzem Brykietem – powiedziała, zdyszana, na komendzie.

– W jakiej sprawie?

Kobieta w okienku jej nie kojarzyła. Chyba była jedną z niewielu w miasteczku. To, że pracowała na policji, wydało się Monice tak absurdalne, że prawie roześmiała się jej w twarz.

– Nazywam się Monika Sułecka. Mój mąż zaginął.

Kobieta podniosła słuchawkę.

– Pani Monika Sułecka do pana komisarza.

Odłożyła telefon i spojrzała na Monikę.

– Komisarz czeka na panią. Drugie drzwi po lewej stronie.

Brykiet stał przy biurku. Uśmiechał się w taki sposób, że miała ochotę go uderzyć.

– Nie wiem, gdzie jest Asia. Musisz ją znaleźć – powiedziała prawie oskarżycielsko.

– Spokojnie. Co się stało?

Nie miała o co go oskarżać. Wina leżała gdzie indziej.

– Słyszała, jak kłócimy się z siostrą, i wybiegła. Przeszłam połowę miasteczka, ale nie mogę… nie mogę jej znaleźć.

– Twoja siostra jest w domu?

– Tak. Została z Karolinką.

– Dzwoniłaś do niej? Może Asia już wróciła.

– Nie wzięłam telefonu.

– Zadzwoń teraz. – Brykiet podał jej komórkę.

Numer siostry był jednym z nielicznych, które znała na pamięć.

– Halo?

– To ja. Asia wróciła?

– Nie. Gdzie jesteś?

– Na policji.

Rozłączyła się, nie pytając, co z Karolinką.

– Nie ma jej.

– Zaraz roześlę patrole.

Patrole brzmiało dumnie i chociaż Monika wątpiła, czy uda się wygospodarować chociażby dwa samochody, poczuła się nieco lepiej. Poczekała, aż Darek wydał dyspozycje, i wsiadła do jego służbowego samochodu. Wtedy ją olśniło.

– Poszła w góry.

Nie odpowiedział.

– Ona lubi góry. Zatrzymaj się.

Nie zareagował.

– Zatrzymaj się! – krzyknęła.

Zjechał na pobocze. Monika otworzyła drzwi.

– Pójdę z tobą.

– Nie! Szukaj jej w mieście.

– Weź chociaż moją kurtkę.

W pierwszym odruchu chciała powiedzieć, że nie potrzebuje, ale stanęła jej przed oczyma córka wybiegająca z domu w cienkiej bluzie.

– Dziękuję.

Znów biegła, chociaż paliło ją w płucach. To była droga, którą kiedyś przemierzała z córką, sporo przedtem zanim zaszła w ciążę z Karolinką. Jeśli Asia szukała namiastki schronienia przed innymi, poszła tędy.

Dziewczynka była tam. Siedziała na ziemi, z twarzą ukrytą w kolanach.

– Asia!

Córka podniosła głowę. Jej policzki były w plamach.

– Mama – powiedziała cicho.

Monika zarzuciła na nią kurtkę Brykieta.

– Nałóż to. Trzęsiesz się cała.

Asia posłusznie wsunęła ręce w rękawy. Monika usiadła obok i tuliła ją do siebie.

– Jesteś. Bogu dzięki, jesteś. Musimy wracać do domu. Musisz napić się gorącej herbaty.

Córka jednak nie wstawała. Monika również nie miała siły, a przecież trzeba było iść, bo dziecko mogło się rozchorować.

– Słyszałam, co mówiłyście z ciocią.

– Wiem. Przepraszam.

– Tata nie żyje, mamo?

Co miała odpowiedzieć? Co byłoby najlepsze?

– Myślę, że nie żyje – odpowiedziała ostrożnie.

Dziewczynka zaczęła głośno szlochać.

– Tęsknisz za nim? – zapytała Monika.

– Czasami. Ale…

Łkania przeszkodziły jej mówić. Monika wbiła wzrok w żywopłot. Asia podążyła za jej wzrokiem.

– Mamusiu, możemy wejść do tego domku?

– Już nie jest nasz – szepnęła Monika.

Siostra Gabriela

– Proszę – usłyszała i pchnęła drzwi.

Przełożona siedziała z rozłożoną książką przy malutkim stoliku. Siostra Gabriela miała wrażenie, że to nie Biblia.

– Dobrze się czujesz? – Przełożona obrzuciła drugą zakonnicę zatroskanym spojrzeniem – Jesteś bardzo blada.

– Nie – szepnęła siostra Gabriela.

Znów zaczęła się trząść. Musi się opanować i mówić logicznie, inaczej przełożona nie wyrazi zgody.

– Spokojnie, dziecko. Co się stało?

Przynajmniej jedna osoba mówiła tu do niej „dziecko". Przełożona nie była dużo starsza; może dziesięć, może piętnaście lat, ale w jakiś sposób przypominała siostrze Gabrieli jej własną matkę.

– Dostałam mail z Polski.

– Złe wieści? – przełożona zapytała jak wcześniej siostra Nicole.

– Matko, mogę usiąść?

– Oczywiście, dziecko. Usiądź obok mnie.

Siostra Gabriela usiadła na twardej pryczy, a przełożona ujęła obiema dłońmi jej rękę.

– Matko, ja muszę tam pojechać.

– Dokąd chcesz jechać?

– Do Polski.

– Wiesz, że wyjechały dwie siostry i wracają dopiero za dwa tygodnie. Potrzebujemy cię tutaj. Szczególnie teraz, gdy szkoła już działa.

– Wiem, matko, ale…

Urwała. Za moment rozklei się tak, że nie powie słowa. Do przełożonej zwracało się „matko" i rzeczywiście miała coś z matki siostry Gabrieli, ale nie lubiła mazgajstwa, szczególnie wśród sióstr swojego zgromadzenia. Tu, na misji, wszystkie powinny być silne. Do słabości mieli prawo tubylcy. One przybyły z Dobrą Nowiną, niosły wiarę, nadzieję i miłość, a własne problemy chowały głęboko. Zresztą nie miały problemów, prawda? Już nie należały do siebie, tylko do Chrystusa i do ludzi, którym służyły.

– Powiedz mi, co się stało – powiedziała przełożona nieoczekiwanie łagodnym tonem.

Siostra Gabriela wzięła głęboki wdech i streściła treść maila od Elwiry. Później opowiedziała całą resztę. Przełożona milczała.

– Matko… matko… mogę jechać?

Siostra Gabriela osunęła się na kolana.

– Posłuchaj…

– Błagam… błagam.

– Nie wiedziałam. Nie wiedziałam tego wszystkiego.

– Wiem. Przebacz, matko, że nie mówiłam. Ja… – zatchnęła się – po prostu uważałam, że tutaj jest moje życie. Chciałam tamto wszystko zostawić za sobą.

– Pewnych rzeczy nie możemy za sobą zostawić. One zawsze w nas będą.

– Matko, mogę tam pojechać?

– Tak. Wydam ci zgodę.

Siostra Gabriela nie próbowała już panować nad szlochem. Przełożona podniosła ją z podłogi i ponownie posadziła obok siebie. Otoczyła młodszą zakonnicę ramionami i płakały razem.

Wcześniej żadna z sióstr nie widziała łez tej kobiety, którą nazywały matką.

Monika

Asia wstała.

– Teraz tobie zimno, mamusiu. Chodźmy.

Sama nadal się trzęsła, ale myślała o matce. Empatyczna i dojrzała ponad wiek. Monika również się podniosła i uśmiechnęła do córki.

– Nagrzejemy porządnie w samochodzie, a w domu wypijemy gorącą czekoladę. Co ty na to?

– Tak!

Na wzmiankę o czekoladzie w oczach dziewczynki na moment pojawił się blask. Miała w sobie jednak trochę dziecka.

Schodziły w milczeniu. Monika mocno trzymała rękę córki.

* * *

To było małe rodzinne przyjęcie z okazji jej urodzin. Monika niedawno zaszła w ciążę i stale czuła się zmęczona. Wystarczyli jej mąż, córka, rodzice i siostra, ale z imprezy by nie zrezygnowała. Zdmuchnęła świeczkę z ekscytacją kilkuletniego dziecka. Zgromadzeni bili brawo, jakby chcieli sprawić radość rozpuszczonej dziewczynce. W gruncie rzeczy taka była. Sama miała córkę, w środku rozwijał się kolejny potomek, a ona w pewien sposób pozostała pięcioletnią Moniką. Chyba o to chodziło, prawda? Inaczej sama zauważyłaby, co się dzieje. Dorosła kobieta o mentalności pięciolatki.

Rodzice pojechali do domu po kolacji, siostra zdecydowała się zostać na noc. Monika z Mariuszem wstawiali naczynia do zmywarki, a ciotka czytała Asi na dobranoc. Gdy zeszła do kuchni, było już po jedenastej.

– Chyba pójdziemy już spać, co? – zaproponował Mariusz z uśmiechem.

Monika spojrzała na siostrę, która wzruszyła ramionami.

– Ja jeszcze zaparzę sobie rumianku, jeśli nie macie nic przeciwko temu.

– Sama chętnie się napiję – powiedziała Monika.

– To ja was zostawię.

Mariusz pocałował żonę w usta, pomachał szwagierce i poszedł.

– Co się dzieje z Asią?

Monika spojrzała zdziwiona na siostrę.

– Jak to?

– Nie mów mi, że nie zauważyłaś. – W ton siostry wkradła się twardość, której Monika nie słyszała od ostatniego wieczoru przed ślubem.

Nagle zaschło jej w gardle.

– Czego nie zauważyłam?

– Przecież Asia zawsze była takim żywym dzieckiem, a teraz, tylko spójrz na nią! Chyba wiesz, że tak wygląda depresja. Uśmiecha się, bo tak wypada. Kiedyś śmiałaby się i skakała, gdy zgasiłaś świeczkę. Teraz ledwie złożyła rączki, żeby bić brawo.

Gdy siostra o tym mówiła, Monika zdała sobie sprawę, że rzeczywiście Asia od jakiegoś czasu była inna. Kiedy się zmieniła? Chyba zaczęło się, zanim Monika zaszła w ciążę? Czy zmiana była nagła, czy też następowała stopniowo?

– Tak – powiedziała powoli. – Masz rację.

– Wiesz, czego się boję?

Monika zesztywniała. Nie chciała tego słyszeć, ale tym razem nie schowa głowy w piasek. Tym razem chodziło o jej dziecko.

– Czego?

– Wiesz – zawyrokowała siostra ostrym tonem. – Myślę, że on ją krzywdzi.

– Nie – zaprotestowała Monika słabo.

– Nie? Znów masz zamiar zaprzeczać rzeczywistości? Ona wygląda i zachowuje się jak ja kiedyś. Wtedy wolałaś nazwać mnie oszustką.

– Przepraszam.

– To już przeszłość. Teraz musisz chronić własne dziecko.

Monika zagryzła wargi. Boże. Przecież wiedziała.

Obudziła się kiedyś w środku nocy, a Mariusza nie było w łóżku. Sądziła, że jest w łazience. Sama potrzebowała skorzystać z toalety, więc wstała, żeby go pospieszyć. Drzwi do łazienki stały otwarte, światło się nie paliło, pomieszczenie było puste. Wyszła na korytarz. Zamierzała zajrzeć do Asi, ale Mariusz wyszedł z pokoju córki.

– Śpi – powiedział cicho. – Właśnie sprawdzałem.

Wróciła z nim do sypialni. Bała się. Tak cholernie się bała, ale nie sformułowała myśli. Oszukiwała się. Do tej chwili.

– Będę ją chronić – obiecała.

– Wiesz co? – powiedziała siostra, przyglądając się twarzy Moniki. – Zacznę pracować w jego szkole.

Po tamtym wieczorze, chociaż pilnowała się, żeby nie zasnąć przed Mariuszem, chociaż obserwowała jego ruchy, Asia pozostawała apatyczna. Monika budziła się w nocy, a Mariusz spał po swojej stronie. A jednak tydzień przed zaginięciem, gdy Monika w panice otworzyła oczy, jego połowa łóżka była pusta. Komórka pokazywała trzecią dwadzieścia dziewięć. Monika wstała i od razu skierowała się do pokoju córki. Mariusz zamykał drzwi od zewnątrz. Zapaliła światło.

– Co tam robiłeś?

– O co ci właściwie chodzi? Sprawdzałem, czy moja córka śpi.

– Nie wierzę ci!

Położyła rękę na klamce, ale on siłą odciągnął ją od drzwi.

– Co ty, kurwa, robisz?! Chcesz ją wystraszyć? Wyglądasz jak wariatka.

Próbowała go odepchnąć, ale on zacisnął mocniej palce na jej ramieniu.

– Zostaw mnie! – syknęła. – Chcę tam wejść.

– O nie! Nie w tym stanie.

Usiłowała walczyć, ale on wepchnął ją do sypialni, odwrócił na brzuch i wcisnął się w nią. Poruszał się szybko, dysząc jej do ucha. Nie krzyczała, bojąc się, że obudzi dzieci.

– Było całkiem nieźle – powiedział i zsunął się na swoją połowę.

Klepnął ją w pośladki i już po chwili chrapał. Monika wstała, dopiero gdy Karolinka zaczęła płakać.

***

Ścisnęła dłoń córki i spojrzała na jej twarz. Asia stanęła.

– Mamusiu, muszę ci to powiedzieć.

Monika przyciągnęła ją do siebie.

– Powiedz.

– Tata i ja robiliśmy różne rzeczy. Przepraszam.

– Kochanie, co ty mówisz? Za co mnie przepraszasz? To ja…

– Ja naprawdę nie chciałam – załkała Asia. – Ale to robiłam. On mówił, że to przeze mnie, a ty nie możesz się dowiedzieć, bo byś mnie znienawidziła. I jego. Tylko za to, że się kochamy. Ja nie chciałam. Naprawdę!

– Kochanie. Nie ma w tym żadnej twojej winy. Wina jest jego. I moja, że cię nie uchroniłam. Ale jego już nie ma. Nie ma. Nie ma.

Marta

Kinga poszła dziś do szkoły, a ja miałam lekcje w domu. Polski z ciocią Elą, matematykę z panem Krzysztofem, historię z panią Emilką i angielski z panią Agnieszką. Wszyscy nauczyciele są bardzo mili, ale zajęcia sprawiłyby mi większą przyjemność, gdybym nawet w trakcie nie myślała o mamie. Bałam się o nią i to małe dziecko, które ma w sobie. Moją siostrę lub brata. Kinga powiedziała mi przy obiedzie, że też cały czas się bała. Ścisnęłam tylko jej rękę. Później razem się pomodliłyśmy.

Siedzimy teraz w szpitalu przy łóżku mamy. Wygląda pięknie. Jak wcześniej. Wydaje się nawet bardziej zrelaksowana.

– Kiedy wrócisz do domu? – pyta Kinga.

Mama gładzi ją po głowie.

– Pewnie niedługo. Muszę trochę odpocząć, ale lekarze zrobili wszystkie badania i ze mną i dzieckiem jest w porządku. Jak myślicie: to będzie chłopiec czy dziewczynka?

– Dziewczynka! – wypala Kinga. – Będę dla niej taka dobra jak Marta dla mnie.

Czuję dławienie w gardle.

– Jasne – mówi mama. – Na pewno będziesz. Obie jesteście wspaniałe. No to, jeśli to dziewczynka, jak byś ją nazwała?

Kinga się waha.

– Agnieszka? – Spogląda na mnie. – Podoba ci się?

– To bardzo ładne imię.

– Zgadzam się. – Mama się śmieje. – Bardzo ładne. –
A jeśli jednak będzie chłopiec?

– To niech Marta zdecyduje.

Próbuję przypomnieć sobie jakieś męskie imię.

– Może Mateusz?

Czytałam wczoraj Ewangelię według Świętego Mateusza.

– Znałam kiedyś Mateusza. To był fajny facet.

– To był twój chłopak? – domyśla się Kinga.

– Tak. – Uśmiecha się z rozmarzeniem. – W pewnym
sensie.

– Ech – wtrąca ciocia Ela. – Pewnie jakiś wielbiciel. –
Wasza matka zawsze miała wielbicieli na pęczki.

Mama patrzy na nią z udawanym oburzeniem.

– Co ty gadasz? A ty to nie?

– No nie! Na pewno nie tylu.

Śmiejemy się wszystkie.

– Dobra, panny – mówi ciocia. – Musimy się zbierać,
żeby Marta zdążyła na terapię.

W oczach pani Anny znów jest ciepło. Cieszę się, że to
ona jest moją terapeutką.

– Wyzdrowiałaś już? Właściwie zaczęłaś chorować tutaj.

– Tak, wyzdrowiałam. Nie zaraziłam pani?

Psychoterapeutka się śmieje.

– Nie. Ja mam końskie zdrowie. – Poważnieje. – Opowiesz mi, co się działo, od kiedy byłaś tu ostatni raz?

Działo się tyle, że nie wiem, od czego zacząć. Po kolei,
podpowiada jakiś głos w głowie.

– Widziałam Mistrza.

W oczach pani Anny nie ma szoku. Przyjmuje moją rewelację, jakby było to coś najzwyklejszego na świecie. Może mama już jej powiedziała.

– Opowiedz o tym.

Opowiadam.

– I zniknął między domami – kończę. – Dotykał Kingi – dodaję i zaczynam się trząść.

– Boisz się o nią.

To nie brzmi jak pytanie, ale potwierdzam.

– Tak. Boję się.

Pani Ania spuszcza wzrok na notatki.

– Twoja mama powiedziała, że poszłyście na policję.

Zatem miałam rację. Mama już z nią o tym rozmawiała.

– Tak. Kinga zrobiła jego portret. Wyszedł bardzo podobny. I nic.

Pani Ania przez chwilę rozważa moje słowa.

– Jak się z tym czujesz?

– Źle. Boję się, ale…

Urywam.

– Ale co?

– Wie pani, że mama jest w szpitalu?

– Tak. Dzwoniła do mnie.

– Powiedziała, że jest w ciąży?

– Powiedziała – odpowiada terapeutka spokojnie.

– Zemdlała – mówię jakby do siebie. – Bardzo się bałyśmy, że coś się stanie z nią albo z dzieckiem. Ale jest dobrze.

Pani Anna kiwa głową, nie odrywając ode mnie spojrzenia.

– To dobrze.

– Ja nie wiem… ja i Kinga nie wiemy, kto jest tatą tego dziecka.

– Uważasz, że powinnyście wiedzieć?

– My może nie, ale to dziecko tak. Każdy powinien wiedzieć, kto jest jego mamą i tatą.

– A może czasem lepiej nie? – sugeruje terapeutka.

Rozważam jej słowa.

– Kiedy?

– Ty powiedz.

Kiedy wiesz, że ojciec cię sprzedał. Wtedy wolałabyś nigdy tego ojca nie poznać. Nie powiem tego. Poza tym nie wiem, że ojciec mnie sprzedał. Znam tylko manipulacje Mistrza.

– Kiedy ojciec jest zły. Jeśli się nie wie, zawsze można wyobrazić sobie dobrego.

Pani Anna nie odpowiada i mam wrażenie, że mnie przejrzała. A może chodzi o coś zupełnie innego? Nie czuję się komfortowo i postanawiam zmienić temat.

– Wybierałyśmy dziś w szpitalu imiona dla dziecka. Kinga powiedziała, że to dziewczynka i chce, żeby miała na imię Agnieszka. Ja wybrałam imię dla chłopca.

– Jakie?

– Mateusz. Chciałabym, żeby to był chłopiec.

– Dlaczego?

– Mistrz nie weźmie chłopca. On lubi dziewczynki.

Po raz pierwszy w oczach pani Ani pojawia się przerażenie. Szybko odwraca wzrok.

– Ma pani dzieci?

– Tak. Córeczkę. Ma dwa lata. – Przepędza jakąś myśl i się uśmiecha. – Dlaczego chciałaś, żeby chłopiec miał na imię Mateusz?

– Czytałam wczoraj Biblię. Ewangelię według Świętego Mateusza. – Nabieram oddechu i pytam: – Uważa pani, że jestem dziwna? To znaczy – poprawiam się – wiem, że jestem dziwna, ale czy dziwne jest czytanie Biblii?

– Nie. W nowoczesnym świecie ludzie wolą oglądać filmy akcji niż czytać Biblię. Ale ja sama czytuję. – Robi krótką pauzę i dodaje: – Wierzę w Boga. A dlaczego pytasz?

– Moja ciocia patrzyła na mnie jak na dziwoląga, gdy zobaczyła, co czytam.

– Może z nią o tym porozmawiaj – proponuje pani Anna.

– Może – przytakuję bez entuzjazmu. Znów postanawiam zmienić temat. – Mama powiedziała, że znała kiedyś Mateusza i że to był fajny facet.

– Powiedziała, kim był?

– Kimś w rodzaju jej chłopaka. – Nagle olśniewa mnie jakaś myśl. – A może to ojciec tego dziecka.

Elwira

Pierwszy dzień szkoły prawie minął. Uczniowie już nie dzielą się ze mną teoriami. Przypuszczam, że moje aresztowanie jest wiedzą publiczną, więc wolą zakładać się między sobą: zabiłam dyrektora czy nie? Czuję ciężar spojrzeń, słyszę szepty, które milkną, gdy zwracam wzrok w ich stronę. Julia się do mnie uśmiechnęła, ale wyraźnie mnie unika. Ciekawe, czy boi się powiązań z główną podejrzaną, czy też uważa, że powiedziała mi ostatnio za dużo. Albo wstydzi się, że mi nakłamała. Nie potrafię już jej ufać. Szukałam Aliny, ale jej nie ma. Sprawdziłam na planie i zostawiłam swoją klasę, prosząc ich o przeczytanie tekstu. Idę na salę gimnastyczną, gdzie Alina ma wyznaczone zajęcia z drugą B. Uczniowie grają w siatkówkę z innym nauczycielem. To dużo od nas starszy wuefista. Nigdy nie rozmawiałam z nim sam na sam. W pokoju nauczycielskim też rzadko bywa.

– Dzień dobry – rzucam.

Wuefista odwraca się w moją stronę i się uśmiecha.

– Dzień dobry! – mówi z życzliwością, której się nie spodziewałam. – Pograjcie chwilę sami.

Podchodzi do mnie z uśmiechem, który prawie bezwiednie odwzajemniam.

– Ma pan zastępstwo z klasą Aliny? Nie ma jej dzisiaj?

Wuefista nie przestaje się uśmiechać.

– Chyba nie. W każdym razie dyrektorka prosiła mnie o zastępstwo teraz.

– Nie wie pan, dlaczego jej nie ma? – pytam jak głupia. Przecież przed chwilą powiedział „chyba". Nie ma pojęcia, co się z nią dzieje.

– Nie mam pojęcia – powtarza to, co pomyślałam.

Nie przestaje się uśmiechać. Naprawdę jest bardzo miły.

– Dziękuję – szepczę. – Przepraszam.

Odchodzę, ale słyszę miękki głos:

– Hej. – Odwracam się. Jego twarz dla odmiany wyraża troskę. – Wszystko w porządku?

Zmuszam się do uniesienia kącików ust.

– Tak.

Szybkim krokiem opuszczam salę gimnastyczną.

Złe przeczucia wróciły. Przez sylwestra i Nowy Rok skupiłam się bardziej na Maćku, lęk o byłą kochankę Sułeckiego rozwiał się w atmosferze nagle odzyskanego bezpieczeństwa, ale powrót do pracy uświadomił mi, że tamto świąteczne poczucie było złudzeniem. Zatrzymuję się przed swoją klasą i kładę rękę na klamce. Nie. Nie mogę tak po prostu wejść tam i prowadzić lekcję jak gdyby nigdy nic. Wyciągam telefon z kieszeni dżinsów i próbuję połączyć się z Aliną. Komunikat jest ten sam co poprzednio. Idę do gabinetu Sułeckiego. Wcześniej Aneta Nowak urzędowała gdzie indziej, teraz przeniosła się tutaj. Nie znam jej motywacji, może to ma zapewnić uczniom i nauczycielom poczucie bezpieczeństwa. Patrzcie, ktoś nad wami czuwa. Jeśli tak, zapomniała widocznie, że jej pokój stoi pusty.

– Dzień dobry – zwracam się niepewnie do sekretarki. – Czy pani dyrektor jest w środku?

– Dzień dobry – odpowiada nieco wyniośle. – Pani w jakiej sprawie?

– Ja… – Nagle ogarnia mnie gniew. Dlaczego muszę jej się spowiadać? Pełni rolę cerbera, ale chyba przegina. – W osobistej.

Mierzymy się spojrzeniami. Pani Marysia ani myśli się poddać.

– A nie powinna pani teraz być na lekcji?

Wzdycham demonstracyjnie.

– Czy może pani zapytać, czy pani dyrektor mnie przyjmie?

– Zapytam.

Idzie do gabinetu i wraca po kilku sekundach.

– Pani dyrektor czeka na panią.

Gdybym miała siłę, spojrzałabym na nią z triumfem. Zapewne i tak nic by to nie dało, bo sekretarka wbiła już wzrok w ekran komputera.

– Dzień dobry, pani dyrektor.

Pozdrawiałyśmy się już wcześniej i zapewne dlatego wicedyrektorka pyta od razu:

– Co się stało?

– Chciałabym się dowiedzieć, dlaczego Aliny nie ma dzisiaj w szkole.

– Słucham?

– Martwię się o Alinę Chojecką, wuefistkę.

Aneta Nowak marszczy brwi.

– Z jakiegoś konkretnego powodu?

Chociaż nie poprosiła mnie, żebym usiadła, osuwam się na fotel naprzeciwko.

– Od kilku dni nie odpowiada na moje telefony i esemesy.

Wicedyrektorka unosi brwi.

– Nie wiedziałam, że się przyjaźnicie.

Nie sądzę, że musi coś wiedzieć o przyjaźni między nauczycielami, ale odpowiadam.

– Niedawno stałyśmy się sobie bliskie.

– I martwi się pani o nią?

– Tak.

– Alina Chojecka jest na zwolnieniu lekarskim. Ma grypę.

To powinno przeciąć moje obawy. Jest chora, więc nie chce, żeby ktoś zawracał jej głowę.

– Pani z nią rozmawiała? Sama zadzwoniła?

Jestem przekonana, że wicedyrektorce nie podobają się moje pytania.

– Tak – odpowiada krótko. Ponieważ nadal siedzę i patrzę na nią, dodaje: – Coś jeszcze?

– Nie. – Wstaję. – Dziękuję bardzo, pani dyrektor.

Kładę już rękę na klamce, gdy dociera do mnie, że to wszystko może być bujda.

– Czy mogłabym… czy udostępniłaby mi pani adres Aliny? Chciałabym ją odwiedzić.

– Chyba pani żartuje. – Głos Anety Nowak jest ostrzejszy niż kiedykolwiek przedtem. – Nie udostępniam nikomu danych nauczycieli.

– Ale… – zaczynam, lecz ona mi przerywa:

– Proszę wracać na lekcję.

Gdy wychodzę ze szkoły, czuję się tak zmęczona, jakbym przed chwilą wdrapała się na szczyt stromej góry w deszczu i przy wietrze wiejącym w twarz, ale brak towarzyszącej temu satysfakcji. Niczego nie zdobyłam. Niczego nie pokonałam. Chciałabym już tylko zamknąć oczy i odgrodzić się od wszystkiego. Od świata i od siebie. Może przede wszystkim od siebie.

– Elwira.

Z samochodu po przeciwnej stronie ktoś macha. Słoneczny. Uśmiecham się z wdzięcznością. Teraz sama myśl o dojściu na piechotę do domu sprawiała, że czułam się jeszcze gorzej.

– Dziękuję, że pan podjechał – mówię, wsiadając.

– Żaden problem. Chciałbym ci coś pokazać w twoim domku na zboczu.

Rusza. Przez chwilę nie mogę wydobyć głosu.

– Teraz?

– Tak, teraz. Jeśli wolisz, możemy wpaść po twojego przyjaciela.

– Po Maćka?

– No tak. Po Maćka. Chcesz, żeby z nami jechał, czy wolisz zobaczyć to bez niego?

– Co zobaczyć?

Kręci głową.

– Po prostu musisz to zobaczyć.

Sztywnieję, lecz po chwili się rozluźniam.

– Weźmy tam Maćka. On wszystko wie.

– Jesteś pewna?

– Najzupełniej.

– Nie pytam, czy wszystko wie. Pytam, czy chcesz go nadal wprowadzać we wszystkie elementy śledztwa.

Nawet jeśli miałoby doprowadzić do ciebie? Czy o to chodzi Słonecznemu?

– Tak – odpowiadam, chociaż w tej chwili nie jestem pewna nawet tego, kim jestem.

Ha, ha. Zabawne, ale nie podzielę się dowcipem z panem Piotrem.

– Zadzwoń i powiedz, żeby zszedł na dół.

W chatce panuje przenikliwe zimno. Mam wrażenie, że temperatura jest nawet niższa niż na dworze. Słoneczny się rozgląda.

– Masz tu jakiś grzejnik?

– Tak.

– Włącz go, bo zamarzniemy Gdybyśmy zaczęli palić w kominku, zajęłoby to mnóstwo czasu.

Posłusznie wyjmuję grzejnik i podłączam do prądu. Ustawiam go jak najbliżej kanapy i opadam na nią. Obok siada Maciek. Jestem świadoma, że nasze ramiona stykają się ze sobą. Zapala się we mnie pragnienie, żeby mnie przytulił. Może wtedy przestałyby mi latać szczęki. Odganiam tę myśl. Promieniowanie podczerwone sprawia, że i tak jest cieplej.

– Dobrze. – Pan Piotr kiwa głową z aprobatą. – Te grzejniki są skuteczne. Pogrzejcie się chwilę, ja muszę iść za domek.

Nie po to przyjechaliśmy, żeby sprawdzać skuteczność grzejnika, a tym bardziej nie po to, żeby detektyw robił sobie spacery.

– Panie Piotrze! – protestuję.

Posyła mi uśmiech.

– Nie bój się, zaraz do was dołączę.

I wychodzi. Odsuwam się lekko od Maćka i zwracam twarz w jego stronę.

– Rozumiesz coś z tego?

– Oczywiście, że nie. On dzieli się szczegółami śledztwa z klientami, a ja po prostu się załapałem. Ale może…

Urywa, wbijając wzrok w ścianę, zza której dochodzi delikatny dźwięk, a potem rozsuwa się regał i detektyw jakby nigdy nic wchodzi do pokoju.

Zapewne mamy dość głupie miny, ale Słoneczny się nie śmieje.

– Nie wymieniłaś kluczy do komórki?

Kulę się.

– Nie. Nie myślałam. Byłam…

– A więc jeśli trup był tu rzeczywiście – przerywa mi pan Piotr, zanim zdążę wyartykułować, że jestem idiotką – jest możliwe, że dostał się tu i został wyciągnięty tędy.

Wychodzę do komórki między rozsuniętymi regałami. Szafki, które stały przy ścianie, są poprzesuwane na środek. Dlaczego nawet nie pomyślałam, że o to chodzi?

– Jak pan do tego doszedł?

W głosie Maćka brzmi podziw. No tak, ta scena pasowałaby do którejś z książek Agathy Christie. Detektyw Poirot pyszni się przed zebranymi własną genialnością. Słoneczny się uśmiecha. Zapewne tak jak bohater królowej kryminałów lubi być doceniany.

– To stary dom – mówi. – Elwira uważa go za letniskowy, ale sprawdziłem historię. Jak większość domów na tym zboczu, został zbudowany przed drugą wojną światową. Należał do rodziny matki byłej właścicielki. Nazywali się Antolak i zostali odznaczeni medalem Sprawiedliwy wśród Narodów Świata.

– Ukrywali tu Żydów?

– Owszem. Matkę z dwójką dzieci. To był dom Antolaków, nie mieli innego, a więc z pewnością odwiedzali ich sąsiedzi. To pomieszczenie oddali żydowskiej rodzinie.

– Komórkę – precyzuję.

– Komórkę – potakuje Słoneczny. – Przypuszczam, że ta kobieta i jej dzieci czasami przechodziły do głównego domu. W końcu ściana jest rozsuwana.

Maciek przygląda się wspomnianej ścianie.

– To właściwie nie ściana. Raczej przesuwne drzwi.

– Tak. Roman Antolak był stolarzem.

– I zrobił je sam?

Słoneczny wzrusza ramionami.

– Nie mam pojęcia. Przypuszczam jednak, że wyburzył kawałek ściany i wstawił te drzwi.

Ładna historia. Szkoda, że Paulina Ciesielska nie chciała się nią pochwalić.

– Właścicielka nie wspomniała mi o tym – mówię jakby tonem skargi.

– Rozumiem.

Pan Piotr brzmi łagodnie. Nadal jestem dla niego małą niezbyt rozgarniętą dziewczynką. Sama użyłabym dużo silniejszych określeń.

– Nawet kiedy dzwoniłam i pytałam, czy można dostać się do domku inaczej niż przez drzwi – dodaję i pogrążam się, również we własnych oczach. Może szczególnie we własnych. – Myśli pan, że ona go zabiła?

– Nie wiem jeszcze, kto go zabił i czy rzeczywiście nie żyje, ale mam pewne podejrzenia.

Myśli latają, rozbijają się jedna o drugą.

– Mówiła, że ma tu siostrzenicę. Wie pan, kto nią jest? Dowiedział się już pan?

– Tak. To Monika Sułecka.

– Żona dyrektora. – Patrzę w osłupieniu na detektywa. Monika ma dwie córki, jedną w wieku, który wydaje się ulubionym dla tego skurwysyna. To też nasuwa się samo. Dlaczego o tym nie pomyślałam? – To ona. Ona go zabiła, bo molestował ich córkę. – Rozkręcam się coraz bardziej. – Widziałam to dziecko. Nie pomyślałam. Kurczę, nie pomyślałam!

Maciek kładzie mi rękę na ramieniu. Lubię jego dotyk.

– Spokojnie – tonuje mnie Słoneczny. – Dowiemy się.

– I chciała zrzucić winę na mnie. Wiedziała, że kupiłam ten dom. Wiedziała o nowym romansie.

– Niby skąd? – pyta Maciek.

– No jak to? Z telefonu męża. Dlatego wykasowała korespondencję z Aliną.

Milknę, bo znów czuję ukłucie niepokoju o wuefistkę.

– Spokojnie – powtarza Słoneczny. – Dowiemy się.

Ja jednak ponownie się gorączkuję. To takie niesprawiedliwe. Rozumiem, że chciała się pozbyć gnidy, ale dlaczego obciążała mnie? Z zazdrości? Dobrze przynajmniej, że jej siostra dała mi alibi.

– Może zrobiła to w duecie z siostrą – snuję kolejną teorię. – Całe szczęście, że tamta miała elementarną uczciwość i uwolniła mnie z zarzutów. – Dociera do mnie, że nie znam tożsamości tej osoby. – A kto jest jej siostrą?

– Jeszcze nie wiem. Sprawdzają to dla mnie. Poczekaj i sformułujesz oskarżenia, gdy dowiemy się trochę więcej.

– A w ogóle – mówi Maciek, ściskając lekko palce na moim ramieniu – wracajmy do ciebie. Zrobiliśmy z panem Piotrem obiad.

Patrzę w jego oczy i trochę kręci mi się w głowie. Tak, jestem głodna.

Maciek pomaga mi zdjąć płaszcz. Patrzę na niego z wdzięcznością. Słoneczny nakrywa stół. W pomieszczeniu unosi się zapach domowego gotowania. Po raz pierwszy odkąd tu mieszkam, mam wrażenie, że wróciłam do domu.

– Niesamowicie pachnie.

Maćka już jutro nie będzie. Odganiam niechcianą myśl, myję ręce i siadam przy stole.

– Zejdę po wino – mówi Słoneczny.

– Mamy jeszcze butelkę czerwonego – protestuję.

– Pan Piotr twierdzi, że do tej potrawy konieczne jest białe.

– To prawda. – Detektyw kiwa głową. – Konieczne.

Nie mam ochoty na alkohol, ale skoro się upierają, niech będzie.

– Niech pan zaraz wróci, bo umieram z głodu.

Mierzy mnie spojrzeniem, potem jego wzrok prześlizguje się na Maćka. Czuję, że policzki pokrywa mi szkarłatny rumieniec.

– Dobrze. Będę za kilka minut.

Gdy Słoneczny wychodzi, Maciek wstaje. Ja też. Chcę znaleźć się tuż przy nim, dotknąć go, tak bardzo, że to pragnienie aż boli. Powinnam zostać na miejscu, odwrócić się albo powiedzieć jakiś dowcip. Tymczasem daję krok w jego stronę. Jak ćma idąca do ognia. Maciek odgarnia mi włosy i wsuwa za uszy. Iskierki jak prąd elektryczny przeskakują po ciele. Unoszę twarz, usta Maćka są niebezpiecznie blisko moich i wiem, że to się stanie. Początkowo pocałunek jest delikatny, jakby wargi muskało skrzydło motyla, stopniowo staje się śmiały, namiętny. Już nie pamiętam, dlaczego uznałam, że to będzie złe. Zatapiam się w teraźniejszości. Maciek przyciąga mnie mocniej.

– Nie wyjadę dzisiaj – mówi, odrywając usta od moich. – Wezmę więcej wolnego.

Nie wyjeżdżaj. Zostań ze mną. Prawie to mówię, gdy przychodzi pamięć. Gdy zrobiłam to pierwszy raz, gdy sprowokowałam pocałunek po jakiejś imprezie, czułam, jakby wyrosły mi skrzydła. Nie miałam pojęcia, że właśnie znalazłam się na równi pochyłej. Co gorsza, ciągnęłam Maćka za sobą. Odsuwam się.

– To nie jest najlepszy pomysł.

Widzę ból w jego oczach i serce pęka mi na pół. Jestem idiotką pod każdym względem, nawet słownictwa używanego w myślach.

– Ale jeszcze mnie kiedyś pocałujesz, co? – pyta prowokacyjnym tonem małego dziecka.

Łagodny sarkazm wyciąga mnie na powierzchnię. Nie zatonę.

– Jeśli nie będziesz się bronił.

Stawiam na stole kieliszki. Muszę zająć czymś ręce.

– No wiesz, trochę muszę, żebyś nie pomyślała, że jestem łatwy.

Słoneczny wraca i rozlewa wino. Zaczynam jeść, jakbym głodowała od wieków.

– Świetnie gotujecie – chwalę i pociągam łyk.

Jem szybko, piję szybko. Maciek ledwie moczy usta, bo za kilka godzin wyjeżdża.

Monika

Telefon zaczął dzwonić, gdy Asia była już w łóżku. Monika spojrzała na wyświetlacz i ucieszyła się, że siostra wróciła do siebie. Wolała rozmawiać z Brykietem bez jej oceniającego spojrzenia.

– Halo.

Głos Moniki był chłodny. Brykiet powinien spodziewać się chłodu. Gdy przyprowadziła Asię do domu, poprosiła go, żeby nie przyjeżdżał i nie dzwonił, chyba że miałby informacje ze śledztwa. Wyjaśniła, że potrzebuje czasu. Powiedział, że rozumie i żeby dała znak, jeśli uzna, że lepiej czułaby się w jego towarzystwie. No i proszę, długo nie wytrzymał. A może miał wiadomości. Żołądek zawiązał się jej na supeł.

– Znaleźli go.

Miał wiadomości. Serce podeszło do gardła.

– Mariusza?

– Jego ciało. Przynajmniej przypuszczamy, że to jego ciało. W kieszeni kurtki miał dokumenty.

Fala mdłości podeszła do gardła. Monika przełknęła z trudem.

– Gdzie?

– W Wiśle. Już za Krakowem.

– Czy… – Mdłości były teraz silniejsze, ale znów je powstrzymała. – Czy muszę go zidentyfikować?

– Możemy pojechać tam jutro razem. Podjechałbym po ciebie około dziewiątej.

– Dobrze.

Zapadła cisza. Monika wsłuchiwała się w oddech policjanta, który nie wiadomo dlaczego dodawał jej pewności siebie.

– Jak się z tym czujesz? – zapytał w końcu.

Poczuła, że zaraz zwymiotuje.

– Źle. Może on nie był idealny, ale to mój mąż. Spędziłam z nim kawał życia. Wiadomość, że znalazł się w rzece... jego ciało...

Nie dała rady mówić.

– Przyjadę teraz.

Nie zaprotestowała. Potrzebowała obecności mężczyzny. Siostra i tak się nie dowie, a jeśli nawet, pieprzyć to.

– Bądź za godzinę.

Rozłączyła się, bo przestała panować nad żołądkiem. W ostatniej chwili dobiegła do łazienki. Wymiotowała długo. Gdy torsje ustały, spuściła wodę, rozpyliła odświeżacz powietrza i wyszorowała zęby. Jeszcze w łazience wybrała numer siostry.

– Znaleźli go w Wiśle za Krakowem – powiedziała bez wstępów. – Jutro jadę go zidentyfikować. Posiedzisz z Karolinką? Opiekunka przychodzi o czternastej. Gdyby mnie do tej pory nie było, będziesz mogła odebrać Asię ze szkoły?

Wyrzucała prośby na wdechu i głos drżał jej coraz bardziej.

– Płaczesz? – usłyszała wreszcie. Nie odpowiedziała. Włożyła pięść do ust, żeby zablokować łkanie, tak bardzo nie na miejscu. – Przyjadę, oczywiście. Asię też oczywiście odbiorę.

Opanowała się na tyle, żeby szepnąć:

– Dziękuję.

Rozłączyła się i wystukała esemes.

Bądź przed dziewiątą.

Odpowiedź siostry przyszła po kilku minutach.

Będę.

Jeszcze tylko rodzice. Mogła zrzucić powiadomienie ich na siostrę, ale zajmie się tym sama.

Znaleźli ciało w Wiśle. To najprawdopodobniej Mariusz. Jutro jadę go zidentyfikować.

Wysłała wiadomość do ojca. Odpisał natychmiast.

Powiem mamie. Bądź silna. Kocham Cię, córeczko.

Załatwione. Siedziała z głową w kolanach do przyjścia Brykieta. Tak, płakała. Opłakiwała człowieka, który zadał najgorsze rany jej córce. Który skrzywdził jej siostrę. Po jego zniknięciu wyszły na jaw inne fakty i inne ofiary. To był potwór i dobrze, że zniknął z powierzchni ziemi. A jednak opiekował się nią, gdy była w ciąży, w sposób tak delikatny, że czuła się jak księżniczka. Nie tylko w ciąży. Nawet pod koniec życia patrzył jej w oczy tak, że nie miała wątpliwości, że jest kochana, mimo wszelkich podłości, jakich się dopuszczał. Asię też na swój pokręcony sposób kochał. Widziała jego wzrok, gdy przyglądał się córce. To była miłość pomieszana z poczuciem winy. Słyszała kiedyś, jak płakał w nocy. Widywała niejednokrotnie, jak siedział, wpatrując się w jeden punkt, a po jego twarzy spływały łzy. W przeszłości pytała, o co chodzi. Nie odpowiadał, tylko brał ją w ramiona i mówił, że nie zasługuje na nią. Był chory i nikt mu nie pomógł. Nigdy. Gdzieś w nim było dobro, ale nie miało szans ze złem. Nigdy nie rozstrzygnie, ile było w tym jego świadomych decyzji, a ile choroby. Może romanse z dorosłymi kobietami traktował jak ucieczkę przed potworem. Może próbował walczyć. Może. Nie do niej należał sąd. Teraz już nie. Teraz, gdy ciało męża się znalazło, mogła płakać. Mogła pozwolić sobie na żałobę.

Brykiet przyszedł i wziął ją w ramiona, a później powiedział, że powinna spać. Poszła z nim do sypialni i spędziła noc w jego objęciach. Nie doszło do niczego więcej. Karolinka obudziła się dopiero o szóstej.

Marta

Lekarze wypuścili mamę po kilku dniach z zaleceniem, żeby się nie przemęczała. Dostała zwolnienie i jest pod kontrolą, ale nie musi leżeć. Kinga i ja staramy się ją odciążyć, a ciocia Ela wpada prawie codziennie. W czasie gdy Kinga chodzi do szkoły, ja mam lekcje domowe. Nauczyciele są zadowoleni, a mama cieszy się moimi postępami. Ja też, ale najbardziej chyba rezultatami psychoterapii. Wprawdzie jeszcze nie jestem gotowa na rozmowę z mamą o najgorszym – zresztą i tak muszę odłożyć ją na czas, gdy moja siostra lub brat się urodzi – ale potrafię spojrzeć na siebie i własną sytuację z dystansu. Czasem nawet wspomnienie o Mistrzu nie budzi emocji. Policja nadal nie ma poszlak, gdzie ten człowiek przebywa ani kim jest. Zapytałam raz o zaginionego dyrektora, ale już się znalazł. Myślę, że Mistrz mnie oszukał i nie ma nic wspólnego ze szkolnictwem. Może nawet nie mieszka w górach, a na przykład za granicą. Nie wiem, czy kiedykolwiek będę w stanie zaakceptować, że go nie znajdą. Nie wiem też, czy nauczę się żyć bez strachu o Kingę i mamę. Tyle już o nim opowiedziałam, a przestrzegał, że mi nie wolno. Nie widziałam go od tamtego momentu na górce. Czasem mi go brakuje i mimo zapewnień pani Ani, że nie ma w tym niczego nienormalnego, ta tęsknota mnie przeraża.

– Hej. – Mama kładzie mi rękę na ramieniu. – Zaczynamy obiad.

Patrzę na jej uśmiechniętą twarz i sama muszę się uśmiechnąć mimo poczucia winy. Odrabiałam lekcje, a potem tak pogrążyłam się w myślach, że nie zapytałam nawet, czy pomóc. Próbuję przepraszać, ale mama tylko macha ręką.

– Nic wam nie mówiłam, bo świetnie bawiłyśmy się z ciocią Elą. Nagadałyśmy się i naśmiałyśmy przy gotowaniu, jak dawno nam się nie zdarzyło.

Obiad stoi na stole. Ciocia Ela cmoka mnie i Kingę w policzek.

– Pa, dziewczyny. Smacznego!

– Na pewno nie zostaniesz? – pyta mama.

– Chciałabym – śmieje się ciocia – ale dzieciaki powiedziałyby, że na pewno sama zjadłam coś lepszego, niż im dałam.

Bierze jeszcze mamę w ramiona i wychodzi.

Obiad jest pyszny. Kinga zaczyna opowiadać o szkole w tak zabawny sposób, że śmiejemy się wszystkie trzy. W tym momencie jestem zwykłą czternastolatką jedzącą posiłek z rodziną. No, może do tej zwykłości jeszcze nie doszłam, ale czuję się rozluźniona i szczęśliwa. Wreszcie to do mnie dociera. Jestem szczęśliwa mimo wszystkiego, przez co przeszłam, mimo niewyjaśnionych kwestii i strachu, który zapewne dopadnie mnie za kilka godzin. Lub za kilka dni. Śmieję się na całe gardło. Czuję się tak bardzo na miejscu. Tak bardzo jestem częścią tej rodziny.

– Mamo! – Głos Kingi staje się niespokojny. – Mamo!

Mój śmiech zamiera. Twarz mamy jest wykrzywiona bólem.

– Chyba – mówi z trudem – się zaczęło. Odeszły mi wody.

Rzeczywiście na podłodze jest wielka plama. Ale jak to? Przecież do porodu jest jeszcze miesiąc!

– Dzwoń do cioci Eli – nakazuję Kindze.

Sama wybieram numer szpitala, gdzie mama ma rodzić. Obiecują, że karetka przyjedzie, gdy tylko będzie to możliwe. Jednym uchem słyszę, że głos Kingi przepełnia panika. Obie kończymy jednocześnie.

– Ciocia już jedzie.

Karetka jedzie, ciocia jedzie. Mama położyła się na podłodze. Oddycha, chyba tak jak uczyła ją położna, która kilka razy tu była. Co mam robić? Co mam teraz robić? Siadam obok i biorę mamę za rękę.

– Karetka zaraz tu będzie.

Na pewno słyszała, jak rozmawiałam, ale uśmiecha się i ściska moją rękę, jakbym to ja potrzebowała wsparcia. Kinga siada z drugiej strony i też trzyma jej dłoń.

– Dziękuję wam. Jesteście takie dzielne.

Gdy to mówi, jej twarz się zmienia. Widocznie ma kolejny skurcz. Dlaczego karetka jeszcze nie przyjechała? Dlaczego nie ma cioci? Kinga jest sparaliżowana strachem, widzę to w jej oczach, ale stara się tego nie okazywać. To ja jestem starsza i powinnam przejąć kontrolę. Tak, tylko co jeszcze mogę zrobić? Trzymam mamę za rękę i powtarzam, że wszystko jest dobrze i że zaraz będziemy miały w domu małe dziecko, jednocześnie modląc się, żeby to dziecko jeszcze trochę się wstrzymało, przynajmniej do czasu, gdy będzie tu lekarz. Dlaczego tak długo nikogo nie ma? Co się dzieje? Mama w przerwach między skurczami stara się wciągnąć nas w rozmowę. Żartuje, że to ostatnia chwila, żeby postawić na Agnieszkę lub Mateusza.

– Ja stawiam na Mateusza – mówi lekko. – Sto złotych, a w…

Znów przerywa jej skurcz, chyba silniejszy niż do tej pory. Jej czoło jest pokryte kropelkami potu. Mnie przenika chłód, prawie tak jak pod tamtym drzewem, gdy Mistrz mnie wypuścił, a ja bałam się śmierci w lesie. Przez chwilę wolałabym być znowu tam, gdzie nie musiałam brać odpowiedzialności za innych.

– Wyszorujcie ręce i przynieście pieluszkę. Jest w górnej szufladzie komody. To zaraz.

Biegniemy i robimy, co każe. Gdy wracamy, mama leży z podwiniętą sukienką i prze.

– Usiądź przy jej głowie i głaszcz ją – mówię do Kingi.

To ja muszę przyjąć poród, cokolwiek to znaczy. Widzę już ciemną główkę między nogami mamy, umazaną w jakichś płynach i chyba we krwi.

– Przyj mocno – błagam.

Skurcz chyba mija i mama przestaje. Główka znika. Serce wali mi jak szalone, ręce się trzęsą. Nie. Później poddam się strachowi, później pozwolę sobie na słabość. Teraz nie chodzi o mnie. Następny skurcz. Mama znowu prze. Znów pojawia się główka i tym razem wychodzi cała.

– Już widać całą główkę! – mówię.

Znów przerwa, ale prawie niezauważalna. Przy następnym skurczu mama prze z całej siły i na zewnątrz wychodzą barki i brzuszek. Wyciągam dziecko i unoszę do góry.

– To dziewczynka! – mówię triumfalnie. – Agnieszka.

W tej chwili ogarnia mnie lęk i całe ciało się spina. Dlaczego nie czuję ulgi? Już po wszystkim.

– Daj mi ją – prosi mama, wyciągając ramiona. – Podaj mi moje maleństwo.

Ostrożnie, odganiając wrażenie, że coś jest nie w porządku, kładę dziecko na jej brzuchu. Przez chwilę panuje cisza.

– Nie oddycha – słyszę głos mamy. – Ona nie oddycha. Nie oddycha!

Kinga zaczyna krzyczeć.

Elwira

„Ona nie oddycha. Nie oddycha!" Znów słyszę te słowa. Ponownie rozpadam się na kawałki jak wtedy. To
było już tak dawno, powinno zostać wymazane przez
wszystko, co zdarzyło się potem, a wspomnienie wraca
w chwili, gdy moje obecne życie się chwieje. Rozlega się
dźwięk, który oznacza, że ktoś wcisnął kod domofonu.
Tylko Słoneczny zna kod. Idę do przedpokoju i opieram
się o ścianę, czekając. Detektyw wchodzi i obrzuca mnie
niespokojnym spojrzeniem.

– Płakałaś?

Coś, co zauważyłam już wcześniej, porusza mnie
w jego głosie. W oczach też. Porusza mnie w dobry sposób. Uśmiecham się.

– Wspominałam. No, wie pan, zebrało mi się no-
stalgię.

– Aha. – Odpowiada uśmiechem i nabieram pewności, że mam rację. – A ja mam wiadomości z teraz.

To dobrze. Najważniejsze jest uporządkowanie teraźniejszości. Skopanej przeszłości i tak już się nie da. Przyszłość może przynieść wszystko.

– Tak?

Słoneczny ściąga kurtkę i wiesza. Nie przyszłoby mu
do głowy zrzucić okrycie na kanapę czy podłogę, jak czasem zdarza się mnie.

– Usiądźmy.

Czy myśli, że nie wytrzymam tego na stojąco?

– Dobrze.

Siadam na sofie. Słoneczny napełnia dwie szklanki wodą i podaje mi jedną. Jeśli uważa, że powinnam się napić, zrobię to. Pociągam łyk.

– Znaleźli ciało.

Krztuszę się. Kropelki wody opryskują stolik. Odstawiam szklankę.

– To on? – pytam, kasłąc.

– Tak. Żona go zidentyfikowała.

– To ona – mówię gorączkowo. – To na pewno ona. Zabiła go i podrzuciła ciało. Przecież jest siostrzenicą byłej właścicielki. Mówiłam panu, że spotkałam Paulinę Ciesielską, gdy już tu mieszkałam i pracowałam? – Słoneczny kiwa głową. Oczywiście, że mówiłam. Ma to też w notatkach, które dla niego przygotowałam. – Powiedziałam jej, że uczę tu angielskiego. Z pewnością podzieliła się tym z siostrzenicą, a ona… ona pomyślała, że to dobrze, bo kiedy zabije męża, będzie to mogła zrzucić na kochankę. Bo na pewno cały czas miała dostęp do telefonu tego skurwysyna. Bo…

– Mówisz, że kupiłaś ten dom na stary dowód? Z twoim dawnym imieniem i nazwiskiem?

– No tak.

– No więc skąd Monika Sułecka wiedziała, że to ty?

Odpowiedź mam gotową.

– Zdjęcia wszystkich nauczycieli są na stronie szkoły. Jej ciotka zobaczyła mnie i potwierdziła.

– Jasne. To się trzyma kupy. Tylko że policja sprawdziła jej alibi, wiesz o tym?

Ponownie sięgam po szklankę. Policja. Jej mąż, filantrop i człowiek, który rozkręcił lokalne liceum i uczynił małą górską miejscowość sławną na całą Polskę, był chroniony przez lata, a dopuszczał się najpotworniejszych zbrodni. Ochrona może obejmować również żonę. Przecież całe pieniądze, a co za tym idzie, władza, należą teraz do niej. To ona trzyma ich w garści.

– Alibi może być sfabrykowane. Mogła je kupić.

Właściwie nie mówię, wypluwam słowa. Przed oczyma staje mi postać Sułeckiej: delikatne rysy, jasna cera upstrzona kilkoma piegami, niebieskie przejrzyste oczy i rude włosy okalające twarz, spadające kaskadą na ramiona. Piękna w niewinny sposób. Gdybym miała sądzić po wyglądzie, nigdy nie podejrzewałabym jej o podłość. Zło może skrywać się za fasadą niewinności. To taki banał, ale i tak powtarzam go teraz sobie w myślach.

– Była na imieninach matki we Wrocławiu.

– Matka mieszka we Wrocławiu?

– Tak. Ojciec prowadzi firmę prawniczą *Karliński i partnerzy*. Nazwa chyba na wyrost, bo z tego, co udało mi się dowiedzieć, pracuje sam i to z domu.

Kręcę głową. To łatwe: alibi daje najbliższa rodzina. Gdybym miała córkę, też bym ją kryła, nawet gdyby zrobiła coś złego. Zabicie męża skurwysyna nie do końca jest czymś złym.

– Matka kłamie, żeby ją chronić.

Słoneczny wzdycha.

– To się nasuwa samo, prawda? Pojechałem do Wrocławia.

Patrzy na mnie w sposób, który sugeruje, że moja teoria za chwilę się zawali.

– No i?

– No i rozmawiałem ze świadkami. Na przyjęcie przyszło sporo koleżanek matki. Poza tym dzień zaginięcia we

Wrocławiu był naprawdę piękny i poszły na sanki. Sąsiedzi widzieli je na górkach. Nie ma co do tego wątpliwości. Wróciła późnym wieczorem i od razu zawiadomiła policję.

Przyglądam mu się w milczeniu, próbując znaleźć logiczne wytłumaczenie. Mój dom z pewnością odegrał w tym wszystkim rolę. Czasem człowiek nie wpada na coś, co jest najprostsze. Tutaj najprostszym wyjaśnieniem jest była właścicielka. Wprawdzie brak jej motywu, ale może zdawała sobie sprawę, co dzieje się w domu siostrzenicy.

– A Paulina Ciesielska? To jej dom i z pewnością wiedziała, jak dostać się do niego drugim wejściem.

– Paulina Ciesielska też była na przyjęciu. To przecież siostra matki Sułeckiej i są ze sobą blisko.

Wzruszam ramionami. To, co ktoś mówi, nie musi być prawdą i Słoneczny z pewnością o tym wie. Siostry nie zawsze są blisko ze sobą. Monika Sułecka też ma siostrę i to przecież ta siostra dała mi alibi. Musiała mieć w tym jakiś cel.

– A siostra Sułeckiej? Też tam była?

– Też.

Kłamią. Wszyscy zostali przekupieni i kłamią. Sama w to nie wierzę.

– Kto jest tą siostrą? Znam ją?

Słoneczny posyła mi smutny uśmiech.

– Tak.

Chyba wiem. To osoba, która zdobyła moje zaufanie, osoba, która udawała sympatię, a cały czas oszukiwała, podając się za kogoś innego.

– No więc kto to jest? Czy to…

Przerywa mi dźwięk melodyjki telefonu Słonecznego.

Siostra Gabriela

W samochodzie panowała idealna temperatura: dwadzieścia trzy stopnie. Siostra Gabriela obserwowała chwytający za serce górski krajobraz. Piękno i dzikość przyciągały turystów, którzy w coraz większej liczbie przyjeżdżali tu, nie bacząc na niebezpieczeństwa. Nadal, chociaż mówiono, że kraj wchodzi na drogę do normalności, dochodziło do licznych zamachów, których ofiarą padały przypadkowe osoby. Jeszcze częściej zdarzały się zwykłe napady rabunkowe. W tych uroczych widokach za szybą nie widziało się głodu i wykańczającej pracy, nie słyszało się wycia matek opłakujących zmarłe z niedożywienia dzieci, nie dochodziły jęki i złorzeczenia.

– O czym siostra myśli?

Drgnęła i zwróciła twarz do Janka, młodego kierowcy.

– Myślę o tym, że niektórzy ludzie twierdzą, że Bóg najbardziej objawia się w górach, i szukają Go na szlaku.

– Siostra się z tym nie zgadza?

Zastanowiła się, jak najlepiej ubrać w słowa to, co czuła.

– Nie, dlaczego? Każdy znajduje Boga gdzie indziej. Ja widzę Go w ludziach, którzy cierpią.

Uśmiechnął się, ukazując urocze dołeczki. Był taki młody, prawie dziecko. Nigdy nie zapytała, dlaczego zdecydował się pracować na misji.

– „Bo byłem głodny, a daliście Mi jeść; byłem spragniony, a daliście Mi pić; byłem przybyszem, a przyjęliście Mnie; byłem nagi, a przyodzialiście Mnie; byłem chory, a odwiedziliście Mnie; byłem w więzieniu, a przyszliście do Mnie"* – zacytował. – To jeden z piękniejszych fragmentów Ewangelii. Mnie nie zawsze udaje się dostrzec Chrystusa w pijanym, zataczającym się człowieku, choćby głodował i potrzebował ubrania.

Pokiwała głową.

– Masz rację. To trudne.

– Ale siostrze się udaje?

– Modlę się o to każdego dnia.

Westchnął.

– Podziwiam was, że pomagacie tym wszystkim biednym ludziom, którzy przecież często wcale nie są niewinni, a potem spędzacie godziny na modlitwie. Że nie macie wątpliwości.

– Kto ci powiedział, że nie mamy wątpliwości?

Na moment odwrócił twarz w jej stronę, a później znów skoncentrował wzrok na drodze.

– Siostra ma wątpliwości? – zapytał. – W wierze?

– Oczywiście. Moja wiara niekiedy się chwieje. I dlatego tak ważna jest dla mnie modlitwa.

– A nigdy siostra nie żałuje, że została zakonnicą?

Pytanie trafiło w splot słoneczny.

– Zdarza się.

Może chciał zapytać dlaczego, ale coś w jej głosie go powstrzymało. Znów się uśmiechnął, ukazując dołeczki. Zastanowiła się, czy ma dziewczynę.

– Gdy siostra była młoda… to znaczy – poprawił się – nadal siostra jest, ale młodsza, przed wstąpieniem do zakonu, czy siostra się w kimś kochała?

Ucieszyła się, że rozmowa zeszła na temat, który wydawał jej się lżejszy.

---

* Mt 25,35–36.

– No tak, oczywiście. Kochałam się. Za ostatniego chłopaka, który mnie fascynował, chciałam wyjść za mąż.

– No i dlaczego… – zająknął się. – Co się stało, że siostra zmieniła zdanie?

– Rozstaliśmy się. – Roześmiała się. – Nie mogłam wyjść za kogoś, z kim nawet się nie spotykałam.

– Nie. Nie. Nie o to mi chodzi. Dlaczego siostra zdecydowała się na zakon?

Spoważniała.

– Czasem Bóg staje nam na drodze i mówi, czego oczekuje.

Nie była już tego pewna. Wbiła wzrok w okno. Krajobraz się zmieniał. Jechali teraz wzdłuż jeziora Tanganika. Widok był równie bajkowy jak wcześniej. „Boże, który stworzyłeś to piękno, pozwól mi być wdzięczną. Poprowadź mnie swoją drogą" – modliła się, ale wiedziała, że najważniejsza próba czeka w Polsce.

– Bo wie siostra – ciągnął kierowca, a ona przeniosła na niego spojrzenie – wydaje mi się, że siostra mogłaby uszczęśliwić jakiegoś mężczyznę. I nie chodzi mi o to, że z siostry jest naprawdę świetna laska… – Położył dłoń na ustach. – Przepraszam. Nie chodzi mi o to, że jest siostra ładna i zgrabna, ale o to ciepło i piękno, które z siostry promieniują.

Niejednokrotnie słyszała takie teksty. Zazwyczaj padały z ust mężczyzn, którzy chcieli ją uwieść. Zaliczenie zakonnicy w niektórych kręgach dodawało splendoru. Była jednak pewna, że Janek nie należał do tego typu facetów. Znów się roześmiała.

– Przypominam, że jestem od ciebie sporo starsza.

Spiął się i zrobiło jej się go żal.

– Przecież siostra wie, że ja nic…

– Wiem – przerwała. – Przepraszam. Bywam złośliwa. Rozluźnił się.

– No tak. Z tej strony siostry nie znałem.

– No to wyszło szydło z worka. Wcale nie nadaję się do uszczęśliwiania facetów.

Powiedziała to zbyt sucho i zbyt poważnie, ale tym razem Janek zareagował śmiechem.

– Bo wie siostra… czasem trudno mi zrozumieć to wasze powołanie.

– No dobrze – powiedziała, trochę się drocząc – a dlaczego ty jesteś tutaj? Mieszkasz z nami w bardzo skromnych warunkach i codziennie ryzykujesz życie. Czy nie wygodniej byłoby ci w Polsce? Czy nie zarobiłbyś tam więcej? Czy nie mógłbyś umawiać się ze znajomymi, chodzić do kina czy baru?

Uśmiechnął się na jej wyliczankę.

– Tak, tak – mruknął. – Rozumiem, do czego siostra zmierza, ale nie ma między nami porównania. Gdy usłyszałem, że jest potrzebny kierowca na misji w Burundi, postanowiłem się zgłosić. Bardzo chcę pomóc, ale to na rok. Później wracam do Poznania, do dziewczyny, która na mnie czeka, i bierzemy ślub. I moja misja będzie już tylko wspomnieniem, którym mogę się pochwalić.

O ile wcześniej nie zginiesz, pomyślała kąśliwie.

– A twoja dziewczyna? Nie ma nic przeciwko temu, że tu jesteś?

Janek uśmiechnął się z czułością, która chwyciła ją za serce.

– Nie, ona mnie bardzo wspiera. Najchętniej przyjechałaby ze mną, ale kończy studia. Działa w wolontariacie przy naszej parafii. To ona zainspirowała mnie do pomocy tym, którzy potrzebują bardziej ode mnie. Do czasu jak ją poznałem, byłem raczej egoistą.

– No to widzisz, waszym powołaniem jest małżeństwo. W ten sposób będziecie służyć Bogu i ludziom. Ja...

Urwała. Chciała powiedzieć, że ona ma inne powołanie, ale coś zablokowało słowa.

– Siostry powołaniem jest służyć tylko Bogu i ludziom? Zrezygnować ze szczęścia osobistego? Tak?

– To nie rezygnacja – powiedziała, jak mówiła przedtem wiele razy. – Jeśli masz rodzinę, wtedy musisz postawić ją zaraz po Bogu. – Dostrzegła grymas na jego twarzy, ale mówiła dalej. – Wtedy nie możesz robić tego, co akurat byś chciał. Nie pójdziesz do baru z kolegami, ale nie pojedziesz też na misję. Rezygnujesz z rzeczy przyjemnych, ale nie tylko. Rezygnujesz też z rzeczy ważnych. Bo tego wymaga rodzina.

Westchnął.

– To nie to samo.

– Nie – zgodziła się. – Zakon jest czymś innym niż małżeństwo. Opowiesz mi o swojej dziewczynie?

Opowiedział, jak poznał ją na imprezie u koleżanki i jakie wrażenie na nim zrobiła. Dziewczyna zupełnie inna niż te, które spotykał do tej pory. Opowiadał, jak rodziło się w nim pragnienie, żeby przeżyć z nią życie. Gdy zaparkowali na lotnisku Bużumbura, odszukał w telefonie jej zdjęcie.

– To moja Ania – powiedział z dumą.

Siostra Gabriela spojrzała w jasne oczy ładnej szatynki o długich do pasa falujących włosach. Sama kiedyś miała podobne oczy.

– Śliczna – powiedziała szczerze, oddając telefon Jankowi.

Uśmiechnął się dumnie.

– Dlaczego siostra… – zaczął z wahaniem. – Oczywiście, to nie moja sprawa i jeśli siostra nie chce, proszę nie odpowiadać. – Dlaczego siostra jedzie teraz do Polski?

Wstrząsnęła się.

– Pewna osoba bardzo potrzebuje mojej pomocy. Bliska mi osoba.

To było niespójne z tym, co mówiła do tej pory o rezygnacji. Janek skinął głową, jakby po prostu przyjął wyjaśnienie.

– Opowiem ci więcej, kiedy wrócę. Będziemy mieli dużo czasu w podróży – dodała.

Zaniósł jej torbę do hali odlotów.

– Cieszę się, że siostrę poznałem. Jest siostra wspaniałą osobą.

Pokręciła głową, a później, zamiast podać mu rękę, wyciągnęła ramiona i mocno się przytuliła. Potrzebowała ludzkiego dotyku. Przez ponad dwadzieścia cztery godziny podróży, wliczając w to nocleg w Dubaju, będzie bezosobową zakonnicą. To dobrze, to pomoże uporządkować myśli. Teraz jednak chłonęła życzliwość od tego chłopaka.

– Do zobaczenia – powiedziała, przerywając objęcie.

Patrzyła, jak się oddalał. Przed wyjściem odwrócił się i pomachał. Wykonała ten sam gest i się uśmiechnęła. Uśmiech powoli zamierał, gdy chłopak zniknął za drzwiami.

Wiele osób uważało ją za wspaniałą. Prawie nabrała na to samą siebie.

Elwira

– Tak. Tak. Dziękuję. Dobrze. To na razie.

Słoneczny kładzie telefon na stole i przygląda mi się poważnie.

– To coś związanego ze śledztwem? – pytam.

– Tak. Jest przyczyna śmierci Sułeckiego.

– I jaka? – pytam przez ściśnięte gardło.

– Przedawkowanie narkotyków. Ciało zostało umieszczone w wodzie po kilku dniach.

Wycieram spocone ręce o dżinsy. Kupowałam narkotyki. Sama przyznałam się do tego detektywowi. Jest dilerka, która mi sprzedawała. W każdej chwili może mnie obciążyć.

– To nie ja.

Słoneczny wzrusza ramionami i nie jestem pewna, co ten gest oznacza.

– Inne nauczycielki u niej kupowały – dodaję.

– Tak, tak – odpowiada nieobecnym tonem.

Nie mam pojęcia, czym zajmuje się teraz jego umysł, mój natomiast łączy fakty. Narkotyki. Nauczycielka. Siostra. Przecież już wcześniej na to wpadłam.

– Kto jest siostrą Moniki Sułeckiej? To Julia Włodarczyk, prawda?

Ta, która udawała sympatię. Ta, która skradła moje zaufanie. Ta, która kłamała od początku.

– Nie. To Alina Chojecka.

Znów krztuszę się wodą. Tego się nie spodziewałam.

– Wszystko w porządku? Poklepać cię po plecach?

Kręcę głową i kaszlę jeszcze jakiś czas.

– Alina. Trzeba przyznać, że świetnie odegrała swoją rolę. – Kochanka, a niech to! Ogarnia mnie wściekłość. – I pomyśleć, że się o nią bałam. – Zaciskam dłonie w pięści. – Rozmawiał pan już z tą dilerką? Założę się, że to Alina kupowała narkotyki.

– Porozmawiam – obiecuje pan Piotr.

Złość na kobietę, z którą poczułam siostrzeństwo dusz, buzuje we mnie, domagając się ujścia. Uderzam pięścią w stół, aż boli mnie ręka.

– Fałszywa żmija – syczę.

– Przypominam, że to ona dała ci alibi.

Wzruszam ramionami.

– No, dała, bo wiedziała, że jestem niewinna. To chyba świadczy o niej, co nie? O tym, że to ona zabiła. Sama albo z siostrą.

– Porozmawiam z dilerką i będziemy zagłębiać się w teorie. Do tego czasu nie rób nic głupiego.

Czy posądza mnie, że do niej zadzwonię i zrobię awanturę? Albo, jeszcze lepiej, ponieważ fałszywa kochanka Sułeckiego nie odbiera połączeń ode mnie, nabluzgam jej w szkole przy uczniach i nauczycielach? Biorąc pod uwagę, że od początku nie zachowuję się racjonalnie, nie winię go.

– Nie mam zamiaru robić nic głupiego – odpowiadam z godnością i nagle wściekłość znika.

Patrzę na siebie z dystansu i dostrzegam dziewczynę, której chaotyczne działania są po prostu śmieszne. Zaczynam się śmiać. Trochę w tym goryczy i litości nad sobą, ale śmiech i tak oczyszcza. Słoneczny przez chwilę patrzy, niepewny, jak się zachować, a potem mi wtóruje.

Pijemy herbatę, nie zawracając sobie głowy rozmową. Chciałabym mieć takiego ojca. Ta myśl świdruje umysł.

Boli. Nie pamiętam taty. Mam kilka przebłysków, które wcale nie muszą być wspomnieniami.

– Chciałabym, żeby pan był moim tatą.

Słowa wymykają się, zanim zdążę się zastanowić. Pan Piotr posyła mi uśmiech.

– No cóż, ja chciałbym mieć taką córkę.

Nigdy dotąd nie zastanawiałam się, czemu nie założył rodziny.

– Dlaczego nigdy się pan nie ożenił?

Milczy długą chwilę i już żałuję pytania. Coś w nim poruszyłam, coś mrocznego.

– Gdy miałem dwadzieścia trzy lata, chciałem się ożenić. Wydrukowaliśmy już nawet zaproszenia, ale... – Urywa i patrzy tak, że chciałabym go przytulić. – Odeszła.

Powoli wypuszczam powietrze.

– Odeszła.

– Tak to się czasem mówi. Taki eufemizm.

Powinnam się zamknąć, nie drążyć. Jeśli będzie chciał, sam mi powie.

– Umarła.

Idiotka. Po co to powiedziałam? Przecież nie chcę, żeby przechodził przez cierpienie ponownie. Przywołałam jego wspomnienia, żeby uwolnić się od swoich. Egoistka.

– Jechaliśmy do jej chrzestnego zawieźć zaproszenie. Ja prowadziłem. Jakiś tir wyprzedzał na podwójnej ciągłej. Jechał z naprzeciwka. Chciałem uniknąć zderzenia i ostro skręciłem w prawo. To była wiejska droga, po bokach rosły drzewa.

Przeszywa mnie dreszcz.

– Przepraszam. Tak mi przykro.

Patrzy na mnie, ale chyba mnie nie widzi. Chyba nie słyszy, co mówię.

– Zginęła na miejscu. Ja wyszedłem z kilkoma zadrapaniami. Jej rodzice powiedzieli, że ją zabiłem.

– Nie – protestuję.

– Było śledztwo. Zostałem uznany za niewinnego. Mężczyzna za kierownicą tira złamał wszystkie przepisy. Jednak… – Głos mu się załamuje i bierze głęboki oddech. – Jednak gdybym był lepszym kierowcą, mógłbym zjechać na drugi pas. Tam był samochód osobowy jadący ze znacznie mniejszą prędkością niż tir. Może moglibyśmy zahamować. Obaj. Miałem szansę ją uratować.

– Panie Piotrze, wie pan, że to nie pana wina, prawda? Ile razy musiał to już słyszeć?

– Tak, wiem. – Wzdycha. – Na jakimś poziomie jednak nie potrafię przestać tego analizować. Ja żyję, ona nie. To cholernie niesprawiedliwe.

Kładę rękę na jego dłoni.

– Nie ma w tym żadnej pana winy – mówię dobitnie. Kąciki jego ust unoszą się w próbie uśmiechu.

– Jej ojciec przyszedł do mnie po roku i też tak powiedział. Jego żona się z nim rozstała. Po śmierci córki ich życie rozwaliło się kompletnie.

Jedno zdarzenie pociąga za sobą drugie. Tragedia zatacza szerokie kręgi. Oczy mnie pieką i wyjmuję szkła kontaktowe.

– Wiesz? – Uśmiech Słonecznego staje się szerszy. – Wolę twój naturalny kolor oczu.

– Naprawdę?

To brzmi jakbym domagała się komplementów, ale nie o to mi chodzi.

– Tak. Masz dokładnie taki sam kolor oczu jak twoja mama. Taki błękitny.

Przełykam.

– Wiem. I jak moja siostra.

– I jak twoja siostra. – Pociąga łyk herbaty i na powrót staje się twardym detektywem. – Wracając do twojego pytania, dlaczego nigdy się nie ożeniłem, mam coś do dodania. W życiu byłem zakochany dwa razy. Pierwszy raz w dziewczynie, która zginęła i drugi, dużo później, w kobiecie, u której nie miałem szans.

Chciałabym porozmawiać o tej kobiecie, ale zamiast tego pytam:

– Widuje pan czasem moją siostrę?

– Niestety, nie. Nikogo z twojej rodziny już dawno nie widziałem. – Patrzy w moją twarz, długo, prawie nie mrugając. – Tak, chciałbym, żebyś była moją córką. – Odwraca wzrok, jakby zawstydzony. – Chcesz jeszcze herbaty?

– Dziękuję, już nie.

– No dobra. To idę dowiedzieć się czegoś o tych narkotykach.

Znów odgrywamy stałe role: detektyw i klientka. Mimo to nie potrafię uwolnić się od odbytej właśnie rozmowy. Od pragnienia, żeby to on był moim ojcem. To oczywiście prowadzi do myśli o biologicznym ojcu. Nie chcę myśleć o tym człowieku. Zakopuję te myśli pod innymi, jak robiłam to do tej pory.

– To do zobaczenia.

Słoneczny wychodzi. Myśl o ojcu nie wraca.

Przeżywam inny strach. Strach, który nadal nęka mnie w snach, chociaż nie może się powtórzyć. Sułecki nie żyje. Nie ma go, a nadal wyciąga po mnie ręce.

Zanim wyszliśmy z sekretnego domu Sułeckiego, zatrzymałam się przed drzwiami, których dotąd nie otworzył.

– Co tam jest? – spytałam.

Uśmiechnął się.

– Podoba mi się twoja ciekawość. Zejście do piwnicy. Najrozsądniej byłoby pokiwać głową i opuścić ten dom.

– To co – powiedziałam, patrząc mu w oczy – pokażesz mi ten loch i wszystkich przykutych łańcuchami do kaloryfera?

W jego oczach pojawił się błysk. Pochylił się i na moment dotknął ustami moich warg. Miałam wrażenie, że się przewrócę. Chociaż trzymałam rękę w kieszeni bluzy, ściskając gaz pieprzowy, poczucie zagrożenia nie odpuszczało. Sama wchodziłam w paszczę lwa. Problem w tym, że nie potrafiłam inaczej. Byłam to winna tamtej dziewczynce, która kiedyś została zamknięta w piwnicy. Ktoś mógłby powiedzieć, że tamta dziewczynka już nie istniała i sama tak uważałam, ale to nie miało znaczenia. Wyruszyłam na misję i chociaż nie wiedziałam, jakie przyniesie rezultaty, nie miałam zamiaru się cofnąć. Głupia Elwira. Głupia patetyczna Elwira.

Wygrzebał z kieszeni klucz i otworzył drzwi, za którymi znajdowały się schody.

– To chodź.

Puścił mnie przodem. Gdyby postanowił zamknąć drzwi od zewnątrz, mogłabym krzyczeć albo się modlić i nie otrzymałabym pomocy. Na dole były kolejne drzwi. Położyłam rękę na klamce.

– Zamknięte.

Odwróciłam się i nasze oczy na moment się spotkały. W jego źrenicach dostrzegłam głód drapieżnika. Silniej ścisnęłam butelkę z gazem. Czasem role się odwracają i ofiara staje się drapieżnikiem. Po to przecież przyjechałam do Zaćmienia.

– No tak – powiedział. – Otworzę.

Wsunął klucz i go przekręcił.

– Tym razem ty pierwszy – powiedziałam ze śmiechem.

– Boisz się?

– Nie.

Naprawdę się nie bałam. W tamtej chwili uwierzyłam, że jestem myśliwym. To było moje polowanie. Poczekałam, aż wszedł i zapalił światło. Ogarnęłam wzrokiem stół do bilarda, fotele, lodówkę i szerokie łóżko.

– Masz ochotę na partyjkę? – zapytał.

– Tak – odpowiedziałam.

– I na drinka? – Otworzył lodówkę. – Ja nie mogę, bo prowadzę.

Pokręciłam głową i ujęłam kij.

– Grajmy.

Wygrałam.

– Gdzie się tak nauczyłaś? Jesteś świetna.

– Tu i ówdzie.

Gra dodała mi skrzydeł. Wygrana utwierdziła w poczuciu wyjątkowości. Strach wrócił dopiero na zewnątrz.

Wszystko mi się miesza. Już nie wiem, jaka jest moja rola w tym wszystkim.

I jeszcze jedno. Czy Słoneczny wiedział, kim jestem? Czasem wydaje mi się, że tak.

Marta

Tyle już lat minęło. Tyle lat terapii i normalnego życia. No bo jak inaczej nazwać życie w rodzinie, może niepełnej, ale kochającej, w rodzinie, której członkowie wzajemnie się wspierają? Jak nazwać okres, od kiedy przestałam uczyć się w domu i poszłam do szkoły? Bardzo się bałam zderzenia z rzeczywistością nastolatków, ale mi się udało. Nawiązałam relacje. Może to nie do końca przyjaźnie – niezbyt często używam tego słowa – ale dobre znajomości. Podobało mi się kilku chłopców i z niektórymi się umawiałam, ale nie dałam rady tego ciągnąć. Nawet z Romkiem, o którym myślałam „mój chłopak". Teraz spotykam się z Andrzejem i mam wrażenie, że to coś wyjątkowego. Marzę, że to będzie prawdziwy związek. Wyobrażam sobie nasze małżeństwo. Na przekór Mistrzowi. Wzdrygam się. Znów go tak nazwałam. Po tylu latach jeszcze się zdarza.

Tyle lat chodzę na policję i przyglądam się zdjęciom, które mi pokazują. Tyle lat mówię: „Nie, to nie on". Już się nie boję, że może skrzywdzić kogoś z mojej rodziny. Prawie.

Tyle lat odkładania rozmowy z mamą. Dzisiaj jestem gotowa. Jesteśmy same tylko do jutra. Idę do jej pokoju. Na odgłos otwieranych drzwi podnosi głowę znad książki.

– Jesteś głodna? Jemy już kolację?

Siadam naprzeciwko. Próbuję sobie przypomnieć słowa, które ćwiczyłam tyle razy.

– Mamo…

Wyczuwa napięcie i przygląda mi się z niepokojem.

– Marta, co się stało?

Oddycham głęboko, raz, drugi.

– Kiedyś zapytałam cię, czy tata mnie kochał, pamiętasz?

Odkłada książkę i splata dłonie. Widzę, że drżą.

– Tak.

– Ten, który mnie sobie wziął – głupio to brzmi, ale lepiej niż Mistrz – powiedział, że kupił mnie od taty.

Twarz mamy robi się bielsza niż ściana w pokoju.

– Marta…

Nie wiem, dlaczego zamilkła. Nie wiem, czy wymyśla jakieś kłamstwo, czy zbiera się na odwagę, czy też po prostu szokuje ją to, co powiedziałam.

– Muszę znać prawdę. – Ponieważ mama milczy, postanawiam jej pomóc. Kładę przed nią zdjęcie, które przygotowałam. Tata trzyma mnie za ręce i kręci się ze mną, taką szczęśliwą, roześmianą. – Wygląda, jakby mnie kochał. – Robię przerwę, jakbym chciała dodać dramatyzmu. – Prawda?

Mama zaczyna płakać. Kiedy ostatnio widziałam ją płaczącą? „Nie oddycha" – słyszę jej głos sprzed lat i mnie też brak tchu. Umysł płata mi figle. Podświadomość próbuje powstrzymać przed drążeniem.

– Marta – powtarza mama.

Ta rozmowa się odbędzie. Tu i teraz.

– Widzisz ten zegarek? – Kładę rękę na nadgarstku taty. Mama tylko kiwa głową i wciąga głośno powietrze. – Wiesz, dlaczego wsiadłam z Mistrzem do samochodu? – Znów nazwałam go Mistrzem, ale to tylko słowo. – Wiesz?

– Nie.

Chyba naprawdę nie wie.

– Zawsze powtarzałaś, żeby nie chodzić nigdzie z obcymi. Nie poszłabym, nawet po tym, jak powiedział, że tata szykuje dla ciebie niespodziankę w górach. Znał wasze imiona, ale i tak bym nie poszła. – Głos mi się załamuje. Lituję się nad tą dziewczynką, którą byłam. Którą nadal trochę jestem. Użalać się nad sobą będę później. – Poszłam, bo on pokazał mi ten zegarek – mówię twardo. – Podobno przedwojenny.

– Należał do dziadka twojego taty – wtrąca mama.

– Tak, a później znalazł się na ręku tego, który mnie sobie wziął. To miał być znak. Tata mu go dał, żebym nie walczyła.

Mama zakrywa twarz dłońmi. Mogłaby powiedzieć, że tata zgubił zegarek albo że ktoś mu go ukradł.

– Marta – mówi znowu zamiast tego.

– Spójrz na mnie. – Odciągam jej ręce od twarzy. Wygląda upiornie: biała skóra z ciemnymi plamami rozmazanego tuszu. – Wiedziałaś, że mnie sprzedał.

Chciałam postawić na końcu znak zapytania, żeby zostawić nadzieję, ale głos zdecydował za mnie.

– To nie tak.

– Więc jak? – Jej milczenie podsyca moją wściekłość. – Jak, kurwa?!

Pierwszy raz użyłam tego słowa. Mama się wzdryga, a ja mam ochotę nią potrząsnąć. Szokuje cię przekleństwo w ustach córeczki?! A nie to, co zrobił tata?! Co razem zrobiliście?! Nie powiem tego. Nie umiem.

Mogłabym przeklinać i walić na oślep pięściami, ale nie potrafiłabym wypowiedzieć takiego oskarżenia. W zasadzie już wypowiedziałam, tylko innymi słowami.

Mama wyciera policzki, rozmazując tusz po całej twarzy. – Gdy zniknęłaś, chciałam poruszyć niebo i ziemię. Wszędzie były ogłoszenia, znalazłam nawet dojścia do telewizji. Występowaliśmy razem, ja i twój ojciec. – Nie patrzy na mnie, mówi beznamiętnym głosem robota. – Ludzie organizowali akcje poszukiwawcze, przetrząsali podwarszawskie lasy. Nurkowie szukali w Wiśle. I nic. Jak kamień w wodę. Żadnych śladów. Żadnych świadków. Nikt niczego nie widział. Nikt niczego nie słyszał. – Wreszcie przenosi na mnie wzrok. Jej źrenice są ogromne, błękitne tęczówki ledwie je otaczają. – Uznałam, że policja jest nieudolna. Ktoś zasugerował, żeby skontaktować się z jasnowidzem. Gdyby nie chodziło o moją córkę, roześmiałabym się mu w twarz. Twój... ojciec próbował mnie powstrzymać, ale wykrzyczałam, że musimy próbować wszystkiego. Poszedł ze mną. – Wybucha niespodziewanym śmiechem, od którego podnoszą mi się włoski na rękach. – Wtedy byłam mu wdzięczna. Teraz wiem, że się bał. Bał się, że jasnowidz będzie wiedział. – Wydaje krótki dźwięk, podobny do prychnięcia i ciągnie: – On jednak gówno wiedział. – Obie używamy dziś słów, które wcześniej nie przechodziły nam przez usta. – Przyniosłam mu twoje ubrania, a on ich dotykał, zamykał oczy, coś mruczał i w końcu powiedział, że leżysz pod ziemią i nie oddychasz. Twój ojciec zapytał, czy to znaczy, że nie żyjesz, ale jasnowidz powtórzył, że nie oddychasz. Ja pytałam gdzie, a on na to, że daleko, że słyszy obcy język. Tyle od niego wyciągnęliśmy. Ojciec mówił, że czas odpuścić, dać temu spokój. Że mamy drugie dziecko, dla którego musimy żyć. Nie rozumiałam. Wtedy nie rozumiałam. Zaczęłam przeglądać ogłoszenia. Policja nie potrafi albo nie chce, ale ktoś musi się dowiedzieć. Znalazłam detektywa. I znów twój ojciec protestował. Mówił, że tylko nabijamy kabzę oszustom. Że ciebie już nie ma i musimy to zaakceptować. Uderzyłam go w twarz i znów poszedł ze mną.

Oczy błyszczą jej, jakby dostała gorączki, oddech się rwie. Mam wrażenie, że jest w niej ogień, który potrafi spalić.

– Jakiego detektywa? Podaj nazwisko – żądam.

– Nazywa się Piotr Słoneczny. Od razu zrobił na mnie dobre wrażenie. Wiedziałam, że chce pomóc. Może pracował tylko dla kasy, ale był dobry w tym, co robił. I kiedyś…

Milknie. Jej oczy nadal błyszczą, ale wydaje się nieobecna. Nie chcę, żeby przeżywała tamte chwile sama. Ja tu jestem!

– Co kiedyś?

– Kiedyś zadzwonił i powiedział, że musimy się spotkać. Tylko ja i on. Bez mojego męża. I poszłam.

– I? – ponaglam, bo mama znowu zamilkła.

– I pokazał mi wyciągi z konta firmowego mojego męża. Spytałam, skąd je ma, ale on tylko machnął ręką. Pracował kiedyś w policji i nadal miał tam wtyki.

Zatrzymuję powietrze w płucach. Wiem, że zbliżamy się do rozwiązania.

– I? – pytam na wdechu.

– Jakiś czas przed twoim zaginięciem konto było puste. I nagle zaczął dostawać przelewy z zagranicy. Za każdym razem z innego konta. Dziesięć tysięcy dolarów. Piętnaście tysięcy. Dwadzieścia. Pięć. Z Kajmanów. Z Seszeli. Z Panamy. No, może nie tak. Te pieniądze z zagranicy szły na jakieś konta zarejestrowane w Polsce. Za każdym razem na inne. Nie jego. I z tego innego konta szło na jego firmowe. Na podstawie faktur. Tylko że firmy, które płaciły za te faktury, nigdy nie istniały. Przelewy ustały kilka miesięcy po zniknięciu.

– Ale… żaden bank tego nie zakwestionował?

Wzrusza ramionami.

– Nie wiem – odpowiada lodowato. – Jeśli nawet, zapewne twój ojciec wyjaśnił. Wiem, że gdy detektyw mi to pokazywał, żadnego z tych kont już nie było. Właścicieli nie dało się namierzyć. Wróciłam do domu i pokazałam Wojtkowi wyciągi. I wtedy on się przyznał.

Wszystkie elementy układają się w logiczną całość. Coś we mnie umiera.

– I wtedy popełnił samobójstwo? Po prostu dlatego, że go nakryłaś?

Mama nie odpowiada. Patrzy na mnie i zupełnie nie mruga. Czy zastanawia się, jak mnie oszukać? Czy już mnie oszukała? Czy przygotowywała się do tej rozmowy latami? Odegrała wszystko na mój użytek?

– Nie – mówi w końcu.

Niczego już nie rozumiem.

– Jak to nie?

Katarzyna

Przygotowała się dobrze. Poprosiła siostrę, żeby zaopiekowała się Kingą przez kilka dni. Słoneczny wskazał jej odpowiedniego człowieka. Nikt nie zadawał pytań.

Rozłożyła dokumenty na stole, zanim mąż wrócił od klienta i czekała. Żaden mięsień nie drgnął w jej twarzy, gdy usłyszała brzęk klucza w zamku.

– Cześć! – zawołał od progu.

Nie odpowiedziała. Często się to zdarzało, więc się nie zaniepokoił. Odwiesił marynarkę, umył ręce i wszedł do pokoju.

– Tutaj siedzisz, kochanie – powiedział cicho.

Jego twarz wyrażała troskę. Jak zwykle.

– Tak – odpowiedziała, przyglądając mu się z ciekawością, jakby obserwowała nowy gatunek zwierzęcia. – Usiądź naprzeciwko.

Zanim to zrobił, pocałował ją w czoło. Nawet nie drgnęła.

– Co się stało? – spytał z westchnieniem.

Poczekała, aż usiadł.

– Możesz mi to wyjaśnić?

Wziął do ręki pierwszy papier i jego twarz poszarzała.

– Co to jest? – spytał, kładąc go z powrotem na stole.

– Wyciągi z twojego konta firmowego. Właściwie z naszego, biorąc pod uwagę, że mamy wspólnotę majątkową. Wpłaty szły z kont jakichś lipnych firm.

Przerzucał papiery, jeden po drugim.

– To… miałem kilku zagranicznych klientów. My… umawialiśmy się, że będą płacić z polskich kont.

Odnalazła pierwszą wpłatę. Przyszła z Seszeli i prawie natychmiast została przelana na konto Wojtka.

– Spójrz na datę. – Postukała paznokciem, któremu przydałoby się obcięcie. – Te pieniądze przyszły dwa tygodnie przed zaginięciem Marty. – Ponieważ milczał, ponagliła: – No mów.

– Skąd to masz?

– Czy to istotne? Po prostu mów.

Była przygotowana na grę w zaparte, na logiczne czy nielogiczne argumenty. Na zapewnienia, że te wyciągi nie mają nic wspólnego z Martą. Na błaganie, żeby mu uwierzyła, czy na wspomnienia, jakim dobrym był ojcem. Nadal jest, chociaż jednego dziecka nie ma. Chociaż ktoś porwał córkę, którą kochał bardziej niż własne życie, nie stał się gorszy dla drugiej. I tę też kocha bardziej niż życie. I potrafi wyciągnąć żonę, gdy ona w rozpaczy upada na dno. Tymczasem Wojtek nic takiego nie powiedział. Po prostu się rozpłakał. Siedział na krześle, patrząc w papiery, i cały trząsł się od łkań. Ostatnio widziała go płaczącego kilka dni po zniknięciu Marty. To był w ogóle jedyny raz, gdy pozwolił sobie na łzy przy niej.

– Opowiedz mi – powiedziała. Jej ton był niemal kojący. – Wszystko. Zrozumiem. Znajdziemy rozwiązanie.

Nadal zanosił się od szlochu. Przestawiła krzesło do niego i objęła go. Położył głowę na jej ramieniu.

– Miałem długi. Tak straszne, że nigdy byśmy się z nich nie wydobyli. Stracilibyśmy wszystko. Naszej rodzinie groziła nędza. Nie mogłem pozwolić, żeby moje córki… Nie mogłem.

Odsunęła się i ujęła jego twarz w dłonie, zmuszając, żeby spojrzał jej w oczy.

– Więc sprzedałeś jedną?

Przez twarz przeszedł mu skurcz.

– Kiedyś ten człowiek podszedł do mnie i zaprosił na drinka. Odmówiłem, ale on powiedział, że wie o moich kłopotach i wie, jak im zaradzić. Zaczął wymieniać moich wierzycieli. Nie rozumiałem, skąd ma informacje, ale wszystko, co mówił, pokrywało się z prawdą.

Ciałem Wojtka wstrząsnęło łkanie, silniejsze niż poprzednio. Kasia policzyła do dziesięciu. Musiała pozostać spokojna.

– Więc poszedłeś z nim na drinka, tak?

– Tak. Powiedział, że ma… że ma propozycję biznesową.

Czekała, ale mąż zamilkł, jakby wszystko już zostało powiedziane.

– Zaproponował pieniądze, jeśli dasz mu córkę, tak? – przerwała w końcu ciszę.

– Tak, ale uciekłem stamtąd.

Co za bohaterstwo, chciała powiedzieć.

– Dlaczego nie zgłosiłeś tego na policję?

– Nie znałem tego człowieka. Nie miałem pojęcia, kto to jest.

– A dlaczego nie powiedziałeś mi o nim?

Przestał płakać i patrzył na nią długo.

– Ty nie miałaś pojęcia o moich kłopotach. Żyłaś w świecie iluzji, gdzie liczyły się dzieci i twoja praca. Ja zostałem odstawiony na boczny tor. Nigdy nawet nie zapytałaś, co u mnie. Wydawałaś pieniądze lekką ręką.

Dużo więcej niż zarabiałaś. Byłem potrzebny, bo te pieniądze zapewniałem. I tylko dlatego. Pamiętasz to?

Pamiętała, że przechodzili kryzys. Jak przez mgłę przypominała sobie, że nie miała ochoty na zbliżenia ani na szczere rozmowy. Lubiła, gdy Wojtka nie było w domu. I tak, lubiła wydawać pieniądze.

– A więc to moja wina?

Nie zabrzmiało to sarkastycznie. Prawdziwe pytanie, które zadawała nie tylko jemu, ale i sobie.

– Nie, oczywiście, że nie. Ale nie mogłem ci powiedzieć, na czym stoimy, bo byś odeszła. Nie mogłem cię stracić. Nie mogłem stracić rodziny.

Pokręciła głową.

– A więc…

Urwała, czekając aż on skończy zaczęte przez nią zdanie.

– A więc, kiedy przyszedł następnym razem, nie przegoniłem go. Dał mi czas do namysłu. Tydzień. – Przerwał, ale po chwili znów mówił, szybko, połykając końcówki wyrazów, jakby się bał, że się rozmyśli. Jakby słowa wzbierały w nim przez miesiące. – Przedstawił propozycję. Opisał szczegóły. Powiedział, że Marcie będzie dobrze. Że my tutaj będziemy mogli mieć więcej dzieci. Że to może mi teraz wydawać się ofiarą, ale w ostatecznym rozrachunku tak będzie lepiej dla wszystkich. Przez tydzień myślałem tylko o tym. Tylko o tym. Nie mogłem pracować. Nie mogłem patrzyć w oczy tobie ani dzieciom. Ale ostatecznie…

– Ostatecznie się zgodziłeś.

– Pomyślałem, że w ten sposób stracę tylko Martę. Jeśli się nie zgodzę, stracę wszystko.

Pogładziła go po głowie.

– To straszne, co mówisz. To straszne, przez co musisz przechodzić codziennie.

Spojrzał na nią czerwonymi, pełnymi łez oczyma.

– Tak – powiedział schrypniętym głosem. – To nie los. Nie zły człowiek. Nie Bóg. To ja. Ja.

Wydał jęk, pełen bólu i wściekłości tłumionych przez lata. Nienawiści do samego siebie, która zżerała go od środka. W tamtym momencie Kasia poczuła coś na kształt współczucia. Jeśli istniało piekło, to znajdowało się w jej mężu.

– Wszystko będzie dobrze. Wymyślimy coś. Powiedz mi, co wiesz o tym człowieku. Wszystko. Wszystko.

Nagrywała rozmowę, żeby puścić ją potem Słonecznemu. Nie było wielu informacji. Wygląd pasowałby do niejednego mężczyzny. Wysoki, na pewno powyżej metr osiemdziesiąt pięć. Szczupły, ale dobrze zbudowany. Szare oczy. Gęste brwi. Wyraźnie zarysowany podbródek. Bez znaków szczególnych, bez okularów. Za każdym razem miał na sobie dżinsy, koszulę i marynarkę. Elegancja nieoczywista. Mówił jak człowiek wykształcony, nie robił błędów językowych, ale nie używał też wyszukanych zwrotów. Nie zdradził, kim jest z zawodu, ale z pewnością był bardzo bogaty. Gdy mąż to powiedział, prawie roześmiała mu się w twarz. Nie zrobiła tego, bo mogłoby to zaszkodzić w wykonaniu planu. Zamiast tego zapytała, gdzie spotykał się z nieznajomym i gdzie wypili drinka. Odpowiadał bez mrugnięcia okiem. Na pytanie o samochód, pokręcił głową i odparł, że tamten zawsze przychodził pieszo.

– Wszystko będzie dobrze – powtórzyła. – Usiądź na sofie. Tak będzie wygodniej. Napijemy się, a potem się zastanowimy.

Zostawiła go w pokoju i przygotowała drinki. Nawet nie zadrżały jej ręce.

– Pij – powiedziała, wręczając mu szklankę.

Posłusznie wychylił całą od razu. Kasia zaledwie umoczyła usta.

– Zrobię ci następnego – szepnęła.

Pokiwał głową. Ponownie wypił do dna.

– Kocham cię – powiedział, wyciągając do niej ręce.

Pozwoliła mu pocałować się w usta. Wtedy wydawało jej się, że Wojtek wie, że akceptuje swoją śmierć i że nawet jest jej wdzięczny za zorganizowanie wszystkiego. Wkrótce zasnął. Może miał już w sobie dawkę śmiertelną, ale Kasia i tak wyciągnęła przygotowaną wcześniej strzykawkę i wkłuła się w żyłę w ręce męża. Otworzył na moment oczy.

– Kocham cię – powtórzył.

Wtedy na pewno wiedział.

* * *

Opowiadała to teraz córce, mając nadzieję, że zrozumie. Marta nie przerywała, patrzyła na matkę ogromnymi błękitnymi oczyma. To zdumiewające, że mimo wszystkiego, co się jej przydarzyło, pozostała niewinna.

– Wylałam zawartość swojego kieliszka do zlewu i wytarłam swoje odciski. Potem położyłam się do łóżka. Wstałam w środku nocy i sprawdziłam. Twój ojciec był już chłodny. Zadzwoniłam na pogotowie.

Kasia zamilkła. Wyczerpała już wszystkie słowa. Siedziała nieruchomo, czekając na jakiś znak od córki.

– Mamo.

Obie odwróciły głowy. W otwartych drzwiach salonu stała Kinga. Nie usłyszały dźwięku klucza ani kroków. Jak długo tu była? Ile wie? Dlaczego nie została na noc u przyjaciółki, jak to uzgodniły?

Marta wstała i na chwiejnych nogach zbliżyła się do wyjścia. Zatrzymała się na chwilę przed młodszą siostrą, a potem odsunęła ją na bok i wybiegła z mieszkania.

– Wrócę przed jedenastą – zawołała już na schodach.

Kasia podeszła do młodszej córki i przyciągnęła ją do siebie. Kinga odwzajemniła uścisk, ale po chwili uwolniła się z ramion matki.

– Ja też wychodzę – oznajmiła. – I też wrócę przed jedenastą.

I wybiegła jak poprzednio jej siostra.

Kasia stała w przedpokoju, wpatrując się w otwarte drzwi na klatkę. Po półgodzinie przechodziła sąsiadka, z którą kilkakrotnie rozmawiała na schodach.

– Pani Kasiu. Wszystko w porządku?

– Tak, tak – odpowiedziała Kasia i cicho zamknęła drzwi przed nosem drugiej kobiety.

Elwira

Wtedy zareagowałam bardzo emocjonalnie, ale nie wyrzekłam się jeszcze swojej tożsamości. Zrobiłam jednak pierwszy krok. Poszłam do fryzjera.

– Co robimy?

Spojrzałam w lustrze w oczy pani Ali, która od dawna podcinała mi końcówki.

– Ścinamy na krótko i farbujemy na czarno.

Fryzjerka próbowała odwieść mnie od tego pomysłu.

– Masz takie śliczne włosy – powiedziała, biorąc w ręce kilka pasm. – I taki ładny kolor. Będziesz żałować.

– Nie – odpowiedziałam tonem upartego dziecka. – Chcę mieć krótkie czarne włosy.

Fryzjerka westchnęła.

– Twoja mama wie?

Popełniłam błąd, idąc do zakładu, który odwiedzałyśmy z mamą. W gruncie rzeczy jakie to jednak miało znaczenie?

– Wie i nie ma nic przeciwko. Poza tym to ja płacę.

Pani Ala stała jeszcze przez chwilę, przesuwając palcami po moich włosach. Paznokcie miała umalowane na jaskrawoczerwony kolor. Do tej pory widzę je na długich blond falach. Wtedy pomyślałam, że odmówi albo zadzwoni do mamy. Prawie wstałam i wyszłam, żeby poszukać innego lokalu, kiedy powiedziała:

– Okej, skoro ty płacisz.

Nie jestem pewna, czy to był sarkazm. Jej ton, w przeciwieństwie do słów, zamazał się w mojej pamięci.

Spojrzałam w lustro, dopiero gdy skończyła. Efekt był zadowalający. Dziewczyna po drugiej stronie wydawała się kimś zupełnie innym. Uśmiechnęłam się do niej.

– Ładnie wyglądasz – powiedziała pani Ala. – Nadal jednak uważam, że wcześniej było lepiej.

Przeniosłam wzrok na fryzjerkę.

– Dziękuję – powiedziałam. – Tak właśnie chciałam.

Wtedy nie miałam jeszcze żadnego planu ani nowego imienia. Kiedy poznałam Maćka, już tak. To ja zaproponowałam małżeństwo.

– Ożenisz się ze mną? – zapytałam pewnego wieczoru, gdy wracaliśmy z kina.

Pytanie zaskoczyło go na tyle, że zatrzymał się i przez chwilę przyglądał mi się bez słowa.

– Chętnie – odpowiedział wolno – ale myślałem, że to ja się oświadczę. Poza tym chyba powiedziałaś, że chcesz być tylko moją przyjaciółką.

Poczułam wyrzuty sumienia. To nie tak powinno wyglądać. Nie tak. Nie powinnam zacząć od takiego pytania.

– Przepraszam, Maciek. Nie chodziło mi o prawdziwe małżeństwo.

– Nie o prawdziwe? – Znów zaczął iść. – A o jakie?

– Usiądźmy. Wytłumaczę ci.

Niedaleko był skwerek. Niektóre ławki zajęte przez całujące się pary. Poczułam ściskanie w gardle. Nie powinnam go o to prosić. Nie jego. Nie po tym, co zaszło między nami.

– Usiądźmy tutaj. – Wskazał na pustą ławkę.

Skinęłam głową i usiedliśmy. Milczałam tak długo, że ujął moją rękę. Wyrwałam ją szybko.

– Miałaś wytłumaczyć.

– Przepraszam, Maciek. Po prostu o tym zapomnijmy, dobrze?

Zaczęłam płakać jak idiotka, bo wiedziałam, że nie ma nikogo innego. Nikogo nie poproszę o taką przysługę, bo tylko jemu ufam. Nie na tyle oczywiście, żeby opowiedzieć wszystko.

– Powiedz, o co chodzi. Martwię się o ciebie.

Pozwoliłam mu wziąć się w ramiona, bo to przywracało światu bezpieczne kontury. Nie byłam w stanie skupiać się na Maćku ani na tym, jak to wpłynie na niego.

– Znasz moją mamę i siostrę, prawda?

– No, znam – odpowiedział wolno. – Bardzo je lubię.

Ja je kochałam, ale nie mogłam już nazywać się jak one. Używałam drugiego imienia, bo tata wymyślił pierwsze, ale w dowodzie nadal figurowało moje nazwisko. Jego nazwisko. Owszem, przyszło mi do głowy, że można zmienić dane legalnie, nie angażując w to nikogo innego, ale wiedziałam, jak to wpłynęłoby na mamę. Nie chciałam jej tego robić. Zmiana nazwiska przez małżeństwo to coś zupełnie innego. Normalka. Nie musiałam mówić, że przy okazji zmienię też oficjalnie imię.

– Posłuchaj, chcę zmienić nazwisko.

Opowiedziałam mu historię o ojcu, który wykorzystał mnie seksualnie, a potem popełnił samobójstwo. Wczułam się, prawie w nią wierzyłam. Zdumiewające, że była łatwiejsza niż to, co wydarzyło się naprawdę.

– Twoja mama wie.

To było stwierdzenie. Nie, nie! Za nic nie chciałam jej oskarżyć.

– Nie ma pojęcia. Nigdy nie wiedziała. Dlatego chcę zmienić nazwisko w ten sposób.

Potaknął, chociaż chyba nie uwierzył w tę część o mamie.

Mama była moją bohaterką. To ona pierwsza wzięła sprawy w swoje ręce. To dzięki niej miałam plan. I właśnie ona nie mogła się domyślić. Nie miałam wątpliwości, że próbowałaby mnie powstrzymać. Maćka nie musiałam długo przekonywać. Zgodził się. Kilkanaście miesięcy po ślubie wzięliśmy zaplanowany rozwód.

Pamiętam, jak Słoneczny wręczył mi zdjęcie Sułeckiego. Od razu go rozpoznałam, chociaż miał już sporo zmarszczek i siwych włosów. Dyrektorem liceum w Zaćmieniu został w dwa tysiące osiemnastym roku, ale wcześniej wspierał rozwój szkoły. Tak brzmiała wersja oficjalna. Jestem przekonana, że kontrolował tam wszystko i wszystkich. Podziękowałam detektywowi z kamienną twarzą.

W domu porównałam fotografię z dziecięcymi rysunkami. Mogłam wyruszyć na misję. Musiałam wyruszyć na misję.

Otrząsam się. Dość tych pięknych słówek. Kiedy pojawiła się we mnie tendencja do patosu? Nieważne, nieważne. Słoneczny wyszedł porozmawiać z dilerką. Nie zapyta, dokąd się wybieram. Dorobiłam już dla niego klucz, więc nie muszę się martwić, że będzie czekał pod drzwiami.

Karliński i partnerzy. Wyszukiwarka zasypuje mnie wynikami. Mam adres i telefon. Nie będę dzwonić, bo mnie spławi. Nie mam dużego doświadczenia, ale przypuszczam, że prawnicy nie umawiają się tego samego dnia i to w piątek po południu. Przyglądam się działalności. Specjalizuje się w sprawach mieszkaniowych. Dobrze. W samochodzie się zastanowię, jaka jest moja sprawa. Wpisuję adres w nawigację. Niecałe trzy godziny. Będę na miejscu nieco po osiemnastej.

Marta

Nie wiem, jak długo Kinga słuchała naszej rozmowy. Powinnam z nią porozmawiać. Nie należy zostawiać jej samej z mamą. Albo mamy z nią. Później. Najpierw muszę uporządkować własne myśli. Zrozumieć, czego właśnie się dowiedziałam. Na razie słowa obijają się o ściany czaszki, huczą w głowie.

Wpadam do kościoła. Tak często tu przychodziłam, jeśli miałam problem. Tu się wyciszałam. Tu rozmawiałam z Jezusem. Co Jezus może poradzić na to, że własny ojciec mnie sprzedał? Co może poradzić na to, że cieszę się, że mama go zabiła? A może raczej nie cieszę się, bo najbardziej sama chciałabym dokonać samosądu? Odebrała mi tę możliwość. Odebrała mi zemstę. Jest jeszcze on. Mistrz. To w nim jest ucieleśnione zło. Z nim jeszcze mogę się rozprawić. W ten sposób rozprawię się też z tatą. Symbolicznie, okej. A może nie tylko. Może część ojca zawsze w nim była. Dlatego lubił, żebym od czasu do czasu nazywała go tatusiem. Po śmierci Wojciecha Jędrasika ta część Mistrza się rozrosła. Może to dobrze, że policja go nie znalazła. Będę pierwsza. Muszę być pierwsza. Detektyw, który odkrył powiązania taty z moim zaginięciem, mi pomoże. Mama mnie z nim skontaktuje. Jest mi to winna.

Co ja robię? Planuję zemstę przed ołtarzem Chrystusa, który modlił się za swoich prześladowców. Powinnam błagać Go, żeby nauczył mnie przebaczać. Nie chcę. Nie chcę. Chcę zemsty. Im bardziej krwawa tym lepiej. Dopiero wtedy dobrze się poczuję.

– Kochanie.

Czuję dotyk delikatnych palców na plecach. Głos jest tak cichy, że zastanawiam się, czy rzeczywiście usłyszałam „kochanie". Moje reakcje są spóźnione. Wciąż klęczę z pochyloną głową, aż do mózgu dociera, że ktoś mnie dotyka. Ktoś do mnie mówi. Kochanie? Jak ta osoba śmie? Odwracam głowę w jej stronę i widzę kobietę w habicie. Jest całkiem młoda, twarz ma ładną, taką, że ludzie z pewnością się zastanawiają, dlaczego wybrała zakon.

– Czego siostra ode mnie chce?

Mówię zbyt głośno i zdaję sobie sprawę, że szlocham. Sama ledwie się rozumiem.

– Płaczesz na głos i cała się trzęsiesz.

Rozglądam się. W ostatniej ławce siedzi jakaś staruszka, ale oprócz tego kościół jest pusty. W tym momencie z zakrystii wychodzi ksiądz. Nie chcę robić przedstawienia. Wstaję i kieruję się do wyjścia. Zakonnica podąża za mną.

– Dlaczego siostra za mną idzie? – pytam na zewnątrz. – Chcę być sama.

– Na pewno?

Patrzę w jej oczy i dostrzegam coś, czego nie umiem zdefiniować. Nie wrócę jeszcze do domu, ale oszaleję we własnym towarzystwie.

– Nie. Nie na pewno. Chętnie napiję się z siostrą kawy, jeśli reguła siostrze tego nie zabrania, ale nie mam zamiaru mówić o sobie.

Śmieje się. Podoba mi się ten dźwięk.

– Nie. Reguła mi nie zabrania. Chętnie opowiem ci o sobie. Zapraszam. Ja stawiam. – Wyciąga rękę. – Tak w ogóle jestem siostra Gabriela.

Po chwili wahania podaję jej swoją.

– Marta.

Oprócz kawy zamawiamy po ciastku. Ja biorę szarlotkę z lodami, ona sernik z truskawkami. Znowu się śmieje.

– Nie jadłam słodyczy od wieków. – Nabiera kawałek na widelczyk, wsuwa do ust i wolno przeżuwa.

– Co za smak.

Jej twarz wyraża czysty zachwyt.

– Nie ma siostra wyrzutów sumienia?

Unosi brwi.

– Bo jem? Bo mi smakuje? Mam mnóstwo wyrzutów sumienia, ale nie z tego powodu. Jezus też jadł i pił, prawda? Gdy przyszedł do uczniów po zmartwychwstaniu, spytał: „Macie tu coś do jedzenia?"*. Uwielbiam ten fragment.

Wreszcie się uśmiecham.

– Tak, ja też.

Ja również nabieram kawałek szarlotki i próbuję skoncentrować się na smaku jak ona. Przygląda mi się z życzliwością.

– Oczywiście, kiedy myślę o wszystkich, którzy nie mogą tego spróbować, jest mi smutno. Mieszkam w Afryce na misji. Ludzie, którzy nas otaczają, często umierają z głodu.

– W Afryce? – pytam ze zdziwieniem.

– Dziwisz się, że spotkałaś mnie w warszawskim kościele, tak? Przyjechałam z dwiema siostrami na kilka

* Łk 24,41.

dni. Jutro będziemy opowiadać po mszach o naszej pracy i ludziach wokół nas. To zawsze pomaga. Parafianie wspierają nas modlitwą, ale materialnie też. Nie możemy udawać, że tego nie potrzebujemy.

– Chciała siostra pojechać na misję czy została siostra tam wysłana?

Jej uśmiech znika. Chce odpowiedzieć na pytanie z całą powagą.

– Chciałam. Uważałam, że tam, otoczona najbardziej potrzebującymi, najbardziej będę czuć Boga. Najlepiej będę Mu służyć. Poprzez służbę ludziom, którzy są wyrzucani poza nawias.

– Tutaj też tacy są – wyrywa mi się.

– Tak, wiem. Ale tam, na misji, to prawie wszyscy.

Kiwam głową na znak, że przyjmuję ten argument.

– I jest tak, jak siostra myślała?

– Nie zawsze.

Okej. Jak ze wszystkim.

– A skąd w ogóle pomysł, żeby pójść do zakonu? Założę się, że mnóstwo osób mówi, że siostra jest zbyt ładna na życie klasztorne.

Znów się śmieje i tym razem udaje jej się dotrzeć do mroku we mnie, może nawet odrobinę go rozproszyć.

– Ludzie mówią różne rzeczy, prawda?

– Tak. Prawda. Ale nie odpowiedziała siostra na moje pytanie. Skąd pomysł? – Nagle przypomina mi się, że zastrzegłam, że nie mam zamiaru mówić o sobie. Przecież ona też nie musi chcieć dzielić się wszystkim z napotkaną w kościele histeryczką. – Oczywiście, jeśli siostra nie ma ochoty mówić, zrozumiem.

Ponownie poważnieje. Podobają mi się zmiany w jej twarzy; są takie wyraziste.

– Każdy ma inne powołanie. Niektórzy do małżeństwa, do życia w rodzinie, inni do czynienia dobra samotnie, bez wiązania się z ludźmi, a moim powołaniem jest służba Bogu i ludziom w zakonie.

Wzdycham. Powołanie jest dla mnie czymś zupełnie abstrakcyjnym.

– Zawsze to siostra wiedziała?

Popija łyk kawy.

– Świetna. Na misji czasem pijamy rozpuszczalną. – Spogląda na mnie. – Przepraszam. Nie zignorowałam twojego pytania, tylko zastanawiam się, jak odpowiedzieć, żeby to było jasne. Nie. Oczywiście, że nie zawsze. Gdy byłam dziewczynką, wyobrażałam sobie, że będę mieć męża i dużo dzieci. Byłam, jak to niektórzy nazywają, normalna. Później stało się coś złego.

Milknie, a w jej oczach pojawia się pustka. Wydaje mi się, że na nowo przeżywa to „coś złego".

– Co się stało?

Powoli wraca do teraźniejszości i kręci głową.

– Powiem ci przy innej okazji. W każdym razie wtedy pojawił się bunt przeciw wszystkiemu. Przeciwko życiu, jakie chciałam mieć wcześniej, przeciwko szkole, rodzicom, nauczycielom, Bogu. Może najbardziej przeciwko Bogu. Nie rzuciłam się na narkotyki i alkohol, nie. Po prostu uciekałam w nienawiść i w samotność. Nie dopuszczałam do siebie nikogo. Gdy ktokolwiek chciał się zbliżyć, reagowałam agresją. Nie to, żebym kogoś biła czy nawet obrzucała wyzwiskami, moja agresja była bardziej wyrafinowana. Drwina, szyderstwa. Raniłam ludzi i sprawiało mi to przyjemność. Nawet gdy słyszałam, jak moja mama płacze. Ale potem...

Robi przerwę tak długą, że nie wytrzymuję i pytam:

– Co potem?

– Kiedyś zimą szłam przez las. Lubiłam to. Specjalnie wyjeżdżałam za miasto i chodziłam nieuczęszczanymi drogami. Bawiłam się myślą, że kiedyś nie znajdę drogi powrotnej i zamarznę w zupełnej samotności, a wilki poszarpią mi ciało. Jakiś wędrowiec znajdzie kość i policja dopasuje ją do mojego DNA. Tylko że wtedy naprawdę się zgubiłam. Nie miałam pojęcia, w którą stronę iść, żeby wrócić, albo chociaż wyjść z lasu. Wyruszyłam rano, a było już po zmroku. Zmarzłam, chciało mi się pić, byłam głodna. I bałam się. To żałosne, ale naprawdę się bałam. Ja, której się wydawało, że fajnie by było zaginąć i umrzeć. I wtedy pojawił się człowiek. Obdarty, brzydko pachnący. I zaprowadził mnie do pustostanu, gdzie urządził sobie tymczasowy dom. Dał mi herbaty z termosu i chleba z masłem. Gdyby nie on, nie wiem, czy bym nie umarła. Bardzo możliwe. Natomiast uważam, że Jezus miał wtedy postać Artura. Ten bezdomny ma na imię Artur. Nadal jesteśmy w kontakcie. I wtedy poczułam powołanie. Możesz się śmiać, jeśli chcesz.

Nie mam zamiaru.

– Siostra ma na imię Gabriela? W sensie od początku tak siostra miała na imię?

– Nie. Rodzice nazwali mnie Agnieszka. – Wstrząsam się i zakonnica to zauważa, ale nie pyta, o co chodzi. Może kiedyś jej powiem. – U sióstr karmelitanek trzeba zmienić imię. Prosiłam siostrę przełożoną, żeby pozwoliła mi na Gabrielę.

– Dlaczego?

– To żeńska forma imienia Gabriel, co znaczy: Bóg jest moim męstwem. Tak uważam. Jeśli bywam odważna, to tylko dzięki Bogu. Nie chcę o tym zapomnieć.

Zanim się rozstaniemy, siostra Gabriela zapisuje na kartce swój numer telefonu i adres mailowy. Chowam prowizoryczną wizytówkę do kieszeni i patrzę, jak zakonnica się oddala. Gdy znika za zakrętem, rozmowa z nią staje się prawie nierealna. Chrystus, który stanął na jej drodze, też. Realne jest moje życie. Muszę coś zmienić. Bardzo wiele zmienić. Zacznę od czegoś bardzo prozaicznego.

Idę do fryzjera.

Elwira

Przejeżdżam przed willą, którą nawigacja podaje mi jako miejsce docelowe, a potem oddalam się kilka przecznic i zatrzymuję. Serce tłucze się w klatce. Czekam chwilę i koncentruję się na równomiernym oddechu. Wdech. Zatrzymanie powietrza. Wydech. Uspokajam się. Nauczyłam się tej sztuczki dawno temu. Szkoda, że czasem o niej nie pamiętam. Sięgam po telefon i wybieram numer. Biorę pod uwagę, że nikt nie odbierze, jednak już po dwóch sygnałach słyszę:

– Tomasz Karliński, słucham.

– Dobry wieczór. Mówi Julia Włodarczyk. – W duchu przepraszam koleżankę za posługiwanie się jej nazwiskiem. Swojego wolę nie używać. Jednego ani drugiego. – Przepraszam, że dzwonię w piątek o tej porze.

– Dobry wieczór. Czym mogę pani służyć, pani Julio?

Jego głos jest uprzejmy, z jakąś nutą uwodzicielstwa.

– Chciałabym zasięgnąć pana porady. Pana córka Alina powiedziała mi kiedyś, że specjalizuje się pan w sprawach mieszkaniowych, a ja jestem w tej chwili w bardzo trudnej sytuacji. Jestem dzisiaj we Wrocławiu i pomyślałam...

– Pani zna Alinę? – przerywa mi Karliński.

– Pracujemy razem. Też jestem nauczycielką i...

– Dobrze. – Znów nie daje mi skończyć. – Mogę panią przyjąć teraz. Zna pani adres?

– Tak. – Podaję ten, który wyczytałam w Google.

– Zgadza się. Zapraszam.

– Dziękuję. – Prawie nie wierzę, że tak łatwo poszło. – Będę za jakieś pięć minut.

Rozłączam się, naelektryzowana powodzeniem, chociaż przecież niczego jeszcze nie załatwiłam.

Ponownie podjeżdżam pod willę Karlińskich. Patrzę na swoje odbicie w lusterku i decyduję się nie wkładać szkieł. Te oczy, takie błękitne, jak określił je Słoneczny, zapewne budzą skojarzenia z niewinnością. Gdybym jeszcze dysponowała swoimi naturalnymi blond włosami, mogłabym odgrywać rolę delikatnej niewiasty, którą prawdziwy mężczyzna koniecznie powinien się zaopiekować. Uśmiecham się, pociągam usta wiśniową pomadką i opuszczam samochód.

Naciskam dzwonek przy bramie i natychmiast zostaję wpuszczona. Wysoki szpakowaty mężczyzna wychodzi na zewnątrz. Jest przystojny. Obie córki odziedziczyły po nim wzrost i postawę, ale poza tym nie umiałabym powiedzieć, która jest do niego bardziej podobna.

– Zapraszam do środka, pani Julio.

Uśmiecham się z wdzięcznością i wchodzę. Pomaga mi zdjąć płaszcz i prowadzi do gabinetu.

– Napije pani się herbaty? Kawy?

– Jeśli to nie kłopot, poproszę o małą kawę.

– Z mlekiem?

– Tak, proszę.

Karliński włącza ekspres i po chwili stawia na stole dwie filiżanki kawy z białą pianą.

– Dziękuję.

– Słodzi pani?

– Nie. Staram się ograniczać cukier.

Czekam, aż usiądzie, i pociągam łyk.

– Wspaniała.

– Tak, jestem wielbicielem dobrej kawy. – Śmieje się. – Jedyny w rodzinie. Moja żona i córki mogą pić nawet rozpuszczalną.

– Ja też lubię dobrą kawę – przyznaję. – Będę musiała sprawić sobie taki ekspres.

– Bardzo zachęcam. – Pije, a potem patrzy mi prosto w oczy. W jego spojrzeniu też jest coś uwodzicielskiego. – A więc co panią do mnie sprowadza?

Zaczynam snuć opowieść, którą przygotowałam w drodze.

– Widzi pan, moja babcia mieszkała w lokalu kwaterunkowym. Pod koniec życia poprosiła, żebym przeniosła się do niej. Była samodzielna, ale pewniej się czuła, jeśli byłam w pobliżu. Byłam jej jedyną wnuczką. – Głos mi się załamuje. W życiu opanowałam kilka umiejętności, a jedną z nich jest płacz na zawołanie. – Wycieram łzy i ciągnę. – Zawsze miałyśmy dobre relacje. Gdy było mi źle z rodzicami, szłam do niej. Mama była z tego układu zadowolona, bo wiedziała, gdzie mnie szukać. – Wyprostowuję się. Nie chcę przesadzać z długością opisywania rodzinnych relacji, w końcu Karliński jest prawnikiem, a nie psychoterapeutą. – Gdy zmarła, odbyła się sprawa i sąd uznał, że mam prawo zostać w mieszkaniu. Osiem lat temu pojawił się właściciel. Czynsz został podniesiony kilka razy, ale i tak płacę dużo mniej niż za wynajem na wolnym rynku. Jednak… jednak tuż przed nowym rokiem dostałam wypowiedzenie.

– Ma pani to wypowiedzenie przy sobie? – przerywa prawnik.

Jestem na to przygotowana.

– Nie. Decyzja, żeby porozmawiać z panem, była bardzo spontaniczna. Przyjechałam w odwiedziny do rodziców i mama bardzo mnie zachęcała, żebym skorzystała z porady prawnej.

– Pani rodzice mieszkają we Wrocławiu?

– Tak. Mają małe mieszkanko na Świdnickiej. Tam się urodziłam. – To jest najsłabsza część historii, bo słabo znam to miasto. – Miałam tam swój pokój i mówią, że zawsze jest mój, chociaż tata urządził tam teraz domowe biuro.

– Rozumiem. Co było w wypowiedzeniu?

– Wypowiedzenie sześciomiesięczne, bo chcą sprzedać moje mieszkanie i mogą zaoferować mi lokal zastępczy. Dziesięć metrów kwadratowych.

– Dziesięć metrów kwadratowych mieszkalnych czy wszystkiego?

– Łazienki w to nie wliczają. Jest malutka. Dziesięć metrów ma pokój z kuchnią.

– W takim razie są na przegranej pozycji. To jest kuchnia, nie pokój. Ma pani prawo do dziesięciu metrów pokoju.

– Naprawdę? – Chyba sprawiam wrażenie, jakbym miała zamiar rzucić mu się na szyję. – Och, Boże, to, co pan mówi, to najlepsza informacja, jaką dostałam od momentu wypowiedzenia.

– Cieszę się, pani Julio. Oczywiście będę musiał zobaczyć wszystkie dokumenty, żeby powiedzieć coś wiążącego. Proszę przysłać je mailem.

– Tak, oczywiście. Przyślę. – Uśmiecham się ze łzami w oczach. – Już teraz lżej mi oddychać.

– Proszę. Tu jest moja wizytówka.

Odbieram kartonik z jego dłoni i chowam do torebki.

– Dziękuję. Proszę powiedzieć, ile jestem winna.

– Na razie nic. To była wstępna porada i chętnie pomogę koleżance córki.

– Dziękuję. Nie ma pan pojęcia, ile to dla mnie znaczy. – Piję kilka ostatnich łyków kawy. – Tak mi przykro.

Tomasz Karliński unosi gęste brwi.

– Słucham?

– Przykro mi ze względu na to, co spotkało pana starszą córkę. Jej mąż był świetnym dyrektorem i wszystkim nam będzie go bardzo brakować.

– Pani wie, że Monika jest siostrą Aliny?

Widocznie nie jestem jedyną, która nie miała o tym pojęcia. No, ale mogę być lepszą koleżanką niż inne.

– Tak, Alina mi wspomniała. Jakie to straszne, że dyrektor zaginął, kiedy pana żona miała imieniny i wszyscy spędziliście tu rodzinny czas. Tak bardzo współczuję pani Monice.

W oczach Karlińskiego pojawia się chłód.

– Monika nie ma powodu, żeby winić się za cokolwiek.

Podnoszę się.

– Tak, źle się wyraziłam. Przepraszam. Zapewne pana zięć też został zaproszony i sam zdecydował, że nie przyjedzie.

– Nie wiem. – Ani w spojrzeniu, ani w głosie nie ma już uwodziciela. Jest mężczyzna, który jest gotów się przed czymś bronić. – To moja żona zapraszała.

Nagle wpada mi coś do głowy. To dość mało prawdopodobne, ale skoro tu jestem, spróbuję strzału w ciemno.

– Co ja mówię?! – Śmieję się jak ktoś, kto popełnił gafę. – Przecież to była dziewczyńska impreza. Żadnych facetów. Pana też wygoniły, prawda?

Karliński również wstaje i otwiera drzwi.

– Pani Julio, przepraszam, ale nie mam czasu na pogawędki. Proszę przesłać mailem wszystkie dokumenty.

Trafiłam, trafiłam! Teraz Słoneczny musi już tylko porozmawiać ze świadkami i uda nam się powiązać Tomasza Karlińskiego ze śmiercią Sułeckiego.

– Oczywiście. Jeszcze raz bardzo panu dziękuję.

Odprowadza mnie do bramy i patrzy, jak wsiadam do samochodu. Ruszam, obserwując go we wstecznym lusterku. Za zakrętem wypuszczam wolno powietrze. Dopiero teraz zdaję sobie sprawę, że od jakiegoś czasu je wstrzymywałam. No nic, już po wszystkim, więc mogę się rozluźnić. Moja nowa teoria, że to Karliński zabił zięcia, z każdym kilometrem wydaje mi się bardziej prawdopodobna. Pozostaje pytanie, czy działał sam, czy też w porozumieniu z córką. Lub dwiema. Muszę opowiedzieć Słonecznemu o mojej pogawędce z ojcem Sułeckiej. Ustawiam system głośnomówiący i wybieram numer detektywa. Nie odbiera. Pewnie jeszcze rozmawia z dilerką. Tak, wszystko się łączy.

Pięćdziesiąt kilometrów przed Zaćmieniem dzwoni mój telefon. Wreszcie. To jednak nie Słoneczny. Na wyświetlaczu widzę imię Aliny.

Tomasz

Patrzył na samochód, dopóki nie zniknął za zakrętem. Dziewczyna kłamała. Wyczuł to od początku – nawet nie musiał wyczuwać, wiedział, że Alina nie opowiadała o nim koleżankom – ale nie był pewien intencji. Od kiedy zaczęła mówić o imprezie imieninowej jego żony, dzwonek alarmowy już nie ustał. Mógł mieć nadzieję, że to zwykłe wścibstwo. Zdawał sobie sprawę, że ludzie zbyt często wtrącają się do rzeczy, od których powinni trzymać się z daleka. Spojrzał na okno w salonie. Światło się paliło, żona zapewne oglądała telewizję. Zanim do niej dołączy, musiał dowiedzieć się kilku rzeczy. Wrócił do biura i włączył komputer. Wszedł na stronę liceum w Zaćmieniu i przeglądał zdjęcia nauczycieli. Zaczął od Julii Włodarczyk. Oczywiście, że to nie ona. Tamta panienka nawet nie była podobna. Elwira Konopacka. Anglistka.

– Cholera jasna! – powiedział na głos.

Sięgnął po telefon.

– Ona tu była – powiedział bez wstępów. – Podała się za Julię Włodarczyk. Coś podejrzewa.

Elwira

Mogłam się tego spodziewać. Karliński poinformował córkę o mojej wizycie. Konfrontacja była nieunikniona, bo jak zwykle działałam zbyt natarczywie, za szybko chciałam dojść do sedna. Wszędzie, gdzie się pojawię, dzieje się to samo. Odkąd zaczęłam pracować w Zaćmieniu, moja umiejętność pakowania się w bagno ujawniła się z całą wyrazistością. Wzdycham.

– Cześć, Alina – mówię, odbierając.

– No, hej. – Jej głos jest potwornie zachrypnięty. – Wiem, że wiele razy dzwoniłaś, ale nie miałam siły na rozmowy.

– Masz chrypę – mówię głupio. – Jesteś chora?

Może jednak to zwolnienie nie jest fikcyjne.

– Tak, w zasadzie od sylwestra, ale teraz już jest lepiej. Na pewno nie zarażam.

– Przykro mi, że chorowałaś w ferie.

Już nie jestem pewna, dlaczego Alina dzwoni, ale nie zamierzam jej ułatwiać. Niech ona powie.

– Teraz jest lepiej – powtarza. – Wiesz, pomyślałam, że powinnyśmy pogadać. Obie mamy sobie sporo do wyjaśnienia.

– Dobrze – odpowiadam potulnie. – Za niecałą godzinę będę w Zaćmieniu. W tej samej knajpie co wtedy?

– Lekarze powiedzieli, żebym jeszcze nie wychodziła. Możesz przyjechać do mnie? Wyślę ci adres esemesem.

Zapewne nie powinnam się na to godzić. Podejrzewam tę dziewczynę o zabójstwo, a teraz ona przypuszczalnie wie, że dodałam dwa do dwóch i mogę jej zaszkodzić.

– Dobrze – mówię znowu. – To do zobaczenia.

Sygnał informujący o otrzymanej wiadomości przychodzi momentalnie. Zjeżdżam na pobocze i odczytuję adres. Nie mam zamiaru ryzykować. Ponownie wybieram numer Słonecznego. Ponieważ nie odbiera, przesyłam mu esemes Aliny i dodaję:

Będę tam za jakieś czterdzieści minut. To mieszkanie siostry Moniki Sułeckiej. Dzwoniła do mnie i nalegała na spotkanie. Jestem pewna, że coś knują.

Włączam się do ruchu. Czuję się pewniej. Nawet jeśli zostanę wyeliminowana z tej gry, Słoneczny będzie wiedział, przez kogo. Może stanie się częścią naszej rodziny po mojej śmierci? To tylko takie melodramatyczne bzdury. Nie mam zamiaru umierać. W torebce noszę gaz pieprzowy, z którym się nie rozstaję, odkąd przeprowadziłam się do Zaćmienia. Alina wprawdzie skończyła AWF i zapewne dysponuje większą siłą fizyczną, ale będę obserwowała każdy jej ruch i nie pozwolę jej się zbliżyć na odległość mniejszą niż metr. Nie wypiję niczego, co mi zaoferuje. Nie zjem. Wszystko, co poda, może być nafaszerowane narkotykami.

Parkuję pod wskazanym przez Alinę adresem. To stare osiedle, a domy wyglądają na zbudowane w epoce gierkowskiej. Jest domofon. Wciskam więc trójkę i rozlega się sygnał otwieranych drzwi. Mieszkanie Aliny jest na pierwszym piętrze. Dotykam dzwonka.

Marta

Jest pierwsza w nocy. Siedzę po ciemku przy stole z głową w dłoniach. Kiedyś musiałam mieć światło, teraz wystarczają mi latarnie za oknem. Nie wiem, czy mama i Kinga śpią. Usiłowałyśmy wieczorem rozmawiać, ale chyba niewiele z tego wyszło. We mnie i w mojej siostrze pulsuje zbyt wiele gniewu. Spotkanie z siostrą Gabrielą rozmyło się w pamięci, kiedy tylko przestąpiłam próg mieszkania. Nawet nie zapytałam, dlaczego Kinga wróciła dziś wcześniej. Może pokłóciła się z przyjaciółką, u której miała nocować, a może przeczucie powiedziało jej, że wybiła godzina prawdy. Takie sformułowania do niedawna mnie śmieszyły, nadal mi się nie podobają, ale oddają istotę tego, co się stało. „Prawda was wyzwoli". Może tak. Może tym razem też tak będzie.

Zastanawiam się, jaki moment w moim życiu był najgorszy. Jest kilka, które mogą o to miano rywalizować. Porwanie. Pierwszy gwałt. Pobyt w piwnicy u Mistrza. Czy jednak nie czułam się najgorzej, gdy odebrałam poród, gdy zobaczyłam tę zakrwawioną istotkę, która wyszła z mamy, a później usłyszałam pełen przerażenia i rozpaczy głos: „Nie oddycha. Ona nie oddycha. Nie oddycha!". Mama płakała, Kinga krzyczała, a ja umierałam tak jak moja maleńka siostrzyczka. A przecież się pozbierałam. Odebrałam dziecko od mamy i kazałam Kindze zrolować koc. Umieściłam ten koc pod plecami malutkiej, tak jak to widziałam w telewizji, i objęłam usta i nos dziecka własnymi ustami. Wdychałam w nią powietrze, nie będąc pewna, czy robię to prawidłowo. A jednak, po pięciu oddechach, gdy zrobiłam przerwę, żeby sprawdzić, czy to pomogło, Agnieszka zaczęła krzyczeć. Ułożyłam ją w ramionach mamy. Prawie momentalnie po najgorszym momencie mojego życia nastąpił najlepszy. We trzy płakałyśmy ze szczęścia, tylko nowo narodzone dziecko oddychało spokojnie, przytulając się do brzucha, z którego wyszło. Ratownicy i ciocia Ela przyjechali prawie równocześnie. Ktoś powiedział, że to ja uratowałam życie mojej siostry, inni to podchwycili. Nie jestem pewna, ale nauczyłam się wtedy, że nie wolno się poddać, nawet gdy wydaje się, że wrzucono cię do czarnej dziury. Teraz Agnieszka ma cztery lata, uwielbia się śmiać i wracać do domu po przedszkolu. Przedszkole też lubi, więc bardzo się ekscytowała dwudniową wycieczką z grupą i młodą wychowawczynią. Pierwsza noc poza domem. Moja mała siostra nie ma pojęcia, kto jest jej ojcem, i kiedyś uważałam, że to źle.

Szczęście po rozpaczy, życie po śmierci, światło po ciemności. Tak było zawsze. Ja też tego doświadczam. Pamiętam, jak mama przytuliła mnie w szpitalu, gdzie znalazłam się po tym, jak Mistrz wyrzucił mnie jak śmieć. Pomyślałam wtedy, że nigdy nie wrócę tam, gdzie byłam. I nie chodziło tylko o dom Mistrza. Ten pierwszy moment euforii trochę się rozmył przez późniejsze dni, miesiące i lata. Tak właśnie powinno być. Na tym polega bezpieczeństwo w rodzinie. Wstaję gwałtownie i idę do pokoju mamy. Wślizguję się do jej łóżka. Dawno tego nie robiłam. Mama przytula mnie mocno i przez chwilę czuję się jak tamta przerażona dziewczynka, której powiedziano, że nie jest już dziewczynką. Proporcje zostały przywrócone. Nie muszę się bać, bo ona jest ze mną. Słyszymy kroki w przedpokoju. Kinga dołącza do nas. Zamykam oczy i śpię do rana.

Budzi nas alarm nastawiony przez mamę. Kinga pierwsza wychodzi do szkoły.

– Mamo – mówię. – Chcę poznać tego detektywa.

Mama sztywnieje.

Elwira

Drzwi się otwierają. Po drugiej stronie nie stoi jednak Alina. Przez chwilę wpatruję się w milczeniu w jej ognistowłosą siostrę. Sułecka odzywa się pierwsza.

– Dzień dobry. Alina prosiła, żebym zawiozła panią do niej.

W głowie odzywa się dzwonek alarmowy.

– Słucham? Myślałam, że umówiłam się z nią w jej mieszkaniu.

– Tak, tak – odpowiada szybko Monika. – Tylko że ona musiała wyjechać.

– Przecież powiedziała, że jeszcze nie wychodzi z domu po chorobie.

Żona dyrektora wzdycha.

– Nie wychodzi, ale ta sprawa nie mogła czekać. Musiała pojechać do swojej córeczki.

Nadal stoję za progiem, a piękność po drugiej stronie wygląda na gotową do drogi.

– Co takiego? Ona ma córeczkę?

– Tak. Zazwyczaj zajmuje się nią tylko w święta i weekendy, a w ten miała zostać w domu, żeby zupełnie dojść do siebie, ale zadzwonił Paweł, tata Kasi, jej córeczki, i okazało się, że musi iść do szpitala. Nic poważnego, wyrostek robaczkowy czy coś takiego, ale mała nie może zostać sama. Przez chwilę opiekowała się nią babcia, ale ma nocny dyżur, więc Alina pojechała.

Nic nie pasuje. Patrzę w oczy kobiety naprzeciwko.

– Porozmawiam z nią kiedy indziej.

Odwracam się i zaczynam schodzić, ale Monika zamyka drzwi i idzie równo ze mną.

– Pani Elwiro, Alina błagała mnie, żebym panią przywiozła.

– Jeśli opiekuje się córeczką, to chyba nie najlepszy moment.

– Kasia już śpi, a mojej siostrze bardzo zależy na rozmowie z panią. Zostawiłam dzieci z babysitterką i mogę panią podrzucić.

Staję i przyglądam się Sułeckiej. Wygląda jak posąg niewinności.

– Zadzwonię do niej.

Wyciągam telefon i wybieram numer. Nie odpowiada. Powinnam już się do tego przyzwyczaić.

– Nie odbiera? – domyśla się Monika. – Zawsze wycisza komórkę, gdy jest z córeczką. – Jesteśmy już na parterze. – To co, pojedzie pani ze mną? Zabije mnie, jeśli pani nie przywiozę.

Wkładam telefon z powrotem do torebki. Gaz pieprzowy jest na swoim miejscu. Co właściwie ryzykuję? Ta kobieta wygląda na słabszą ode mnie.

– Tak – odpowiadam wolno. – Pojadę.

Wsiadamy do jej samochodu.

– Jak to się stało, że Alina nie mieszka z własną córką? – pytam.

Sułecka milczy chwilę, jakby zbierała się na odwagę albo opracowywała najlepszą metodę kłamstwa.

– To dla niej źródło ogromnego bólu – mówi w końcu. – Ale… widzi pani, jej były mąż uważa, że to on lepiej zaopiekuje się dzieckiem. W zasadzie ma rację. Paweł jest zamożny, stać go na płatną pomoc i rozpieszczanie małej i co najważniejsze, jest stabilny psychicznie.

Marszczę brwi.

– A Alina nie jest?

– Dochodzi do siebie. Miała kilka incydentów.

Wzrok Moniki jest skupiony na drodze. Nie potrafię wyczytać niczego z jej twarzy.

– Incydentów?

– No, próba samobójcza, a raz zaatakowała męża nożem. Sąd uznał, że dziecko będzie bezpieczniejsze z nim.

To, co mówi siostra Aliny, kłóci się z obrazem wuefistki w mojej głowie. Tamta śliczna dziewczyna o miodowozłotych włosach nie wygląda na niezrównoważoną psychicznie kobietę, rzucającą się z nożem na ludzi. Kobietę, której sąd każe zostawić własną córkę, bo może być dla niej zagrożeniem. Co jednak mogę wiedzieć? Rozmawiałam z nią raptem kilka razy.

– To okropne. – Tak właśnie uważam. Nowy obraz Aliny nie budzi współczucia, lecz odrazę. – Czy teraz na pewno nie zrobi nic córce?

– O, z pewnością nie. Bierze leki i chodzi na psychoterapię. Zresztą nigdy nie zaatakowałaby dziecka. Ma prawo do regularnych widzeń.

Co Sułecka może o tym wiedzieć? Sama wyszła za zwyrodnialca, więc nie ma instynktu.

– Skąd pani wie? – wyrywa mi się.

– Zostawiałam z nią własne dzieci – odpowiada lodowato.

Coś mi nie gra od początku, ale teraz jeszcze bardziej. Wyglądam przez okno samochodu i moje serce na moment staje.

– Dokąd jedziemy?

Marta

Wczoraj poznałam tego detektywa. Jego wersja wydarzeń jest podobna do opowieści mamy, tylko on kończy ją samobójstwem taty. Mama nigdy nie przyznała mu się do zabójstwa, ale pan Piotr i tak wie. W końcu to on skontaktował ją z odpowiednim człowiekiem, który sprzedał to, co było potrzebne. Nie obawiam się, że Słoneczny mógłby wykorzystać tę wiedzę przeciwko nam. Jest w nim coś, co wzbudza moje zaufanie. Po raz pierwszy zobaczyłam go wczoraj, ale mam wrażenie, że jest mi bliski od lat. Chyba wiem dlaczego. To jest w jego oczach. I wcale nie chodzi o wyraz, z jakim patrzy na mamę, nie o ten podziw pomieszany z tęsknotą. Dostrzegłam, że ona rzuciła mu podobne spojrzenie. Zauważyła, że się jej przyglądam, i szybko odwróciła wzrok. Porozmawiam z nią o tym. Kiedyś.

Na razie zajmuję się porządkowaniem innych spraw. Powiedziałam Andrzejowi, że musimy przestać się widywać. Oczekiwał wyjaśnień, ale tylko pokręciłam głową. Wiem, że w jakiś sposób czuje się skrzywdzony, jednak po tym, co usłyszałam, nie umiem zaangażować się w relację z nim. Chcę spotkać się z panem Piotrem sama. Dać mu zlecenie. Wiem, jak to brzmi, ale jeśli odpowiednio do tego podejdę, on to zlecenie przyjmie. Drugim, nawet ważniejszym problemem jest Kinga. Nie podoba mi się to, co się z nią dzieje. Z jednej strony nadal do nas lgnie, z drugiej odcina się grubą kreską od wszystkiego, w co wierzyła wcześniej. Mamę też niektóre jej zachowania przerażają, więc nie było mi trudno przekonać ją, że Kindze potrzebna terapia, inaczej pogrąży się w chaosie. Moja siostra zapiera się rękami i nogami, ale zdaje sobie sprawę, że i tak mama w tej kwestii decyduje za nią. Tylko że co innego bierny udział w terapii, a co innego współpraca. Nie wiem, czy potrafię skłonić zbuntowaną nastolatkę, żeby potraktowała te sesje poważnie. Trochę to śmieszne, bo sama nadal jestem nastolatką i we mnie też się gotuje.

Wybieram numer siostry Gabrieli. Spotkałam się z nią jeszcze trzy razy i opowiedziałam swoją historię. Wszystko oprócz udziału mamy w tej sprawie. Tata mnie sprzedał, a później, skonfrontowany z prawdą, popełnił samobójstwo. Nie sądzę, żebym kiedyś zmieniła zakończenie, bo dotyczy nie tylko mnie. Jutro siostra Gabriela wraca na misję. Potrzebuję zobaczyć ją jeszcze raz. Wstępnie się umówiłyśmy, ale trzeba ustalić godzinę. Nie odbiera, ale rozumiem, że może być zajęta. Na przykład modlitwą. Jej wartości bardzo różnią się od priorytetów innych ludzi, których znam. Od moich też, ale może dlatego tak bardzo ciągnie mnie do tej zakonnicy. Oddzwania po kilku minutach.

– Dzień dobry – wita się ze mną. Podoba mi się, że nie używa pozdrowień typu „Szczęść Boże", które wydawałyby mi się nienaturalne. – Masz czas za jakąś godzinę?

– Tak. Gdzie się spotkamy?

– Zatrzymałam się w domu naszych sióstr w Warszawie. Przyjdź.

Do tej pory spotykałyśmy się w kawiarniach, a ostatnio poszłyśmy do parku i tam, z dala od uszu, które by mogły nas podsłuchać, opowiedziałam jej o sobie. Cela w domu zakonnym brzmi jeszcze lepiej.

– Nie ma tam podsłuchu?

Wybucha śmiechem tak zaraźliwym, że chichoczę razem z nią.

– Nie przypuszczam, ale zaraz sprawdzę pomieszczenie na obecność pluskiew.

Nadal mnie to śmieszy, ale słowo „pluskwy" wywołuje w mózgu obraz obrzydliwych robaków.

– Ale tych prawdziwych też? – upewniam się.

Staram się, żeby mój głos brzmiał żartobliwie, jednak sama słyszę nutę niepokoju. Nigdy nie miałam styczności z tymi insektami, a tkwi we mnie irracjonalna fobia. Biorąc pod uwagę moje życie, pluskwy nie powinny budzić lęku.

– Prawdziwych pluskiew już nie ma. Przez jakiś czas były, bo jedna z sióstr przyniosła je z mieszkania pewnej pani żyjącej na skraju nędzy. Siostry przeprowadziły profesjonalną dezynsekcję. W mieszkaniu tamtej pani też.

– To dobrze – mówię krótko i się rozłączam.

Zastanawiam się, czy mogłabym być zakonnicą. Modlić się codziennie po kilka godzin. Chodzić do mieszkań ludzi, u których biegają robaki. Ignorować zaduch i zapach długo niemytych ciał. Poddać się woli przełożonych. Zrezygnować z możliwości założenia rodziny. Widzieć Chrystusa w każdym uciemiężonym. To akurat brzmi ładnie, ale zataczający się na ulicy pijacy wypowiadający niekiedy obelżywe słowa przejmują mnie podobnym wstrętem jak pluskwy. I to znów jest irracjonalne. Żaden niedomyty alkoholik w łachmanach nie zrobił mi krzywdy. Zagryzam wargi, aż czuję smak krwi. Moje strachy oparte na prawdziwej krzywdzie są gorsze niż te irracjonalne. Czy to jednak nadal są strachy? Ojciec, który zawsze powinien mnie chronić, sprzedał mnie za kilka srebrników. No, zostałam wyceniona na znacznie więcej niż Jezus. Tylko że ten ojciec już nie żyje i nigdy niczego mi nie zrobi. Mężczyzna, który mnie kupił i robił ze mną wszystko, co chciał, jest gdzieś daleko. Już się nie boję jego gróźb, że wróci i zniszczy mnie i moją rodzinę. To ja chcę go dorwać. Ja chcę go zniszczyć. Niekiedy pragnienie zemsty spala mnie od środka. Czy potrafiłabym przebaczyć? Czy mogłabym modlić się za tych dwóch mężczyzn? To byłoby trudniejsze niż zaakceptowanie zapluskwionych mieszkań i smrodu. Trudniejsze od wyrzeczenia się rodziny. Nie zostanę zakonnicą. Zamykam złe myśli w jakiejś ciasnej komórce w głowie i wychodzę na spotkanie z siostrą Gabrielą.

Elwira

Na twarzy Sułeckiej błąka się dziwny uśmiech. Szybko oceniam sytuację. Nie mogę na tej górskiej drodze skorzystać z gazu pieprzowego – to byłoby zbyt niebezpieczne, obie zapewne runęłybyśmy w przepaść. Pomijając tę oczywistą kwestię, nie mam dowodów na to, że żona dyrektora zaplanowała zasadzkę. Może ten bogaty były mąż Aliny mieszka w którymś z domów na zboczu.

– Dokąd jedziemy? – powtarzam pytanie.

– Do Aliny oczywiście – odpowiada Sułecka.

Jej ton wydaje mi się zbyt lekki, a może wszystko dopasowuję do swoich podejrzeń. Otwieram torebkę i zaciskam palce na pojemniku z gazem. To błąd. Wykorzystuje chwilę mojego zaabsorbowania czymś innym i to ona pryska mi w twarz. Pieczenie i ból, które następują, są potworne, ale wytrzymałabym je, gdybym cokolwiek widziała. Nie jestem w stanie złapać oddechu, nie mam pojęcia, która strona jest tą, po której siedzi płomiennowłosa piękność.

– Coś… ty… – po każdym słowie muszę zrobić przerwę, krtań jest wielką krwawą raną – zrobiła?

– Spokojnie. – Jej głos jest prawie czuły albo tak mi się wydaje, bo jest stłumiony, jakby dochodził zza ściany. – Już jesteśmy na miejscu. – Wyciąga mi nogi z samochodu i pomaga wstać. – Lepiej nie próbuj uciekać, bo tego nie przeżyjesz.

Oczywiście. Nie miałabym pojęcia, w którą stronę biegnę, i wylądowałabym na dnie urwiska.

– A jeśli… – znów robię te przerwy po wyrazach, które z pewnością utwierdzają ją we własnym poczuciu siły – nie… będę… się… opierać, przeżyję?

– Nie wiem – odpowiada, lekko mnie popychając. – Masz pewną szansę.

Mam szansę, ale nie dlatego, że ona być może udzieli mi aktu łaski i puści wolno. Nie, tym samym wydałaby na siebie wyrok. Jeśli uda mi się przeżyć do momentu, gdy odzyskam wzrok, mogę ją obezwładnić. Rozegram to według własnego scenariusza.

Nie widzę nawet zarysów, znów nie pamiętam, która strona jest która, ale jestem przekonana, że wchodzimy do domku, który kupiłam. Przez sekretne wejście oczywiście.

– Tu już lepiej, prawda? Możesz usiąść i odpocząć.

Ponieważ nadal stoję, popycha mnie lekko. Opadam na fotel przed kominkiem. Wcześniej siedział tu mąż Moniki. Fotel śmierci. Takie sformułowanie powinno spotęgować strach, ale w jakiś pokrętny sposób mnie bawi. Gdyby nie wszechogarniający ból, wybuchnęłabym gromkim śmiechem. Z moich ust i tak wydobywa się nerwowy cichy chichot.

– Śmieszne?

Ujmuje moje dłonie i owija je jakimś sznurem. Potem wiąże mi nogi. Mrzonki o przejęciu kontroli upadają, ale śmieję się coraz głośniej, chociaż każdy dźwięk okupiony jest bólem.

– Jaką mam szansę? – pytam.

– Przede wszystkim powinnaś przestać się śmiać.

Marta

Siostra Gabriela wydaje się dziś smutniejsza niż poprzednio. Może to nie smutek, tylko determinacja.

– Mówiłam ci, że kiedyś przytrafiło mi się coś złego?

W odpowiedzi kiwam głową.

– Do tej pory opowiadałam o tym tylko moim spowiednikom. – Bardziej wyczuwam niż słyszę drżenie w jej głosie. Kiedyś sama mówiłam takim tonem. – Nie odbyłam psychoterapii, chociaż bardzo mnie do tego zachęcali. Nie mogłam. – Teraz jej głos naprawdę się załamuje. – Nie dałabym rady opowiedzieć tego obcemu człowiekowi podczas sesji.

– A spowiednik? – próbuję wtrącić.

– To co innego – odpowiada sucho. – To zupełnie co innego.

Milknie. Z jednej strony boję się, że podzieli się ze mną tajemnicą. Nie jestem pewna, czy umiem słuchać. Z drugiej, jeśli to jej potrzebne, chcę wziąć na barki część ciężaru.

– Psychoterapia działa – mówię. – Wiem z doświadczenia. – Zakonnica uśmiecha się blado. – Siostro, ja nie oceniam – dodaję. – Wysłucham jak – szukam odpowiedniego słowa – przyjaciółka.

Uśmiech siostry Gabrieli nadal jest smutny, ale sięga oczu.

– Jesteś taka młoda i taka dojrzała. – Kręcę głową. Nie tak się postrzegam. – To przez cierpienie, które przeszłaś.

Niektórych takie przeżycia niszczą. Ty stałaś się szlachetniejsza.

– Nie – oponuję.

Mówiłam jej przecież o morderczych instynktach.

– Tak. Twardsza, ale szlachetniejsza. To Bóg działa.

Chciałabym, żeby miała rację, ale obawiam się, że szatan miewa nade mną władzę. Szatan czy jak tam ludzie nazywają zło. Przypomina mi się baśń, którą tak bardzo lubiłam czytać mojej siostrze. Prawie czuję kawałki czarciego lustra tkwiące w duszy i w oczach.

– To nie do końca tak. Nie w moim przypadku.

Śmieje się jak wcześniej. Pełnym energii, zaraźliwym śmiechem.

– Wiem, wiem. Wymagasz od siebie czasem więcej, niż można dać. Ale – unosi rękę, dostrzegając, że chcę zaprotestować – teraz chcę ci opowiedzieć o sobie. Jak przyjaciółce. Bo ty zrozumiesz.

– Zrobię wszystko, żeby zrozumieć – obiecuję.

– Mówiłam jeszcze odpowiednim władzom. To co innego. Podałam sam fakt, bez otoczki.

– Jaki fakt?

Wciąga powietrze, wypuszcza i zaczyna mówić.

– Miałam piętnaście lat i byłam bardzo zaangażowana. Działałam w młodzieżowej wspólnocie religijnej w naszej parafii. Spotykaliśmy się, wyjeżdżaliśmy na integracje, dyskutowaliśmy o Biblii, modliliśmy się i chodziliśmy do potrzebujących i ubogich. To był piękny czas i nie miałam żadnych wątpliwości. Naszym opiekunem i mentorem był ksiądz Wacław, kapłan o wielkiej charyzmie. Wszyscy go uwielbialiśmy. Byłam w takim wieku, że rodzice przestawali być autorytetami i szukałam wzorów gdzie indziej. On był mentorem. Jego zdanie liczyło się dla mnie najbardziej. – Czasem – patrzy mi prosto w oczy i dostrzegam łzy – myliłam jego słowa ze słowami Boga. Jego samego…

Milknie. Wiem, co chce powiedzieć. Wiem, co teraz nastąpi, i przeżywam to razem z nią. Jestem nią. Piętnastoletnią dziewczynką, która zaufała. Która kochała. Która została w najgorszy sposób zdradzona. W najpotworniejszy sposób skrzywdzona przez człowieka, którego pomyliła z Bogiem.

Znów zaczyna mówić o księdzu Wacławie, o jego słowach, piękniejszych niż wszystko, co słyszała gdziekolwiek indziej. O tym, jak wpływały na nią. Jak chciała czynić dobro, żeby on to dostrzegł. Jak angażowała się we wszystkie możliwe wolontariaty i spotkania modlitewne. Dla niego.

– W każdym razie – ciągnie, a głos przestaje jej drżeć – ksiądz Wacław został gdzieś oddelegowany. Chyba do innej parafii. Urządził dla naszej grupy małe przyjęcie pożegnalne i prosił, żebym została, gdy inni pójdą. Została. Mówił, jaka jestem wyjątkowa i jak bardzo będzie mu mnie brakowało. Że jestem jak Maryja. I że mnie kocha. I zaczął mnie przytulać i całować. I wtedy chciałam uciekać, ale on był silniejszy. Szeptał mi do ucha, że tego potrzebuje, że musi mieć wspomnienie, które da mu siłę. Chyba za słabo się broniłam.

Trzęsie się, jakby dostała gorączki, a ja też nie potrafię opanować dreszczy. Wyciągam rękę, a ona ją chwyta i zaciska na niej palce.

– Wybiegłam stamtąd dopiero, gdy było po wszystkim. Mój świat wtedy runął.

Nie rozumiem. Staram się, ale nie potrafię tego pojąć.

– Jak siostra mogła – pytam, szczękając zębami – jak siostra mogła po tym wszystkim zostać zakonnicą?

– Chodzi o to, że człowiek, który prawie mnie zniszczył, był księdzem?

– Prawie? – Wypluwam to słowo, ciężkie od sarkazmu. – Prawie siostrę zniszczył?

– Tak. – Podnosi głowę i mówi twardo, zdecydowanie: – Człowiek może tylko uszkodzić ciało. Może cię zranić, zgwałcić, zabić. Jeśli zaufasz Bogu, nie dosięgnie duszy.

Kręcę głową jak mechaniczna zabawka. Nie potrafię przestać.

– Nie. Nie. Nie. Siostra jest w Kościele, w którym on jest. W którym są tacy jak on.

– Wiem. Modlę się codziennie o wiarę. Modlę się, żebym wytrwała mimo księdza Wacława. Mimo tych trujących ludzi, o których mówisz. Gdy słyszę o takich przypadkach wątpię i upadam. Ale to nie o nich chodzi. To jest Kościół Chrystusa. Mój Kościół. Najtrudniej – głos znów jej się załamuje – jest mi modlić się za prześladowców.

– Modlisz się za nich? – pytam z niedowierzaniem, bezwiednie przechodząc na ty. – Modlisz się za księdza Wacława?

– Modlę się ustami, ale czasem to sięga serca.

– Wiesz, co się stało z tamtym skurwysynem?

Jeśli nawet jest zbulwersowana, nie okazuje tego.

– Wiem. Jest w domu księży emerytów.

Przypomina mi się, co mówiła o odpowiednich władzach.

– Zgłaszałaś?

Wzrusza ramionami.

– Zgłaszałam. Piętnaście lat później. W instytucjach kościelnych i w prokuraturze. Nie miałam dowodów, wszystko się rozmyło.

– Przepraszam – szepczę, znowu ściskając jej dłoń. – Nie chcę oceniać.

– Gdy cię spotkałam – mówi w zamyśleniu – doszłam do wniosku, że za bardzo się nad sobą rozczulałam. To, co ty przeszłaś… to kilka lat piekła na ziemi.

– Nie można porównywać traumy – wysilam się na pseudomądrość. – Przeżyłaś własny koniec świata. A mimo to… – Znów kręcę głową. – Pomimo tego, że ten skurwysyn roztrzaskał twój świat, poszłaś do jego Kościoła.

– Nie do jego Kościoła. – Jej głos ponownie twardnieje. – Do Kościoła Chrystusa.

– Przepraszam – powtarzam. – Miałam nie oceniać.

– Ej! – W jej oczach pojawia się błysk. Mimo habitu i welonu wygląda teraz jak dziewczyna w moim wieku. – Nie oceniałaś. Chcesz zrozumieć.

To ja miałam dziś być pocieszeniem, a ona pociesza mnie. Nagle dociera do mnie, że ją podziwiam. Za wszystko. Nawet za to, że jest w tym Kościele. Nie rozumiem, ale podziwiam. Muszę to powiedzieć.

– Jesteś niezwykła. Bardzo cię podziwiam.

Podnosi ręce w obronnym geście.

– O nie! Tylko nie to! Zaraz wpadnę w megalomanię.

Śmiejemy się obie, a potem siostra Gabriela poważnieje.

– Dziękuję, że mnie wysłuchałaś. Potrzebowałam tego.

— Będę za tobą tęsknić.

— Ja za tobą też, ale dosyć tych smutasów. Idziemy jeszcze na kawę i ciacho, co?

To najlepsza kawa w moim życiu. Ostatnia z nią, myślę i się wzdrygam. Co za bzdura. Wyganiam z mózgu nieproszoną myśl.

Raniutko jadę na lotnisko i patrzę, jak samolot, na którego pokładzie siedzi siostra Gabriela, unosi się w powietrze. Przez chwilę czuję strach. Jak wczoraj, kiedy skosztowałam kawy. Jakby Bóg objawił mi przyszłość. Nigdy już nie zobaczę tej kobiety.

Przeczucie mija i wracam do życia i spraw, które muszę załatwić.

Monika

Ojciec zadzwonił i opowiedział o wizycie anglistki. Plan powstawał w jej głowie już podczas rozmowy.

– Dziękuję, tato – powiedziała. – Wszystko będzie dobrze.

– Pewnie. Chciałem po prostu, żebyś wiedziała, że ona węszy.

Trzeba było tylko dopilnować, żeby nic nie zakłóciło realizacji.

– Tato, czy mógłbyś zająć się mamą? Chciałabym, żeby nie odbierała telefonów do jutra.

– Dlaczego? – chciał wiedzieć.

– Później ci powiem. Możesz zrobić to dla mnie?

– Dla ciebie zrobiłbym wszystko.

Wiedziała, że to prawda. Podziękowała jeszcze raz i się rozłączyła. Przyszła kolej na działanie. Znowu. Tym razem załatwi to na własną rękę.

Elwira Konopacka podawała się za przyjaciółkę Aliny i próbowała zebrać informacje, które pogrążyłyby rodzinę Moniki. Czego ta cholerna pinda jeszcze od nich chciała? Została oczyszczona z podejrzeń. Mało? Do czego ona chce się dokopać? Postawiła sobie za cel zniszczyć ich rodzinę? No to teraz zobaczy, z kim zadarła.

Monika wybrała numer siostry.

– Proszę, przyjedź. Umówiłam się na mieście z mamą. Będzie za jakąś godzinę. Obawiam się, że coś podejrzewa.

– Mama tu przyjechała? – zapytała Alina z niedowierzaniem.

– Jest w drodze.

Matka nie odbierała telefonów w samochodzie, ale Alina i tak mogła próbować kontaktu. Monika pogratulowała sobie, że pomyślała o tym wcześniej.

– Zaraz będę – obiecała siostra.

I była. Telefon jak zwykle zostawiła w torebce w przedpokoju. Monika nie miała problemów, żeby zamknąć się z nim w toalecie, kiedy siostra rozmawiała z Asią. Nie miała też problemów, żeby udawać zachrypniętą Alinę. Zawsze uważała się za niezłą aktorkę. Potem wykasowała połączenie i wyciszyła dźwięki. Ryzyko zostawało. Po namyśle schowała telefon siostry do własnej torebki.

Przeczesała włosy, poprawiła makijaż i wróciła do salonu.

– Muszę iść.

Dotknęła główki śpiącej Karolinki i przytuliła Asię. To dla was, pomyślała. Uśmiechnęła się do siostry.

– Muszę iść.

Alina wyglądała na spiętą. Monika musnęła wargami jej policzek i wyszła. Nie mogła pozwolić sobie na słabość. Od momentu decyzji o wyeliminowaniu męża była silna. Alina mogła uważać inaczej, ale Monika wiedziała, że emocje nie mają nad nią władzy. To ona sprawuje kontrolę. Przekręciła kluczyk w stacyjce i ruszyła.

Opracowała scenariusz śmierci Mariusza. Każdy element. Alinę początkowo myśl o zabójstwie przeraziła, ale Monika przedstawiła argumenty, że to nie zabójstwo, nawet nie kara, lecz konieczność. Ze względu na Asię. Długo rozmawiała z Aliną, zanim zdecydowały się na narkotyki. Załatwienie ich zleciła siostrze. Zdawała sobie sprawę, że podejrzenia padają na żonę, więc postarała się o porządne alibi i zaangażowała ojca. Trochę żałowała, że nie będzie patrzeć w oczy umierającego męża, ale przecież nie chodziło o jej satysfakcję. Tomasz Karliński miał moralny obowiązek działać. Gdy dowiedział się, kim jest jego zięć, był zdruzgotany. Jako człowiek ze starszego pokolenia o tradycyjnych poglądach, uważał, że rolą mężczyzny jest obrona rodziny. Tymczasem nie obronił ani córki, ani wnuczki. Monika nawet nie musiała go przekonywać, żeby wziął na siebie wyeliminowanie perwersyjnego oprawcy ze społeczeństwa, a przede wszystkim z ich rodziny.

Osobną sprawą było miejsce. Monika zawsze uwielbiała małą chatkę cioci Pauliny. Babcia opowiadała jej o historii domu i żydowskiej rodzinie, która ocalała dzięki poświęceniu pradziadków narażających życie własnych dzieci dla obcych ludzi. Za każdym razem Monika czuła dreszcz grozy, gdy myślała, że gdyby Niemcy odkryli lokatorów komórki za sekretnymi drzwiami, nie narodziłaby się ani jej matka, ani ona sama. Cieszyła się, że ciotka Paulina zdecydowała się wyremontować domek i dać mu drugie życie. Traktowała tę działkę jak swoją, miała klucze i odwiedzała ją, gdy przyszła jej na to ochota. Ciotka o tym wiedziała, mimo to zdecydowała się ją sprzedać. Monice było przykro, ale powiedziała, że rozumie. Zgodziła się nie opowiadać na razie nikomu o tej transakcji. Ciotka Paulina nie miała ochoty na pytania od rodziny. Zresztą pomimo historii związanej z domem nikogo oprócz Moniki to nie obchodziło. Prawie pogodziła się ze stratą, gdy ciotka powiedziała, że w miasteczku spotkała kobietę, która kupiła chatkę, i ta osoba jest nauczycielką w szkole Mariusza. Wymieniła imię i nazwisko, które nic Monice nie mówiło, ale gdy zobaczyła zdjęcia, wskazała Elwirę Konopacką. Kochankę Mariusza. To było prawie jak dar od losu. Monika wybrała się na wycieczkę. Elwira wymieniła zamki w drzwiach, nie dbając o bramę ani o komórkę. No cóż, inteligencją nie grzeszyła.

Teraz było przydatne, że nikt nie wiedział o sprzedaży domku. Zasugerowała ojcu, żeby wykorzystał działkę. „Ciocia Paulina tak rzadko tam bywa, że uprzątniemy ciało, zanim zdecyduje się przyjechać z Wrocławia. Tam będzie najszybciej". Ojciec przyznał jej rację. Czas był przecież kluczowy. Uprzedziła, że zamek w drzwiach głównych został wymieniony, bo poprzedni się zepsuł, i że dopóki ciocia nie da jej nowego klucza, trzeba wchodzić przez komórkę. Ojciec łyknął wyjaśnienia. Może trochę się zastanawiał, ale pytań nie zadawał.

Elwira kupiła dom, pokazując dowód z innym nazwiskiem. Z pewnością miała niecne plany. Tak czy inaczej, zasługiwała na szok znalezienia we własnym fotelu trupa szefa i kochanka. Monika nie miała zamiaru wpakować jej do więzienia, dlatego aresztowanie anglistki było szokiem. Jeszcze większym szokiem okazała się informacja na temat jej tożsamości. Wtedy Monika musiała podzielić się z ojcem i siostrą informacją o nowej właścicielce domu. Jak przewidziała, siostra była wściekła, ale zajęła się ciałem, a później dała Elwirze alibi. Sama z siebie.

Co do samej egzekucji, wybrali dzień urodzin matki, która była zbyt słaba, żeby znać prawdę. Monika sprawdziła zajęcia Elwiry – anglistka tego dnia kończyła trzy godziny po dyrektorze – i powiedziała Mariuszowi, że robią imprezę w domku ciotki Pauliny, a on obiecał, że być może wpadnie bezpośrednio po pracy. „Być może" zabrzmiało zbyt słabo, więc ojciec zadzwonił do Mariusza i powiedział, że Asia zasłabła. Za bramą potraktował niczego niespodziewającego się zięcia gazem, a w domku wstrzyknął mu dawkę narkotyków, która zabiłaby konia. Poczekał, aż serce stanie. Jak poleciła córka, zabrał telefon skurwysyna ze sobą. Nałożył czapkę zięcia i odstawił jego samochód.

Monika z pewną przyjemnością pokazała esemesy męża policji. Nie potrafiła pozbyć się niechęci do kobiety, która romansowała z żonatymi. Elwira z tego wyszła jedynie z lekko nadszarpniętą reputacją i na tym powinna się zatrzymać.

Gdy Monika znalazła się w mieszkaniu Aliny, prawie uwierzyła w historię, którą wymyśliła o siostrze. Tym łatwiej jej się opowiadało, że używała imienia byłego szwagra. Rzeczywiście był bogaty, ale ani Alina, ani Paweł nie planowali w trakcie swojego krótkiego małżeństwa dzieci i bardzo uważali. Całe szczęście, bo rozstali się po roku.

Sama chciałaś, pomyślała, kiedy anglistka wsiadła z nią do samochodu. Wszystko szło jak z płatka.

Piotr

Trochę to trwało, ale wiedział już, że to Alina kupowała narkotyki. Uruchomił wszystkie możliwe kontakty i zdobył informację, że substancja, która została znaleziona w ciele Sułeckiego, pokrywała się z zakupami Aliny. Otworzył drzwi mieszkania. W środku było ciemno.

– Elwira?

Nie było jej. Szkoda. Miał nadzieję, że porozmawiają od razu. Lubił błysk radości w jej oczach. W chwilach gdy się uśmiechała, wyglądała zupełnie jak matka. Gwoli ścisłości, wyglądała jak matka również wtedy, gdy jej twarz tężała w uporze.

Powiesił płaszcz i sięgnął po telefon. Trzy połączenia nieodebrane i jeden esemes, wszystko od Elwiry. Cholera, po co wyłączył dźwięk? Owszem, dziewczyna bywała impulsywna i chaotyczna, ale nie spodziewał się, że będzie działać na własną rękę. Nie po tym, jak go zatrudniła. Wybrał jej numer, ale nie odebrała. Błyskawicznie włożył z powrotem okrycie i wypadł z mieszkania.

Dotarł pod adres wskazany w esemesie po niecałym kwadransie. Punto Elwiry stało zaparkowane kilka samochodów dalej. Wciskał domofon i wciskał, ale nic się nie działo. Wszystkie numery, które mogły mu się przydać w sprawie, miał w komórce. Zadzwonił do Aliny. Nie odebrała. Spróbował jeszcze połączyć się z Elwirą, jednak efekt był ten sam. Starsza pani wychodziła z klatki, więc wszedł do środka. Nacisnął dzwonek. Żadnej reakcji. Przyłożył ucho do drzwi. Nie usłyszał dźwięków.

Na zewnątrz budynku spojrzał w okno, które musiało należeć do mieszkania numer trzy. Światło się nie paliło. Słoneczny wsiadł do samochodu i ruszył. Porozmawia z Moniką w jej luksusowej willi. Ostro.

W domu Sułeckich dla odmiany paliły się wszystkie światła. Nacisnął dzwonek.

– Halo? – usłyszał dziecięcy głos.

Z pewnością córka.

– Dobry wieczór. Chciałem przez moment porozmawiać z twoją mamą.

– Mama… – zaczęła dziewczynka, ale po chwili odezwał się ktoś inny.

– Halo?

– Nazywam się Piotr Słoneczny i jestem prywatnym detektywem. Czy rozmawiam z panią Moniką Sułecką?

Przez chwilę panowała cisza.

– Nie – powiedziała w końcu kobieta po drugiej stronie. – Siostra wyszła.

– Pani Alina Chojecka?

– To ja.

– Muszę z panią porozmawiać. To bardzo ważne. – Zrobił przerwę, a ponieważ nie było reakcji, dodał: – Może chodzić o życie.

– Czyje życie?

– Mojej klientki. Elwiry Konopackiej.

– Elwiry? – W głosie dziewczyny brzmiało zdumienie. Jeśli udawane, Alina musiała być świetną aktorką.

– Tak. Elwira próbowała się ze mną skontaktować. Napisała, że dzwoniła pani do niej i…

– Ja dzwoniłam? Kiedy?

– Jakieś półtorej godziny temu.

– Co za bzdura! – zareagowała z oburzeniem. – Zresztą zaraz sprawdzę telefon, może ktoś coś nacisnął przez przypadek. Proszę poczekać.

Słoneczny posłusznie stał pod furtką, chociaż obawiał się, że każda minuta może być kluczowa.

– To dziwne – usłyszał znowu głos Aliny. – Nie mogę pana wpuścić, ale zapakuję dziecko do wózka i wyjdziemy we trzy na zewnątrz.

Piotrowi nie pozostało nic innego jak tylko odpowiedzieć:

– Dobrze.

Po kilku minutach wyszły. Z wózka pchanego przez dziewczynkę z długimi rudawymi włosami dochodził rozpaczliwy płacz. Zapewne dziecko zostało wyrwane ze snu. Za bramą Alina spojrzała detektywowi prosto w oczy.

– Zadzwoniłam do opiekunki z telefonu Asi. Zgodziła się przyjść.

„Z telefonu Asi". Powiedziała to jakimś szczególnym tonem. Piotr rozumiał, że nie wydusi z niej nic więcej przed przybyciem niani.

– Kiedy tu będzie? – zapytał niecierpliwie.

– Powiedziała, że jak najszybciej. Mieszka niedaleko.

Dziewczynka odeszła kawałek. Dźwięki z wózka nie brzmiały już tak rozdzierająco.

– Co jest dziwne? – spytał Piotr ściszonym głosem.

– Słucham?

– Gdy rozmawiała pani ze mną przez domofon, powiedziała pani, że coś jest dziwne.

Alina obrzuciła spojrzeniem siostrzenicę. Najwyraźniej niepokoiła się, żeby strzępki konwersacji nie dotarły do uszu dziewczynki.

– W torebce nie ma mojego telefonu – powiedziała szeptem. – Jestem pewna, że go wzięłam.

– Więc kto… – zaczął, ale przerwała, wskazując samochód na końcu drogi.

– Edyta już jest.

Wysłużony renault zatrzymał się przy nich.

– Proszę, zajmij się już dziećmi – rzuciła Alina, jeszcze zanim opiekunka wysiadła. – Ja muszę pędzić.

– Jasne – padła odpowiedź ze środka.

– Jedziemy moim samochodem – zarządziła Alina. Gdy otwierała drzwi, siostrzenica dotknęła jej ręki.

– Pa, ciociu.

Alina wzięła Asię na moment w ramiona.

– Pomagaj Edycie opiekować się Karolinką, dobrze?

Jej ton był przesadnie wesoły i Słoneczny nie był zdziwiony niepokojem w oczach dziewczynki. Asia nie odpowiedziała. Skinęła głową dopiero po kilku sekundach.

Detektyw usiadł na miejscu pasażera, a Alina ruszyła z piskiem opon.

– Pan pierwszy. O co chodzi? – zapytała szorstko.

Odczytał esemes od Elwiry.

– „Dzwoniła do mnie i nalegała na spotkanie” – powtórzyła Alina. – No, nie dzwoniłam. – Zacisnęła palce na kierownicy, zanim zacytowała końcówkę. – „Jestem pewna, że coś knują”. Kto knuje?

– Sądzę, że ma na myśli panią i pani siostrę. Byłem pod tym adresem. Samochód Elwiry tam stoi, ale mieszkanie jest ciemne. Nikt nie otwiera i nic nie słychać.

– Sprawdźmy.

Chociaż już przekraczała dozwoloną prędkość, przyspieszyła. W ciągu kilku minut znaleźli się przed jej blokiem. Wbiegli na pierwsze piętro. Mieszkanie było puste. Sprawdzili wszystkie niewielkie pomieszczenia.

– A więc kto mógł wziąć pani telefon?

– Tylko moja siostra. – W oczach Aliny Piotr dostrzegł panikę. – Proszę powiedzieć, co pan wie.

– Opowiem później. Czy przychodzi pani do głowy, gdzie siostra mogła zabrać Elwirę?

Alina patrzyła na niego bezradnie.

– Nie wiem. – Wstrząsnęła się. – Chyba że…

W tym samym momencie on też doznał olśnienia.

– W domku letniskowym, który Elwira kupiła od waszej ciotki?

Pokiwała głową bez słowa.

– Idziemy! – zakomenderował.

Pobiegli do samochodu i Alina znów ruszyła z piskiem opon. Wyprzedzała wszystkie pojazdy po drodze.

– Uwaga! – krzyknął Słoneczny, gdy minęła dużego tira.

Z naprzeciwka jechał samochód, którego nie zauważyła wcześniej.

Elwira

Najprawdopodobniej za chwilę umrę, ale nadal czuję się tak źle po ataku gazem, że nie mam siły się tym martwić.

– Dlaczego tu mnie przywiozłaś? – pytam słabo.

Odpowiedź prawie mnie nie interesuje, a poza tym, gdybym potrafiła myśleć logicznie, na pewno bym ją znała. Jeśli się nad tym zastanowić, od dłuższego czasu nie myślałam logicznie.

– Po co jechałaś do mojego ojca? – odpowiada pytaniem.

Wzruszam ramionami.

– Wiem, że go zabiłaś. Masz alibi, które śmierdzi. Może czarną robotę zleciłaś ojcu.

– A tobie tak zależy na znalezieniu mordercy? – W moim stanie, gdy nawet zmysł słuchu nie działa prawidłowo, trudno jest wychwycić intonację, ale i tak słyszę drwinę. – A nie przyjechałaś tutaj, żeby dokonać samosądu?

Gdy śmierć jest tak blisko, chcę być szczera. Nie chodzi mi o Monikę.

– Nie. Chyba nie – mówię do siebie, przedzierając się przez mgłę w mózgu. – Chyba chciałam go nagrać i oddać policji, ale w gruncie rzeczy nie wiem, co bym zrobiła, gdyby jego życie było w moich rękach.

Nie wspominam na głos o swoim ojcu. Monice do niczego nie jest potrzebna wiedza, że poprzez Sułeckiego chciałam symbolicznie rozliczyć się z człowiekiem, który mnie spłodził. Z człowiekiem, którego kochałam, a który okazał się zdolny do najgorszej podłości. Tych dwóch w moim umyśle zlewało się w jedno. Może coś w tym było. Mistrz nie mógł istnieć bez Wojciecha Jędrasika. Przynajmniej w moim życiu.

– No więc po co jechałaś do mojego ojca? – powtarza. Po co? Czy ja wiem?

– Bo lubię znać prawdę. – Chyba trafiłam w sedno. – Zresztą zostawiłaś mi tu trupa swojego męża. Tak się nie robi.

Prawie dodałam „to niegrzeczne". To, co mówię, jest komiczne, ale już odeszła mi ochota do śmiechu. Chce mi się wymiotować.

Monika uderza ręką w stół. Tak wnioskuję po dźwięku, bo nadal nie widzę.

– Nie lubiłam cię! Nie lubię kobiet, które uwodzą cudzych mężów. Kiedy dowiedziałam się, kim jesteś, usunęłyśmy stąd ciało Mariusza. Moja siostra dała ci alibi. Po co jeszcze węszyłaś?

Wydaje mi się, że widzę już zarys jej sylwetki.

– A gdybyś się nie dowiedziała, kim jestem – znów mówię wolniej, bo ból krtani się nasilił – to zostawiłabyś to ciało, żeby zrzucić winę na mnie? Gdybym rzeczywiście była po prostu jego kochanką, wysłałabyś mnie do więzienia za morderstwo?

– No nie. – Nie jestem w stanie ocenić, jak szczerze brzmi. – Jednak nastraszenie cię by mi się podobało. W końcu coś byśmy zrobili z ciałem, chyba że sama byś się tym wcześniej zajęła.

Kręcę głową.

– Dlaczego go zabiłaś?

– Skąd wiesz, że go zabiłam? – Robi dramatyczną przerwę i dodaje: –Tak czy owak, zasługiwał na śmierć za to, co zrobił mojej siostrze, a przede wszystkim córce.

Domyślałam się.

– Skrzywdził je.

To nie pytanie, ale ona i tak mówi:

– Tak. W najgorszy możliwy sposób.

Myślę o własnej matce, która też zabiła męża, i działała z tych samych powodów.

– A teraz chcesz zabić mnie – mówię bez emocji.

– Na moją rodzinę nie może paść cień – odpowiada takim samym tonem. – Moja córka musi odzyskać spokój. Ty wchodzisz w nasze życie z buciorami.

– A co mogę zrobić, żeby przeżyć? – pytam, bo tak chyba trzeba.

Mój instynkt samozachowawczy jest w tym momencie przytępiony, ale wszystkie osoby, które kocham, byłyby zdruzgotane wiadomością o mojej śmierci. Czuję ostrze metalu na szyi. Monika trzyma nóż na moim gardle. Dosłownie. Zastanawiam się, czy wyjęła go z tutejszej szuflady, czy zaopatrzyła się w domu.

– Muszę mieć pewność, że nikt się nie dowie.

– Ja nie powiem – obiecuję.

Co warta jest obietnica w takich warunkach? Monika chyba uważa, że niewiele, bo odpowiada.

– Nie wierzę ci.

Piotr

W ostatniej chwili Alina skręciła w lewo, unikając zderzenia czołowego. Auto wylądowało w rowie. Samochód, który jechał z naprzeciwka, zatrzymał się obok. Dopiero teraz Piotr dostrzegł, że to radiowóz. Ze środka wysiadł Dariusz Brykiet, którego Piotr kojarzył. Przed przyjazdem tutaj dowiedział, kto pracuje w komisariacie i zapoznał ze zdjęciami.

– Pani Alina? – powiedział Brykiet. – Pan Piotr Słoneczny?

– Znamy się? – odparował detektyw.

– Znam najlepszych detektywów w Polsce – odpowiedział tamten sarkastycznie. – Wiem, że pracował pan kiedyś w policji, więc nie rozumiem, dlaczego podróżuje pan z osobą, która tak drastycznie łamie przepisy, i nic pan z tym nie robi.

Alina spojrzała na policjanta, mrużąc oczy.

– Proszę dać mi mandat, panie władzo, i puścić wolno.

Brykiet obrzucił młodą kobietę przeciągłym spojrzeniem.

– Tym razem skończy się na pouczeniu. Proszę przestrzegać przepisów. Następnym razem może pani stracić prawo jazdy. – Zaczął odchodzić, ale po chwili odwrócił się i zapytał: – Wziąć was na hol? Sami możecie się tak łatwo nie wydostać.

Ponieważ Alina milczała, Słoneczny odpowiedział:

– Będziemy bardzo wdzięczni. – Alina otworzyła drzwi, ale ją powstrzymał. – Ja usiądę za kierownicą.

Wzruszyła ramionami.

– Dziękujemy! – krzyknął Słoneczny, gdy auto znalazło się na drodze. Poczekał, aż radiowóz odjechał. – Ja poprowadzę, dobrze?

– Okej – odpowiedziała Alina z westchnieniem.

Jechał spokojnie, lecz szybko. Stracili już wystarczająco wiele czasu. Koncentrował się na drodze, oddalając myśli o tym, co mogą zobaczyć, gdy już dotrą do domu Elwiry.

Brama była otwarta. Na działce stał samochód.

– Monika – szepnęła Alina i zaczęła biec.

Słoneczny wyprzedził ją po drodze. Drzwi przybudówki nie były zamknięte na klucz, a regały rozsunięte. Wpadli do pokoju.

– Monika! – zawołała Alina.

Siostra Gabriela

Za jakąś godzinę wyląduje na Okęciu. Z lotniska w Dubaju wysłała mail do matki. Poprosiła o zarezerwowanie samochodu w wypożyczalni na lotnisku. Teoretycznie mogła zrobić to sama, ale potrzebowała zobaczyć matkę. Od kiedy przeczytała wiadomość Elwiry, tęskniła za dotykiem kogoś bliskiego. Chciała poczuć się jak dziecko, którym w jakimś sensie pozostała, pomimo wszystkich decyzji, które podjęła, i życia, jakie prowadziła. Przytulić się do mamy i uwierzyć, że wszystko będzie dobrze. W samolocie nie miała dostępu do internetu, więc nie była pewna, czy mail dotarł i czy matka spełniła jej prośbę. Czy będzie czekać.

— Może coś do picia? — zapytała stewardesa.

— Poproszę o wodę i kawę — odpowiedziała zakonnica, wyciągając portmonetkę.

— Cukier i śmietanka?

— Gorzką czarną.

Nie przypuszczała, żeby tanie linie lotnicze dysponowały dobrą kawą, ale trochę kofeiny dobrze jej zrobi. Mało spała w ciągu ostatnich dwóch dni, a lepiej zachować świeży umysł nie tylko przez te kilka godzin, gdy będzie prowadzić, ale również później, gdy zobaczy Elwirę. Może przede wszystkim wtedy. Mimo że próbowała ułożyć scenariusz spotkania, nie dawała rady. Co zrobi tamta? Każe jej się wynosić?

— Bardzo proszę. — Stewardesa postawiła kawę na jej stoliku z uśmiechem. — Naprawdę mocna.

Zakonnica uniosła kąciki ust w imitacji uśmiechu.

– Dziękuję. Aż tak widać, że potrzebuję sztucznie się wzmocnić?

Dziewczyna potrząsnęła głową.

– Wygląda siostra jak ktoś, kto ma do spełnienia ważną misję.

Serce zatrzepotało w klatce siostry Gabrieli. Misję? To chyba nie było odpowiednie słowo. Nie w tej sytuacji. Pociągnęła łyk. Kawa była mocna i przyjemnie rozgrzewała.

– Siostra na stałe w Polsce? – zapytał siedzący obok mężczyzna.

Gdy zajmowała miejsce, skinął jej tylko głową. Przez całą podróż patrzył w okno lub czytał książkę. Spojrzała na niego. Był mniej więcej w jej wieku i miał spiętą twarz. Zapewne podobnie jak ona.

– Nie – odpowiedziała i tym razem uśmiech objął jej oczy. – Jadę odwiedzić rodzinę. A pan?

Westchnął.

– Ja odwiedzałem siostrę w Dubaju. Wyszła za tamtejszego biznesmena. Nie wiem, czy…

Umilkł, jakby się zastanawiał, ile może powiedzieć.

– Nie wie pan, czy jest szczęśliwa – dokończyła.

– Tak. Mam wrażenie, że udaje. Tamten facet… no on niby jest miły, ale to chyba na pokaz.

– Może to tylko wrażenie.

– Nie sądzę. Gdy Ada odprowadzała mnie na lotnisko, płakała. Powiedziałem, że zawsze może wrócić i pomogę jej znaleźć pracę. Nie wiem, co mogę zrobić więcej. Martwię się.

– Rozumiem pana.

Tak się mówi, prawda? Współpasażer chyba jednak wyczuł, że siostra Gabriela jest szczera.

– Dziękuję. Wydaje mi się, że jesteśmy podobni: siostra i ja.

Znów się uśmiechnęła.

– Może czujemy się podobnie. Chcielibyśmy coś zrobić i nie wiemy, czy damy radę. – Zrobiła przerwę i dodała: – Sami pewnie nie, ale Bóg pomaga.

– Kiedy chce – mruknął.

– Tak – odpowiedziała poważnie. – Jeśli taka jest jego wola.

Prawie pożałowała swoich słów. Zupełnie nie chciała wchodzić teraz w teologiczne debaty.

– W każdym razie – odpowiedział współpasażer – ma przyjechać do mnie za cztery miesiące. Sama.

– To dobrze.

– Tak. Liczę, że wtedy porozmawia ze mną szczerze.

Tak jak niespodziewanie zaczął rozmowę, tak niespodziewanie ją skończył. Otworzył książkę i wbił w nią wzrok. Siostra Gabriela zmówiła szybką modlitwę w intencji tego mężczyzny i jego siostry.

Potem przyszedł strach. Silniejszy niż do tej pory. Dopiero komunikat o zbliżającym się lądowaniu i podziękowania za wspólny lot wyrwały ją z paraliżującego lęku. Mężczyzna obok uśmiechnął się do niej. Samolot miękko dotknął ziemi. Gdzieniegdzie rozległy się oklaski. Towarzysz podróżny ściągnął torbę siostry Gabrieli.

– Życzę powodzenia. Proszę się za nas czasem pomodlić.

– Oczywiście. – Podała mu rękę, którą on mocno uścisnął. – Cieszę się, że pana poznałam.

– Ja też się cieszę. Mam na imię Roman.

– A ja jestem siostra Gabriela.

– A jak siostra miała na imię, zanim wstąpiła do zakonu?

Powiedziała mu.

Elwira

– Nie wierzę ci – powtarza Monika.

Widzę zarysy jej twarzy. Jak przez mgłę, ale widzę. Odzyskuję wzrok. Zapewne nie na długo. Zimny metal na gardle przypomina mi, że zaraz wejdę w całkowitą ciemność.

– A więc zabijesz mnie. – Cieszę się, że nie słychać w moim głosie emocji. – Można powiedzieć, że męża zabiłaś ze słusznych powodów. Ale ja? Mnie zabijesz ze strachu. A przecież nigdy nie skrzywdziłam twojej córki ani siostry. Ja…

– Nie! – odpowiada ze złością. – Nie mogę pozwolić, żeby moje córki żyły napiętnowane jako dzieci gwałciciela i morderczyni. Ludzie nie dowiedzą się, że był gwałcicielem, a ja nie pójdę do więzienia. Ty przez swoje grzebanie chcesz mnie tam wepchnąć. I moją siostrę. I mojego ojca.

– Tak myślisz? – mówię słabo. – A więc wolisz zabić niewinną osobę niż zaryzykować. Przecież to i tak może się wydać. I co wtedy? Twoje córki będą wiedziały, że zabiłaś nie tylko ich ojca, co może kiedyś uznają za słuszne, ale i mnie. Jak myślisz, czy ci wyba…

– Nie gadaj tyle – syczy Monika.

Może się zastanawia. Może wzbudziłam w niej wątpliwości. Nadal jednak trzyma nóż przy mojej szyi. Gdybym nie była związana, miałabym już siłę walczyć. Gdybym. No i proszę, do czego sama się doprowadziłam. Mogłam zostawić wszystko Słonecznemu. Nie jechać do

Wrocławia, a przynajmniej nie dać się wciągnąć w pułapkę. Przecież wiedziałam, że to pułapka.

– Monika!

To głos Aliny. Monika się odwraca.

– Elwira.

– Pan Piotr – szepczę.

Wreszcie. Odebrał jednak moją wiadomość. Zastanawiałam się, czy doda dwa do dwóch. Zdejmuje mi więzy z rąk i z nóg, chyba przy pomocy noża, który wyjął z rąk Moniki.

– Dziękuję.

Nie jestem pewna, czy widzę łzy na jego policzkach. Pewnie sobie wyobrażam, bo nadal wszystko jest za mgłą.

– Dobrze – mówi zdecydowanym tonem. – Nie wyjdziemy stąd, dopóki nie ustalimy pewnych rzeczy.

Początkowo wydaje mi się, że chce ustalać coś ze mną, ale on zwraca się do dwóch pozostałych kobiet.

– Proszę usiąść – dodaje władczo detektyw. – Widzę, że pani Monika włączyła piecyk, więc nie zmarzniemy.

Pomyślała o ogrzewaniu. Rzeczywiście jest całkiem ciepło, ale rozpaczliwie pragnę już opuścić to miejsce. Uważałam wcześniej, że kupiłam ten dom i wydarzenia rozegrają się tutaj na moich warunkach. Że tu sprawuję kontrolę. Wszystko okazało się złudzeniem.

– Prosiła pani, pani Alino, żebym powiedział, co wiem. Teraz jest dobry czas.

Próbuję skoncentrować się na słowach detektywa, ale mi uciekają. Nie chcę tu być, myślę. Chcę zapuścić jakieś krople, czy co tam się bierze po ataku gazem, i skulić się pod kołdrą. Spać. Zapomnieć. Wejść do innego świata.

– Tak. – Alina szlocha. – Kupiłam narkotyki. On był potworem. Chciałam zrobić to sama, ale…

– Ale zrobił to pani ojciec – wtrąca spokojnie Słoneczny.

O! Więc on też do tego doszedł. Można było rozwiązać sprawę bez tej hecy tutaj. Znów się wyłączam.

– I co pan z tym teraz zrobi?

Głos Moniki, nienaturalnie wysoki, budzi mnie z odrętwienia. Potem długo nikt się nie odzywa.

– To nie zależy ode mnie – odpowiada w końcu detektyw. – Elwira?

Chwilę trwa, zanim przypomnę sobie, że to moje imię.

– Słucham?

– Musimy zdecydować, co zrobimy z naszą wiedzą.

Rozumiem, o co mu chodzi. To ja mam zdecydować, czy pójdziemy na policję i przedstawimy dowody. Los kobiety, która przed chwilą trzymała mi nóż na gardle, jest w moich rękach. Choćby za to powinna pójść do pudła. I za to, że świadomie umieściła trupa w moim domu. Tylko że poza tym zrobiła to samo co mama. Zabiła człowieka, który skrzywdził jej dziecko. Nie. Po pierwsze, moja mama działała samotnie niczym romantyczna bohaterka. Nie wciągała innych w wendetę. Po drugie, jej celem był tylko mąż. Nie krzywdziła niewinnych.

– Elwira… – To Alina się odzywa. – Cokolwiek zrobisz, przepraszam, że cię oszukałam.

– Pani Alino – karci ją Słoneczny.

Chyba chodzi o to, żeby nie przeszkadzała mi w podjęciu decyzji. Rzeczywiście mnie oszukała, ale przecież ja też nie mówiłam jej prawdy. Nadal czuję z tą dziewczyną coś w rodzaju pokrewieństwa dusz. Nie lubię takich wyrażeń, ale inne nie przychodzą mi na myśl. Gdy znam o niej prawdę, to pokrewieństwo czy jak tam to nazwać jest jeszcze silniejsze. Dobrze, że się odezwała, bo przypomniała mi, że nie chodzi tylko o Monikę. Chodzi też o nią. Gwoli ścisłości chodzi o całą ich rodzinę.

– Może – mówię słabo – zgłosimy tylko napad Moniki na mnie?

– Ty! – Monika wstaje, ale jej siostra zatrzymuje ją na kanapie.

– Tego chcesz? – upewnia się Słoneczny, a gdy kiwam głową, dodaje: – To tak zrobimy. Chodźmy.

Pomaga mi wstać, a wtedy spojrzenia moje i Moniki się krzyżują. Jej twarz, zapewne przez moje kłopoty z oczami, wydaje mi się wyjęta z tragedii greckiej. Nie mogę.

– Nie. Nie zgłoszę. Nic nie powiem. Pan też. Zostawimy to. Tak jak jest. Niech żyją.

Wyszłam z tego cało. Poobijana, ale żywa. Nigdy nie polubię Moniki, ale chyba ją rozumiem.

– Dziękuję – słyszę cichy głos.

To Alina. Monika się nie odzywa.

– Zawiozę Elwirę do domu pani autem – mówi Słoneczny. – Jakoś się umówimy na odbiór.

Nie czeka na odpowiedź, wyprowadza mnie przez to głupie przejście przez przybudówkę.

W mieszkaniu robię, co każe. Zdejmuję ubrania i wrzucam do miski. Stoję pod prysznicem, próbując zmyć wszystko z siebie. Nie wiem, czy kiedykolwiek się uda.

Kładę się do łóżka, a on przykrywa mnie jak ojciec. Taki wymarzony, nie prawdziwy. Tylko że on jest też prawdziwym ojcem.

– Powinien pan porozmawiać z moją mamą.

– Dobrze.

– Nie rozumie pan.

– Nie?

Ten dialog jest dziwny. Czy do mnie należy informowanie go o takich sprawach? Jeśli nikt inny tego nie zrobił, muszę wziąć to na siebie. Prawie dziś umarłam i on nigdy nie wiedziałby, że ma córkę. Moja siostra nigdy nie dowiedziałaby się, kim jest jej ojciec.

– Nie. Chodzi o moją siostrę.

– O którą siostrę?

Niczego nie podejrzewa. Jego zdolności detektywistyczne nie naprowadziły go w tym względzie na właściwy trop.

– O Agnieszkę. Ona ma takie same oczy jak pan. I ręce. I włosy ma ciemne.

Nieruchomieje.

– Co?

– Nigdy pan się nie domyślił?

– Co? – powtarza.

W tej chwili rozlega się dźwięk domofonu.

Marta

Idę rękawem terminala, a serce wali jak głupie. Ta kawa naprawdę była mocna. Czuję się trochę jak czternastoletnia Marta odnajdująca się niespodziewanie po latach więzienia. Zagubiona i przerażona. Co powiedziałaby na to siostra Gabriela, ta pierwsza? Ta prawdziwa, jak o niej często myślę. Wchodzę do budynku lotniska i przypominam sobie, jak patrzyłam na samolot z moją przyjaciółką zakonnicą na pokładzie. Pamiętam lęk, gdy samolot znikał. Przeczucie, że nigdy już jej nie zobaczę.

I nie zobaczyłam. Przeczytałam o jej śmierci w internecie. Nieznani sprawcy wtargnęli do jej celi w nocy. Torturowali ją i obcięli głowę. Jakieś plotkarskie serwisy podawały informację, że została zgwałcona. Policja nigdy nie wyjaśniła motywów. Z pewnością nie był to napad rabunkowy. Może nienawiść religijna, a może handlarze wszystkim pozyskali w ten sposób organy. Pogrzeb odbył się tam, gdzie mieszkała i służyła Bogu i ludziom. Gdy znalazłam się w Burundi, poszłam na jej grób. Sama nie wiem, czy poczułam wtedy ulgę.

– Poproszę o paszport.

Podaję dokument uśmiechniętej urzędniczce, przechodzę kontrolę, odbieram bagaż i się rozglądam. Serce szamoczące się poprzednio jak ptak w klatce, teraz staje. Nie widzę mamy. Widocznie nie odebrała mojego maila. A może stało się coś złego. A może…

– Marta!

Biegnie w moim kierunku. Kobieta, która dawno temu przyszła do szpitala powitać odnalezioną po latach córkę. Jej oczy są ogromne jak wtedy, a twarz równie wychudzona, tylko teraz znaczy ją więcej zmarszczek. Widocznie znów źle jada i źle sypia. We włosach do ramion jest już sporo siwych pasm. Więcej nawet niż kiedy widziałam ją ostatnio. Przytula mnie i wczepiam się w nią jak mała małpka albo dziewczynka, którą nie jestem już od dawna. Jak wtedy. I jak wtedy boję się, że bez jej uścisku stracę grunt pod nogami.

– Marta – powtarza.

Przypominam sobie, że jestem dorosła, i uwalniam się niechętnie z jej ramion.

– Dziękuję, że przyszłaś. – Uśmiecham się tak, jak powinna uśmiechać się dorosła osoba. – Tak bardzo chciałam cię zobaczyć.

Wzdycha po swojemu, a w jej oczach pojawia się dziewczęcy błysk.

– A jak myślisz, ja ciebie nie?

Znów ją ściskam.

– Agnieszka w domu?

– Poszła na wykłady. Nie mówiłam jej, że przylatujesz, tak jak prosiłaś.

Prosiłam. Z maila Kingi wywnioskowałam, że nasza młodsza siostra wie o toczącym się śledztwie. Mój niespodziewany przylot i natychmiastowa wycieczka do Zaćmienia mogłyby dodatkowo ją zdenerwować.

– To dobrze. Zobaczymy się, gdy będę wracała.

– Co to znaczy: zobaczymy się? Zatrzymasz się w swoim pokoju, prawda? Przynajmniej przez kilka dni.

– Tak. – Mam nadzieję, że to prawda. – Wypożyczyłaś mi samochód? – zmieniam temat.

– Zarezerwowałam. Wprawdzie nie w wypożyczalni na lotnisku, ale cię podwiozę. Zjemy coś najpierw, dobrze?

– Wolałabym nie dojeżdżać do Zaćmienia w środku nocy. Kiedy znów przyjadę do Warszawy, będziemy mieć dużo czasu.

Wsiadamy do jej autka. Ta sama Toyota Avensis od wielu lat. Mama podaje mi pudełko.

– Podejrzewałam, że nie będziesz chciała iść ze mną na lunch, więc zrobiłam ci kilka kanapek.

Żeby zrobić jej przyjemność, wyciągam jedną i wbijam w nią zęby, chociaż żołądek mam ściśnięty.

– Tego mi brakowało – mówię szczerze.

Kanapka smakuje jak za dawnych lat. Ciemny chleb, ser, rzodkiewka, pomidor, sałata. Mama zawsze wkładała mnóstwo warzyw do środka.

– Martwię się o Kingę.

Powoli przełykam pierwszy kęs. Nadal nazywamy moją siostrę Kingą, gdy rozmawiamy we dwie.

– Dlaczego?

– Prawie nie dzwoni i nie pisze, odkąd się tam przeprowadziła. Nawet nie chciała słyszeć o przyjeździe na święta.

Palce mamy zaciśnięte na kierownicy są prawie białe. Przeczuwa, że dzieje się coś złego, chociaż nie ma pojęcia, że Kinga odnalazła Mistrza.

– Wiesz, jaka ona jest – mówię tak lekkim tonem, na jaki potrafię się zdobyć. – Samodzielna.

– Raczej zbuntowana – kontruje mama.

– To też – przyznaję. – Musi być rozstrojona po rozwodzie i chce w samotności dojść do siebie.

Mama kręci głową.

– Nigdy nie wierzyłam w jej małżeństwo. Wyszła za tego chłopca tylko po to, żeby zmienić nazwisko.

Przyglądam się płatkom śniegu spadającym na zabłocone chodniki. To zdumiewające, że mama to wiedziała. Ja się nie domyśliłam. Dopiero mail od Kingi wyjaśnił i tę kwestię.

– Cieszę się, że przynajmniej ciebie chce do siebie dopuścić – mówi dalej mama.

Chciałabym ją uspokoić, ale gardło mam tak ściśnięte, że żadne słowa nie przejdą. Chowam resztę kanapki do pudełka, gdy mama parkuje.

Wchodzimy do wypożyczalni, podpisuję dokumenty i przenoszę torbę do wypożyczonego audi.

– Zadzwoń jakoś z tego Zaćmienia – prosi mama.

– Zadzwonię – obiecuję.

Odjeżdżam. Widzę w lusterku, że stoi z opuszczonymi ramionami i czeka, aż audi z jej córką w środku zniknie za zakrętem.

Uspokajam oddech i koncentruję wzrok na drodze. Kiedy postanowiłam zostać zakonnicą? Gdy dowiedziałam się o śmierci siostry Gabrieli, coś zaczęło kiełkować. Nie brałam tego poważnie, ale z upływem czasu myśl nabierała kształtów. Wydawało mi się, że tak powinnam zrobić. Że to jest odpowiedzialna dorosła decyzja, aby służyć Bogu i ludziom. Jak można to robić lepiej niż żyjąc wśród najbiedniejszych, dzieląc się z nimi chlebem i Dobrą Nowiną? Gdy przychodziły wątpliwości, rozprawiałam się z nimi szybko.

Cofam się pamięcią do dnia, gdy mama opowiedziała mi prawdę o ojcu i o tym, co z nim zrobiła. Pamiętam, jak odsunęłam młodszą siostrę i pobiegłam radzić sobie z własnymi uczuciami. I nawet nie pomyślałam, że jestem egoistką. Nawet gdy zobaczyłam wieczorem Kingę, która ścięła na krótko swoje piękne zapuszczane latami blond włosy i ufarbowała je na czarno. Czy kiedykolwiek próbowałam dotrzeć do sedna jej zagubienia? Raczej uznałam, że jeśli przytulę ją od czasu do czasu, to załatwi sprawę. Nie załatwiło.

Kinga zamykała się w sobie, odcinała. Kiedyś wróciła ze szkoły cała roztrzęsiona i kazała nazywać się Elwirą. Agnieszka budowała coś z lego i podniosła na siostrę zaciekawione spojrzenie.

– Kinga – zaczęła mama.

– Nie! – Oczy Kingi rozbłysły gniewem. Wtedy jeszcze były niebieskie. – Nie jestem Kinga! Nienawidzę tego imienia! To on chciał, żebym nazywała się Kingą! Sama mówiłaś!

Według opowieści mamy to ona wybrała imię dla mnie i żeby było sprawiedliwie pozwoliła mężowi nazwać młodszą córkę. Elwira – imię prababci mamy – zostało wpisane do dokumentów jako drugie.

Agnieszka przytuliła się do nogi mamy.

– Dobrze – odezwałam się. – Dla mnie od dzisiaj jesteś Elwirą.

– Mama? – usłyszałam głos naszej małej siostry.

Agnieszka nie miała pojęcia, co się dzieje, tak jakby przed jej oczyma rozgrywała się sztuka, której treści nie mogła pojąć. Zbyt trudne słowa, zbyt zawiła fabuła, a może przede wszystkim nie znała kontekstu. Ktoś pozwolił jej podsłuchać kilka zdań ze środka spektaklu dla dorosłych. Mama usadziła ją na kolanach.

– Dobrze.

Więcej nie była w stanie wykrztusić.

Nigdy nie dowiedziałam się, czy jeszcze rozmawiała na ten temat z Kingą. Ja uznałam, że taka jest wola mojej siostry, i się dostosowałam. Może nawet cieszyłam się, że staje w ten sposób po mojej stronie. Ona zawsze stawała po mojej stronie. Jak Gerda po stronie Kaja. Znów przypominam sobie baśń, którą tak uwielbiałyśmy. Nie myślałyśmy, że kawałki czarciego lustra tkwią w nas. W naszych oczach. W naszych sercach.

W moim sercu. Kinga wracała coraz później, ale kiedy wracała, bezustannie się z nami kłóciła. Doszło do tego, że wolałam, kiedy jej nie było. Patrzyłam na jej rysunki, które stawały się coraz mroczniejsze. Przedstawiały czarne wyrwane z korzeniami drzewa albo kwiaty o pięknych kolorach z robakiem w środku, który je toczył i niszczył. Truchlałam, ale nic z tego nie wynikało. A może właśnie wynikało. Może miałam dosyć i chciałam uciec. Może moje wstąpienie do zakonu wcale nie było powołaniem tylko ucieczką. Zajmę się ludźmi, którzy umierają z głodu na drugim końcu świata, a tu zostawię siostrę, której zachowanie mnie przeraża. Tak, przerażało mnie, tylko nie nazwałam tak tego. Pozwalałam jej się oddalać, bo tak było wygodniej dla mnie. Nie słuchałam jej wołania o pomoc.

Najpierw oznajmiłam mamie, że idę do karmelitanek. Płakała, ale powiedziała, że rozumie. Nie jestem pewna, czy rozumiała, jednak nie tłumaczyłam. Rozmowa z Kingą była dużo trudniejsza.

– Naprawdę? – powiedziała tak szorstko jak chyba jeszcze nigdy. – Właśnie ty idziesz do organizacji, która ukrywa pedofili takich jak ten, który cię kupił? Który cię gwałcił i więził? Ty do nich idziesz? Do tego Kościoła, w którym jest mnóstwo takich Mistrzów? Tam cię ciągnie?

Nakręcała się, zaczęła krzyczeć. Mówiłam to samo, co siostra Gabriela kiedyś mówiła do mnie. Podawałam takie same argumenty o Kościele Chrystusa. O moim Kościele. O tym, że codziennie błagam Boga o wiarę. Że chcę wytrwać pomimo tego całego zła. Że chcę naśladować Chrystusa i modlić się za prześladowców. Kinga tylko się śmiała. Czułam się zraniona, niezrozumiana. Odrzucałam myśl, że to moja siostra jest poharatana i nie otrzymuje wsparcia. Przynajmniej ode mnie.

Następnego dnia Elwira-Kinga wróciła w szkłach kontaktowych, które zmieniały kolor jej oczu. Nawet tego nie skomentowałam.

Odetchnęłam z ulgą, wyjeżdżając z Polski. Elwira odprowadziła mnie z mamą i Agnieszką na lotnisko. Zachowywała się poprawnie. Tak właśnie bym to określiła. Sama przyjęłam w stosunku do niej podobny styl.

Mama poinformowała mnie, że moja siostra poszła na anglistykę jak ja. Nie analizowałam znaczenia tego wyboru i porzucenia marzenia o ASP. Nie zastanawiałam się nawet, czy w wolnych chwilach nadal tworzy. Bez zdziwienia przyjęłam informację, że wyprowadziła się z domu. Pisałam do niej długie maile i dostawałam jednozdaniowe odpowiedzi. Przyleciałam na ślub, chociaż był tylko cywilny i nie dostałam zaproszenia. Maciek zrobił na mnie dobre wrażenie. Miałam nadzieję, że dzięki niemu moja siostra wyjdzie na prostą. Nie przyszło mi do głowy, że to mistyfikacja.

Zostawiłam ją. Uciekłam na drugi koniec świata, nie zdając sobie sprawy, że zabieram w sobie kawałki czarciego lustra. W czasie gdy uważałam, że służę Bogu, Elwira znalazła Mistrza.

Staję na poboczu i uspokajam oddech. Nie ma go. Mistrza już nie ma. Nie jestem tamtą Martą, którą skrzywdził. Wychodzę z samochodu i wymiotuję. Wracam i wyciągam ze schowka wodę, którą wcisnęła tam mama. Nadal użalam się nad sobą, a jak głęboka musiała być rana Elwiry, że doprowadziła ją do Zaćmienia? Do konfrontacji z człowiekiem, którego uważała nie tylko za zboczeńca gwałcącego dziewczynki, ale i symbolicznie za ojca sprzedającego dziecko. Tych dwóch ludzi stopiło się w jej mózgu w jedno, dokładnie tak jak i w moim. Tylko że to moja siostra stanęła oko w oko z diabłem. Nie ja.

Nawigacja podaje, że będę pod wskazanym adresem za szesnaście minut. Moje palce na kierownicy są tak białe jak mamy. Jak przywita mnie siostra? Czy w ogóle mnie wpuści? Czy też każe mi wynosić się do wszystkich diabłów, w których przecież nie wierzy? Jak przekonam ją do rozmowy? Czy jestem w stanie powiedzieć cokolwiek?

Parkuję i idę przez teren nowego osiedla ze spuszczoną głową. Czekam aż ktoś będzie wychodził z klatki, żeby nie używać domofonu. Jeśli znajdę się na górze, jest szansa, że wcisnę się do jej mieszkania.

Nie korzystam z windy. Wolno pokonuję każdy schodek, a potem staję przed mieszkaniem, wpatrując się w numer. To tutaj. Podnoszę rękę, przyciskam dzwonek. Drzwi się otwierają.

– Pan Piotr – szepczę.

Ojciec Agnieszki. Mama mi kiedyś powiedziała, zarazem zobowiązując do zachowania tajemnicy. Wykazywała w tamtej sprawie upór, którego nie potrafiłam zrozumieć ani przełamać.

– Marta. – On też mówi szeptem.

Wciąga mnie do środka i otacza ramionami jak ojciec. Taki, jakiego chciałabym mieć. Jakiego mogłaby mieć Agnieszka, gdybym umiała przekonać mamę.

– Kto to?

Głos Kingi jest słaby, jakby moja siostra była chora. Uwalniam się z ramion Słonecznego i idę do niej.

Elwira

Siadam na sofie i wpatruję się w gościa. Widzę już znacznie lepiej, ale twarz się rozmywa. Osoba zmierzająca w moim kierunku ma na sobie habit. Znam tylko jedną zakonnicę. Siostrę Weronikę ze szkoły, ale ona jest sporo niższa i nie przypuszczam, że złożyłaby mi wizytę bez zapowiedzenia. No dobrze. Znam drugą, lecz dzielą nas tysiące kilometrów. Siostra Gabriela jest jeszcze mniej prawdopodobna niż katechetka. Siostra Gabriela nie jest już Martą. Nie zostawiłaby swoich potrzebujących i nie przybyłaby z drugiego końca świata, żeby mnie ratować. Przypominam sobie ostatnie swoje rysunki, które wkładałam do szuflady od razu po wykonaniu. Wszystkie jej portrety. Marta jako odnaleziona siostra. Marta, którą pocieszam. Marta jako moja mentorka. Marta jako siostra Gabriela. Marta jako ta, w której imieniu działam. Kiedyś miałam ją odnaleźć i wyjąć odłamki czarciego lustra. Zamiast tego próbowałam rozprawić się z diabłem. Każdy jego dotyk przypominał mi o spotkaniu na górce. O palcach pieszczących moją szyję. O słowach szeptanych do ucha: „Jesteś śliczna. Miałbym ochotę zabawić się z tobą na golasa". Byłam tą siostrą, która miała szczęście. Nikt mnie nie sprzedał. Nikt mnie nie kupił. Nikt mnie nie gwałcił latami i nikt nie wyrzucił mnie jak śmiecia.

– Kinga – odzywa się Marta.

– Nie jestem… – mówię i głos mi się załamuje.

Pozwalam jej ogarnąć mnie ramionami i zaczynam szlochać jak idiotka. W tej chwili jestem Kingą, mimo że to on nadał mi to imię. Jestem jej małą siostrzyczką.

– Przepraszam – słyszę jej szept.

Drzwi do mojego mieszkania zatrzaskują się cicho. Słoneczny zostawił nas same.

– Już… wszystko… dobrze.

Odnalazłyśmy się. Długo to trwało, ale pałac Królowej Śniegu runął.

Piotr

Gdy patrzył na siostry złączone w uścisku, ścisnęło go w gardle, chociaż wiedział, że po euforii przyjdzie czas na wzajemne pretensje. Nie przejmował się tym zbytnio. Na tym przecież polega życie. Dziewczynki muszą się wypłakać i wykrzyczeć. Poradzą sobie. Nadal nazywał je dziewczynkami. Jak Kasia. Była jednak jeszcze jedna. Ta, do której nigdy nie został dopuszczony. Agnieszka. „Ona ma takie same oczy jak pan. I ręce. I włosy ma ciemne". Katarzyna twierdziła, że zaszła w ciążę z kimś z firmy. Z jakimś żonatym facetem. Jak to się stało, że jej uwierzył? Ich wspólna noc była tylko jedna i wiedział, jak ją traktowała. Jak środek przeciwbólowy. Kochanek w firmie mógł spełniać podobną rolę tylko częściej. A jednak nawet wtedy dokonywał obliczeń i wychodziło, że on mógł być ojcem. Gdy tylko spróbował o tym napomknąć, wzruszyła ramionami i powiedziała, że będąc z nim, nie miała dni płodnych. Na dowód pokazywała jakiś kalendarzyk. Poczuł rozczarowanie, lecz odpuścił.

Teraz nie odpuści. Nie nadrobi straconych lat, ale jeszcze ma szansę na relację z córką. Wyciągnął z kieszeni telefon. Jeśli Kasia nadal będzie się upierać przy własnej wersji wydarzeń, Piotr zażąda testu na ojcostwo. Odszukał kontakt, gdy komórka zaczęła wygrywać melodię *Dancing Queen*. Ustawił ją sobie ze zwykłego sentymentalizmu. Słuchali Abby, gdy Kasia zaczęła go całować. Wtedy. Zerknął na wyświetlacz. Jakiś nieznany numer. Odebrał z niechęcią.

– Halo – powiedział tonem, który miał odstraszyć potencjalnego klienta.

– Dobry wieczór. – Kojarzył ten głos, lecz w tej chwili nie umiał dopasować do osoby.

– Dobry wieczór – odrzekł szorstko.

– Mówi Dariusz Brykiet. Chciałbym się z panem spotkać.

Myśli Piotra były tak dalekie od zabójstwa Sułeckiego, że prawie się rozłączył. Zapewne śledczy uważał, że wyciągnie coś od prywatnego detektywa. Może nawet miał zamiar powołać się na byłą pracę Słonecznego w policji i jakąś wyimaginowaną solidarność. Nie mógł gorzej trafić.

– Jutro z samego rana wyjeżdżam.

– Spotkajmy się teraz.

To brzmiało prawie jak polecenie.

– Po co?

– Mam do przekazania informacje.

Brykiet obudził jednak zawodową ciekawość Piotra. Słoneczny został zatrudniony przez Elwirę i jeśli ta sprawa się nie skończyła, miał obowiązek wysłuchać policjanta.

– Gdzie?

Komisarz podał adres.

Zamówili po piwie. Gdy Piotr znalazł się w barze, nabrał ochoty na rozluźnienie, które czasem daje alkohol. Pociągnął pierwszy łyk i zimny płyn gładko przeszedł przez gardło. Przyjemnie. Spojrzał na mężczyznę naprzeciwko, który wyglądał na zadowolonego z siebie. Brykiet wybrał stolik w kącie oddalony od innych. Idealny do przekazywania poufnych informacji.

– No więc? – spytał Słoneczny.

Komisarz się uśmiechnął.

– Wydaje się panu, że jest pan inteligentny?

Ton był uprzejmy, chociaż słowa wydawały się bezczelne.

– Umiarkowanie inteligentny – odpowiedział Piotr, wzruszając ramionami. – Może odrobinę ponad przeciętną. – A pan pyta, żeby zbadać moje poczucie wartości?

Brykiet się roześmiał.

– Nie. Raczej chciałem wzmocnić własne.

Słoneczny przyglądał się policjantowi w milczeniu. Elwira powiedziała, że Brykiet przypomina jej licealistę, i w tej chwili detektyw przyznawał jej rację. Pociągnął kolejny łyk piwa, zanim zapytał:

– Jakiego rodzaju informacje chciał mi pan przekazać?

– Wiem, że rozwiązał pan sprawę zabójstwa Sułeckiego.

– Ach, tak?

– Tak. Tylko że mnie to też się udało. Sułecki umarł od narkotyków, które zostały zakupione przez siostrę jego żony. Pani Elwira Konopacka też kupowała, zresztą u tej samej dilerki, i to ona była moją pierwszą podejrzaną. Tylko że ona kupowała w innym czasie i skład tamtych prochów był inny. Natomiast skład narkotyków nabytych przez panią Alinę pasował idealnie do tego, co znaleźliśmy w ciele dyrektora. – Napotkał spojrzenie Sułeckiego i dodał: – Zapewne pana dziwi, że tak dobrze orientuję się, jakie narkotyki i komu były sprzedawane, ale dilerka współpracuje z nami od jakiegoś czasu. No, ze mną. Dlatego wiem, że pan też z nią rozmawiał.

Słoneczny wolno skinął głową.

– Aha – powiedział tylko.

– Wiem, że one obie – kontynuował policjant – Monika i jej siostra mają alibi, ale ich ojciec już nie. To on zaaplikował te substancje zięciowi.

– A dowody?

– Kamery zarejestrowały w tym dniu, jak samochód Karlińskiego wjeżdża do Zaćmienia. W nowoczesnym świecie takie rzeczy są dość łatwe.

Brykiet zamilkł i wyglądał, jakby czekał na pochwały.

– No dobrze – mruknął Piotr. – A motyw?

– Wiem, jakim człowiekiem był Sułecki. Nie chodzi tylko o siostrę pani Elwiry, chociaż to pewnie najgorsza jego zbrodnia. Mamy na komisariacie jego teczkę. Są ofiary, które go zgłaszały. Po latach, więc nie było dowodów. Komendantowi to pasowało. Z jednej strony Sułecki wspierał różne organizacje, również lokalną policję, a z drugiej, gdyby przestał, był na niego hak. Znam córeczkę Moniki. Tak wyglądają dzieci molestowane.

Piotr przyglądał się policjantowi w zamyśleniu.

– Dzieci molestowane wyglądają różnie – mruknął. Wziął głęboki oddech i ciągnął: – Nie jestem pewien, czy to są żelazne dowody, ale jeśli nawet zostałyby uznane przez sąd, to obciążają Karlińskiego i jego młodszą córkę. Monika Sułecka wydaje się czysta.

Powiedział to z pewnym żalem. Starsza córka Karlińskiego nie budziła jego sympatii za to, co zrobiła Elwirze, a wyglądało na to, że ustawiła się w bardzo dogodnej pozycji.

– Mój wrocławski informator obserwował dom Karlińskiego. Wiem, że pani Elwira odwiedziła teścia

Sułeckiego. Zainstalowałem też na telefonie Moniki program do lokalizacji. Wiem, że pojechała do mieszkania Aliny, a później do domu, który nadal jest zarejestrowany na siostrę ich matki. – Uśmiechnął się, ledwie unosząc kąciki warg. – Widziałem was, ciebie i Alinę, w drodze do tego domu, pamiętasz? – zapytał, niespodziewanie przechodząc na ty.

– Tak.

– Pojechałem tam i obserwowałem dom z daleka. No cóż, ze stanu pani Elwiry wnoszę, że stało się tam coś złego. Że to wy, ty i pani Alina, w czymś przeszkodziliście.

– Całkiem zgrabnie poszło ci to śledztwo – przyznał niechętnie Słoneczny. – I co teraz?

Brykiet ukazał zęby w szerokim uśmiechu. Nie wyglądał już jak licealista.

– Teraz będę pocieszał wdowę. – Słonecznemu nasunęło się skojarzenie z drapieżnikiem. – Byłem już u niej. Jest roztrzęsiona i bardzo, bardzo mnie potrzebuje.

– Aha – powiedział Słoneczny. – Czyli to było tylko twoje śledztwo i pozostali nic nie wiedzą?

– Postarałem się o to. Teraz tylko ja mam dostęp do dowodów.

– Które mogą ci się kiedyś przydać? – domyślił się Piotr.

Brykiet nie odpowiedział. Detektyw dokończył piwo i wyszedł z baru. Drapieżnik i ofiara. No cóż, Monika mogła sprawiać wrażenie ofiary, ale komisarz powinien wiedzieć, że nie jest taka bezbronna, za jaką większość ludzi by ją uznała.

– To już nie moja sprawa – powiedział Piotr na głos.

Była prawie pierwsza w nocy. Wyciągnął telefon i wybrał numer kobiety, która była matką jego córki. Tak przynajmniej sugerowała Elwira. Liczył sygnały. Katarzyna odebrała po szóstym.

– Halo?

Wzruszenie ścisnęło go za gardło, gdy usłyszał jej głos. Odchrząknął.

Podziękowania

Dziękuję mojej córce Oli i wspaniałemu przyjacielowi Marcinowi Gutkowi, którzy czytali powieść podczas powstawania, dzielili się wrażeniami, przekazywali cenne uwagi i motywowali do pisania. Nie wyobrażam sobie lepszych pierwszych czytelników!

Dziękuję starszej córce Ani, z którą konsultowałam się w kwestiach związanych z pracą w szkole.

Dziękuję redaktorce Agnieszce Czapczyk za życzliwą współpracę. Pani Agnieszko, to już nasza czwarta książka!

Mojemu mężowi dziękuję za całokształt.

Dziękuję stałym czytelnikom. Cieszę się, że są Państwo ze mną!

Dziękuję również wszystkim, dla których *Czarcie lustro* było pierwszą powieścią mojego autorstwa. Mam nadzieję, że na tym nie skończy się nasza wspólna przygoda.

Redakcja
Agnieszka Czapczyk

Korekta
Bożena Sigismund

Skład i łamanie
Marcin Labus

Projekt graficzny okładki
Mariusz Banachowicz

Wydanie pierwsze
ISBN: 978-83-8329-325-7

WYDAWCA
Agencja Wydawniczo-Reklamowa
Skarpa Warszawska Sp. z o.o.
ul. Borowskiego 2 lok. 24
03-475 Warszawa
tel. 22 416 15 81
redakcja@skarpawarszawska.pl
www.skarpawarszawska.pl

skarpawarszawska